法国学术期刊《自然主义手册》
与
"左拉学"谱系建构研究
（1955—2015）

吴康茹　著

广西师范大学出版社
·桂林·

图书在版编目（CIP）数据

法国学术期刊《自然主义手册》与"左拉学"谱系建构研究：1955—2015 / 吴康茹著.—桂林：广西师范大学出版社，2022.2

ISBN 978 - 7 - 5598 - 4987 - 8

Ⅰ.①法… Ⅱ.①吴… Ⅲ.①自然主义-学术期刊-研究-法国-1955 - 2015 ②左拉（Zola, Emile 1840 - 1902）-文学研究 Ⅳ.①I109.9 ②I565.074

中国版本图书馆 CIP 数据核字（2022）第 079409 号

法国学术期刊《自然主义手册》与"左拉学"谱系建构研究：1955—2015
FAGUO XUESHUQIKAN《ZIRANZHUYI SHOUCE》YU "ZUOLAXUE" PUXI JIANGOU YANJIU：1955—2015

出 品 人：刘广汉
责任编辑：吕解颐
装帧设计：李婷婷

广西师范大学出版社出版发行

（广西桂林市五里店路9号　　邮政编码：541004）
（网址：http://www.bbtpress.com）

出版人：黄轩庄

全国新华书店经销

销售热线：021 - 65200318　021 - 31260822 - 898

山东韵杰文化科技有限公司印刷

（山东省淄博市桓台县桓台大道西首　邮政编码：256401）

开本：690mm×960mm　　1/16

印张：20.5　　　　字数：313 千字

2022 年 2 月第 1 版　　2022 年 2 月第 1 次印刷

定价：78.00 元

　　本书为国家社科基金一般项目"法国学术期刊《自然主义手册》与'左拉学'谱系建构研究（1955—2015）"（15BWW061）的结项成果，受到国家社科基金项目课题研究资金的资助。

前　言

法国自然主义小说家埃米尔·左拉之鼎鼎大名在中国学界如雷贯耳，几乎人人皆知。1915年10月15日，陈独秀在《青年杂志》的《今日之教育方针》中首次向中国读者推荐自然主义文学作家左拉；1916年2月15日，他在《答张永言》的信①中再次提及左拉，标明左拉已在现代中国知识界正式出场。此后《青年杂志》更名为《新青年》，陈独秀又在该杂志上发表多篇文章，如《文学革命论》《现代欧洲文艺史谭》等，大力推崇法国自然主义文学和左拉，并倡导中国文学效仿左拉及自然主义文学走变革发展之路。"五四"时期，左拉又得到了中国文坛上那些发动文学革命的启蒙知识分子的极力推崇，他们将左拉视为中国新文学必须借鉴的"典范和楷模"。此后宣传"为人生而文学"的文学研究会和茅盾主编的《小说月报》（1921—1927），再度在学界倡导要将左拉作品译介至中国。在这样的特定历史文化语境下，中国文坛涌现出一批专门从事左拉小说翻译的汉译者，如刘半农、徐霞村、毕修勺、王力等。20世纪最初的三四十年间，左拉大部分短篇小说和《卢贡-马卡尔家族》中的几部代表作均被翻译成汉语出版。当然，与译介同步的还有中国文学批评界对引入左拉自然主义文学所展开的一系列论争，其中最激烈的论争发生于20世纪20年代初，即茅盾担任《小说月报》

---

① 《陈独秀文章选编》（上），北京：生活·读书·新知三联书店，1984年，第87、110页。

主编时，该杂志曾围绕自然主义理论和创作手法的利弊问题，刊登读者来信中的不同观点。在这场论争中，甚至产生了截然对立的两派，即赞同派和反对派。当时知识界的精英代表、《小说月报》主编茅盾，属于力挺左拉派的。他在《小说月报》上发表了一篇题为《左拉与中国现代小说》的文章，高度肯定了左拉对于中国现代小说，尤其是"五四"时期问题小说的影响与作用。20 世纪 30 年代，因国共合作破裂和抗日战争爆发，受苏俄左翼文学之影响，以瞿秋白为代表的左翼知识分子开始积极倡导现实主义文学，重新译介马恩著作，开始推崇以巴尔扎克为代表的法国现实主义文学，最终导致"左拉热"在中国学界的消退。直至 20 世纪 80 年代初，在中国确立继续走现代化发展道路的特定历史环境下，左拉及自然主义文学的经典化问题再度引发了激烈的讨论，至 20 世纪 90 年代末，左拉及自然主义文学的价值最终得到了重新评价与肯定。

自 19 世纪七八十年代直至 20 世纪 50 年代，在法国本土，左拉和他所创立的自然主义文学似乎也经历了与在域外中国相似的境遇与命运。众所周知，19 世纪是法国文学最辉煌灿烂的时期，尤其是小说这种体裁大放光彩。作为书写法兰西第二帝国历史兴衰和第三共和国时期社会现实的小说家，毫无疑问左拉是那个时期当之无愧的作家群雄之一。左拉是个多产作家，除出版了由 20 部小说构成的巨著《卢贡-马卡尔家族》之外，还在晚年创作了带有空想社会主义色彩的《三名城》与《四福音书》。这些文学作品的相继出版不仅奠定了他在 19 世纪后半叶法国文坛上的声望，还为他赢得了"梅塘集团"领袖的地位及影响力。19 世纪末法国第三共和国时期爆发了一桩社会丑闻，即德莱福斯案件，左拉晚年在得知这位犹太裔军官遭受诬陷、深陷囹圄时，敢于冒天下之大不韪，在《震旦报》发表了一封致第三共和国总统的一封控告信，即《我控诉！》。因他的介入，德莱福斯案件得以重新调查，最终军事法庭撤销对当事人叛国罪的指控，使之恢复自由。晚年的左拉凭借在德莱福斯案件中表现出的非凡勇气，不仅挽救了法兰西第三共和国的名誉，也为他自己赢得了敢于为社会正义发声的公共知识分子的称号。

1902 年 9 月 29 日，埃米尔·左拉不幸离世。左拉去世后，法国政府给予他相当的礼遇与敬意，从"梅塘纪念馆"的建立到 1908 年 6 月准许其遗骸迁至巴黎先贤祠，这些举措都表明了法国政府高度肯定左拉一生对法国社会的贡献。然而与这种官方礼遇形成反差的是左拉为20世纪上半叶法国学术界所忽略，甚至到了20世纪40年代，左拉的小说作品仍然没有资格进入大学课堂上讲授的经典行列。左拉及自然主义文学被冷落要归咎于19世纪后期和20世纪上半叶法国传统学院派批评家长期的诋毁与否定。左拉虽然生前声名显赫，被尊称为"自然主义艺术大师"，但是他因早期积极倡导自然主义文学革新观念和致力于实验小说的实践，一直被视为"淫秽下流的通俗作家"。可以说直至20世纪50年代，左拉在法国文坛始终是个毁誉参半的作家，他的文学功绩包括其小说的价值始终没有得到公正的评价。长期以来，法国批评界对左拉及其自然主义小说的看法始终存在严重分歧。左拉在生前和死后很长时间里都是不断遭遇污名化的作家，没有获得其应有的文学地位与公正的评价。除了莫泊桑、阿拉贡和法朗士给予左拉相当高的评价之外，很多作家包括与左拉同时代的龚古尔兄弟、都德等，都私下里对他持贬低和批判的态度。到了20世纪上半叶，虽然诋毁与辱骂左拉之声似乎减弱了，然而否定左拉的舆论力量仍然十分强大，只不过从公开的诋毁转向了隐蔽的漠视。更令人诧异的是此时的法国学界和批评界大多保持沉默，以忽略、不做任何评价等方式来对待左拉及自然主义文学。

　　鉴于这种情形，左拉长女德尼丝·勒·布隆和女婿莫里斯·勒·布隆在昔日"梅塘集团"成员的支持下，于1909年发起倡议，成立埃米尔·左拉协会。这就是一战后左拉之友新文学协会（1922）之前身。以埃米尔·左拉协会成立为标志，"梅塘集团"成员及其他支持者开始每年不定期组织纪念左拉的文学聚会活动，包括邀请各界名人每年10月赴左拉故居——梅塘别墅参加"瞻仰朝圣纪念活动"并发表例行演讲。为了刊载这些演讲稿和协会每年举办纪念活动的简讯，埃米尔·左拉之友协会还创办了一份简报，该报由左拉的女儿及女婿负责编辑出版。这也是二战后成立的左拉之友新文学协会所创办的专刊《自然主义手册》之前身。该学术期刊创办的初衷是要推进二战后当代法国左拉研究的现代转型，推动左拉及自然主义文学的经典化进程。

　　无论在中国学界还是法国学界，很多学者都不由自主地思考过这个问题："开启当代左拉研究的意义何在？"对这个问题的探求萦绕在一些学者心头，甚至成为一种执念。因为19世纪法国文坛涌现出众多才华卓越的小说家，为何二战结束后法国学界要最先创办一份学术期刊去推进左拉研究？不仅普通读者有这样的疑惑，就连笔者最初也是持有类似的想法。当然，要解答上述困惑，最重要的途径即需要对二战后法国学界为何要选择左拉作为阐释和研究的对象做追本溯源式的探究，这样或许能够从中找到一些线索与答案。为了寻求上述这些困扰我们的问题的答案，笔者选择了这份学术期刊为研究的对象——二战后左拉之友新文学协会创办的会刊《自然主义手册》。这份专门研究左拉及自然主义文学流派的学术期刊，自1954年创刊、1955年正式出版以来，至今已有六十多年办刊历史了。如今它已是法国学界在这一领域最知名的学术刊物，成为国际学界了解法国当代左拉研究现状的平台与窗口。选择这样一份学术期刊作研究对象，追溯它六十多年的办刊史，尤其要探讨当代左拉研究如何演变成一门专门学问，即"左拉学"的建构过程及意义，这或许是本书研究的价值所在。

时至今日，《自然主义手册》已经历了六十多个春秋。它的发展历程一定具有可探究、可借鉴的成功经验。此外，一战后成立了民间文学协会——左拉之友新文学协会，20世纪80年代末法国国家社会科学研究中心（CNRS）里设立了一个学术研究机构——自然主义研究中心。左拉研究从一度处于边缘化地位到如今被收编、得以进入国家社会科学学术研究机构体制之内，这样的渐变过程足以说明一个事实，即当代法国学界对于左拉研究所给予的关注度和重视程度是相当高的。目前自然主义研究中心正凭借已获得的学术影响力和知名度，不断推进当代左拉研究从本土向其他国家扩展。近些年来，该中心已在英国、美国、加拿大、意大利、波兰、瑞典、韩国、日本等国的大学建立了相关的分支研究机构，在"左拉学"研究领域里积极开展国际合作研究活动。此外，该中心利用互联网和远程视频等现代传播和交流方式，通过建立Les Cahiers Naturalistes电子网站，让法国学界当代左拉研究学术成果以及国外高校科研机构的学术成果得以传播。为了提升和扩大这份学术期刊在国际学界的地位与影响力，杂志现任主编阿兰·帕热教授，还特邀英、美、加等国"左拉学"研究方面知名学者担任期刊编委会成员，共同参与该期刊重要专题研究栏目的策划。进入 21 世纪之后，国际学术界对这份拥有广泛学术影响力的名刊和六十年来逐步建构起来的一门显学——"左拉学"给予了极大的关注。

这份学术期刊自 1954 年创刊直至 2015 年，已相继出版了八十九期。从其实际容量来看，它已刊载了有关左拉及自然主义研究方面的各类文章一千五百多篇，其中含有百篇以上文化名人和政府官员在梅塘瞻仰活动中的演讲稿、八百多篇学术论文，还有作家未出版的一些书信、各类历史事件和文学事件的调查及考证方面的文献资料。该期刊在六十多年来始终坚守着创刊初期的宗旨与目标，即服务于自然主义文学观念、不断推动左拉研究事业，将本国和其他地区的左拉研究最前沿成果刊载出来，供人们参考与借鉴。回顾该期刊走过的六十多年历程，我们可以发现该期刊既开创了法国当代左拉研究新局面，又推动了左拉及自然主义文学经典化的实现。

目前对该学术期刊所取得的巨大成绩，包括当代"左拉学"的研究现状与成就，中国学界了解和研究甚少。虽然国内学界已出版了《左拉学术史》《左拉研究文集》等多部重要著作，但是从收录的文献资料来看，还是不够全面，尚不能全面反映二战后至当下欧美学界特别是法国本土学界当代左拉研究的主要成就及特色。从目前国内左拉研究现状来看，中国学界偏重于对左拉及自然主义理论概念的介绍与梳理，但是对左拉文学作品的整体性尚缺乏深入的研究。此外，中国学界对左拉的《卢贡-马卡尔家族》系列作品、《三名城》和《四福音书》等作品的现代阐释与研究也存在明显不足，且研究视角和方法显得单一，缺乏创新性。由于国内学界长期受俄苏文学研究模式的影响，很多学者在对左拉及自然主义文学的认知和判断上存在一定的局限性，对于自然主义文学所蕴含的现代性价值，缺乏深刻的领悟与再认识。也因为种种原因，迄今为止国内《左拉作品全集》，甚至连左拉的自然主义文学巨著《卢贡-马卡尔家族》也没有全部译介出来，这在一定程度上妨碍了国内学者对左拉小说文本进行整体性把握和系统研究。鉴于目前国内左拉研究尚存在种种难以突破的局限性，关注当代"左拉学"研究前沿成果，尤其是了解欧美学界对左拉及自然主义文学所开展的学术研究情况就显得十分必要和紧迫。

　　法国学术期刊《自然主义手册》与"左拉学"谱系建构研究（1955—2015）于 2015 年被批准立项，立项当年恰值左拉被译介到中国一百周年。所以在一个世纪之后，重新看待左拉及自然主义文学的价值，其实是有助于中国学界回顾和反思中国左拉研究之得失的。20 世纪 90 年代苏联影响模式结束后，中国左拉研究何去何从的问题，也值得我们认真思考。目前，与其他域外作家研究相比，中国左拉研究整体上处于裹足不前的状态，对左拉及自然主义文学的认知和评价还停留在二战之前的水平，且很多观念无法绕开苏联学界关于左拉的定论性评价。虽然国内学界也相继出版了《法国作家·批评家论左拉》《左拉学术史》等相关的著作，但是对法国学界左拉研究专刊《自然主义手册》所开创的"左拉学"了解甚少。研究视野受限，加之研究方法和思路拓展不开，或许就是中国左拉研究目前所面临的最大问题。

　　那么如何改变这种现状呢？对于学者和专业研究者来说，可能不是凭借一己之力、单打独斗就能够完成的，因为要将任何学术研究向前推进一步，不仅需要专业研究者求真务实、脚踏实地地投入时间与精力，还需要在选择研究范围和研究问题方面下功夫。此外，因时代和社会语境的转变，学者选择研究的问题和方法也会有所不同，这都需要学者慎重思考与选择，有的课题甚至需要本专业的同行通过分工、集体协作，才能完成。在末学看来，比较切合实际的做法还是回到本源性研究上。何谓本源性研究？本源性研究意味着从"起点"开始进行回溯，进而追踪到事物或思想生成与演变的历史踪迹。《自然主义手册》是左拉之友新文学协会创办的一份专刊，它汇聚了二战后不同批评流派关于左拉及自然主义文学的认识与评价，它所包含的学术信息量十分丰富。该期刊也是六十多年来法国当代左拉研究发展的缩影。所以选择这份学术期刊为考察对象，深入了解法国当代"左拉学"谱系建构的过程以及所取得的巨大成就，对于推动中国学界当代左拉研究模式的转变，确立新时期中国左拉研究的批评话语，是具有参考价值和现实意义的。

　　本书通过个人对这份学术期刊研究成果的梳理、总结和思考，尝试为国内学者展示 21 世纪中国左拉研究发展的几个愿景：第一，如何运用国外"左拉学"研究新史料与新文献的已有成果及结论，带动国内左拉研究朝多元化方向发展。因为从法国当代左拉研究所取得的学术成就来看，许多学术成果既得益于一些新史料的发现与研究，也受益于研究方法和视角的转换。第二，将当代"左拉学"谱系完整的建构情况呈现给国内同行，初衷不是仅限于让国内学者去了解这份学术期刊的存在，更是要借助于这份专刊所提供的文献资料、前沿成果、研究方法，促使中国学者思考建立一种切合实际、行之有效的中国左拉批评模式，让中国学者在国际学界也有学术话语权。第三，学术创新问题。目前国内学界对自然主义文学的现代性意义缺乏深入研究，尤其学人往往从文学研究的"学以致用"观点来思考当代左拉研究怎样"致用"的问题。这样看待学术研究的功用和向域外寻找思想资源的眼光可能会阻碍人们在学术研究道路上继续前行。所以在笔者看来，当下尤为重要的是从社会的转变中不断主动变换思路，寻找开展学术研究的新路径与新方法。

左拉及自然主义文学被译介至中国已经有百年历史了。译介之初，中国文坛内部曾围绕自然主义话题发生多次文化论争，这些论争始终围绕着自然主义文学理念与现实主义文学观之高低与优劣进行辩论，并存在"先入为主和理论先行"问题。到了 20 世纪 80 年代，学界仍然还在现实主义和自然主义价值问题上不断纠结，难以在价值判断上消除一些偏颇之见。所以探寻研究新思路及方法，需要的不是简单肤浅的论断，而是要深入作家及其作品，对作家所置身的社会历史环境及特定的文化语境做深入研究，这些研究尤其要建立在一些扎实和可信的新史料和新文献之上，这样才能做出较为准确的学术判断。21 世纪充斥着变革与发展，时代需要人们解放思想、突破一些僵化的思维模式，建立与时代发展相适应的批评体系。所以在中国左拉研究领域里，同样需要发现新的突破口，要从新的历史语境出发，重新思考传统接受与现代阐释之间的关系，探讨当下所要关注的新话题。

目　录

第一章 杂志初创阶段（1955—1970）：
误读左拉之因与二战后左拉研究转型

第一节 《自然主义手册》创刊之初衷：
19 世纪法国文学世界中不应缺席的作家

法国学术期刊《自然主义手册》创刊于 1954 年，实际上直到 1955 年期刊第一卷才正式出版发行。[①] 这份学术期刊的诞生，得益于两个文学协会的成立及其对左拉及自然主义影响力的持续宣传。这两个文学协会是相继成立的，彼此之间存在密切关联。第一个文学协会是埃米尔·左拉协会。该协会系民间文学社团，成立于 1909 年 6 月 4 日，由莫里斯·勒布隆倡议发起。莫里斯·勒布隆于 1877 年 2 月 26 日出生在法国外省尼奥尔城，青少年时代随家人来到巴黎，就读于凡尔赛公立中学，后进入巴黎高师圣-克鲁校区攻读预科。他在大学期间与朋友成立了自然主义研究小组，开始研究左拉自然主义小说理论。1896 年他撰写了一篇题目为《论自然主义》的学术论文。从青年时代起，莫里斯·勒布隆就是左拉的崇拜者和追随者，后来经友人介绍结识了左拉。从巴黎高师毕业之后，他成为巴黎一家报社的新闻记者。左

---

① 该学术期刊创刊发起时间是 1953—1954 年，但是因左拉之友新文学协会要筹备和组织学术研讨会才能征集和筛选专业研究者的有价值的文章，期刊第一卷于 1955 年才正式出版。笔者将该期刊首次出版的日期作为研究的起点。

拉去世六年后（1908），他娶了左拉与洛兹罗的私生女德尼丝·埃米尔-左拉
（1889—1942），成为左拉家族的一员。莫里斯·勒布隆后来从政，成为政府
部门的官员。尽管公务繁忙，他还是利用闲暇时间研究左拉作品，并撰写和
发表了一系列研究性文章。莫里斯·勒布隆夫妇终生致力于左拉全集及书信
的整理和出版工作。左拉晚年曾经在报纸上发表著名的《我控诉！》，竭力为
被诬陷的犹太军官德莱福斯发声，并因此遭遇政府的指控和审判，被迫流亡
英国。在这一时期，莫里斯曾积极协助左拉，为他提供与案件误判相关的重
要证据和调查材料。由于左拉的介入，官方迫于压力，重审德莱福斯案件，
最终使德莱福斯案件水落石出。官方不仅释放了犹太军官德莱福斯，还为他
恢复了名誉。1902年9月，左拉因煤气中毒而意外身亡。他去世后，法国政
府为他举行了国葬，1908年又批准将他安葬在先贤祠。1909年6月4日，莫
里斯·勒布隆率先发起成立了埃米尔·左拉协会，以纪念左拉在捍卫法兰西
国家荣誉与正义事业上所做出的表率与贡献。

　　埃米尔·左拉协会成立后，它所策划的重要纪念活动就是每年10月第
一个星期日邀请法国文化界名人及作家，去梅塘左拉故居进行瞻仰和发表
文学演讲。该协会的文学集会活动一直持续到第一次世界大战爆发之前。
1914—1919年，因战事和巴黎局势动荡，该协会的文学集会一度被迫中止。
第二个协会是埃米尔·左拉之友协会，成立于1922年，是由莫里斯·勒布
隆再度倡议的。埃米尔·左拉之友协会自创立以来，一直沿袭埃米尔·左拉
协会的传统惯例，每年都组织一次去梅塘左拉故居进行瞻仰和发表演讲的文
学集会活动。为了专门登载各位演讲者在梅塘或法国各地纪念左拉的活动中
所发表的演讲稿，埃米尔·左拉之友协会还创办了一份简报，由莫里斯·勒
布隆亲自担任主编，这份简报也是1955年出版的《自然主义手册》的前身。
二战期间，巴黎被德军占领，该协会纪念左拉的活动也受到威胁和阻止。
德尼丝与丈夫莫里斯·勒布隆分别于1942年、1944年去世。不过，埃米
尔·左拉之友协会仍然存在，并由学者皮埃尔·科涅担任协会秘书长，负责
协会各项事务。二战结束后，法国社会进入全面重建，文化研究迎来了新的
繁荣。1952年是埃米尔·左拉去世50周年，法国各地的大学及相关学术研
究机构举行各种纪念活动。1954年夏，学者皮埃尔·科涅与左拉之子——雅

克·埃米尔-左拉①医生共同倡议，发起创办学术期刊《自然主义手册》。身为二战后调整改组的左拉之友新文学协会秘书长的皮埃尔·科涅被推选为该期刊的第一任主编。

　　作为一个民间社团性质的文学协会，左拉之友新文学协会为什么要创办一份专刊《自然主义手册》？这份学术期刊创刊的初衷与宗旨又是什么？这其实是值得深思的。不过我们可以从 1955 年创刊号的发刊词里去探究答案。1955 年《自然主义手册》创刊号上的发刊词标题是以问题形式出现的，即"何为《自然主义手册》？"（或译成"《自然主义手册》将会成为什么？"），发刊词是期刊首任主编皮埃尔·科涅撰写的。他在发刊词里这样阐述这份学术期刊创办的初衷与目标："由埃米尔·左拉之友协会倡议组建的新文学协会希望延续过去的传统。因为新文学协会的成员不可能相信，人们对像自然主义那样一个具有辉煌前景的时代会无动于衷。即使到了今天，自然主义的影响力仍然继续存在。在意识到本协会仅利用左拉这个姓氏会让大部分读者将本协会视为仅仅服务于梅塘大师，或仅限于所有过去和现在的自然主义学派作家的研究之局限性后，新协会决定创办此刊，以面向更广泛的读者群……此外我们还想为某种文学观念，仅仅是文学的观念服务。我们丝毫没有回避我们这一任务所要遇到的困难。这就是我们需要读者抱以更多的宽容、少许的怜悯以及积极的合作精神的原因。"②

　　从上述所引的这段发刊词来看，《自然主义手册》首任主编皮埃尔·科涅明确地阐明了二战后左拉之友新文学协会创办此专刊的初衷与宗旨。他尤其强调创办此刊的最大目标是服务于某种文学观念。其实"服务于某种文学观念"恰恰表明了左拉之友新文学协会创办此刊的真实意图和未来要实施的规划和目标。1955 年，《自然主义手册》第一期通过这篇发刊词含蓄地将该专刊创办的宗旨告知了二战后的学界同人，同时也表达了左拉之友新文学协会将要通过创办此专刊的方式引领和重启二战后的左拉研究进程，他们要为

---

　　① 雅克·埃米尔-左拉 (1891—1963) 是作家左拉与让娜·洛兹罗（Jeanne Rozerot, 1867—1914）所生的两个私生子女之一，是左拉唯一的儿子，他后来成为法国北方铁路公司的职业医生，也是《自然主义手册》的发起人之一。

　　② *Les Cahiers Naturalistes,* No.1, 1955, pp.1–2.

推动左拉及自然主义文学研究做些力所能及的事情。显然，这篇发刊词已预示着在不远的将来，文学协会和《自然主义手册》杂志将联手推动当代左拉研究，要为左拉生前与死后所遭遇的误读与诋毁进行辩白。这就是此后学术期刊在创办初期所开展的为左拉及自然主义文学恢复名誉的"正名"运动之由来。为何要替左拉及自然主义文学恢复名誉，这其实涉及这份学术期刊创办的最初缘由和二战后左拉研究所面临的种种困境。所以在回顾《自然主义手册》这份学术期刊的创办过程时，有必要提及该期刊创办之前和创办初期，左拉及自然主义文学在法国所遭遇的困境和诋毁。

可以这么说，自 19 世纪 70 年代至二战结束，在法国文学界，左拉一直是个备受争议的作家。左拉虽然生前因创作了巨著《卢贡-马卡尔家族》《三名城》等作品而声名显赫，被尊称为"自然主义大师"，但在其生前和去世后的很长时间里都被当时的批评家视为专写淫秽下流作品的畅销书作家。19 世纪 70—90 年代，自《卢贡-马卡尔家族》系列作品，如《卢贡家族的命运》《小酒店》《娜娜》《萌芽》等相继发表以来，左拉其实已成为当时法国文坛上作品发行量最多的畅销书作家。尽管支持、崇拜和追随左拉的年轻作家和读者众多，但这一切并不意味着左拉在 19 世纪后期法国文学史上已经得到了应有的地位和评价。其实在 19 世纪后期法国文坛上，诋毁和批评左拉自然主义创作风格的声音十分强大。这些声音主要来自 19 世纪后期执教于巴黎大学的一批职业批评家。他们掌握着学界的批评话语权，不断操纵舆论来诋毁左拉。法国学院派批评家布吕纳介（1849—1906）就是其中一位。他曾经在报纸上发表文章，公然蔑视公众对左拉的崇敬："我甚至不能同意左拉先生的崇拜者们将他当作一位'纯正的作家'，更不能同意将左拉先生称作一位'语言大师'……作为一位作家，左拉先生好像是'市场大王'。"[①] 20 世纪初另一位学院派批评家法盖认为左拉充其量是位通俗小说家，他引用别人的评价，说这位"大师已堕落到淫秽的底层"[②]。就连最具盛名的批评家朗

---

　　① 布吕纳介：《论实验小说》，胡宗泰译，该文被收入《法国作家·批评家论左拉》，合肥：安徽文艺出版社，1994 年，第 30 页。
　　② 法盖：《埃米尔·左拉》，谭立德译，该文被收入《法国作家·批评家论左拉》，第 139 页。

松也不无遗憾地在《自然主义流派的领袖——埃米尔·左拉》（1894）一文中为左拉做了这样的定位与评价，他指出："整部《卢贡-马卡尔家族》——这部'第二帝国时期的一个家族的自然史'——并未传授给我们任何有关遗传规律的知识，它既无论证，也不做解释……在他的作品里，只有纷乱、缺乏条理地陈列着一些学术性和专业性的词汇，令人迷茫，得不到启发。这是似真似假的科学……左拉小说中的心理分析是不足的。"① 与完全否定左拉的学院派批评家不同，当时马克思主义学派的批评家和一些知名的作家多少给予了左拉一些较为公允的评价。如保尔·拉法格在《左拉的〈金钱〉》一文中指出："在敢于有意识地表现人是如何被一种社会的必要性所控制和消灭这点上，左拉是唯一的现代作家。"② 作家莫泊桑也对左拉极力肯定："左拉是一位文学中的革命者，即一切陈旧事物的不可调和的敌人。"③ 尽管有 19 世纪莫泊桑对左拉的赞美声，有 20 世纪阿拉贡、巴比塞对左拉的溢美之词，但是这些肯定的声音几乎被当时和后来批评界的一片斥责声淹没。左拉去世后，从创建左拉梅塘故居博物馆到将其遗体迁至先贤祠，法国政府给予这位作家相当的礼遇和敬意。然而与此同时，左拉被学术界遗忘了。他的作品在很长时间里都没有被纳入法国大学课堂讲授的经典之列。1946 年 9 月 29 日，著名作家路易·阿拉贡接受左拉之友新文学协会的邀请，参加了梅塘瞻仰朝圣活动，并作为特邀嘉宾在此次活动中发表了个人演讲，他的演讲题目是《埃米尔·左拉的现实性》。他在演讲中指出了法国学界长期以来对左拉及自然主义文学历史贡献持忽视和轻蔑的态度。在他看来，直至二战结束为止，埃米尔·左拉在法国文学界仍然没有得到公正对待。他为左拉所遭遇的不公鸣不平。最后他在这篇演讲词中这样表明自己的观点："请别说左拉在 1946 年的法国国内已被放置于应该属于他的位置上了。这种说法是不真实的，而且

---

　　① 朗松：《自然主义流派的领袖——埃米尔·左拉》，谭立德译，被收入《法国作家·批评家论左拉》，第 118—119 页。

　　② 保尔·拉法格：《左拉的〈金钱〉》，罗大冈译，该文被收入《法国作家·批评家论左拉》，第 100 页。

　　③ 莫泊桑：《埃米尔·左拉》，若谷、宋国枢译，该文被收入《左拉研究文集》，南京：译林出版社，2014 年，第 11 页。

事情也远非如此。"① 从这篇演讲稿中可以看出，作为 20 世纪 20—30 年代法国超现实主义文学的杰出代表，阿拉贡已清醒地意识到二战前和战后初期左拉被学界不断边缘化的现实。他认为左拉被主流学界蔑视，并被严重误读，这样的误读造成了左拉在本民族文学内部不断被"他者化"，这样的结果与左拉对法国社会所做出的巨大贡献是极不相称的。在这篇演讲稿中，阿拉贡还特别提及了左拉在 19 世纪末德莱福斯案件审判过程中所发挥的积极作用，认为左拉尽最大努力挽救了法兰西的国家荣誉。不仅如此，他又对左拉为法国文学做出的贡献给予高度评价，赞誉左拉是继巴尔扎克之后法国独一无二的小说家，"他的名字当然可以同巴尔扎克的名字并驾齐驱"②。阿拉贡发表的这次例行演讲是具有划时代意义的，因为他揭示和阐明了这样一个事实，即法国学界"误读左拉"直接导致左拉在本民族文学内部被"他者化"。这种被"他者化"的地位使左拉在 19 世纪法国文学史上成为缺席的作家。正因如此，阿拉贡急切地发出呼吁，要求二战后法国学界给予左拉公正评价。阿拉贡所表达的观点和立场其实也表达了 20 世纪 40 年代末法国文坛上刚刚遭遇了战争摧残、心灵受到重创的一部分作家的心声与态度。在阿拉贡发表演讲两年后，即 1948 年，正值左拉的《我控诉！》一文发表 50 周年，借此之机左拉之友新文学协会和其他学术机构在法国各地举行了一系列纪念活动，以唤起法国公众对于左拉为社会正义所做出的贡献的历史记忆。该纪念活动揭开了二战后学术界重新评价左拉及自然主义文学成就的序幕。

1952 年是左拉逝世 50 周年。从 1952 年 1 月 20 日开始，由特罗伊民间文化团体发起，法国各个民间文学社团开始在巴黎市政厅举行小型文学集会以纪念左拉。法国教育部原定于 1952 年 9 月 24 日举办纪念左拉的活动，后来活动因故取消了。尽管法国官方没有举办任何正式纪念左拉的活动，然而法国国内各种纪念左拉的民间活动此起彼伏。9 月 26 日，随着著名导演威廉姆·蒂特勒 1937 年在美国拍摄的传记影片《左拉传》在法国各地上映，民间纪念左拉去世 50 周年的活动在法国国内掀起了高潮。1952 年 11 月 24 日，

---

① 阿拉贡：《埃米尔·左拉的现实性》（1946），该文被收入《法国作家·批评家论左拉》，第167 页。

② 同上书，第 173 页。

《费加罗报》公布最新民意调查，左拉的小说《萌芽》被评为 20 世纪法国最著名的小说之一。11 月 28 日，安德烈·乌尔穆塞尔在作家文人协会礼堂召开了以"左拉 1952"为主题的研讨会。此外，法国各地一些机构也纷纷召开有关左拉研究的小型研讨会。1952 年 12 月 12 日，在左拉之友新文学协会的大力协助与推动下，法国学术界在巴黎法国国家图书馆举行了一次"左拉作品回顾展"及一场学术研讨会。在这次研讨会上，学者居伊·罗贝尔发表了一篇有关《土地》的有价值的学术论文。1953 年，法国法斯盖尔出版社以"左拉的出场"为题目发表了该研讨会的论文集。借着这样的契机，1954 年由学者皮埃尔·科涅和左拉之子雅克·埃米尔-左拉共同倡议，《自然主义手册》这一刊物正式创刊。以此为标志，揭开了二战后法国当代左拉研究新的一页。而左拉的经典化问题也自此开始成为学术界关注的问题。

作为研究左拉及自然主义文学的学术专刊，《自然主义手册》当然要抓住二战后学界纪念左拉这一历史契机，要针对"误读左拉"问题何以形成、"误读左拉"所带来的后果展开学术讨论。这样做的目的就是为左拉"正名"，恢复左拉在 19 世纪法国文学史上应有的文学地位与声誉。这不仅是杂志创办之最初宗旨，也是《自然主义手册》杂志所要承担和必须完成的历史使命。所以，《自然主义手册》在二战后的特殊历史语境下被创办，它的存在直接改写了左拉在 19 世纪法国文学史上的地位，即左拉理所应当成为 19 世纪法国文学世界中不应缺席的经典作家。不仅如此，该期刊的创办将要引发学界重新思考左拉作品的价值和探讨如何给予左拉客观公正的历史评价的问题。

第二节 创刊初期期刊所要探讨的问题之一："误读左拉"及其根源

在《自然主义手册》创刊最初三年（1955—1958）中，左拉之友新文学协会秘书长皮埃尔·科涅担任该刊的主编，具体负责期刊栏目策划、梅塘瞻仰活动的组织和每期专栏内容的设计以及编辑出版等一系列事务性工作。此后五年（1958—1963），勒内·特诺瓦被任命为期刊第二任主编，接替皮埃尔·科涅的职位，主持期刊编辑出版工作。自 1964 年起，左拉之友新文学协会又委任年轻学者亨利·密特朗主持编辑事务。也就是说在《自然主义手册》期刊创刊的前十个年头，主编易主了三次。当然从第三任主编亨利·密特朗任职开始，该学术期刊主编职位在其后的二十多年（1964—1987）里始终稳定，没有频繁出现人事变动。

亨利·密特朗接任期刊主编以后，对该期刊整体面貌及风格进行了全面改革。自 1966 年起，《自然主义手册》改版，突出学术性特征，并在封面上直接显示重要栏目的标题以及论文题目。从 1966 年第 32 期开始，《自然主义手册》在封面上标出由亨利·密特朗担任主编的字样。虽然在期刊初创十五年之内主编多次换人，但是期刊编辑部同人在办刊宗旨和目标上早已达成了共识，即他们要借助法国本土及欧陆学界专家学者们的话语力量，共同致力于尽快为左拉及自然主义文学恢复名誉的"正名"运动。在创刊最初十五年里，《自然主义手册》刊载各类文章约三百篇，这些文章大致可分为三类。第一类是对左拉重要作品的重新解读。很多研究者选择了《娜娜》《人兽》《小酒店》《金钱》《萌芽》和《戴蕾斯·拉甘》等作品为研究对象，探讨这些作品的素材和人物原型的来源问题，研究左拉小说中的写作技巧。第二类是关于左拉和自然主义在域内或者域外的传播与接受研究。很多文章提及左拉对意大利现代戏剧、对东欧一些国家现代文学所产生的深远影响。第三类主要是对左拉生平及创作的相关资料的整理与研究，包括左拉生前致友人、作家、出版商等的信札。这类文献绝大部分是未公开出版过的，但是对这些史料性的文献资料汇编与整理为日后左拉研究提供了珍贵的第一手资料。

在研究杂志创刊初期所刊发的各类文章时，笔者发现为了推动学界重新认识左拉及自然主义的贡献，期刊编辑部在栏目设定和文章发表方面确实有预先设计的编辑方针和目标。《自然主义手册》前两任主编非常重视探讨左拉被学术界"误读"现象背后的历史根源。他们通过对 19 世纪 80 年代至 20 世纪 50 年代左拉被误读和诋毁的相关史料的回顾与梳理，尝试回溯和探讨法国学界"误读左拉"现象形成的历史根源。

皮埃尔·科涅在担任《自然主义手册》首任主编时，在杂志创刊最初三年里将期刊舆论导向如何重新评价左拉自然主义文学的价值及贡献。重新评价左拉文学成就首先意味着要将以往评论界扣在左拉头上的那顶"淫秽粗俗的通俗作家"的帽子摘掉。为了矫正以往学界对左拉的偏见，消解传统的误读，给予左拉一个公正的评价，皮埃尔·科涅从1954年开始在期刊上连载一些调查问卷，对本土左拉读者群（受众）展开民意调查，尝试摸清人们如何看待自然主义文学成就，以及自然主义文学研究所面临的最紧迫的问题。在皮埃尔·科涅看来，系统地考察迄今为止左拉及自然主义文学运动对本土读者和当代文学的实际影响力，对于重启二战后当代左拉研究是十分必要的，因为只有找准问题症结之所在，才能有针对性地开展专业化的学术研究。选择采用问卷调查的方式并不是《自然主义手册》杂志社的首创，早在1891年法国记者朱尔·于雷就曾经在自然主义文学屡遭诋毁的时期，尝试过运用问卷调查去了解自然主义文学是否在法国已经死亡。经过一年多的调查，朱尔·于雷最终惊奇地发现，左拉作品在19世纪末发行量仍然巨大，畅销纪录保持了十五年。后来他以"自然主义并没有消亡"[1]为题，在报纸上发表了此次问卷调查的结果。时隔六十三年，《自然主义手册》杂志社于1954年，同样采用问卷调查方式试图对1900年至1950年近半个世纪左拉及自然主义运动的持续影响力展开调查。此次问卷调查是由皮埃尔·科涅和他的同事菲利普·卡尔利耶具体负责的。他们邀请了近百名法国本土和英国、德国、美国等国的作家及研究者参与此次问卷调查。问卷调查包括两个问题：第一个问题是"你们认为自然主义文学运动对于你们的作品及研究都产生了何种影响，以何种方式、具体受哪些作者的影响？"，第二个问题是"今天仍然有许多自然主义传承者吗？通过他们的继承与发扬，你们相信自然主义会继续存在下去吗？"。经过几个月的问卷调查，期刊编辑部收到了四十多人的回复，当时，法国《新文学报》和《费加罗报》相继发表了此次问卷调查的结果。根据三十七位被调查者的回复，皮埃尔·科涅和菲利普·卡尔利耶得出初步的判断，即人们对自然主义文学的看法明显存在代际

---

[1]　Philippe Carlier et Pierre Cogny, «Situation Actuelle du Naturalisme», *Les Cahiers Naturalistes,* No.1, 1955, p.128.

冲突。他们认为出生在第一次世界大战之前的那代人和出生于第二次世界大战前后的一代人对于左拉及自然主义文学的看法明显存在矛盾。不过两代人都承认自然主义对他们所处的时代仍具有相当大的影响。后来皮埃尔·科涅和菲利普·卡尔利耶还根据问卷调查的结果撰写了《自然主义现状》一文，文章登载于《自然主义手册》1955年第1期。在该文中，他们强调，在20世纪50年代初所展开的对左拉作品的第二次问卷调查意义十分重大，因为此次调查是要全面了解左拉及自然主义文学在法国及外国读者心目中究竟处于什么位置，并针对左拉研究在法国所遇到的困境，采取相应的策略。主编皮埃尔·科涅在该文中高度评价了参与此次问卷调查的百位知名学者和作家的认真与合作态度。皮埃尔·科涅和菲利普·卡尔利耶还将雅克·德·拉科泰勒、亨利·波尔多、让·科克多、乔治·杜阿梅尔等六位法兰西学院院士，多名龚古尔学院院士以及龚古尔文学奖获奖作家复信的部分内容摘录了下来，并在文章中加以引用。这些学者谈了他们对于自然主义文学观念以及左拉几部重要文学作品的看法。有的正面肯定了左拉对于法国当代文学发展的影响与启示，强调自然主义文学运动对其他国家的现代文学，例如美国小说和俄国小说创作，都产生了深远影响。有的则对左拉小说的表现手法和自然主义文学观念提出质疑。由此可见，刊载于《自然主义手册》1955年第1期的此次问卷调查的结果表明，法国学界对于左拉作品价值的看法还存在着分歧。

为了推动战后法国学界重新认识左拉及自然主义文学的贡献，《自然主义手册》开辟了一个"新文献材料"栏目，有选择地刊发一些综述性文章，介绍与当代左拉研究相关的新史料或者关于新文献的重大发现等。开辟"新文献材料"栏目之目的就是帮助学界学人和读者深入了解左拉长期被误读与诋毁现象背后的历史根源。主编皮埃尔·科涅选择一些重大的文学事件和历史事件，例如《五人宣言》事件（1887）和德莱福斯案件（1894—1899）给左拉的文学声誉所造成的负面影响作为突破口，尝试梳理"误读左拉"现象形成的历史根源。1955年，主编皮埃尔·科涅在创刊号的发刊词中就宣布要设立几个固定专栏，譬如："自然主义在国外""历史视野中的德莱福斯案件""艺术领域中的自然主义""我们自然主义书简作者""我们自然主义者如何被看和被评议"等。从这些栏目的命名上，可以看出该学术期刊在栏目策划上是有其特殊的学术立场的。例如"历史视野中的德莱福斯案件""我们自然主义者如何被看和被评议"等栏目，主要针对 20 世纪 50 年代以前法国学界"误读左拉"现象的形成问题。而在追溯这一现象生成的缘由时，皮埃尔·科涅其实有意识地提醒法国读者要重新了解和关注《五人宣言》事件的内幕，该事件曾经给左拉的文学声誉造成了极其严重的负面影响。

　　《五人宣言》事件是法国学界"误读左拉"现象的肇端。该事件起始于五位年轻作家在 1887 年 8 月 18 日的《费加罗报》上共同署名发表了一篇抨击左拉小说《土地》的文章。这五位年轻作家是保尔·博纳丹、罗西尼、吕西安·德卡夫、保尔·玛格里特和居斯塔夫·吉什。在这篇文章中，五位年轻作家一致将批判矛头对准左拉作品中的自然主义艺术风格。他们通过引用左拉《土地》中的多处片段来论证左拉自然主义文学作品的审美倾向，即热衷于表现人的兽性和歇斯底里的病态性格。此外他们还谴责左拉在小说《土地》中对法国农民的形象进行粗俗化的歪曲描绘。该文一发表便在法国文坛上立即引发"诋毁左拉"的轩然大波，并引发了"多米诺骨牌效应"。该事件后来被称为"《五人宣言》事件"。该事件曾经被视为自然主义文学团体内部的一次内讧和笔战，是"梅塘集团"弟子对于自然主义运动领袖左拉的背叛与宣战。《五人宣言》发表后，左拉本人并未马上对该事件做出回应，相反在很长一段时间里他刻意保持沉默。然而"梅塘集团"其他成员，如莫泊桑、于斯曼等则公开表态，力挺左拉。《五人宣言》事件发生后，龚古尔兄弟将左拉的名字从他们遗嘱中所确立的龚古尔学院院士名单上删除。《五人宣言》对左拉文学声誉的影响不仅限于此，因为它还在读者大众中散布了一种观念，即阅读左拉小说无疑是一种极其有害的不道德行为，左拉也因此被冠以"淫秽和阴沟作家"的罪名，被视为不道德的作家。《五人宣言》事件是造成后来自然主义文学运动在法国本土逐渐衰落的一个重要原因。

　　《自然主义手册》创刊后，主编皮埃尔·科涅有意识地选择该事件作为替左拉"正名"的一个突破口。1958 年，皮埃尔·科涅在期刊第 4 期上发表了一篇题为《埃米尔·左拉与爱德蒙·德·龚古尔——根据未发表的日记:〈五人宣言〉》的文章。该文篇幅虽然不长，但它所论述的问题是十分重要的。皮埃尔·科涅撰写这篇文章的初衷是披露《五人宣言》事件背后掩盖的历史真相。该文是皮埃尔·科涅早期发表的一系列文章中最富有学术价值和史料价值的。该文为推动学界重新认识左拉及自然主义文学的价值，为扭转二战后法国学界对于左拉的看法和恢复左拉的文学声誉起到了积极的推动作用。在文章开头部分，作者这样表明自己写作的目的及态度："在我们奉献给自己的一系列文章中，我们大家的目的其实并不是要再度开启一场无益的论战，也不是要提供什么新发现，因为我们每个人很快手头上就会有即将出版的完整版《龚古尔日记》。而我们的用意仅仅是想更接近文本的原文，因为文本其实可以自己去言说。"①皮埃尔·科涅指出，最早关注《五人宣言》事件背后的历史真相的不是他本人，而是学者居伊·罗贝尔。1952年居伊·罗贝尔就已经发表了重新阐释和评价左拉《土地》价值的论文，他在那篇论文中已经向读者揭示出《五人宣言》发表的真相以及事件的幕后推手。当然皮埃尔·科涅以严谨审慎的态度指出，不仅法国本土作家和学者们对于《五人宣言》事件背后的真相给了极大的关注，而且包括左拉亲属在内的很多朋友均对事件发生的原因表示困惑不解。皮埃尔·科涅在文中引用了于斯曼致左拉的书信，引用了左拉女儿德妮丝在《我的父亲左拉》一书中有关该事件细节内幕的披露，还有传记作家马克·贝尔纳在《左拉自述》中所得出的结论。皮埃尔·科涅在文中列举大量详实的材料，其实是要推演出一个观点，即左拉有理由认为该事件是由都德和龚古尔兄弟联手操纵的。不过皮埃尔·科涅没有明确表态，只是含蓄地表达了自己更倾向于赞同居伊·罗贝尔的研究结论，即人们不可能直接控诉都德和龚古尔兄弟是该事件的幕后推手，但是事实是不言自明的。所以在该文中，皮埃尔·科涅在居伊·罗贝尔前期研究的基础上，反复强调必须通过研究多卷本的《龚古尔日记》的细节来呈现《五人宣言》发表前后龚古尔兄弟关于该事件的文字描述。他还在文中引用了《龚古尔日记》中的九段文字，其中这三段引文直接摘自爱德蒙·龚古尔的日记：

---

① *Les Cahiers Naturalistes,* No.4, 1958, p.424.

（1）我们认为发表宣言的做法并不高明，且宣言文字表达拙劣，科学词汇运用得太多了，显得对作者人身攻击过于猛烈了……

（2）在我们看来，批评还是做得很大胆，但是宣言写得很差……

（3）在作品《家常事》发表期间，都德参加过一次由出版商沙庞蒂耶召集的午餐会。聚会之后，他在日记中这样写道：他对自己同行所创作的文学深感厌恶与反感。他还引用了午餐会中左拉夫人对左拉说的话："亲爱的，你的书写得真的非常粗俗，粗俗极了。"左拉听后似乎毫无反应。沙庞蒂耶夫人听后则显得不以为然。她笑着反问道："你真的这么想吗？"而出版商沙庞蒂耶则回应道："但是这些书却卖得特别火啊！"①

皮埃尔·科涅之所以在文中引用《龚古尔日记》未发表的片段，其目的是间接地印证居伊·罗贝尔的研究结论，即都德和龚古尔兄弟确实是《五人宣言》事件的幕后操纵者。与此同时，他还根据上述细节分析推断左拉与都德、龚古尔兄弟之间关系逐渐疏远和恶化的原因。在皮埃尔·科涅看来，《五人宣言》事件的爆发看似属于偶然发生的一桩文学事件或者闹剧，却有着极其复杂的历史原因。这一文学事件的发生暴露了19世纪80年代法国文坛作家文人之间的恩怨纠葛。他指出龚古尔兄弟长期以来对处于文坛竞争优势地位的左拉一直抱以敌视的态度。正是这种不友好立场决定了《五人宣言》事件过程中巴黎"文学场"的舆论导向。也因为当时文学场上各种派系力量的竞争、同行作家实力的相互角逐，最终让公共舆论朝着不利于左拉的方向演进。这一文学事件在19世纪80年代中期法国文坛上的爆发所引起的思考是多方面的。一方面，它使法国文学批评界开始思考什么是"好文学"，以及评价自然主义文学的标准到底是什么。另一方面，自19世纪七八十年代左拉提出自然主义文学创作理念后，便不断遭遇指责与诋毁，然而与之形成悖论的是左拉的作品却拥有"市场价值"和高"流行度"。那么如何解释

---

① Pierre Cogny, «Emile Zola et Edmond de Goncourt, d'après le journal inédit», *Les Cahiers Naturalistes*, No.4, 1958, p.425.

左拉作品被大众广泛接受的现象呢？皮埃尔·科涅在文章中给出了颇有见地的结论：对于19世纪70—90年代法国文坛上很多文化权威来说，到底以市场价值作为评价作家作品质量的标准，还是以文学专业标准来判断左拉作品的价值，这其实就是《五人宣言》所引发的文学论争意义之所在。皮埃尔·科涅在该文中对19世纪80年代中期《五人宣言》事件所引发的论战还是持中立的态度。他认为那些未能像左拉那样得到读者应有关注的作家出于维护个人尊严的需要而采取了对同行不宽容的态度，实属正常现象。不过，皮埃尔·科涅认为他写这篇文章的真正动机还是通过对《五人宣言》事件的重新解读来为无辜的左拉做合理的辩护。

　　实际上，19世纪80年代后期的《五人宣言》事件只是拉开了左拉"被污名化"的序幕。随着19世纪八九十年代《卢贡-马卡尔家族》20部小说陆续出版，左拉在法国文学界已经牢牢站稳脚跟，成为法国文坛的新盟主。在完成《卢贡-马卡尔家族》之后，左拉并没有停止文学写作活动，而是转向一个又一个写作计划。他随后拟定了三部曲《三名城》的创作计划，四部曲《四福音书》也在酝酿之中。1878年，左拉用《小酒店》的版税在巴黎西郊特里耶地区购置了一所住宅，即梅塘别墅。当时巴黎文坛上一批年轻作家，如莫泊桑、于斯曼、阿莱西等追随和仰慕左拉，他们经常受邀赴左拉的梅塘别墅聚会，共同探讨文学问题，由此形成了一个自然主义核心组织，即"梅塘集团"。1880年，"梅塘集团"的六位作家合作，联名发表了短篇小说合集《梅塘之夜》。该作品的出版使得"梅塘集团"蜚声文坛。所以在面对左拉与日俱增的文学声望和旺盛的创作力时，19世纪末文坛上那些新老同行们不可能没有压力。那些被忽略、未被读者关注的作家，例如龚古尔兄弟等，不可能不对左拉心生嫉恨。《五人宣言》事件的发生是法国文坛上自然主义文学阵营里出现的一次内讧与分裂，它引发了当时社会舆论的倒戈，转向了全盘否定和批判左拉自然主义小说的文学价值的方向。

　　《五人宣言》事件之后，19世纪末爆发了另一个事件，即德莱福斯案件，该事件将左拉"被污名化"再次推向了高潮。左拉后来介入该案件审判过程，也因为他的发声最终使德莱福斯案件迫于舆论的压力，得以重新调查和改判。该案件起因为1894年10月15日法国陆军上尉阿尔弗莱德·德莱福斯因间谍罪被逮捕。作家爱德华·杜尔蒙在法国新闻报刊《自由之声》主持一个文化专栏"反犹太主义"，首次披露了阿尔弗莱德·德莱福斯案件的细节。当时阿尔弗莱德·德莱福斯被控充当德国间谍而犯下叛国罪，由国家军事法庭审判该案件。1894 年 12 月 22 日，在德莱福斯上尉毫不知情的情况下，国家军事法庭做出了一审判决，即宣布阿尔弗莱德·德莱福斯被判为终身监禁（无期徒刑），送往圭亚那魔鬼岛关押。1894 年 12 月军事法庭判决前，左拉对该案件毫不知情。直到 1896 年 5 月 16 日《费加罗报》登载了一篇《告犹太人之书》，他才初步了解了德莱福斯案件。这则通告引起他对德莱福斯案件审判过程的关注。此外，杜尔蒙在《自由之声》的"反犹太主义"专栏发表了一系列反犹言论。左拉读到了杜尔蒙的极端反犹言论后，内心很反感，这让他不禁对德莱福斯上尉的命运深感忧虑。1896 年 5 月他在《费加罗报》上发表了题为《为了那些犹太人》的文章，为被污名化的犹太人辩护。但此时的左拉并没有介入案件，仍保持缄默。1896 年年底，记者贝尔纳·拉扎尔寄给左拉一些关于该案件审判过程的小道消息。1897 年秋，左拉在梅塘别墅接待了皮卡尔律师、检察官舒雷尔-凯斯特纳以及巴黎塞纳省的官员，他们向左拉披露德莱福斯案件审判的内幕，即德莱福斯上尉实属被诬陷。1897 年 1 月 7 日的《费加罗报》登载了两篇质疑德莱福斯案件的文章，引起舆论广泛关注。1897 年 12 月 4 日，德莱福斯上尉的哥哥马修·德莱福斯作为被告的辩护人，通过媒体揭发法庭审判不合法。他指控真正的间谍埃斯特哈兹已经被拘捕并承认其间谍行动，但是军事法庭却以证据不足将其释放，而将无辜者德莱福斯上尉关押在监狱中。面对官方的误判，左拉在掌握确凿的证据和了解案件的实情之后，于 1898 年 1 月 13 日在《震旦报》上给法兰西共和国总统费里斯·福尔写了一封公开信，标题为《我控诉！》，指控总理、部长、法律专家等罗织罪名不公平地对待一位犹太人。《我控诉！》一文的发表很快吸引法国舆论界关注该案件。《震旦报》因左拉的这篇文章当日发行量高达 30 万份。左拉之所以要利用新闻报刊为德莱福斯案件发声，就是要吸引法国公众关注该案件的进展，给第三共和国政府制造舆论压力，以达到重审该案件的目的。左拉介入德莱福斯案件，深深影响了他个人晚年的命运，该案件占据了他人生最后五年的时光，从 1897 年开始直至 1902 年去世。因为左拉对该案件的介入，新任战争部部长迫于国内舆论的压力于 1898 年 4 月启动再审德莱福斯案件的司法程序，他亦于 1898 年 5 月 22 日向卷入该案件的左拉提出了法律诉讼。从 1898 年 5 月 23 日至 6 月 28 日，左拉先后两次被控有罪，7 月 9 日左拉在缺席庭审的情况下被判两个月监禁和罚款三千法郎。1898 年 7 月 18 日在友人的帮助下左拉被迫逃亡英国伦敦避难。法国议会最终于 1899 年 3 月重审德莱福斯案件，5 月 29 日宣告德莱福斯上尉无罪，左拉也于当年 7 月结束在英国的流亡，返回巴黎。1900 年年初他和德莱福斯上尉"联合作战"，致信塞纳省省长，要求恢复名誉。1900 年 12 月该案件宣告结束。介入德莱福斯案件时，左拉尚未写完《三名城》，《四福音书》的写作计划也在酝酿中。左拉为德莱福斯申冤，前后共投入了五年时间。左拉在德莱福斯案件中为了捍卫正义，与法国国内反犹阵营做了顽强的对抗。

德莱福斯案件是继《五人宣言》事件之后发生的另一桩社会公共事件。在德莱福斯案件中，左拉因介入案件的审判，多次遭遇议会及国内反犹阵营的诋毁。关于他为何撰写《我控诉！》，出于什么动机在德莱福斯案件持续发酵的态势中公然站出来指责政府，其实舆论界对此是持有不同声音与立场的。反犹阵营指责左拉想借此事件炒作自己的作品与名声，文坛上也有不少人支持和附和反犹阵营的说法。所以德莱福斯案件也是"误读左拉"问题形成的另一个不可忽略的缘由。编辑部期望通过开辟"德莱福斯案件始末"专栏，借助史料的挖掘与整理，帮助读者全面了解左拉为真理和正义所付出的行动的意义。

从 19 世纪 80 年代中期直至 20 世纪 50 年代，法国舆论界和学界对左拉的不断误读所带来的后果是极其严重的。恶果之一就是在 19 世纪后半叶乃至 20 世纪上半叶，左拉的文学成就及其贡献在本民族文学史教科书中很少被提及，这位自然主义小说家渐渐被学者们淡忘或被边缘化，成为法国文学场里的一个"他者"。此外，他的名誉不断被诋毁和玷污，他不仅算不上一个优秀作家，甚至还被嘲讽为一个"反经典"作家和淫秽作家。他的作品遭到学院派的攻击与误读，被排除出本国文学经典行列。

鉴于左拉文学声望遭受极其严重的损害，在《自然主义手册》创刊初期，主编皮埃尔·科涅、勒内·特诺瓦和亨利·密特朗等人尝试通过探讨"误读左拉"问题的根源来积极推动学界重新认识与评价左拉自然主义小说的价值。事实上，他们也意识到了要为左拉正名，首先必须从还原历史真相着手；而还原历史真相，必须从源头上梳理历史线索，尤其要对《五人宣言》和德莱福斯案件两个重大历史事件的真相做详细的调查与揭示，这样才有可能找到解决问题的方法，抓住问题的要害。

第三节　创刊初期所要探讨的问题之二：
自然主义被污名化及其文化根源

《自然主义手册》创刊初期，主编们不仅关注学界对左拉的误读，而且非常关注自然主义文学被污名化的文化根源问题。其实上述两个问题是相互关联的，只是所针对的问题略有不同。自20世纪七八十年代开始，因提出自然主义文学主张，尤其是实验小说理论，再加上自然主义巨著《卢贡-马卡尔家族》相继出版引发轰动效应，左拉在文坛上的声誉便不断遭到法国学院派批评家的诋毁。受影响的远远不止左拉本人，甚至还包括"梅塘集团"其他成员。学院派批评家对左拉所创立的自然主义文学流派、实验小说理论、自然主义戏剧等均持全盘否定的态度，他们不仅抹杀自然主义文学所有合理及进步性的因素，甚至还将"淫秽"与"粗俗"的标签强行贴在自然主义文学作品之上。到了19世纪80年代后期，自然主义文学被诋毁、被污名化程度之高，远超过同时期其他文学流派，几乎到了令人谈之色变、唯恐避之不及的程度。这在一向标榜文明、自由、开放的法国社会显得难以理喻。

虽然自左拉第一部自然主义小说《戴蕾斯·拉甘》（1867）出版以来，读者对自然主义文学作品中的人物悲剧命运的成因有不同看法，但是《戴蕾斯·拉甘》还是被评论界视为奠定左拉在法国文坛地位的一部优秀作品。该小说出版后，社会反响不错，给左拉带来了成功的喜悦。左拉后来在该小说再版序言上明确提出了"要将自然主义批评方法运用到小说中"。他甚至指出了自己创作该小说的动机："科学目的是我首先要追求的目的……我已经揭示出多血质的人和神经质的人相遇易引发深层次的精神紊乱。我选择了两个这样不同气质的身体为对象，在他们身上做了类似于医生解剖尸体一样的简单的实验分析。"① 正如亨利·密特朗在论著《左拉与自然主义》中所指出的那样："正是在这篇序言的结尾，左拉使用了自然主义标签，高举自然主义大旗，他还大胆地强迫那些没有说出来的作家接受这一命名，当然这些作家包括大家都非常熟悉的泰纳、龚古尔兄弟，还有埃克多·马洛和小仲马等。这篇序言可以说就是一篇自然主义流派的宣言。"② 不过从 19 世纪七八十年代中期《卢贡-马卡尔家族》系列小说，如《卢贡家族的命运》《小酒店》《人兽》《莫雷教士的过失》《萌芽》《土地》等相继出版后，左拉所迎接的已不仅仅是读者的掌声与欢呼声，还有批评家的谴责与辱骂声。

由于左拉旺盛的创作激情和《小酒店》《娜娜》《萌芽》等作品在各大书店里成为畅销书，法国批评界在高度关注《卢贡-马卡尔家族》系列小说出版所引起的轰动效应的同时，也对左拉这部自然主义巨著所触及的酗酒、卖淫、疯癫和欲望等主题以及自然主义表现手法提出质疑和批评。虽然从词源学上来看"自然主义"这一名词并不是左拉的发明，因为该词早在蒙田的《随笔录》中就已出现了。18 世纪中叶狄德罗在其编撰的《百科全书》中就对"自然主义"一词做了这样的解释："自然主义者就是那些不接受上帝观念，只相信物质存在的人。"③19 世纪法国批评家泰纳早在左拉之前已开始使用该术语来评价达·芬奇艺术作品的风格，他将画家对自然的近似逼真的描摹视为"自然的和真实的"。在泰纳看来，自然主义的确切含义更接近于现实主义的"真实性"。左拉只不过是从泰纳的批评著作中借用了这一术语，对其早期文学创作的写实主义风格进行概括。1872 年，他在与俄国作家屠格涅夫聚会闲谈时，后者为他解释了自然主义或者自然派在俄国文坛上另外的含义，即别林斯基为俄国讽刺作家果戈理的艺术风格所做的阐释：该流派作家比较注重暴露社会的阴暗面。1875—1880 年，左拉在给俄罗斯《欧洲信使报》撰写文学批评文章时开始有意识地为俄罗斯读者介绍他所创立的法

---

① Henri Mittérand, *Zola et le Naturalisme,* Paris: Presses Universitaires de France, 2002, p.20.
② Ibid., pp.20–21.
③ Ibid., p.22.

国自然主义文学。1880—1882 年，他又先后在法国本土杂志上发表了《实验小说论》《自然主义小说家》《戏剧中的自然主义》和《文学文献》等评论文章，正式向法国读者阐释他关于创立自然主义实验小说的设想，即如何将现代科学观念运用于人物形象的塑造和如何探讨社会问题的根源，包括提出自然主义独特的艺术手法。这些文章，如同其自然主义小说《小酒店》《娜娜》《人兽》，很快引发了 19 世纪七八十年代法国保守的学院派批评家的强烈反应。最早对左拉自然主义文学发起攻击的是法兰西学院院士、批评家布吕纳介（1849—1906）。布吕纳介毕业于巴黎高师，后在该校主讲法国文学史课程，同时出任《两世界评论》主编。他是 19 世纪七八十年代法国学院派批评家的代表人物。自 1875 年开始，他将自己主编的《两世界评论》作为舆论阵地，连续撰文，对左拉的自然主义实验小说理论发起猛烈的攻击。他在《论实验小说》（1879）一文中对读者大众热捧左拉的《小酒店》《巴黎之腹》的现象颇为不满，进而在文章中嘲讽左拉，将《小酒店》《巴黎之腹》等自然主义小说的畅销解释为左拉善于利用舆论宣传来炒作个人作品。他这样写道："还没有一个人迷上左拉先生，就像左拉先生深深迷恋他自己那样。在这种情况下，左拉先生只有一件事情要做了，他做了这件事情：他成了评论自己作品的评论家。每周写一版专栏，他还嫌少。为了将自己作品传播到国外，特别是传播到圣彼得堡去，他先在'现代小说家'和'共和国与文学'两个专栏上发表一系列长长的评论文章。"① 他在文章中不仅尖刻地讽刺左拉文笔枯燥无味，还对左拉将科学观察运用于小说创作实践的方法进行曲解，声称左拉根本不明白何为"实验"，是个一窍不通的科学盲。此外他将现实主义小说家巴尔扎克、福楼拜等奉为 19 世纪欧洲文学的榜样，并将左拉与这些现实主义小说家对立起来。在他看来，只有巴尔扎克的文学创作方法才是一种认识生活的正确方法，而左拉的观察谈不上是现实主义的，只能被看成对物体的歪曲。他甚至得出这样的结论，即左拉是一个有特殊怪癖的低俗作家，因为他只注意或者仅仅热衷于描绘人类最卑劣的方面。继布吕纳介之

---

① 布吕纳介：《论实验小说》，胡宗泰译，该文被收入《法国作家·批评家论左拉》，第 29 页。

后，19 世纪八九十年代学院派批评家于勒·勒梅特尔和朗松等人又利用他们的学术威望和在学术界所掌握的话语权给左拉及自然主义再次贴上"污秽、下流和淫荡"的标签，试图将自然主义文学"打入冷宫"。在于勒·勒梅特尔看来，西方小说历来都是建立在赞美人的灵魂的信念之上的，而左拉所创作的这些自然主义作品缺乏基本的道德意识和追求真善美的信念。他所呈现的都是缺乏突出性格的人物，他们是意志薄弱、道德败坏的"禽兽"。为此，他们将自然主义小说称为"社会公害"。19 世纪后期法国学院派批评家都明确表示对左拉的文学作品有着抑制不住的厌恶感，他们将自然主义与左拉作品画等号，通过贬低左拉作品的艺术价值达到对"自然主义"彻底否定的目的。

《自然主义手册》创刊初期，主编们开始思考如何为左拉及自然主义文学恢复声誉。学者马塞尔·基拉尔曾在《自然主义手册》第 1 期（1955）上发表了《埃米尔·左拉与大学批评》一文。马塞尔·基拉尔在该文中指出，19 世纪后期法国学院派批评家对自然主义文学肆意攻击，将之不断污名化，这样极端的做法导致了极其严重的后果，即因受学院派批评家的百般阻挠与否定，左拉去世后其作品仍无法进入法国文学史教材和大学课堂。基拉尔认为，自然主义被污名化实际上是学院派批评家个人审美偏好所导致的必然结果。19 世纪后半叶法国大学批评通常被称为职业化批评，因为这是那些以标榜严谨和严肃而著称的教授们创立的。但是学院派的大学批评家是否公正地本着严谨的职业伦理立场从事批评实践活动，这就很难判定了。从他们粗暴地对待左拉与自然主义文学的态度上，可以看出 19 世纪学院派批评家在批评实践中只是打着捍卫真理的旗号，他们声称要恪守某种道德信条，其实他们真正捍卫的不是文学家的尊严，而是个人的权威。他们对文学革新者总是百般挑剔和吹毛求疵，这恰恰说明他们的思想趋于僵化和教条。正因为此，马塞尔·基拉尔指出要恢复左拉及自然主义的文学声誉，必须重新认识 19 世纪后期法国学院派批评的实质。马塞尔·基拉尔在文章中提到了建立二战后法国学界新学院派批评的重要性。他以居伊·罗贝尔、海明斯、马赛尔·克乐塞特、尼耶斯和勒内·特诺瓦等国内外左拉研究者的最新研究成果为例，强调以他们为代表的二战后的法国学院派才是名副其实的大学批评。

因为这些二战后的大学批评家最值得称道的做法就是结合反复考证的确凿事实和细节展示，通过对左拉小说文本的具体阐释来揭示左拉自然主义文学的价值。在他看来，真正的学院派批评是要依据这些战后大学批评家实事求是的精神去接近自然主义文学之原貌，能提出许多新发现和新见解，这样才能帮助读者更好地理解左拉的创作奥秘。

继学者马塞尔·基拉尔发表《埃米尔·左拉与大学批评》之后，学者波纳克盖和科涅在他们合写的论著《现实主义与自然主义》（1958）中，着重探讨和分析了 19 世纪后期法国文坛上自然主义文学与现实主义文学之间的竞争关系，从中探讨自然主义文学被污名化的文化根源问题。英国学者科林·波恩在《自然主义手册》（1959）第 5 期上发表了《左拉与英国》一文，指出左拉在英国文坛上被接受的情形遭遇了与法国本土相类似的境遇。他指出，19 世纪 70 年代之前，没有任何英国读者听说过埃米尔·左拉的名字，直至 1876 年《小酒店》的发表，英国批评家才开始关注左拉。1877 年诗人斯维伯恩在报刊上发表了第一篇关于《小酒店》的评论文章，该批评文章还摘引了左拉作品的多个片段，以犀利的眼光对左拉小说中粗糙的描绘技巧提出了批评。1878 年另一位英国批评家对左拉自然主义文学作品则抱着否定与敌视的态度，他在文章中将自然主义小说称为垃圾。根据左拉作品最初在英国的接受情况，科林·波恩分析 19 世纪后期英国批评家对左拉自然主义文学抱以不友好的态度，原因就在于左拉的《卢贡-马卡尔家族》系列作品的出版恰值英国维多利亚时代。他客观地分析了左拉自然主义小说存在的诸多缺陷，诸如缺乏纯思辨的因素和抽象的思想观念特征。以《小酒店》和《娜娜》为例，科林·波恩指出这些自然主义小说所谈论的话题涉及酗酒和卖淫问题，这些话题与英国维多利亚时代讲究道德的传统风尚似乎格格不入。他以 1884 年英译本《小酒店》《娜娜》引发出版者被官方指控的事实，再度说明左拉在 19 世纪 80 年代最初被译介至英国后所遭遇的抵抗。《小酒店》《娜娜》是由著名出版商亨利·维泽特利的儿子埃尔奈斯特·维泽特利译介至英国。尽管译者已对原作中的露骨描写做了大量删减，但是英译本的《小酒店》和《娜娜》出版后仍然引发了英国公众强烈的抗议。1894 年英国政府先对出版商亨利·维泽特利提出法律诉讼，对其监禁三个月，罚款 3000 英镑。

这位出版商在出狱不久即抑郁而死。直至《崩溃》发表后，欧洲批评界对该作品给予了一致的好评，左拉作品在英国的接受与传播状况才得到好转。

在《自然主义手册》创刊初期，二战后左拉研究者们从英、法不同的历史与文化语境出发，共同探讨了自然主义文学在19世纪后期欧洲各国普遍被污名化背后的文化根源问题。也就是说，19世纪70—90年代，左拉及自然主义文学在法国文坛和英国文坛遭遇了类似的境遇：被诋毁与辱骂，被视为文学垃圾。而与自然主义文学的处境形成鲜明对照的是19世纪中后期的现实主义文学在英、法等国文坛则处于被高度热捧与褒扬的状态。英、法两国现实主义文学的代表人物，如狄更斯、巴尔扎克、福楼拜等都备受推崇。现实主义文学作品的叙述方式、表现的主题和塑造的人物性格也普遍被高度认可和接受。因此，左拉自然主义小说刚一问世，其所涉及的疯癫、犯罪和卖淫主题，偏重于对生理学意义上的人之塑造，都显示出自然主义小说与现实主义小说在诸多方面的鲜明的反差与对照。尤其是左拉所主张的生物决定一切的理论，给英、法文坛上的作家带来了不小的冲击，这必然引发人们对自然主义小说的抵制与否定。

由此可见，19世纪后期自然主义文学一直与现实主义文学处于竞争态势，而这一时期的法国学院派批评则主要采用社会学、历史主义批评以及心理分析等方法。社会学批评比较侧重探讨小说作品与时代、社会环境及种族等因素之间的关系。历史主义批评更侧重于探讨文学作品中的社会和政治的含义。批评家们更强调作品所包含的社会和政治现实基础的重要性，强调语言生产是意识形态价值观念的再创造，它必然具有特定阶级的政治倾向。在19世纪70—90年代的法国学界，以布吕纳介为代表的法国学院派批评家几乎都采用历史主义方法来研究左拉及其自然主义小说，并以现实主义文学的标准来对左拉做出否定性的论断。这样的评判也直接导致19世纪后期左拉研究陷入了困境。

其实，《自然主义手册》在创刊初期刊发了一些非常有学术价值的文章，在这些文章中，作者在探讨自然主义被污名化的由来问题时，一方面指出了英、法传统学院派批评的局限性，另一方面也揭示出了19世纪后期自然主义文学与现实主义文学的竞争关系，自然主义文学所处的劣势地位、受众和批评家的世俗偏见，都使舆论偏袒现实主义文学。为此，二战后左拉研究者都意识到了要创建新学院派左拉现代批评的重要性和紧迫性。而 20 世纪五六十年代《自然主义手册》的创办对二战后左拉研究转型和左拉现代批评的建立起到了推动作用。二战后左拉现代批评的建立必将为当代左拉研究开创新局面，带来逆转和奇迹。

第四节　左拉研究的初次转向：重读左拉经典文本

重读左拉经典文本是二战后，尤其是 20 世纪五六十年代的当代左拉研究初次转向的标志，当然也是出于要为左拉及自然主义小说恢复声誉的客观需要。自 20 世纪 50 年代初，法国学界的左拉研究已出现了转机。1952 年恰值左拉逝世 50 周年，被悬置了很久的左拉问题重又引起了法国学界的关注。法国学界为纪念左拉逝世 50 周年召开了一次"左拉作品展"及研讨会。在研讨会上，学者居伊·罗贝尔的一篇题为《埃米尔·左拉的〈土地〉——历史研究和批评》的论文引起了人们极大的兴趣。文章针对 1887 年《费加罗报》上所刊发的《五人宣言》，特意选择了左拉的自然主义小说代表作《土地》作为研究对象，重新阐释了作品中有关灾难描写的特征，并借用神话的死亡与再生原型模式来分析其中所蕴含的象征意义。居伊·罗贝尔之所以要选择《土地》作为重新探讨的对象，是因为他对 1887 年《费加罗报》上的《五人宣言》对《土地》文本的攻击有不同看法。在他看来，1887 年《五人宣言》指责左拉对人的贪欲的描写过于露骨，并将《土地》中的农民形象塑造得不成功归结于左拉自然主义手法和文学创作理论的缺陷。居伊·罗贝尔尝试通过重新解读《土地》中的细节描绘特点，从历史和社会角度论证和阐明《土地》所蕴含的独特诗学价值驳斥上述那些指责。居伊·罗贝尔的研究视角和见解可以说给沉寂了多年的左拉研究带来了惊喜，也启发了二战后众多左拉研究学者。所以以 1952 年为标志，二战后左拉研究开始出现转机。这也预示着法国左拉研究即将开始转型。

1954 年，左拉之友新文学协会倡议创办专刊《自然主义手册》。该期刊的创办掀开了当代左拉研究新的一页。从《自然主义手册》创刊直至 20 世纪 60 年代中期，法国的左拉研究者开始关注如何走出"误读左拉"的困境，尝试寻找引导读者走出"误读左拉"怪圈的突破口。受居伊·罗贝尔重读左拉文本的启发，学者们认识到了只有回到文本自身，即重读左拉作品，才能真正引导读者走出"误读左拉"的误区。当然对于 20 世纪 50 年代末和 60 年代初的研究者来说，若要回到文本中，必须先确定选择的范围，明确选择哪些小说文本作为重启左拉研究的突破口。在他们看来，应该首选那些遭到恶意诋毁与严重误读的小说文本作为解读的对象，看看能否从中挖掘出一些新意，能否重新发现这些自然主义小说文本中所蕴含的独特的艺术价值。当代左拉研究者其实是抱着这样的学术理念，即试图发现左拉自然主义小说文本中的合理性因素，从左拉小说文本中寻觅能与新时代展开对话的若干新话题。只有这样，他们才能够找到重新评价左拉自然主义文学作品价值的途径与方法。

在《自然主义手册》创刊最初的十五年（1955—1970）间，一共刊载了 260 多篇文章，这些文章覆盖的主题范围十分广泛，主要聚焦左拉与德莱福斯案件、左拉与 19 世纪后期印象派和超现实主义文学流派、左拉未出版的信札及未发表的文章、自然主义文学在国外的译介情况，还有对左拉自然主义小说的重新阐释等。其中 40 多篇论文通过重新解读左拉小说文本的主题、作品中的形象或者意象、自然主义小说的叙事艺术等，来挖掘左拉及自然主义文学所蕴含的价值。笔者认为这些研究性的文章的学术价值十分重要，对于修正传统学院派批评家长期以来对左拉及自然主义小说价值的诋毁与攻击起到了积极作用。这些论文共涉及左拉小说作品 13 部，其中包括《人兽》《萌芽》《罗马》《娜娜》《金钱》《小酒店》《作品》《普拉桑的征服》《生活之快乐》《莫雷教士的过失》《卢贡家族的发迹》《戴蕾斯·拉甘》《马赛的秘密》等。从所探讨的内容与主题，可以大致将这些论文划分为三大类。第一类是探讨左拉小说作品的素材来源，有七篇论文，比较有分量的文章列举如下：意大利学者吉昂·卡尔罗·蒙尼谢里的《埃米尔·左拉小说〈罗马〉的素材与诞生》（1956）、J. H. 马特修斯的《布列塔尼的雷斯蒂夫的〈巴黎夫妇〉——〈娜娜〉素材来源的另一种说法》（1959）、波兰学者哈丽娜·苏瓦拉的《关于〈金钱〉素材来源的一些线索》（1960），以及勒内·特诺瓦的《〈作品〉之诞生》（1961）等。其中有两篇论文所提出的观点极具启发性。第一篇是 J. H. 马特修斯于 1959 年发表在《自然主义手册》第 5 期上的论文，题目为《布列塔尼的雷斯蒂夫的〈巴黎夫妇〉——〈娜娜〉素材来源的另一种说法》。马特修斯是 20 世纪五六十年代法国传记批评家的重要代表。他曾出版过专著《两个左拉》（1957），该专著主要研究左拉的批评论著和文学文本，强调左拉的理论思考与《卢贡-马卡尔家族》文学创作实践之间的张力；强调小说家的理论主张与个人爱好之间既存在密切关联，又有各自不同的倾向性。为了深入了解左拉的自然主义文学理论及小说创作的演变，他花了很长时间阅读和研究左拉的创作手稿。在阅读左拉遗留下的《娜娜》手稿及创作笔记（1880）的过程中，他发现《娜娜》的部分片段与 18 世纪法国布列塔尼作家雷斯蒂夫于 1773 年发表的作品《巴黎夫妇》中的某些片段存在很多相似之处。于是他将两个文本的片段及女主人公形象做了对照，撰写了一篇文章，提出《娜娜》素材来源可能包括雷斯蒂夫作品《巴黎夫妇》的部分情节。他在比较两个文本的异同之处时，指出《娜娜》与《巴黎夫妇》在对女主人公形象的塑造上以及对她们后来的行为描写方面确实存在相似之处。他认为左拉在创作小说《娜娜》时，将女主人公娜娜刻画成妓女和交际花，这样的构思其实是以雷斯蒂夫《巴黎夫妇》中的情节和人物原型为蓝本进行再创作的结果。不过通过对两个文本的细读与比较，马特修斯最后还是否定了左拉抄袭雷斯蒂夫原作的说法。他在论文结尾处指出两位作家在情节设计和人物形象塑造上确实存在鲜明的差异。雷斯蒂夫在《巴黎夫妇》中将女主人公婚后的出轨行为写成了一次意外插曲；而左拉在《娜娜》中则将女主人公娜娜的堕落写成生理学意义上的放荡成性，即娜娜主要受家庭遗传因素的影响，由性早熟后来发展为轻浮放浪，由于放荡成性最终导致其道德堕落，而非出自偶然事故。此外他还指出左拉在女主人公堕落行为的描绘上显然比雷斯蒂夫走得更远，手法要更大胆与露骨。左拉作品中的叙述语调也比雷斯蒂夫更深沉和冷峻。

另一篇是波兰左拉研究者哈丽娜·苏瓦拉的论文，题名为《关于〈金钱〉素材来源的一些线索》，该文发表于 1960 年出版的《自然主义手册》第

6 期上。该文作者哈丽娜·苏瓦拉与马特修斯一样，非常重视第一手资料的阅读。她曾经认真查阅了法国国家图书馆收藏的左拉创作手稿与笔记，并且在对手稿及笔记做仔细研读的基础之上提出了关于《金钱》素材来源的看法。她指出左拉为了写出《金钱》，在作品构思之前做了大量相关的调查研究，并按主题不同留下了四个不同系列的笔记："政治""东方""交易所""没有具体主题的摘录"。她在仔细研读这些笔记时发现，左拉的有关"东方"素材的笔记涉及的领域特别广泛。在苏瓦拉看来，左拉在构思《金钱》时，视野是非常开阔的。从 19 世纪初拿破仑远征埃及直至第二帝国时代法国征服北非开拓新的海外殖民地，左拉在构思《金钱》的情节时都一一涉及。所以小说《金钱》的整个故事是在法国殖民帝国主义的历史背景之下完成的。此外，她还研究了《金钱》的创作笔记，她认为笔记涉及很多有关社会主义思潮的文献材料。她查阅了左拉 1886—1888 年阅读的所有参考书目，发现左拉自 1886 年便开始连续订阅在德国、比利时和法国出版的有关社会主义思潮方面的文献资料，如主张修改德国宪法的德国思想家阿尔贝·沙艾福勒的专著《社会主义精髓》（1886）、《社会主义杂志》（1887）等。她还系统地阅读了在法国出版的《社会主义杂志》，尤其重点阅读和摘录了乔治-弗朗索瓦·雷纳尔在《自然主义手册》1887 年第 8 期和 1888 年第 37 期上发表的系列文章《当代法国社会主义》。在核实所查阅的文献资料后，她提出了这样的观点，即左拉从创作《金钱》开始，由于接受了法国马克思主义理论家乔治-弗朗索瓦·雷纳尔关于社会主义的理论观点，他内心深处已经有了关于未来城市、劳动协作、公平、正义等空想社会主义的乌托邦思想。这些见解使得《金钱》成为研究 19 世纪下半叶法国社会发展状况或者法国社会主义思潮的重要作品。她认为《金钱》蕴含的社会历史价值要高于文学价值。

综上所述，以探讨左拉小说作品素材来源为主要内容的论文具有一个共同特征，即皆是研究者通过重读左拉作品或者左拉手稿及创作笔记，对大量第一手文献资料做广泛深入的研究，对左拉作品素材进行溯源，摸清了小说题材来源的不同渠道及其丰富性，并从中发现了自然主义小说文本中蕴含的丰富内涵。这样的文本阅读与阐释，其重要性主要体现在将左拉自然主义小说置于具体历史或文化语境下，进而揭示作品素材的来源及其意义，它丰富了人们对于左拉自然主义小说思想内涵的认识与理解。

　　第二类主要是围绕左拉小说中的季节、装饰物、植物、动物（蛇）、巴黎城市等意象，重点探讨这些形象所蕴含的象征意义。此类文章有八篇，涉及左拉小说中的各种象征物描写和作品中的深层意象，例如：安托奈特·哈比施-雅玛提的《左拉与〈人兽〉》（1955）、I.-M. 弗朗东的《左拉的艺术与思想——以〈萌芽〉为例》（1956）、让-路易·维希耶的《〈萌芽〉中的政治与预言》（1962）、皮埃尔·希特隆的《左拉笔下的巴黎几个浪漫主义特征》（1963）、雅克·杜布瓦的《热尔维丝的避难处——论〈小酒店〉中的一个象征性的装饰物》（1965）、罗谢·里波尔的《〈莫雷教士的过失〉中的植物象征》（1966），以及菲利普·瓦尔克的《关于〈萌芽〉中"蛇"意象的几点看法》等。与第一类专门追踪文本素材来源的文献考证式文章不同的是，第二类研究性文章大都是对左拉小说文本的细读与阐释。这类文章可以视为文学内部研究，因为撰写这些论文的学者们在批评方法上大多借鉴了英、美新批评和 20 世纪五六十年代法国结构主义新批评的文本细读方法。他们从左拉自然主义小说文本出发，抓住文本中的某些具体细节描写或某个意象，尝试从这些细节中看出与文本主题相关联的意义，或者尝试揭示这些意象所蕴含的文化象征含义。在这些研究性成果的作者中，需要提及的是两位学者，一位是比利时列日大学文学系讲师雅克·杜布瓦，另一位是法国普罗旺斯-艾克斯大学教授罗谢·里波尔，他们在 20 世纪 60 年代初受法国结构主义批评的影响，都转向对左拉小说文本的阅读与阐释。

　　第三类研究主要涉及左拉小说文本中句子、词汇、艺术风格、写作技巧等问题，侧重研究左拉自然主义小说叙事形式方面的特征及审美价值。此类研究性文章也有十篇，约占上述论文总数的三分之一。比较有代表性的文章有让-路易·维希耶的《论〈小酒店〉中的句子表达法》（1958）、亨利·密特朗的《关于左拉作品的风格与结构组织技巧的几点看法》（1963）、里达·肖博的《关于左拉风格化手法的几点观察》（1964）、达尼埃尔·德拉的《〈娜娜〉中的计算单位》（1965）等。

　　与前两类论文相比，从广义上讲，第三类研究性文章所探讨的问题主要涉及叙事学、修辞学等研究领域。这些文章大多侧重于左拉小说文本中的语言表达法研究。不过在 20 世纪五六十年代法国结构主义新批评兴起的时代，这类以文本话语形式作为研究对象的叙事形式研究在二战后法国学界十分流行。这类修辞类研究文章也被视为严格意义上的文学内部研究。在这类研究性论文中，比较有代表性的是让-路易·维希耶所撰写的《论〈小酒店〉中的句子表达法》一文。该文章发表于《自然主义手册》1958 年第 4 期上。在这篇论文中，让-路易·维希耶通过对《小酒店》文本中的断句、状语、形容词、句子类型、自由间接引语等的分析，力求探讨左拉自然主义小说叙事艺术的独特价值。在文章中，让-路易·维希耶提出左拉《小酒店》的成功其实并不是缘于其主题，而是与这部小说的文本风格有关。他结合 19 世纪七八十年代法国文坛上所倡导的"文言分离"（即口语表达法与书面语分离）运动的文化背景，探讨了《小酒店》的文体风格的确立与"文言分离"运动之间的内在关联。

让-路易·维希耶强调，《小酒店》的文体风格确立其实是左拉经过慎重思考之后采取的一种写作策略。虽然当时文坛上，批评家都极力推崇上流社会的"高雅"语言（文学化语言），有文化修养的精英读者也拒绝接受粗俗、下流的文体风格的小说作品，但是左拉经过慎重思考最终还是决定在《小酒店》中采用民间口语化的表达方式。让-路易·维希耶在文章中分析了左拉这样选择的动机，在他看来，左拉在《小酒店》中采用巴黎社会底层工人阶级口语化的表述方式，并不是仅仅出于要表现巴黎街区工人阶级生活题材的考虑，而是对当时法国文坛上所倡导的"文言分离"运动的一种回应。让-路易·维希耶考察了这一时期很多作家，尤其是以精致、典雅文风著称的于斯曼、龚古尔兄弟、福楼拜等人，发现他们对法国文坛上所倡导的"文言分离"运动，其实多采取抵制的态度。他发现在于斯曼、龚古尔兄弟、福楼拜等人的文学作品中，粗糙和不雅的俗语也随处可见。由此他得出结论：连这些推崇"高雅语言"的作家们都不排斥大量使用巴黎街区流行的俚语、俗语，那么学院派批评家指责左拉在《小酒店》中运用粗俗下流的民间口语化的表达方式，显然是不合情理的。

此外让-路易·维希耶在《论〈小酒店〉中的句子表达法》一文中还针对坊间认为左拉不是语言艺术大师、很少推敲和斟酌字句，提出个人不同的看法。他认为上述的观点是带有偏见的。在他看来，左拉与人们印象中的那位笨拙的作家恰恰相反，他是一位在文学写作中非常注意语言风格的作家。基于这样的判断，他分析了《小酒店》中的那些带有"印象主义风格"的语句。"印象主义风格"是雨果、福楼拜、莫泊桑、于斯曼和龚古尔兄弟擅长的一种语言叙述风格，这种叙述风格的特征就是一个完整的叙述语句中包含大量状语修饰词，此外利用法语中的标点符号对长句子进行断句，大量使用修饰语以及自由间接引语，打破传统语句中平铺直叙、单调乏味的语言表达法。他还在文中列举出一些例子。如《小酒店》中屡屡出现的断句："La nuit，lentement，était tombée."（"夜，慢慢地，降临了。"）"Elle，rongeant sa douleur，s'efforçait d'avoir un visage indifférent."（"她，被痛苦折磨着，却努力装出若无其事的样子。"）"Paris qui，un à un，les dévorait."（"巴黎，一个一个地，正在将他们吞噬。"）断句这种新的语言表达方式刺激着读者的敏感神经，让他们产生深刻的印象。让-路易·维希耶高度肯定和评价《小酒店》中"印象主义风格"语句中所蕴含的审美艺术价值以及效果，即它们能够抓住读者的注意力和微妙的感觉，使他们不易产生审美疲劳。让-路易·维希耶还指出"印象主义风格"语句之所以盛行于19世纪下半叶的小说家文本中，主要原因在于19世纪中后期法国文学进入了侧重对外在世界、社会环境、人物和事物的描绘时期。左拉与龚古尔兄弟一样十分关注小说中散文化的语言表达。《小酒店》中涉及很多关于洗衣池、烙铁、家具、巴黎景色等的描绘，左拉为了吸引阅读者的注意，不仅采用巴黎街区的口语化表达，还通过一些十分高雅、富于节奏性的词汇来加强小说文本的语言感染力。总之，路易·维希耶通过研究《小酒店》中的"印象主义风格"语句，得出这样的结论：左拉并不满足于使用流行的现成的语言表达法，他追求语句的独创性，更像是个风景画家和诗人。

让-路易·维希耶的《论〈小酒店〉中的句子表达法》一文，虽然侧重于从语言风格、修辞技巧角度探讨左拉《小酒店》中句子的语言表达法，但是从作者对左拉小说文本的细读与分析来看，该文通过引用小说文本中大量"印象主义风格"的句子，挖掘出了左拉小说文本中蕴含的独特价值。在某种程度上，这样的文本分析有力地驳斥了布吕纳介这样的学院派批评家对左拉实验小说语言粗俗下流的指责与诋毁，纠正了当时人们对于左拉自然主义小说文体的刻板印象和偏见。此外，论文作者还表达了个人的观点，即不认同一些批评家关于左拉使用巴黎街区的俚语俗语主要是出于表现巴黎底层工人阶级生活的需要的观点。他结合19世纪七八十年代文坛上的"文言分离"运动，考察了同一时期其他作家的写作风格，进而探讨了《小酒店》中语言风格的独特性问题。

综上所述，在《自然主义手册》创刊初期（1955—1970），法国学界的左拉研究者们相继转向了对左拉小说文本的分析与阐释，即所谓的文学内部研究。他们通过重新解读左拉的自然主义文学作品，尤其是那些被误读和诋毁的小说文本，尝试从这些文本中挖掘出左拉作品独特的文学价值。通过对上述三类论文的简述，笔者认为这些研究性文章的刊载与发表对于二战后读者和学者重新认识左拉自然主义小说文本的价值及意义起到了积极引导作用。不仅如此，学者们在学术研究中发现与提出的新观点对于纠正传统学院派批评家长期以来对左拉及自然主义小说价值的负面看法起到了积极作用。

第二章　左拉研究的突破与"左拉学"谱系的初次建构

第一节　文本阐释与左拉研究之突破：
以罗谢·里波尔、雅克·杜布瓦为例

在《自然主义手册》创刊初期，那些致力于左拉研究的学者们一直在思考以往左拉研究为何无法深入，即瓶颈问题。而解决之道其实不在于简单地为左拉遭遇的不公平对待而呐喊和呼吁，以博得读者大众和批评家的同情。对任何人进行中肯的评价都不容易，更何况像左拉这样已被 19 世纪末和 20 世纪初学院派批评家批判得体无完肤的自然主义小说家。如果要推翻这些批评家对左拉的定论，只能采取另外一条途径，也是最可取、最艰难的途径，即重返文本，尤其是转向左拉生前不断遭到非议或不断被误读的小说的文本分析上。

《自然主义手册》创刊初期，期刊编辑部与左拉研究学者们为之共同努力的文化事业，即探索突破左拉研究的障碍或曰"绊脚石"，寻找并解开左拉研究无法深入下去的症结。当然当代左拉研究之所以能够出现转机，恰恰是因为它赶上了一个可遇而不可求的好时代和新的文化语境，即 20 世纪五六十年代法国结构主义新批评在理论界崛起。此时法国学界文学研究也开始出现转型。受俄国形式主义批评、布拉格学派和美国新批评的影响，法国文学研究已逐步放弃泰纳、朗松等人的社会学批评模式，开始转向文学内部

因素的研究。学者们不约而同地将目光转向了文本结构研究。20世纪五六十年代左拉研究第一次转向就是学者们开始重新关注左拉自然主义小说文本，重返文本符号及叙事结构之中。学者们尝试通过细读文本与重新阐释文本，探讨如何消除传统学院派批评家认为左拉自然主义小说艺术价值低下的偏见。在亨利·密特朗等人的倡导和推动下，左拉研究学者们开始转向文本研究，涌现了一批杰出的左拉研究学者，他们也被称为"第一代左拉研究专家及批评家"。这些活跃于二战后左拉研究领域的学者们以孜孜不倦的勤勉和异乎寻常的专注力致力于左拉文本的阐释性研究，其中取得引人注目成就的学者有让-路易·维希耶、瓦尔克、雅克·杜布瓦、罗谢·里波尔等。这些年轻的左拉研究者大都尝试通过细读文本挖掘左拉作品中蕴含的独特价值。在文本细读方面做得比较扎实深入的是雅克·杜布瓦和罗谢·里波尔。前者是一位执教于比利时列日大学文学系的法国文学研究者，后者则是法国艾克斯-普罗旺斯大学文学系的专职教师。他们在细读文本时均能以小见大，从文本的细节处着手，进而深入文本结构内部探究其中蕴含的深层意义。

在本节中，笔者以罗谢·里波尔对左拉小说的文本细读为例，侧重介绍这位学者在左拉小说文本分析与阐释方面做出的贡献。罗谢·里波尔最初是法国南部艾克斯-普罗旺斯大学文学系助教，他于1965年完成博士论文《左拉作品中的现实与神话》，自此积极参与《自然主义手册》编辑部组织的各类学术报告会和研讨会。众所周知，艾克斯-普罗旺斯大学位于法国南部普罗旺斯地区的艾克斯城，这里是自然主义文学创始人——埃米尔·左拉的故乡，左拉在这里度过了童年和少年时代。可能出于对同乡人的惺惺相惜，罗谢·里波尔选择了左拉作为研究对象。自1966年至2002年，他在《自然主义手册》上总共发表了10篇论文。从论文发表的数量和前后持续36年的时间跨度来看，从事左拉研究几乎贯穿罗谢·里波尔的整个职业生涯。他后来因左拉研究而成名，1972年还出版了专著《左拉记者生涯——编年史文献及分析》。2002年，法国学界举行纪念左拉逝世一百周年学术研讨会，他接受了左拉之友新文学协会的邀请做最后的主题发言和题为"左拉与优等生会考"的学术演讲。在这篇演讲稿中，他回顾了左拉最初记者生涯中尝试写批评文章的趣闻。罗谢·里波尔于20世纪60年代侧重于对左拉自然主义小说文本独特价值的分析与研究，20 世纪七八十年代又转向对左拉文本蕴含的意识形态内容的探讨，此外还继续保持与《自然主义手册》编辑部的合作关系，致力于左拉传记史料方面的整理与挖掘。

在本节中，笔者从罗谢·里波尔在《自然主义手册》上发表的研究性论文中，选择其中两篇文章作为解读重点，尝试概括罗谢·里波尔在左拉文本阐释方面做出的独创性发现。罗谢·里波尔在《自然主义手册》上发表的十篇论文中，有四篇具有较高的学术价值。它们分别是：《〈莫雷教士的过失〉中的植物象征主义》（1966）、《迷恋与命运：左拉作品中的目光》（1966）、《〈萌芽〉中的未来：毁灭与再生》（1976）、《左拉作品中的文学与政治》（1980）。这四篇论文主要涉及左拉早期三部作品《克洛德忏悔》《戴蕾斯·拉甘》和《玛德莱娜·费拉》以及中后期的《卢贡-马卡尔家族》系列中的大部分作品，如《莫雷教士的过失》《普拉桑的征服》《萌芽》《娜娜》《巴斯卡医生》等。

值得提及的是罗谢·里波尔于 1966 年在《自然主义手册》上发表的第一篇论文——《〈莫雷教士的过失〉中的植物象征主义》。《莫雷教士的过失》是左拉巨著《卢贡-马卡尔家族》系列小说写作计划中的第五部作品。该作品主要通过一个名叫塞尔格·莫雷的教士与 16 岁少女之间的爱情悲剧，表现基督教信仰与自然人性之间存在冲突的主题，探讨了关于欲望、原罪和救赎等问题。该作品于 1875 年发表后曾引发关于神父是否可以放弃独身等问题的论争。正如让-菲利普·阿柔-维聂诺在该小说 1991 年再版前言中所评论的："《莫雷教士的过失》在《卢贡-马卡尔家族》中占据着与众不同的地位。因为该小说首先代表的是没有退路的死胡同：莫雷神父没有后代。在该系列作品家族世代循环的系统中，以他为系的这一支第一次出现了终止，而世代延续本身又是作品生产的动力，它为每部小说提供可以延续下去的土壤。"① 所以左拉为何在《卢贡-马卡尔家族》中安插这样一部小说，左拉的创作动机和意图究竟是什么，是令很多左拉研究者困惑不解的问题。以此作品

---

① «Préface de Jean-Phillippe Arrou-Vignod», Emile Zola, *La Faute de l'abbé Mouret*, Paris: Editions Gallimard, 1991, p.11.

为探讨的对象，对于了解左拉创作《卢贡-马卡尔家族》的动机是十分重要的。在《〈莫雷教士的过失〉中的植物象征主义》中，罗谢·里波尔正是通过对小说文本的解读，尝试探讨左拉在该小说中为何选择《圣经·创世记》的叙事模式，以及该叙事模式究竟在主题呈现方面发挥了何种功能与作用。

除引言外，罗谢·里波尔的这篇文章的正文共包括六个部分。在引言部分，罗谢·里波尔根据对作家创作手稿和后来作品的对照阅读，提出左拉在准备构思《莫雷教士的过失》时最先确立"塞尔格"这个人物形象，即小说主人公塞尔格·莫雷教士。他转引左拉在草稿中关于塞尔格形象的描述："他是在愚昧与无知中长大的，正是神职的斧子将他修理成了一个没有枝叶的树干。"[①] 从左拉对莫雷教士的比喻中，里波尔初步得出这样的判断，即作家在整部小说中有意识地从自然界中借用许多植物形象，用来喻指不同的人物，而这些植物形象本身都是有寓意的，可以看作象征物。他还引用加斯东·巴什拉关于该小说中"帕拉杜传说"的论述，指出小说第二部分的花园植物描绘其实并不能掩饰作家对主要人物角色的关注。

在正文前三个小节里，罗谢·里波尔先从小说《莫雷教士的过失》的整体构思特征切入，对该小说采用《创世记》叙事模式的创作意图做进一步探讨与分析。在罗谢·里波尔看来，选择《创世记》叙事模式恰恰是左拉的一个失误，因为左拉事先没有预设好一个答案，这样必然有损于整部小说的思想主题表达。但是与此同时，他又指出左拉犯下的这个错误本身又是具有深刻含义的。正是这个失误成为理解该小说主题的关键。

通过对左拉作品草稿及相关文献资料的阅读，里波尔发现左拉很早就产生了创作宇宙起源神话传说的兴趣。1860 年左拉曾创作过一部作品，名曰《生命链》。这是他对《圣经·创世记》的首次改写，改写的目的是重写人类史以及新世界史。为了写《生命链》，左拉阅读了相关文献，如雨果的《历代传说》，米什莱的散文集《山》和《人类圣经》等作品。左拉了解到不止他一个人曾产生改写《创世记》的冲动，在他之前有无数作家和诗人都曾有

---

① Roger Ripoll, «Le symbolism végétal dans *La Faute de l'abbé Mouret*: réminiscences et obsessions», *Les Cahiers Naturalistes*, No.31, 1966, p.11.

过重写《创世记》的想法。不过，里波尔认为左拉创作《莫雷教士的过失》，尤其在构思"塞尔格"这个人物上，主要受法国历史学家米什莱所写的新创世神话的启发。米什莱在散文作品《山》中引用了北欧斯堪的那维亚地区流传的关于人类起源于宇宙树（即白蜡树）的神话传说，即"人类始祖原本就是一棵树，它拥有永恒的生命，从天空、大地和黑夜中汲取所需的能量"①。随后，米什莱又在《人类圣经》中借用东方神话改写创世神话。他笔下的那位波斯先知在菩提树下思考人类的起源，认为人类始祖不是从公牛演变而来，而是诞生于生命力持久的树。米什莱描绘的创世神话，与所有东方传说开启的生命叙述一样，均从花园开始。那里花园如天堂般充满梦幻色彩：天地初生时大地上总有新的物种不断诞生，一切存在物都充满生命气息，相互之间充满友善和博爱。所有存在物都具有行动力，坚定地朝着某个目标阔步向前，似乎被来自宇宙的某种神秘力量推动着。

里波尔认为，左拉构思和重写《莫雷教士的过失》中的"帕拉杜传说"以及塞尔格和阿碧乐两个人物形象，是受米什莱作品的启发和影响。左拉在小说《莫雷教士的过失》中直接借用了法国南部普罗旺斯民间流传的带有哥特式恐怖色彩的"帕拉杜传说"，并将该传说的悲剧发生地——被废弃的帕拉杜花园，作为小说中虚构故事的一个梦幻场景。在《莫雷教士的过失》中，26岁的男主人公塞尔格教士在生病和休养期间邂逅了16岁孤女阿碧乐。被病魔击倒后塞尔格接受了巴斯卡医生的建议去教堂附近一座废弃的花园疗养。同样阿碧乐也遵循巴斯卡医生的意见，来花园别墅照顾这位教士。就这样，小说中年轻的塞尔格与少女阿碧乐在"帕拉杜花园"里相遇并相爱了。不仅如此，左拉还将"帕拉杜花园"描绘成类似于《圣经》创世神话中的伊甸园。他有意识地要将男主人公塞尔格和女主人公阿碧乐塑造成人类始祖亚当与夏娃式的人物。为了凸显"帕拉杜花园"这一符号的象征意义，即《圣经》中所描绘的伊甸园，他甚至还借帕拉杜花园的管家让-贝尔纳先生之口来描绘和赞美帕拉杜花园的神奇之处："当人们站立在高高的草丛中间，被

---

① Roger Ripoll, «Le symbolism végétal dans *La Faute de l'abbé Mouret*: réminiscences et obsessions», *Les Cahiers Naturalistes*, No.31, 1966, p.12.

周围一片绿色植物环绕，尽情地享受着那份宁静与孤独时，他会慢慢地感受到万物开始复苏，一切都变得富有活力，甚至连地上被太阳烤得滚烫的小石头也是如此。"①在《莫雷教士的过失》中，帕拉杜花园里还生长着许多生命树，它们和花园里所有存在物一样都是有灵魂和思想的。塞尔格和阿碧乐置身于此，他们与周围自然万物都是息息相通的。然而，里波尔认为，左拉从米什莱对新创世神话的阐释中得到了另外一个启示，即"创世记"神话原本包含两部分内容："天堂神话"与"堕落神话"。在米什莱看来，创世神话包含的这两个不同类型的神话其实代表着人类追求幸福之两极：欲望实现与犯下罪孽。米什莱曾在作品中写过一个在大自然中长大的纯洁圣女后来因初吻而被杀害的悲剧。左拉正是在阅读和了解米什莱创作的这类新型创世神话的过程中发现了其中蕴含的价值。于是在米什莱的点拨下，左拉不仅构思了《莫雷教士的过失》中的"创世记"故事的叙事模式，还参照《圣经》中的伊甸园花园意象，重新构思了"帕拉杜花园"的场景。

在文章最后三个小节，罗谢·里波尔接着对《莫雷教士的过失》中的创世神话叙事模式做了概括性分析。他指出，左拉对小说中被遗弃的"帕拉杜花园"的书写，主要表现为对花园里植物世界的象征性描绘。小说中帕拉杜花园更像植物大观园，里面生长的所有植物不仅具有强大的生命力，还具有浓厚的象征主义色彩。首先，作为花园的守门人，让-贝尔纳独自守着已经长满荒草的帕拉杜花园，他看起来像个离群索居的孤独者，但实际上是个智者和启示者。除了这个守门人，左拉还对花园里的植物，尤其是生命树、藤蔓和花卉做了重点描绘，所有植物似乎都充满着人的气息，每个植物都被赋予了鲜明的个性。这些植物形象都具有拟人化的特征，例如根据小说的故事情节描述，塞尔格牵着阿碧乐的手，一起穿越帕拉杜花园去寻找生命树。他们在花园漫步时竟然发现很多植物外形与人很像：榆树因外形粗大、身躯臃肿，看起来像提坦神那样的巨人；细长的桦树看起来像是弱不禁风的少女；那些高大的橡树长着指挥者的手臂更像个武士。此外，花园里还有许多明显

---

① Roger Ripoll: «Le symbolism végétal dans la Faute de l'abbé Mouret», *Les Cahiers Naturalistes,* No.31, 1966, p.13.

具有性感特征的花卉,如各种颜色的玫瑰花等。左拉对花园里的生命树的描写更具有特点,他尤其凸显生命树强大的繁殖能力。在罗谢·里波尔看来,左拉描绘的所有植物都具有一个共同特征,即它们都具有快速生长的蛮力。这些植物内部蕴含着旺盛的生命力。里波尔认为,对植物形象的描绘表明左拉曾经接受过某些阅读物的启发。

在探讨帕拉杜花园植物形象的拟人化特征和塞尔格与阿碧乐在花园漫步等场景时,罗谢·里波尔还发现《莫雷教士的过失》中的某些场景描绘显然与《旧约》中的《创世记》和《新约》中的《福音书》等模糊的记载有关,更与希腊神话中关于"人类起源于大地"的传说有很多契合之处。很显然,左拉将《圣经》中的神话传说和希腊神话中的大地传说有意识地杂糅在一起。他以对塞尔格康复期间相关片段和两个女性人物的描写为例子,谈了左拉如何在小说中建构一个关于人类诞生于大地的真正的神话传说。根据希腊神话的描述,被造的人类是从大地泥土中诞生的。所以基于希腊神话对于人类来源的描绘,罗谢·里波尔以《莫雷教士的过失》中的男女主人公形象为例,分析了左拉笔下这些人物形象的塑造和描写都有意识地表现人诞生于大地这一主题。例如重病在身的塞尔格·莫雷教士在极度兴奋的谵妄中幻想自己就是一株从地下冒出的绿芽,正沿着深不可测的洞穴往上攀爬。左拉在小说中倾向于将男人塑造成植物,如塞尔格与树的形象存在相似之处,而将少女阿碧乐塑造成类似于玫瑰花的形象。他以阿碧乐去世被埋在山谷里作为例子,探讨左拉擅长运用比喻,将女性人物的命运比喻为枯萎凋谢的玫瑰花。在他看来,阿碧乐在小说刚出场时好像是初次绽放的玫瑰花,散发着浓郁芬芳的气息。她曾经在最美的少女时代与塞尔格邂逅相爱,但是因塞尔格身为教士须恪守独身戒律,因此她注定不能与塞尔格厮守一生。最后阿碧乐意识到她对塞尔格的爱可能会触犯戒律,内心产生了罪孽感与忏悔意识,最终因罪孽感和祈求救赎结束了短暂的一生。少女阿碧乐的命运与花的命运存在相似之处,那些在春天绽放的玫瑰花到了秋天开始凋零,花瓣随风飘落在大地上,最后化为雨后的污泥。左拉以花为譬喻将阿碧乐的死亡写成如花瓣凋零重归大地,这是生命规律所致。

罗谢·里波尔认为左拉将塞尔格与阿碧乐的爱情有意识地写成了一个有

关花的死亡主题的凄美传说，这个传说其实也是关于植物的神话传说。左拉在小说中写了一个有关花的死亡传说，米什莱曾经写过关于草木植物的传说。罗谢·里波尔将两个传说加以对比，强调两位作家关于植物命运的描写存在显著差异：米什莱强调上帝的律法，而左拉谈的是生命的律法。此外，罗谢·里波尔认为，左拉在《莫雷教士的过失》中对希腊神话中的人类诞生于大地的传说也做了相应的改写。左拉极力颂扬大地母神的繁殖力。小说中另一个女性人物戴丝莱（名字包含欲望、生殖等寓意）就被描绘成大地母神形象。戴丝莱在教堂后院一个饲养棚里工作，她日夜照顾着棚里的鸡鸭牛羊兔等。她的体形丰满圆润，就像是被家禽肥料的营养催肥似的。此外，左拉还赋予戴丝莱地母那样旺盛的生殖能力，如戴丝莱夜晚躺下就像大地母神那样伸展四肢，在梦境中都幻想着帮助动物分娩。小说中刻画的阿尔托人都是完全被自然力掌控的，在这个远离现代文明的乡村社会，乱伦成为普遍现象。这些细节描写似乎是对希腊神话中大地传说的借鉴与改写。

在文章最后总结部分，罗谢·里波尔对《莫雷教士的过失》中的新创世神话叙事特征做了归纳。在他看来，左拉是一个极富想象力的小说家，这种想象力主要表现在他将《圣经·创世记》移植到了希腊神话的"大地传说"之中，并将新组合的"创世记"作为小说叙事的整体框架。此外，左拉根据此创世神话将小说中的人物形象塑造与神话传说中的诸神诞生联系在一起，来表达作品丰富的象征寓意。首先从塞尔格这个形象的塑造上，罗谢·里波尔发现左拉所写的塞尔格好像是大地初生时刚刚诞生的年轻神祇一样，有着俊美的外貌，以至于阿碧乐第一次邂逅他时便对他一见倾心。此外塞尔格天性酷似儿童，天真淳朴。左拉在小说中写塞尔格与阿碧乐结合，这种结合被描绘成两个童贞孩子进入永恒不朽的生命状态，他们的力量可与大地之母相媲美。但是在庆贺他们神性结合的同时，左拉也写到了这样的肉体结合预示着他们身上神性的消亡，因为结合也预示着童贞的失去。所以小说描述了塞尔格从梦幻中醒来，恢复了记忆，随之而来的就是理智觉醒了。塞尔格因自己违犯教士独身戒律的行为而萌生罪孽意识，他开始反省自己的过失。"教士起床了。他摆出让-贝尔纳那样泰然自若的姿势，他嘴里却喃喃地说道：'其实上帝根本不存在。'"①

《莫雷教士的过失》写到了人身上的神性消亡，也写到了人超越失望与悲伤的途径。里波尔以阿碧乐在一个秋日黄昏中独坐在帕拉杜花园沉思为例，指出左拉笔下的女主人公是如何反思个人行为过失以及思考自我救赎之路的。他认为阿碧乐在思考死亡问题时，将人的死亡看成回归大地，而回归大地之后，人又可以重获新生，这是生命的永恒法则。所以罗谢·里波尔指出小说结尾处阿碧乐选择离开人世间，在面对死亡时，她既不失望，也不悲伤恐惧，原因就在于她坚信"生命可以从头再来"。小说中塞尔格在花园里看见生命树后也获得了同样的启示：人要与自然秩序合二为一，握手言好。假如他没有获得这个启示，不听从内在生命召唤的话，那么回到教堂后得知阿碧乐的死讯时，他肯定会追随她而去。所以罗谢·里波尔以米什莱的名言"树拥有不朽性"②为例，指出《莫雷教士的过失》中两个主人公都是从植物那里获得了教益与启示。正因为此，他们能够找到自我救赎之路，最终超越了失望。文章最后，在解读完《莫雷教士的过失》文本之后，罗谢·里波尔指出左拉对万物的起源与死亡，即生与死问题十分关注。左拉曾经在《生活之快乐》中探讨过同样的问题，在《莫雷教士的过失》中，左拉采用了天堂神话与堕落神话来表达他对生与死奥秘的思考。里波尔的推论是《莫雷教士的过失》宣传的不是悲观主义，而是一种乐观主义。这种乐观主义的基调不仅表现在左拉通过莫雷教士追求爱情的叛教行为来表现生与死两种力量之间的抗争，也表现在莫雷教士对教会和社会习俗的反抗上。在《卢贡-马卡尔家族》最初几部作品中，尤其是《卢贡家族的命运》中，人们可以十分明显地看到这种抗争精神。在《莫雷教士的过失》中，有几处提及了社会禁忌的作用。譬如阿碧乐在与塞尔格相爱过程中经常写信提醒他要意识到身边人的恶意，因为他们一旦觉察到阿碧乐与身为教士的塞尔格相爱的秘密后会对这种违背宗教戒律的不道德行为加以谴责。所以左拉对"创世记"叙事模式做了若干处改动后，仍然保留着作品中的人物对邪恶（即罪孽行为）的焦虑不

---

① Roger Ripoll: «Le symbolism végétal dans la Faute de l'abbé Mouret», *Les Cahiers Naturalistes,* No.31, 1966, p.16.

② Ibid., p.18.

安与恐惧之情，包括在另一部小说《崩溃》中使用"罪恶树"一词。左拉在《莫雷教士的过失》中还指出世俗爱情会给主人公带来厄运，不仅会夺去塞尔格和阿碧乐身上的神性，还会置他们于死地。左拉在爱情与死亡之间建立了密切联系，虽然不是有意为之，却是出于小说家头脑中根深蒂固的观念和潜意识的动机。这一动机恰恰表达作家对纯洁童年的怀念，是一种原始无意识的幻想，这种幻想在天堂神话描绘中已得到满足。左拉后来又从米什莱的教诲中汲取了必要的养分，在重写创世神话时将具有神性的孩童、地母形象与昆虫脱蛹变成蝴蝶的变形主题统统融汇在一起了。

最后，罗谢·里波尔在文章结尾处通过文本分析得出了这样的结论，即《莫雷教士的过失》的文本个案给予读者的启示是：左拉运用神话题材，或者借创世神话题材的改写，能够超越自身的矛盾性。这一矛盾性主要表现在左拉接受了他那个时代和阶级所灌输的虚假谎言，但是从主观上讲，他想借重写创世神话揭示当时社会灌输的一切观念均属于欺骗和愚弄人的谎言。基于这样的理性判断，左拉不允许将此类故事中的谎言部分插入《卢贡-马卡尔家族》的虚构世界中，此外，他有意识地肯定创世神话所蕴含的文化价值。正是出于这样的动机，他在《莫雷教士的过失》中故意站在故事之外，去思考问题。这样做的目的乃是重新回到人类诞生神话之中，提醒众人要服从人类生命存在的内在需要。恰恰是这一观点赋予了《莫雷教士的过失》令人惊奇的特征。

罗谢·里波尔在《〈莫雷教士的过失〉中的植物象征主义》中通过对左拉小说中的创世神话叙事模式和帕拉杜花园中植物的象征意义的分析，从比较神话研究角度探讨了该文本所要表达的深层主旨，肯定人类生命内在需要的合理性，对当时社会既定的传统习俗和伦理道德规范加以反思。罗谢·里波尔认为左拉借用和改写创世神话题材的意义是最终超越了作家自身思想观念的矛盾性。

罗谢·里波尔1966年在《自然主义手册》上发表了第二篇论文——《诱惑与厄运：左拉作品中的目光》（1966）。该文是罗谢·里波尔受左拉之友新文学协会的邀请参加1965年10月"梅塘瞻仰活动"时所发表的例行演讲。在这篇演讲中，他选择"凝视"视角及功能作为探讨的问题。之所以要研究这个问题，是因为他在阅读左拉作品过程中发现左拉创作的小说世界与常见的故事世界有些不同。其实在他看来，左拉作品中这个整体世界的设计是起源于作家看待宇宙世界的视角。左拉通过其独特的艺术手段来构思《卢贡-马卡尔家族》，正是要反映这些问题。

这篇演讲稿共包括五部分内容。罗谢·里波尔在文章开篇引言部分直言不讳地指出目前左拉研究存在诸多不足，即从宏观角度来看，人们对《卢贡-马卡尔家族》系列作品的研究尚处于起步阶段，左拉作品中的独特性尚未得到充分挖掘与阐释。正因为此，二战后左拉研究者尚没有足够的论据和学识见解去反驳学院派批评家对左拉小说文本的诋毁。为此，他呼吁人们要投入更多精力和时间去研究和阐释左拉小说文本所蕴含的丰富意义。在他看来，当代左拉研究者不仅要关注左拉受其前辈作家影响的问题，更要回到左拉作品中，尤其从小说故事情节的安排与布局，去探寻作家选择这样做的原初动机。在他看来，任何一种创作方法背后都需要一种形而上学的思想作为支撑。罗谢·里波尔认为在左拉的小说世界中，人物塑造方面与某些场景之间是存在紧密联系的，这种联系也为人们阐释和分析文本提供了理解作品主旨的线索与基础。可能这种联系不是刻意设定的，但它是作者创作系列作品，安排故事情节布局的最初动机与思考。而了解作家为何给文本建构这些关联性的意义是十分重要的。在阅读左拉作品的过程中，罗谢·里波尔注意到了左拉小说，"目光"（可译成"看""凝视"）出现频率之高、持续时间之久是令人震惊的。他在文章核心部分针对目光的戏剧性作用展开了深入论述与分析，阐明"目光"（"观看""凝视"）对于揭示文本主旨起到的积极作用。

在《诱惑与厄运：左拉作品中的目光》第一部分中，罗谢·里波尔首先提出了探讨"目光"之戏剧性作用的意义。因为左拉在文本中尤其突出视觉（看）的重要性。突出"看"的作用有两方面因素：第一是因为"目光"（包含"看"和"凝视"的意思）的本质问题，即目光与观看者，与观看者所观察的对象都有着紧密关系，场景中主客体之间关系的建立更依赖于"看"（"凝视"）这一视觉活动；第二，因为场景又通过观看者的目光——"看"所具有的强制性力量，竭尽所能地控制着观众。所以观看者的"看"，能够激发观众身上强烈的反应，让他们内心产生一些抵触情绪，例如反感或恐惧之情。此外，由"看"所引起的这种反应程度更是与被看的对象（既具有吸引力又具有排斥性）的矛盾特征有着密切关系。罗谢·里波尔以《克洛德忏悔》中的男主人公克洛德第一次目睹恋人洛伦丝的裸体时内心所产生的窘迫感为例，指出主人公在精神上虽然处于迷醉状态，但是在观看女人裸体时他内心深处产生的最初感觉却是厌恶，这种异常反应与之前第一次看见一个自杀少女的尸体有关。无论在左拉早期作品，如《克洛德忏悔》《玛德莱娜·费拉》中，还是在中后期作品，如《娜娜》《金钱》《崩溃》《人兽》以及《萌芽》中，某些场景反复出现，即小说常描写男主人公在面对一丝不挂的年轻貌美女性裸体时，甚至也包括一些女性人物在镜前凝视自己裸露的肉体时，往往都怀着极度恐惧与焦虑不安的心理。对裸体的恐惧似乎构成了左拉作品中很多人物共同的心理特征，尤其是男性人物。罗谢·里波尔认为尽管左拉笔下的人物都存在对裸体的恐惧感，但是从这些场景反复出现的频率之高可以得出初步的判断，即左拉在小说中一方面痴迷于描写观看裸体或者尸体给观看者带来的诱惑力，另一方面像强迫症患者那样执着于描绘人物置身于这样场景中的矛盾心理，尤其醉心于描绘人物心醉神迷的专注力如何转变为焦虑感与恐惧感的过程。在这里，罗谢·里波尔指出左拉作品中的"目光"实际上与它所触及的某些禁忌场景有关。这些场景均与性和暴力有关，包括谋杀、强奸、割喉、家暴、偷情等。性与暴力均属于文学描写范围内的禁忌主题。在这些禁忌场面的描绘中，所出现的大多是两类目击者或者见证人的目光。第一类就是男人的目光，这些男性主人公通常被置于不得不面对的场景，即要触摸肉体或尸体。这些男性人物中，有的人是无意撞见或闯入某些场景之中，然后才目睹了诸如凶杀一类的恐怖场景，例如像《萌芽》中的埃蒂安，他曾经在路过煤矿工地时意外地目睹了岗哨被谋杀的情景，还有小说《人兽》中男主人公雅克夜晚行走在山谷中，却无意发现了一列正在穿越隧道的火车某车厢内所发生的"四分之一秒"凶杀场面。当然也有些男主人公的目光属于有意的偷窥，例如《克洛德忏悔》中的克洛德因怀疑恋人不忠诚，便去情敌雅克的卧室里寻找蛛丝马迹，结果发现了恋人的偷情行为。第二类就是儿童目击证人的目光。这些儿童大都处于懵懂无知阶段，按其年龄理应规避一些暴力或色情的场景，但是在左拉的小说中，这些儿童有时又不得不出现在这些场景之中。例如《土地》中的劳伦与朱利直接目睹了其祖父被谋杀的整个过程。《崩溃》中的夏洛特目睹了父亲割喉自杀的场面。《小酒店》中尚懵懂的娜娜透过一个钥匙孔偷窥她母亲私会朗蒂耶的场景。

罗谢·里波尔在对左拉作品中这些表现禁忌主题的场景的分析中发现，这些场景的一致之处就是包含愤怒或者厌恶情绪，观众也会通过阅读这些场景描绘觉察出各种暴力含义和紧张气氛。例如《莫雷教士的过失》中的阿尔尚吉耶突然闯入，《金钱》中戴勒冈布无意中撞见了萨加尔与桑多夫公爵夫人在一起，《妇女乐园》中的莫莱突然撞见德尼斯和戴罗什拥抱在一起等。这些场景描绘既突出目击者所目睹的一切均属于被禁止的可怕行为范畴，同时又突显目击者所目睹的对象是带有诱惑力的。此外，这些场景还暗示着目击者窥见了一些他本不该了解的实情。正因为如此，当目击者或者见证者的目光落到了这些场景人物身上时，他们会产生不同程度的震惊。这样的目光本身会产生一种独特的戏剧性作用，即中止作用。看者和被窥视者的活动持续性被悬置了，这样被凝视的人物会自动生成一幅画面：既令人反感又令人恐惧。左拉往往通过对这些场景画面的描写传达出令人震惊的艺术效果。例如《金钱》中戴勒冈布突然闯入萨加尔与桑多夫公爵夫人私会的卧室，他被呈现在眼前的兽性犯罪恐怖场面惊呆了。作为见证者的戴勒冈布站在那里一动不动，进退不得。而被撞见的萨加尔与桑多夫公爵夫人也受到惊吓，身体僵直在那里。罗谢·里波尔认为，这些场景描绘频繁出现在左拉作品中，是左拉小说独特的叙事形式与艺术技巧。因为左拉在不断重复书写这些场景时所采用的表达法是像摄影机那样拍下这样的画面，而不是运用电影放映式一闪而过的镜头来表达那种令人震惊的感觉。

罗谢·里波尔通过解读左拉小说文本的场景描写，指出目光在小说文本中的两个戏剧性作用。第一个是违抗、僭越作用。因为在表现那些禁忌主题的场景描绘中，目击者（见证人）违反禁忌进入了某一被禁止的场域，偶然或者无意中看到了不该看的画面，他们被一种陌生的眼光固定到一个被看的位置上，固定在他必须采取见证人的角色立场上。这类目光属于出其不意的窥视，属于违抗和僭越。第二个作用就是这类目光本身具有受罚的特征，即观看者或者偷窥者因违反禁忌进入某个私密环境之中，他因这种不谨慎的偷窥行为而受到惩罚，最终给自己带来灾难性后果。在左拉小说中，反复出现的场景通常都具有这样的布局，即某个人物被介绍到被禁止入内的某个环境中去，他会无意中发现他根本预料不到的东西——死亡、犯罪或者裸体等；然而他也处于被发现，进而受威胁的境地，被迫处于缴械投降的状态，最后因不谨慎行为而受罚。所以左拉小说中的目光包含了犯罪与受罚的含义，即目光违反禁令，私自逾越界线，偷窥到诱惑对象，然后诱惑对象对偷窥者实施报复。

在文章最后部分，罗谢·里波尔进一步探讨左拉在作品中反复运用这种叙事技巧的原因与动机。在他看来，这种创作手法的运用与左拉过去的情感创伤有关，与左拉早年依恋母亲的俄狄浦斯情结有关。同时，里波尔也指出学界可能会对他的观点持否定态度。不过，他强调有必要阐明左拉作品中反复出现的这类违反禁忌的"偷窥"和"看"的本质。因为左拉作品中人物的"看见"行为很大程度上被描写成一种不谨慎的行为，此外它最终会导致厄运和灾难。这样的目光和场景描写，其实说明了一个现象，即这是作家本人的过激反应所致。而从这些焦虑场面的不断重复之中，罗谢·里波尔认为研究者应该探讨和阐释作家内心一直排解不掉的烦恼究竟是什么。在这里，如果用家庭形成的压迫感或者命运去解释可能行不通，罗谢·里波尔建议最好转换一下思考的角度，即考虑能否从社会命运必然性起决定作用这个角度去重新解释问题。他以《妇女乐园》和《萌芽》中的两个例子为分析对象。一个是《妇女乐园》中的波杜一家，他们的小商店被大型百货商店挤压，被迫关闭。左拉在描写波杜一家的悲剧命运时，尤其侧重写他们目光始终无法从杂货店转移开。而这个商店恰恰是他们一家毁灭、女儿死亡的原因。另一个就是《萌芽》中的善终老爹，他一辈子都在矿井里挖煤，却一生处于凄惨的被剥削的境地，晚年他因瘫痪而倒下了，但是他的目光中充满了绝望与愤怒，令人震惊。这两部作品其实都描写了一个注定要崩溃的社会命运。左拉在《卢贡-马卡尔家族》中也曾经塑造过很多革命者形象，但是这些革命者，例如《萌芽》中的埃蒂安、西格蒙等，更像是个梦想家，他们的目光其实只是被作家用来描绘特定环境。左拉热衷于书写和描绘一个注定要崩溃的社会命运。为了作品的内容，他必须借助某些手法。当他被那些棘手问题吸引的同时，他也被那些难以对付的对手吸引，同时又受个人善良的本性推动。善良构成了左拉人格的主要特征，也决定了他面对社会不公时所采取的立场，即他肯定会感到愤慨，总要站在受害者立场上去呐喊。所以在《卢贡-马卡尔家族》中，他最终选择不能站在局外人的立场上去思考问题。他最初尚不能清楚地辨别机械主义和事物本身之间的对立，所以不由自主地用命运去构思情节。直到后来，他开始突破自然主义文学的局限性，有意识地采用目击者和见证人这样的视角去构思和布局小说故事情节。

罗谢·里波尔在文章结论部分指出对左拉作品中的目光进行分析的意义，即通过对某个细节性问题的研究和对某个技巧简单特征的分析，能够揭示左拉作品中普遍存在的焦虑感。在他看来，这种焦虑感既与作家过去的身世经历有关，也与他所接受的社会观念的重要程度有关。左拉本人在创作过程中并没有意识到这种焦虑感问题，也没有意识到他所属的那个阶级的思想立场问题。恰恰是这种忽略，为人们探索其作品的深层意蕴提供了思考的新角度。针对以往学院派批评家蔑视和诋毁左拉作品中那些有关性和暴力的场面描写的过激方式，罗谢·里波尔指出，以学院派批评家为代表的大学批评从传统道德视角去评价左拉功过的方式已经过时了。他呼吁道："现在我们的任务就是要不断拓宽研究视野，重新探索左拉小说中的世界，此外还要承认和认可其中的复杂性与丰富性，因为其作品与人生一样具有复杂性和丰富性。"[1]

笔者选择罗谢·里波尔上述两篇论文作为20世纪五六十年代左拉研究第一次转向的例证，目的是让人们从罗谢·里波尔对左拉文本的分析中，了解法国学者如何挖掘左拉作品中的独特价值。罗谢·里波尔的《〈莫雷教士的过失〉中的植物象征主义》从比较神话学研究角度探讨左拉小说中创世神话叙事模式的特征，他将《莫雷教士的过失》文本与米什莱的创世神话书写

---

[1]　Roger Ripoll: «Fascination et fatalité: le regard dans l'oeuvre de Zola», *Les Cahiers Naturalistes*, No.32, 1996, p.116.

做比较分析，从而揭示出左拉创世神话叙事所蕴含的乐观主义精神。这篇文章有力地回击了19世纪末法国学院派批评家布吕纳介对左拉的指责。因为布吕纳介认为"左拉作品中的细节描写都是情趣低下的、毫无意义的……这种歪曲物体的写作方法的最严重危险在于歪曲了题材"①。在《诱惑与厄运：左拉作品中的目光》一文中，罗谢·里波尔紧紧抓住左拉作品中那些表现禁忌主题的场景描绘和目光这一细节性问题，通过对某个技巧简单特征的分析，尝试揭示左拉作品中普遍存在的焦虑感问题。从文本细节描写着手，去挖掘左拉作品的独特价值，这是罗谢·里波尔致力于左拉文本研究的主要目的。

与罗谢·里波尔一样，执教于比利时列日大学文学系的左拉研究者雅克·杜布瓦也曾在《自然主义手册》上发表过两篇文章，即《热尔维塞夫人〉与〈普拉桑的征服〉：平行发展的两种命运与截然相反的情节布局》（1963）、《热尔维丝的避难处——论〈小酒店〉中的一个象征性的装饰物》（1965）。1963年3月15—17日，第一届国际左拉研究学术研讨会在英国伦敦召开。该学术会议是由法国左拉之友新文学协会和《自然主义手册》编辑部发起的，由法国贝尚松大学文学系讲师亨利·密特朗负责筹办。40多名来自德国、比利时、波兰、英国、美国、荷兰、法国、新西兰等国的大学及研究机构的左拉研究专家参加了该届会议。此次学术研讨会的成功举办得到了英、法两国文化部及法国驻英使馆工作人员的参与和支持。雅克·杜布瓦作为受邀嘉宾，在该研讨会上做了专题发言，该发言稿后来发表于《自然主义手册》1963年第9期上。雅克·杜布瓦在发言中主要采用了文本细读的方法，比较分析了龚古尔兄弟的小说《热尔维塞夫人》和左拉小说《普拉桑的征服》中塑造的女主人公形象，探讨了两位女主人公的性格差异。他尝试从两部作品中人物的不同命运入手，分析两个自然主义小说文本之间的内在联系。杜布瓦首先从人物的心理世界和精神世界角度比较了龚古尔兄弟与左拉塑造人物形象的视角和艺术手法。在杜布瓦看来，两部小说一致的地方是文

---

① 布吕纳介：《论实验小说》，胡宗泰译，该文收入《法国作家·批评家论左拉》，第39、46页。

学主题，两部作品都注重描写女主人公感官欲望即性欲和内心宗教信仰之间的冲突，但是在处理人物的灵与肉冲突时，两位作家却表现出不同倾向。《热尔维塞夫人》只是简单地揭示身为寡妇的女主人公内心种种矛盾与自我克制的深层动机。龚古尔兄弟在描写和处理主人公解决内心冲突时往往采取简单化的方法，例如在小说结局部分将热尔维塞夫人选择皈依天主教，把依靠神圣的宗教信仰来克制内心性欲需求作为解决问题的根本途径。然而这样的结局安排显然容易导致读者直接误将小说视为宗教读物。相比之下，左拉在《普拉桑的征服》中重点描写了玛尔特·莫雷太太身上灵与肉的冲突。玛尔特·莫雷太太与丈夫已生育三个孩子，却在去普拉桑镇参加天主教教堂弥撒仪式时邂逅了福惹神父，并对他一见钟情。此后她经常找借口去教堂参加弥撒，试图接近福惹神父，利用向神父忏悔的机会向他表白爱情，却遭到福惹神父严厉的斥责。玛尔特·莫雷太太为此深感屈辱，开始质问心中的上帝。与此同时，她也逐渐意识到个人的疯狂会给自己的家庭生活带来恶果。在杜布瓦看来，左拉刻画的女主人公显然比龚古尔兄弟笔下的女主人公更人性化。左拉没有采用简单化的方式否定人性中的性欲、激情和疯狂，小说结尾还凸显了福惹神父的绝情恰恰拯救了玛尔特·莫雷太太，后者透过神父的行为去思考宗教信仰的意义与价值。雅克·杜布瓦认为小说《普拉桑的征服》其实表现的是征服主题，整个作品围绕这个主题叙述了三个不同的故事：一是普拉桑镇选择归顺第二帝国；二是莫雷利用战争与政变抢劫国家财富（征服行动）；三是玛尔特·莫雷太太选择虔诚皈依天主教信仰。在这三个故事中，左拉突出了福惹神父在推动小说情节发展中的重要性。小说结尾将普拉桑镇恢复了往日平静、玛尔特·莫雷太太回归家庭均视为福惹神父积极介入的结果。杜布瓦在比较两个小说文本时，得出这样的结论，即左拉在描写和处理人物内心冲突时表现出高超的艺术水平，他更注重小说情节布局的复杂性和内在结构的完整性。因此在他看来，左拉刻画的悲剧性人物要比龚古尔兄弟塑造的人物更具有艺术感染力。

雅克·杜布瓦的另一篇论文《热尔维丝的避难处——论〈小酒店〉中的一个象征性的装饰物》则以热尔维丝早年的人生梦想为切入点，探讨了这种带有犬儒主义色彩的乌托邦梦想如何影响了女主人公后来人生道路的选择，即当灾难降临之后，她选择的不是抗争而是妥协与顺从。雅克·杜布瓦在文章开篇引言部分，指出《小酒店》中的女主人公热尔维丝在第二章准备与古波生活在一起时曾宣布其人生最高的理想：安安静静地干活、有面包吃、有个干净小窝可以睡觉、将孩子抚养大、不被家暴、最终死在自家床上。雅克·杜布瓦认为，热尔维丝的人生最大目标始终与拥有一个小窝或个人栖身之地有关。这种对栖息之处的渴望是女主人公无意识中的一个心理动因，也决定了小说故事结构的安排。

雅克·杜布瓦在文章正文部分主要从热尔维丝潜意识中的心理动因角度，探讨了女主人公一生努力实现这种人生理想的悲剧性过程。在雅克·杜布瓦看来，《小酒店》可以被看作描写热尔维丝不断变换个人住处的一部作品。在小说中，热尔维丝搬了五次家，从善心旅馆昏暗的小屋搬至勒弗街的明亮套间，随后拥有了一套大房子和蓝色洗衣店，后来又搬至六层楼的两间阁楼上，最后租住的是布鲁老爹的小屋。小说故事情节线的发展也是紧紧围绕女主人公不停地变换住处与栖身之地展开，描写热尔维丝一生如何实现对私人生活空间的征服，并由此揭示女主人公由内到外的转变。雅克·杜布瓦认为左拉在《小酒店》中十分热衷于描写女主人公在私人生活空间中的贪吃与酗酒，习惯于与肮脏、污秽的衣物（洗衣店）相处。这些习气都表明了热尔维丝的道德低下。在《萌芽》中，面对苦难的生活，工人们选择的是反抗，而《小酒店》中的热尔维丝和古波选择的则是退避到私人生活空间里。雅克·杜布瓦通过对《小酒店》文本的细读得出这样的结论：透过《小酒店》中热尔维丝的现实与想象中的居住场所，可以向人们揭示女主人公具有迅速化解失败带来的挫折感以至于趋于麻木的非凡能力。在雅克·杜布瓦看来，《小酒店》中男女主人公的悲剧性命运似乎都与这种不积极抗争的顺从心态有关。左拉在作品中只是借用"住所"这样一个象征物揭示出了人物沉湎于幻想而不抗争的性格。雅克·杜布瓦认为从这个细节可以看出《小酒店》中的女主人公似乎与《包法利夫人》中那个失意的女主人公很像。

在上述的两篇文章中，雅克·杜布瓦通过对左拉两部作品《普拉桑的征服》和《小酒店》文本的细读，从精神分析角度探讨了自然主义文本中的女性人物精神与心理世界的特质，从潜意识角度分析了人物悲剧性命运与她们自身心理中的无意识之间的关联。

本节主要选择了两位左拉研究者——罗谢·里波尔和雅克·杜布瓦对左拉小说文本的解读,尝试探讨 20 世纪 60 年代左拉研究回归文本自身的必要性和意义。在笔者看来,以往学院派批评家常常忽略左拉自然主义小说文本所蕴含的独特价值,他们只采用简单化的社会学和决定论观点批评自然主义文学没有真正揭示社会本质,或者抓住文本中某些细节问题来指责左拉忽视对作品中男女主人公心理状态的分析。与 19 世纪后期这些大学批评家不同的是,二战后的左拉研究者,例如罗谢·里波尔和雅克·杜布瓦,都能深入左拉自然主义小说文本中,通过对作品叙事模式、象征物、禁忌主题和独特的人物形象的多角度分析,揭示其中所包含的丰富内涵,从而挖掘左拉小说文本中所蕴含的独特价值。这两位左拉研究学者在文本阐释方面都做出了开创性的贡献。他们的研究成果给予学人很多启迪,有助于人们重新认识左拉自然主义文学的价值。他们的学术探索活动对 20 世纪 60 年代的左拉研究起到了推动作用。

第二节 "新学院派批评"模式确立:以勒内·特诺瓦的左拉研究为例

自 20 世纪 50 年代中期以来,要为左拉及自然主义文学恢复应有的声誉成为法国学界左拉研究者的共识,也成为这一时期左拉研究领域一项紧迫而棘手的任务。1955 年,《自然主义手册》在创刊号上发表了一篇文章,题名为《埃米尔·左拉与大学批评》①。该文表达了法国左拉研究者们普遍一致的诉求,即必须为左拉及自然主义文学"正名",恢复它在官方文学史上应有的地位。论文作者马塞尔·基拉尔也是二战后转向左拉研究的知名学者,他对左拉的代表作《萌芽》的重新阐释曾引起学界同人的关注。从 20 世纪 50 年代初,他便向本土学界同人呼吁,必须对左拉及自然主义文学进行一次价

---

① Marcel Girard, «Emile Zola et la Critique Universitaire», *Les Cahiers Naturalistes*, No.1, 1955, pp.27–33.

值重估。

但是众所周知，19 世纪七八十年代以来，法国传统学院派批评家和后来马克思主义批评家关于左拉及自然主义文学的论断一直被视为权威评价。这些批评家给左拉及自然主义贴上了很多"标签"，如"喜欢描写兽性的作家"和"不道德的作家"①。长期以来，这些批评家掌握着学界的话语权，致使左拉及其自然主义文学被污名化现象日趋严重。在很长一段时间里，法国本土读者已经习惯于用学院派批评家的眼光来认识左拉及自然主义文学。所以马塞尔·基拉尔在论文中将左拉被污名化的罪魁祸首指向 19 世纪后期以"职业批评"著称的学院派批评，尤其是该批评的代表人物费尔迪南·布吕纳介。马塞尔·基拉尔指出布吕纳介以个人审美偏好为出发点，攻击 19 世纪 70 年代文坛上以革新文学为目标的自然主义实验小说。虽然大学批评自我标榜为一种严谨和严肃的职业批评，然而这种批评是否客观公正，其实是很难判定的。基于上述的判断，马塞尔·基拉尔提出目前要扭转这种局面，必须重建一种关于左拉作品新认识的"新学院派批评"。为此，他特别提及了居伊·罗贝尔的贡献，将之视为当代左拉研究领域中新学院派批评的奠基人。居伊·罗贝尔于 20 世纪 40 年代末至 50 年代初发表了一系列论文，如《左拉与古典主义》《关于左拉〈土地〉的再阐释》等，这些研究堪称 20 世纪 50 年代新学院派批评的奠基之作，为人们重新认识自然主义作品引入了新视角，提供了新的参考依据。

进入 20 世纪 50 年代，在法国学界，重新评价左拉及自然主义的价值和地位的呼声影响颇大，绝非仅有马塞尔·基拉尔。不过马塞尔·基拉尔要求重新评价自然主义的呼声是出自左拉之友新文学协会所创办的专刊《自然主义手册》，因而这样的振臂高呼多少显得不同寻常，具有预示着当代左拉研究必将出现天翻地覆的变化的意义。当然，二战后当代左拉研究之所以出现转折，也与即将出现的不同于传统大学批评的新批评流派崛起有着密切的关系。马塞尔·基拉尔在论文中也预见到了 20 世纪 50 年代后在左拉研究领域

---

① 于勒·勒梅特尔：《埃米尔·左拉》，胡宗泰译，该文被收入《左拉研究文集》，第 18—24 页。

肯定会涌现一批新学院派批评家。尽管他没有给"新学院派批评"下任何定义，但是从他对传统学院派批评模式弊端的否定与批判上，可以看出他对新学院派批评模式已有了初步的判断与想法。在马塞尔·基拉尔看来，传统学院派批评模式的最大弊端主要体现在教授批评家审美趣味的偏颇上。这些顽固不化的教授们只信奉一些僵化的道德标准与原则，虽然对左拉及自然主义文学的价值提不出任何真知灼见，却从自身的审美趣味出发对不合他们口味的作家横加指责与诋毁。他们不仅不能科学公正地解释自然主义文学为何出现并繁荣于 19 世纪后期法国文坛上的文学现象，而且也没有认真地阅读左拉作品和正确地概括出其小说的特征，便匆忙地对左拉提出严厉的批判。他们对左拉作品价值的诋毁直接导致左拉以及自然主义作品不能被写入官方文学史。这样有失公允的职业批评显然是过时的，要被一种新学院派批评替代，这样才能给 20 世纪中叶的左拉研究带来新气象与新变化。

马塞尔·基拉尔的看法是否真正击中了传统学院派批评之要害，我们不妨引证 20 世纪 30 年代法国最著名的批评家蒂博代（1874—1936）关于 19 世纪后期学院派批评的评价。蒂博代曾在论文集《批评生理学》中对自古典主义以来的法兰西文学批评形态做了历史性的回顾。他认为 17—20 世纪法兰西文学批评形态大致可分为自发的批评、职业的批评和大师的批评三种。法兰西文坛上真正的职业批评出现于 19 世纪 30 年代之后。职业批评诞生之前，文学批评只能被称为"自发的批评"，仅具有批评形态。这种批评不是建立在阅读作家作品基础之上的，而只是根据贵族沙龙里一批有教养的文人的议论推断出来的。毫无疑问，自发的批评存在诸多弊端。随着 19 世纪 30 年代记者行业和教授行业相继出现，法国职业批评才应运而生。"职业批评"最大的特征是它具有牢固的专业基础和明确的目的，因为这是由进入文学研究领域的职业批评家，即大学里以讲授和研究书籍为业的教授们根据其研究结果所做出的判断。职业批评的历史贡献主要表现在开创了文学批评的传统。职业批评所依循的方法主要是"鉴赏、排列和解释"。[①] 蒂博代认

---

① 蒂博代：《六说文学批评》，赵坚译，郭宏安校，北京：生活·读书·新知三联书店，1989 年，第 90 页。

为职业批评在法国文学发展进程中曾做出独特的贡献，但也存在一定的局限性，即在对同时代人的批评中，这些教授批评家往往不能承受"双重任务的压力，即同时阐释现实和历史"①。因为"对同时代人的批评更多需要鉴赏力，一种活跃的、敏锐的、年轻的鉴赏力……不是那种面向历史和死人的鉴赏力"②。所以蒂博代认为职业批评家的最大缺陷是，在对同时代人作品价值的评价与判断上，他们无法完成批评任务。此外，蒂博代还指出了职业批评家易犯下的另外两大错误，即"不读而论"和"迟疑症"③。"不读而论"是19世纪后期职业批评中普遍存在的一种现象，即"非每写必读，而是凭借自己的回忆和笔记"。"迟疑症"更是一种可敬的，却也令人沮丧的危险。患有这种"迟疑症"的人，很可能皓首穷经，却终究没有一部作品产生。他们为做到"丰富、翔实、准确"而陷入搜集材料、渊源、调查等陷阱之中而无法自拔。④

由此可见，针对职业批评，蒂博代同样也指出了上述这些问题。不难发现，蒂博代的看法与马塞尔·基拉尔在文章中指出的传统学院派批评的"缺陷"有很多重合之处。他们都认识到了传统学院派批评家对同时代人作品中的创新意识缺乏敏锐的鉴赏力和阐释能力。也正因为传统学院派批评存在上述种种弊端，所以20世纪50年代法国学界在尝试重新评价左拉及自然主义文学历史贡献的问题上已初步形成这样的共识：肆意否定和诋毁左拉的旧时代已经过去了，诋毁左拉严重地影响了人们对于左拉作品所蕴含的独特价值的认识，这是十分明显的事实。所以沿袭早已过时的传统学院派大学批评模式去研究和评判自然主义文学是不可取的，必须建立一种新学院派批评模式。

为此，马塞尔·基拉尔在《埃米尔·左拉与大学批评》一文中大力倡导，要建立一种新学院派批评模式，要依照当下的文学观念去阐发左拉作品中有价值的内容，这不仅势在必行，而且意义十分重大。新批评模式的建立

---

① 蒂博代：《六说文学批评》，第94页。
② 同上注，第95页。
③ 同上注，第16—17页。
④ 同上注，第17页。

可以扭转目前左拉研究裹足不前的局面。他甚至还断言，20 世纪 50 年代应该成为左拉研究的转折点，建立新学院派批评模式的时机业已成熟。他在文章结尾部分提及了二十多年来他对欧美学界，尤其对法国学界左拉研究方面的状况及成果的追踪。据他统计，1928—1955 年欧美各国包括法国本土已出版了相当数量的有关左拉研究的学术论著，很多研究成果对左拉作品及自然主义文学价值有不同程度的新发现。在他看来，这是建立新学院派批评的必要条件与基础。马塞尔·基拉尔在介绍这些最新学术成果的同时强调真正能接近或符合"新学院派批评"名称的前沿成果大概有十几部论著，相关研究者有十多人。其中，他特别提及了居伊·罗贝尔、F. W. 海明斯、莱昂·德福、雅克·凯塞、皮埃尔·科涅、罗贝尔·里卡特、M. 格兰特、阿尔芒·拉诺、让·盖海诺、罗谢·伊克尔和勒内·特诺瓦等学者，并将他们视为 20 世纪中叶左拉研究的开拓者 ①。

不过值得注意的是马塞尔·基拉尔提供的这份新学院派批评家名单不仅包括法国本土学者，也包括英国、美国、比利时、瑞士等国学者。在马塞尔·基拉尔提供的这份新学院派批评家的名单中，我们发现这批批评家均出现于二战后的欧美学界。他们的研究成果主要发表于 20 世纪 40 年代末和 50 年代初。其次，这些学者均为欧美大学等科研机构中的教师或科研人员，有些甚至专门致力于左拉及自然主义作品研究。这些年轻学者与 19 世纪传统学院派批评家明显存在不同，即他们完全投身于专业研究领域，不仅对左拉研究抱以热忱，而且尝试进入左拉文本，试图通过解读左拉文本挖掘左拉作品中的独特价值。在新学院派批评家的名单中，特别值得关注的是这四位法国学者：居伊·罗贝尔、皮埃尔·科涅、阿尔芒·拉诺和勒内·特诺瓦。居伊·罗贝尔应该是 20 世纪 50 年代初法国左拉研究方面贡献颇多的学者。他的研究论著《埃米尔·左拉的〈土地〉——历史与批评研究》(1952) 真正奠定了 20 世纪左拉新研究的基础。他在论著中重新解读了左拉时代屡遭诋毁的小说《土地》，以反复考证的确凿事实与对作品细节的展示，第一次肯定

---

① Marcel Girard, «Emile Zola et la Critique Universitaire», *Les Cahiers Naturalistes*, No.1, 1955, pp.29–31.

了这部小说蕴含的历史价值和文学价值。该文的发表具有里程碑意义，也受到学界同人格外的关注，更给 20 世纪 50 年代左拉研究带来逆转性的变化。

皮埃尔·科涅（1915—1988）是 20 世纪 50—80 年代法国新学院派批评最卓越的代表。科涅长期执教于巴黎索尔邦大学，除此之外，他还兼任左拉之友新文学协会秘书长一职。他本人是学术期刊《自然主义手册》最早的创办者之一，后成为该刊主编（1955—1958）。作为二战后法国学界 19 世纪文学研究的专家，皮埃尔·科涅在三十多年职业学术生涯中一共出版专著 39 部，发表论文 60 多篇。他长期从事有关左拉、于斯曼、莫泊桑文学创作成就以及 19 世纪后期法国作家与巴黎公社等方面的课题研究。他所撰写的专著《自然主义》（1953）被收入 20 世纪 50 年代由法国大学出版社出版的普及性读物——"我知道什么？"系列丛书。该论著虽属于普及性读物，却以翔实丰富的文献材料和作品分析，为 20 世纪 50 年代法国读者了解自然主义文学思潮及其成就提供了重要参考。耶夫·谢弗勒尔在 1988 年悼念皮埃尔·科涅去世所发表的悼词中这样评价皮埃尔·科涅为二战后左拉研究做出的巨大贡献："皮埃尔·科涅是一名大学教师，真正意义上的大学研究人员，一生都奉献给专业研究事业。他的一生不局限于发表著作和文章，同时也致力于法国文学批评，尤其是 19 世纪文学批评……实际上他是一流的研究者，他在文献整理和挖掘方面——定位、标注、分类，都证明了这一切。"[①] 自 1954 年至 1980 年，他在《自然主义手册》杂志上先后发表相关论文共计 18 篇，主要关注和重新解读左拉生平事迹中的历史大事件，例如 1887 年《费加罗报》上的"《五人宣言》事件"、1897 年《震旦报》上的"《我控诉！》事件"以及"左拉与巴黎公社"等研究。此外他还研究左拉的手稿及与友人的书信。在二战后重启左拉研究时，皮埃尔·科涅在早期史料文献的挖掘与整理方面做出独特的贡献，为早期"左拉学"谱系的建构奠定了扎实的文献基础。

阿尔芒·拉诺（1913—1983）是 20 世纪 50—80 年代新学院派批评的代表性人物和著名的左拉研究专家。他为 20 世纪 30—60 年代出版的《左拉

---

① *Les Cahiers Naturalistes*, No.63, 1989, pp.245–247.

全集》撰写了一篇非常有价值的序言。在该序言中，他谈及左拉的巨著《卢贡-马卡尔家族》的社会意义和艺术特色，尤其论述了 20 世纪 60 年代关于左拉研究的新进展。

最后一位是勒内·特诺瓦（1896—1972），他是 20 世纪 50—70 年代法国本土学界新学院派批评的杰出代表，曾担任学术期刊《自然主义手册》第二任主编。

本节将重点围绕勒内·特诺瓦三十多年的学术活动，着重介绍与评价特诺瓦教授作为二战后左拉研究领域中新学院派批评的代表，如何突破和超越传统学院派批评模式的局限性，开创了当代左拉研究的新模式，尤其还阐明他在 20 世纪 50—70 年代引领法国学界在左拉研究方面所做出的重要学术贡献。勒内·特诺瓦毕业于第戎大学文学系，1922 年通过了法国教育部教师学衔资格考试，先后在特鲁瓦、阿勒比、亚眠、凡尔赛等公立中学教书，后调入巴黎，在亨利四世中学、路易大帝中学和费纳隆公立中学执教。1960 年以论著《左拉与其时代》在索尔邦大学通过了国家博士论文的答辩，获得文学博士学位，后进入第戎大学人文社会科学和文学系担任比较文学教授。勒内·特诺瓦早期学术研究主要集中在两个领域，一个是关于 17 世纪作家圣·艾弗蒙（1610—1703）的文学创作与历史语境之间关系的研究；另一个是关于埃米尔·左拉的研究。他长期担任巴黎知名杂志《书籍》的专栏作家及评论家。

作为二战后左拉研究领域里新学院派批评的开建者之一，勒内·特诺瓦自 1947 年起致力于左拉后期作品《三名城》的研究。1948 年，他发表了第一篇论文《〈罗马〉第一章诞生记》。应该说他是真正开启二战后法国左拉研究的人，他发表论文《〈罗马〉第一章诞生记》时，居伊·罗贝尔关于《土地》的研究的学术论文尚未发表。也正因为此，左拉之友新文学协会和《自然主义手册》杂志社于 1956 年 9 月 30 日邀请勒内·特诺瓦首次参加"梅塘瞻仰活动"并让他发表例行演讲。勒内·特诺瓦在早期左拉研究领域里取得的成就主要体现在对左拉手稿及史料的整理与挖掘上。从 1959 年至 1964 年，他应邀担任学术期刊《自然主义手册》的第二任主编，接替皮埃尔·科涅的职位，负责学术期刊栏目策划及编辑工作，并培养了一批致力于当代左拉研究的后继者和传承人，如亨利·吉约曼、亨利·密特朗等。

在当代左拉研究方面，勒内·特诺瓦独自撰写和编写了多部论著，其中比较有代表性的有：《埃米尔·左拉：我的旅行日记（未发表的）——卢尔德和罗马》，法斯盖尔出版社，1958年；论著《埃米尔·左拉与其时代》，第戎大学出版社＆纯文学协会出版社，1961年；《左拉与他的意大利友人资料汇编》，第戎大学出版社＆纯文学协会出版社，1967年。此外他在《自然主义手册》和另一份学术期刊《比较文学杂志》上发表相关学术论文共计16篇，其中比较重要的有：《关于〈三名城〉的诞生记》（1956）、《天堂之路的通灵者》（1960）、《〈作品〉的诞生》（1961）、《左拉一家 一个威尼斯家族史》（1961）、《意大利舞台上的左拉》（1962）、《在〈娜娜〉之外》（1962）、《左拉的斯多葛主义》（1963）、《在德莱福斯案件时期的意大利信札》（1965）、《〈生活快乐〉的意大利题材》（1967）等。

二战后左拉研究重启之后，勒内·特诺瓦便投身于当代左拉研究文学事业之中，他也是20世纪五六十年代左拉研究领域新崛起的"新学院派批评"的开创者和代表性人物之一。勒内·特诺瓦在左拉基础性研究方面做出了开拓性的贡献，其突出成就集中体现在他对埃米尔·左拉一些尚未出版的私人文献与手稿的整理性研究上，尤其是对左拉赴卢尔德与罗马旅行期间所写下的笔记与其后期作品《三名城》之间关系的阐释上。《自然主义手册》（1956）第2期刊载了勒内·特诺瓦的一篇文章，题名为《关于〈三名城〉的诞生记》，是他在梅塘瞻仰活动中发表的演讲稿。这篇文章代表着勒内·特诺瓦在左拉研究方面的学术特色和成就。该论文主要包括三部分内容。在第一部分，勒内·特诺瓦阐明当代左拉研究所面临的首要任务就是重新认识和评价左拉作品的价值，他认为这是十分必要的。在勒内·特诺瓦看来，极端仇视与诋毁左拉及自然主义文学的论战时代早已过去，如今应该重新定位左拉在文学史上的重要地位，应该进入重新理解左拉作品价值的新时代。然而重估左拉及自然主义文学的价值，不应该也不能仅局限于对其巨著《卢贡-马卡尔家族》的理解，还应该包括对左拉青年时代创作的一些作品，甚至包括左拉作为专栏作家在报纸杂志上所发表的那些文章的理解，特别是要重新研究左拉晚年创作的《三名城》和《四福音书》等作品。他在文章第一部分谈及他选择《三名城》作为研究话题，是基于他近些年来对左拉晚年赴卢尔德和罗马旅行所写下的四百多页旅行日记等文献材料的阅读与研究。

勒内·特诺瓦在文章第二部分，围绕着1891年左拉写作小说《崩溃》期间去比利牛斯山区旅行时路过卢尔德城这一巧合事件，着重论述了左拉在法国宗教圣地卢尔德逗留和观光期间的所见所闻对于《三名城》最初构思的影响。在卢尔德地区广泛流传着一个被圣母治愈的"贝尔纳黛特传说"：贝尔纳黛特曾是个盲女，她依靠崇拜圣母的信仰和当地圣泉的泉水治愈了疾病，并见证过圣母显灵。由于"贝尔纳黛特传说"在民间广泛流传，卢尔德在19世纪后期再度成为法国无数患者朝圣祈福的宗教圣地。1891年9月和1892年8月，左拉两度赴卢尔德旅行，还参加了两次领圣体的朝圣仪式，多次参观当地大教堂及地下墓穴。此外他还拜访了以撰写《卢尔德的圣母》和当地旅行指南而出名的作家亨利·拉塞尔。左拉用了很长时间与亨利·拉塞尔讨论卢尔德圣水提高视力及对眼疾的疗效问题。此外，左拉为了进一步了解和掌握卢尔德圣水治愈肺结核、聋哑和精神疾病的案例，三次赴当地诊所了解确切数据，询问医生相关的医学原理问题。调查结束后次年，左拉在艾克斯、戛纳和蒙特卡罗度假期间开始构思《卢尔德》。1892年春、1893年12月和1894年夏，巴黎城区先后发生多起无政府主义者暴力恐怖袭击案，这些案件使巴黎城区社会治安状况恶化、局势动荡，引起了巴黎市民巨大的恐慌。19世纪末，法国民众尚不具备鉴别无政府主义和社会主义思潮之差异的能力，所以两者被混淆对待，这在一定程度上给世纪末法国社会主义思潮的信誉造成了严重伤害。这些恐怖袭击案发生后，左拉开始了解和调查案件发生的缘由。在这一过程中，他了解到，当时巴黎的无政府主义信仰者绝大多数是被侮辱与被损害者，因遭遇过人生苦难又找不到其他出路，故而走上了推崇暴力手段的激进革命道路。在左拉看来，世纪末无政府主义者采取暴力行动其实体现了对未来的恐惧和绝望。1892年9月，左拉利用赴蒙特卡罗度假的机会，去了意大利热那亚旅行。在此次旅行中，左拉得到了其父系家族亲友的热情款待，所以左拉将这次意大利之行视为"灵感启示"之旅。此外，1892年秋天和1893年年初，左拉从当时梵蒂冈教皇莱昂十三世所颁布的教谕中，了解到了19世纪末法国新天主教复兴运动背后的根源问题，即这种新天主教运动是 19 世纪末理想主义者和梦想家期待实现地上天国的结果。1893 年 8 月，在写完《卢贡-马卡尔家族》系列作品中的最后一部小说《巴斯卡尔医生》之后，左拉于当年 10 月 30 日出发赴罗马旅行。他于 1893 年 8 月写下了《三名城》构思提纲，并将三部作品的名字分别命名为《卢尔德》《巴黎》和《罗马》。他还构思了一个名叫皮埃尔·弗洛芒的神父作为三部曲的主人公，写他早年失去了旧日信仰，立志要寻觅一种新的信仰，目的是探讨人生的另一种意义。

根据左拉赴比利牛斯山区和后来在意大利旅行期间所写的日记以及《三名城》小说的构思手稿，勒内·特诺瓦发现了一些新问题：这些旅行中的见闻对后来《三名城》的情节构思以及小说主题呈现起到了决定性的影响。旅行中的趣闻，如"贝尔纳黛特传说"和梵蒂冈教宗的逸事，成为《三名城》故事架构中很重要的线索。另外，勒内·特诺瓦还了解到左拉获悉这些信息与传闻的途径——走访相关人员和现场调查。为此，勒内·特诺瓦根据对这些旅行日记的细节描绘和《三名城》写作提纲框架等文献的分析，大致推断出左拉写作《三名城》的详细过程。勒内·特诺瓦还通过对这些旅行笔记的研究，指出《三名城》中的三部小说表现出不同的主题：《卢尔德》是关于轻信者的信仰；《巴黎》是表现无政府主义、巴拿马财政丑闻和社会不公正如何控制巴黎社会，使人们看不到未来的希望；《罗马》则是探讨罗马天主教发展的新趋势。

在文稿的最后部分，勒内·特诺瓦通过对左拉旅行日记及《三名城》写作手稿的研究得出了这样一个结论：研究作家手稿和日记的最大收获是可以从中获悉左拉在小说创作过程中是采取何种思路，采用何种立场，以怎样的心理状态去触及当时传统的宗教和政治意识形态题材的。了解左拉在创作《三名城》过程中那些想法同样也具有重要价值。在他看来，人们可能不接受左拉在作品中得出的结论，却不能不承认他思想的坦率。

勒内·特诺瓦这篇关于《三名城》等作品创作背景以及主题形成的论文对于二战后学界重新认识和评价左拉创作的价值具有重要的参考意义，因为他提出的观点均建立在对作家手稿和旅行日记等原始文献资料研究的基础之上。他对《三名城》创作背景及主题形成原因所提出的新看法，可以说加深和丰富了人们对于《三名城》作品主题价值及意义的认识。此外,他还通过研究左拉的手稿和创作笔记,对《卢贡-马卡尔家族》中的其他一些作品,例如《作品》《巴黎之腹》《娜娜》等也提出了不少新颖的见解。在此,笔者将着重探讨作为建立二战后当代左拉研究新学院派批评模式的勒内·特诺瓦,于20世纪60年代初中期在《自然主义手册》上所发表的其他研究成果的学术价值。

1961年,勒内·特诺瓦在《自然主义手册》第7期上发表了一篇论文,即《〈作品〉的诞生》。这是继《关于〈三名城〉的诞生记——以卢尔德和罗马旅行日记为例》之后又一篇具有史料价值的文章。左拉小说《作品》(1886)是属于《卢贡-马卡尔家族》系列的第十四部小说。该小说发表后一直没有像《小酒店》《娜娜》和《萌芽》那样引起轰动,其原因是左拉在这部作品中以19世纪后期法国画坛上一批尚未成名的印象主义画家,如塞尚、莫奈等人的经历为素材,塑造了一个贫困潦倒的失败艺术家形象。这位不成功的悲剧艺术家就是主人公克洛德·朗蒂耶。小说中的克洛德·朗蒂耶因缺乏艺术天赋,加上家族遗传的精神疾病,注定在艺术追求道路上无法实现其崇高的艺术理想。该小说发表后,左拉遭到当时法国批评界的质疑,因为很多人认为小说主人公就是左拉在艾克斯中学所结识的同学塞尚。小说发表后,评论者在报纸上发表文章,指责该小说过分夸大了印象派艺术家的不得志和失意,并指出左拉缺乏慧眼,没有认识到塞尚是极具艺术才华的印象主义画家。对于这部有争议的作品,勒内·特诺瓦提出可以根据作家的创作手稿及笔记,对相关问题做进一步的澄清。勒内·特诺瓦在文章中主要运用新学院派批评注重挖掘史料之价值的辨析方法,通过对左拉创作手稿和笔记的比较研究,从小说素材来源、最初创作动机、人物形象的最初构想到最终作品结构等方面,尝试探究左拉的创作理念、后续发展和最终所要实现的目标。

这篇论文篇幅很长,从内容上可以分为三大部分。第一部分即引言部分,勒内·特诺瓦提出追溯小说素材来源、研究小说诞生前后的构思变化,可以帮助人们了解左拉自然主义小说创作活动是受"逻辑"和"推演"两大方法支配与影响的。左拉对自然主义巨著《卢贡-马卡尔家族》整体框架的构思开始于 1868 年。从《卢贡-马卡尔家族》最初的构思笔记中，可以看出这些系列小说应该是研究"生理学因素"，因为所有的作品都是以"科学假设"为出发点，每部作品在情节线索安排、事实叙述、人物角色设计上都需要采用数学方法，即逻辑和演绎方法，按照一定的原理逐步推论出来。所以在研究《卢贡-马卡尔家族》中每部作品的素材来源及演变脉络之前，首先必须要了解和接受这种"逻辑"推演的重要性。

　　第二部分即论文主体部分，主要围绕《卢贡-马卡尔家族》系列第十四部小说《作品》的诞生问题，依据《卢贡-马卡尔家族》创作手稿与构思笔记，探讨《作品》的素材来源、最初创作动机以及主人公形象的最初构想到最终完成之间的演变过程。根据对《卢贡-马卡尔家族》整体框架构思笔记的研究，勒内·特诺瓦指出左拉先是确定以"家族"为系列作品的中心，将家族各个成员放置于"现代社会"不同阶层中去书写他们的命运。此外，在笔记中，左拉还表示他要描绘这个浮躁的现代社会环境对于那些蠢蠢欲动、急不可耐的性情的影响。勒内·特诺瓦引用了左拉在笔记中的一段话："我要通过现代世界去研究一个家族的雄心壮志和欲望，尽管他们竭尽全力去拼搏，但是由于他们各自的性情和其他影响，最终无法获得成功，只能堕落失意，最终产生一些道德畸形物，如神父、谋杀犯、艺术匠人……我要描绘的就是这个混乱时代（时机和局势），它所显示出来的趋势是清楚的：艺术家可能成为野心与狂热过度被滥用的牺牲品之一。由于家族遗传本性和环境使然，他们注定不可能获得成功，只能成为失败者之一。"① 基于对《卢贡-马卡尔家族》创作手稿与笔记的研究，勒内·特诺瓦认为第十四部小说《作品》中的主人公克洛德的角色很早就确定了，虽然在《卢贡家族的命运》中克洛德尚处于无名状态，因为他那时还没有出生，但是在《巴黎之腹》中他已有 17 岁了。在《巴黎之腹》中，这个体型瘦弱、骨节粗大、鼻子精巧、眼睛细长的小伙子经常出入巴黎中央菜市场，有时在蔬菜摊前驻足欣赏，他表现出对色彩的浓厚兴趣。他尤其喜欢深夜去附近闲逛，凝视周围死寂的庞然大物（建筑）和奇形怪状的画面。在构思第三部小说《巴黎之

---

① Rene Ternois, «La Naissance de l'Oeuvre», Les Cahiers Naturalistes, No.7, 1961, p.1.

腹》（1873）时，左拉对后来的第十四部小说其实已有了清晰的想法，即克洛德这个人物具有艺术家的雄心壮志。在《巴黎之腹》中，大家已经发现了一个焦虑重重的年轻人形象，只是那时人们没有发现他身上的"精神紊乱"特征。

在勒内·特诺瓦看来，《小酒店》（1877）获得成功后，1878—1881 年巴黎文坛上爆发了一场关于自然主义理论的大论战。这场论战迫使左拉又回到了生理学与遗传学规律上来思考系列小说的情节构思，因为最初几部小说在 1869—1871 年陆续发表后，左拉几乎将这些理论遗忘了。所以，在 1878 年发表的《爱情一页》中，为了凸显家族史主题，他设计了卢贡-马卡尔家族的家谱树。从这棵家谱树上，人们可以读到有关克洛德·朗蒂耶的信息："克洛德·朗蒂耶生于 1842 年，道德优势与外貌生理特征与母亲相近。有神经官能症遗传，后转变为天才。"此外，勒内·特诺瓦推断，左拉在创作《作品》时，可能阅读过巴尔扎克的《玄妙的杰作》（后者为左拉提供了有益的参考）。由于左拉写《作品》时已年逾 45 岁，快步入老年，他更倾向于怀旧，追忆他早年那些令他悲伤的艰苦岁月，他十分清楚想要做什么与能够做什么之间的距离。他也渴望理解，所以在 1885 年春天开始构思《作品》初稿时，他需要赋予那个抽象人物——克洛德一些有血有肉的特征，要让这个人物变得鲜活起来。于是他将自己的性格特征、塞尚那样的艺术家特质，还有焦虑与运气不佳等特点统统添加到这个人物身上。此外，他还要通过塑造这个人物将生理学和历史语境等各种互不兼容的混杂因素都放置在一起，使之融合。左拉曾经尝试通过克洛德·朗蒂耶这个人物描写艺术家与自然和真实做斗争。小说要表现主人公倾注全部心血去创造一幅无法完成的艺术杰作的悲剧。毁灭艺术家的是创造者的空想，因为他要构思的是一幅概述整个时代的巨幅壁画，这种梦想令艺术家陶醉，却是不可能实现的，结果就是艺术家的自杀。左拉在构思克洛德这个人物时，将之描绘成一个无力自我满足的梦想家。如何解释克洛德这样的性格？左拉给出的解释是因为克洛德的天性缺陷——生理特质、家族性格遗传、目光的病变等。在艺术领域，克洛德属于自然主义者，即需要室外更自然的光线，必须将光线变形，他要追求极致的风格。他对自己所画的壁画永远不满意。一方面是他追求遥不可及的艺术目标，另一方面他又靠微薄的收入生活，最终贫穷加快了悲剧的发生。左拉在最初构思《卢贡-马卡尔家族》时，已事先在家谱树上确定了家族各个成员的角色。《作品》草稿提醒左拉，克洛德·朗蒂耶的失败和自杀是他的"生理学因素"造成的结果，因为这个人物属于"一个有缺陷的艺术家典型"，他无法完成他所构思的杰作。他属于焦虑不安的人，他永远不明白在这样一个探究和转型的时代人们是不可能达到尽善尽美的境地的。在勒内·特诺瓦看来，左拉塑造这个人物角色，其实要表达两层意义，一是凸显"无能为力"，二是要表现那个时代人们不可能达到尽善尽美的境界。两者叠加起来，突出了克洛德个人悲剧的必然性。此外，左拉为了更好地突出克洛德这个人物，还尝试塑造另外一个小说家形象，他试图将自己的性格特征赋予这个小说家。左拉之所以要塑造一个小说家形象，其实是要告知读者他们想要了解的一切。"我想虚构一个小说家，他能够从事文学工作，不停地怀疑，拥有创作激情，并且与克洛德在一起……如果我上场的话，我愿意对克洛德做补充，与他形成对照。首先就是哲学家气质：新的生理学给这个人物做了补充，完善了环境，能够提供解释这个人物的环境因素。"① 左拉在构思这个小说家角色时，只是提醒公众与读者，这个小说家也是一个理论家，他虽然是处在主人公活动的后台，但是他和克洛德是共同战斗的同事，他也经历过被嘲弄、羞辱的艰难岁月，最终靠顽强拼搏才获得成功。克洛德和这位小说家很相似，不断遭遇挫折与失败，但是不气馁，继续不停地创作。但是如果按照这样的思路去构思人物的话，左拉又遇到了新的难题，即他要重新设计克洛德最终选择自杀的逻辑。到底是什么原因导致这位艺术家自杀身亡呢？左拉后来在手稿中做出这样的解释，即克洛德认为自己所创作的艺术作品总存在缺陷，他不断修改，接受和遵从他人的建议，继续前行，不过内心却充满深深的悲伤与忧愁，他有过短暂的快乐，但总是有剪不断的烦恼。他总对作品不满意，有几次想抛弃草图，推翻重来，想直奔目标，但是始终不可行，只能继续在原来的草图上不断修改完善。左拉在此提及了克洛德的朋友圈，那些画家朋友。其中有一个名叫热尔维克斯，他是

---

① Rene Ternois, «La Naissance de *l'Oeuvre*», *Les Cahiers Naturalistes*, No.7, 1961, p.6.

巴黎美术学院艺术大师卡巴纳的弟子，与克洛德交往密切。此人是个幸运儿，总能获得成功，没有遭遇过任何失败。在草稿中，这位画家的作品已被某沙龙接受，这意味着他已被艺术界接纳，他的成功让很多人仰慕。而克洛德的画则始终无缘进入艺术沙龙。左拉在手稿最后这样设计：热尔维克斯虽然是个成功者，但他为人虚伪，只追求功名及地位，为了个人私利，他时常背叛友谊，他经常来看望克洛德，但是意图不是关心和安慰老朋友，而是有预谋地从克洛德那里剽窃其思想，然后再做些小资产阶级式的改造。他在克洛德构思的基础上再运用艺术大师卡巴纳所传授的方法稍加改造，这样他的画反而因出色地描绘现代巴黎而获得巨大的成功，而为他提供艺术创意的克洛德却屡遭失败与诽谤。正是这种强烈反差最终导致克洛德无法接受失败的结局。

此外，在克洛德这个人物旁边，左拉还设计了另外两个画家人物，这些人物均是左拉在故乡的旧日好友，如阿莱西斯和维拉布莱格，他们与左拉的中学同学——画家塞尚关系密切。在作品中阿莱西斯的性格被夸张化了，变得很坏，总是不停地更换女友，而维拉布莱格则拥有更多不切实际的野心。与焦虑不安的天才克洛德相比，维拉布莱格本质上是个无所作为的人。在草稿中，左拉让阿莱西斯担任记者，他还曾写过一篇吹捧克洛德的文章。后来阿莱西斯成为巴黎某杂志的主编。他怂恿热尔维克斯处处与克洛德作对，然后专门写严肃的文章挖苦朋友们。此外左拉还将艾克斯的好友拉·巴耶写进作品。在小说中拉·巴耶不再是个艺术家，而是选择了建筑师这样一个非常实用的职业，并且娶了一个有钱的承包商女儿。左拉在《作品》最初的写作计划中，设计了四位画家和一个小说家。后来他又对写作计划做了修改，将维拉布莱格调整为一个雕塑家，而不是画家，他不停地变换职业。他还插入了另外一个现代雕塑家苏拉睿，此人没有受过任何教育，只能凭借个人聪慧的大脑行事。他在维拉布莱格旁边还安插了一个粗鲁的农民。他们俩都来自外省普拉桑，一起到巴黎奋斗拼搏，最后双双遭遇失败，生活陷入困境。此外，左拉在小说中还构思了若干音乐家形象，他们和画家一样均属于穷困潦倒的艺术家。

在草稿的第十三页，左拉构思了一个新的人物——一位作家或一位画家。该人物在创作完一幅杰作后，担心不能永远保持优先地位，因为他看见一大批后起之秀，故忧心忡忡。尽管他拥有头衔、荣誉与职位，但是他总是对自己的新作品充满怀疑。这个人物已年老且功成名就，然而内心异常自卑，不能像雨果和库尔贝那样充满自信。为了与这个人物对照，左拉又虚构了另外一个极端虚荣傲慢的人物，此人的性格属于自我膨胀型的，充满自信，没有遭遇过外界批评。后来左拉又将那位老者塑造成一个大师和领袖式人物，他俨然就是马奈和福楼拜。但是在描绘这个艺术家群体时，左拉却让热尔维克斯最终脱离了这个艺术家集团，原因是后者品行虚伪，他内心受世俗功名欲望驱使，最终背叛了导师，转眼间变成了一个莫泊桑，开始奉承批评家。在勒内·特诺瓦看来，这些人物在作品定稿中最终都变得有血有肉，他们的性格在组合中趋于定型。

勒内·特诺瓦强调，《作品》并不是左拉最重要的小说，却是左拉构思比较严谨的一部作品。至于他创作出来的那些人物，从草稿构思中可以看出，他们其中大部分人都不是艺术家。主人公克洛德创作的作品，左拉后来将之与马奈和塞尚的印象派绘画作品联系起来。当左拉写《作品》时，印象派画家的很多作品尚未问世，他从没有见过这些作品，他只是按照逻辑关系推论和重新组合。左拉曾经在日记中回忆自己与中学时代同学巴耶和塞尚等人每周四的聚会，他们一起构想并憧憬未来要征服巴黎。此外，左拉还叙述了他们经常结伴去郊外散步，参观博物馆、泡咖啡馆等。《作品》草稿包含很多内容，其中既涉及作者青年时代那些画家友人，也涉及当代生活。不过没有哪部作品像左拉这部作品似的提及那么多他身边熟悉的朋友或者他记忆中的那些小说家朋友。在《卢贡-马卡尔家族》中，这部小说是与众不同的一部作品。

在论文最后部分，勒内·特诺瓦这样总结，左拉创作《作品》时，最初的构思是要依据逻辑推演出后来人物的命运结局。左拉原先构思的主要人物比人们想象的要更抽象。这些素材来源多种多样，不过情节的脉络十分清晰。了解作品如何诞生？这些源头性材料其实是十分有趣的，因为它们可以帮助读者了解作家的创作原理、后续工作以及最终想要实现的目标。

勒内·特诺瓦在《〈作品〉的诞生》一文中运用大量的史料文献，查阅了《卢贡-马卡尔家族》创作手稿及左拉日记等原始资料，提出左拉主要依据逻辑和演绎两种方法构思作品。他通过对主要人物形象克洛德·朗蒂耶最初构思的分析，强调《作品》与众不同的特征。

勒内·特诺瓦第三篇比较有代表性的论文是《左拉的斯多葛主义》，该文章刊载于《自然主义手册》1963年第9期上，这篇文章共包括四部分。在引言部分，勒内·特诺瓦分别以1862年和1887年两位法国学者的著作——《英国文学史》和《未来的反宗教》为时代精神转变的标志，提出了19世纪后期实证主义和怀疑主义同时出现的历史必然性。1862年，伊波利特·泰纳（1828—1893）在完成《英国文学史》"诗人拜伦"一节后思考了英国浪漫主义的病态特征，并指出他们那一代年轻人如何深受英国浪漫主义诗人看待社会及人生的消极观念的影响。这些诗人对他们置身的社会深感不满，他们在作品中谈论的全是不可能实现的幸福、无法认知的真理、治理很差的社会和备受失败打击的脆弱的年轻人。在诗人眼中，当时社会结构就像一台各个零件已经出现问题的机器一样无法运转了，因此人类也深受这样不和谐世界的干扰，失去了生存下去的意义。泰纳认为他们那代年轻人深受这种消极观念的影响，内心亦滋生不满情绪。为了寻找治愈精神空虚的良方，他们只得求助于传统的宗教教育，求助于歌德的积极入世思想。在寻找医治虚无主义思想的过程中，他们最终转向了实证主义。实证主义是人类知识体系中一种比较温和的思想，因为它是建立在达尔文的进化论和生理学理论基础之上的，它强调世界上的一切事物，包括生活和思想都有规律和原理可循，都是可以解释的。人类社会和自然宇宙一样都受一定的法则与原理支配，自然奥秘是可以通过理性得到阐明的，人类的理想只不过是宇宙各种力量相互斗争最终达到平衡的结果。实证主义哲学力求以科学方法揭示宇宙和人类社会的真相，告诉人们不要再去抱怨自己的生存处境，要接受现实和内在人生的不完美状态，要了解事物存在的真相。

1887年，法国伦理学家居约发表了《未来的反宗教》。之所以选择这个题目，是因为他认为有人将宗教时而与形而上学，时而与道德，时而又与不可知的认识论混淆。在居约看来，有人利用这些混淆是为了宣称宗教是一种必然和永恒的存在。但在他看来，除了神话、教条和清规戒律，宗教甚至称不上是一种哲学，只是陈腐过时和短暂易逝的学说而已。因此他提出个人的观点，即能够接替信仰的必然是一种怀疑精神。所谓的怀疑精神就是承认知识的有限性，它不可能穷究绝对真理。他强调虽然怀疑精神是导致传统宗教信仰衰落和无神论思想盛行的主要原因，但是在科学时代，怀疑精神又是人类最独特的伦理情感，它让人类直面死亡，而不是采取幻想和软弱的自欺手段期望从宗教中获得救赎。怀疑主义代表的是人类一种勇敢诚实的立场，这不是骄傲，而是人类的谦卑与诚实的表达。

在文章第一部分中，勒内·特诺瓦以另外两个学者——保尔-查理·布尔热和布吕纳介所选择的思想立场为反面论据，间接地论证实证主义和怀疑主义思想出现的合理性。保尔·查理·布尔热（1852—1935）早年作为泰纳实证主义哲学的信奉者，曾经深入研究过泰纳的实证主义道德观，并从中发现了斯多葛主义和斯宾诺莎主义。泰纳曾倡导人类应该与宇宙和自然和谐相处，应该努力顺应万物秩序，按照世间事物的秩序去适度调整个人的欲望，而不是去攻击和反抗宇宙的普遍法则。布尔热盛赞过泰纳崇高的道德观，但是他后来对泰纳实证主义哲学提出了批评，即这种理论既否定自由，又消解理想，最终只能导致更阴郁的虚无主义。布尔热认为泰纳虽然赞美科学，可是他心中却对科学抱着某种绝望感，因为科学无法直抵人类灵魂深处。所以在布尔热看来，泰纳其实是自己方法论的受害者。决定论是泰纳的发明，科学曾有助于决定论的传播，然而决定论无法论证科学真理的存在。事实上，客观真理是存在的，但是它不是通过分析得到确认的。布尔热晚年抛弃了泰纳的实证主义，又回归早年的宗教信仰中。他后来于1882—1885年构思写作《论当代心理学》时，不断重申这样的观点，即宗教信仰是伴随着情感的发展而产生的，是"心灵"的渴望。人类焦虑和不自信是心理和思想失去宁静的结果，也与失去宗教信念有关。他通过让人们思考何谓心灵和情感，摧毁实证主义的道德教育。1889年，布尔热发表了小说《门徒》，在该作品中借两个悲剧性人物的错误选择批判实证主义决定论和无神论思想的危害性。勒内·特诺瓦认为布尔热写小说《门徒》，是为了否定其昔日精神导师的观点。

勒内·特诺瓦在文中又列举同一时期另一位文学批评家费尔迪南·布吕

纳介的做法：布吕纳介在《两世界评论》上采取了更为曲折隐晦的方法尝试将读者引导到类似的结论之上。布吕纳介于 1885 年发现了德国哲学家叔本华哲学的价值，并最终选择信奉其悲观主义哲学。在勒内·特诺瓦看来，哲学意义上的悲观主义与布吕纳介原本的悲观主义思想十分契合，给这位批评家建构其批评理论提供了思想基础。叔本华的《作为意志与表象的世界》法文版出版于 1890 年，布吕纳介为之撰写过评论文章，尝试探讨叔本华悲观主义的价值。布吕纳介无法从科学和宗教解答命运与世界之奥秘的角度，来论证叔本华的哲学思想存在的意义，即悲观主义哲学让人们去思考日常生活中的苦难、痛苦和快乐问题，它向人们揭示人生的真相。勒内·特诺瓦认为布吕纳介从 1890 年开始不断重申科学局限性的观点，呼吁人们要接受叔本华的悲观主义哲学，这与布吕纳介自身思想与立场的转变有关。

　　在论文第二部分，勒内·特诺瓦着重探讨了左拉斯多葛主义思想形成的原因。他指出左拉也曾饱受 19 世纪后期上述具有宗教焦虑感的"理想主义"思想的困扰。1891—1892 年，左拉因遭遇痛苦[1]一边期望奇迹的发生，一边思考穷人、弱者的宗教信仰问题。他认为人类整体上尚处于虚弱状态，他们在过去、现在乃至未来相当长的时间里仍需要精神安慰，即类似于宗教的幻想。不过左拉坚信不管人类处境如何，有勇气地接受现实应该是强者的道德。左拉于 1865 年运用自然主义文学观念进行创作时，最初是想让人们了解那些新颖、大胆的思想观念与科学设想。勒内·特诺瓦指出，左拉最初没有意识到他的自然主义理论不仅仅是一种文学理论，而且还包含着一种道德哲学，即这是一种斯多葛主义。直至 1891—1892 年创作《卢贡-马卡尔家族》最后一部小说《巴斯卡医生》期间，左拉才逐渐对此有了清醒的认识，所以《巴斯卡医生》也可以说是左拉的哲学遗言。

　　勒内·特诺瓦分析了《巴斯卡医生》中的主人公巴斯卡医生一生思想演变的过程。巴斯卡医生终生致力于遗传学研究，但是他到晚年意识到科学研究的最终结论带有不可靠的假设性，因为"生命"在其持续不断的变异中

---

　　[1]　1891 年和 1892 年期间，左拉因与让娜·洛瑟罗的婚外情和两个私生子女的先后降生，与妻子亚力山德拉的婚姻遭遇危机。此外他虽然当选法国作家协会主席，但是几次申请入选法兰西学院院士均以失败告终。

每时每刻都会出现与研究者的最初期望相矛盾的地方。他不否认科学的价值，科学确实能够推动人们对真理的探求，科学赋予学者的崇高使命就是让其探求自然的奥秘。但是科学从未承诺会给人带来幸福，它只承诺提供一些新的知识与真相，即使这一真相是令人悲伤的，人们也不得不接受它。巴斯卡医生看到尽管有疾病、灾难和不幸不断发生，但是人世间的生活依然值得留恋，人们仍然选择顽强地奋斗下去，他为此感叹人类的伟大与坚韧。在小说结尾处，巴斯卡医生这样告诫他的恋人：不管发生什么，人们都要清醒地活着，要了解事物存在的真相，不要处于无知愚昧之中，只有勇敢地接受一切，才会获得内心的平静。勒内·特诺瓦指出左拉可能没有读过马克-奥雷乐的《思想录》，但是他可能阅读过勒南写的论著《马克-奥雷乐》，因为马克-奥雷乐曾倡导人们要以顺应自然的态度安排好自己为数不多的生命。小说结尾处的巴斯卡医生就是以这样平静的心态死去的。他临终前没有在痛苦中抱怨什么，也没有感到恐慌，自始至终保持宁静、安详，就像苏格拉底和马克-奥雷乐。从巴斯卡医生的思想与性格上，不难看出左拉的斯多葛主义。勒内·特诺瓦认为左拉的斯多葛主义思想并不来源于遥远的古代，而是来源于泰纳和居约等人的思想，这是实证主义与自然主义发展的必然结果。

在论文第三部分，勒内·特诺瓦通过解读马丁·杜伽尔的作品《让-巴洛瓦》（1913）中的两个学者形象的性格特点，重新发现了左拉斯多葛主义思想对后世作家的影响。马丁·杜伽尔曾经在个人回忆录中提及他早年阅读过左拉的《巴斯卡医生》。此外他还阅读过左拉于1893年为巴黎大学生所做的有关科学研究意义的演讲的演讲稿，后收入评论集《行进中的真理》（1897—1898）。后来马丁·杜伽尔在《让-巴洛瓦》中着重描绘了20世纪初法国年轻的迷惘一代青年的精神成长史。他们过早地丧失人生奋斗目标，内心脆弱，很早被衰老和死亡的恐惧笼罩。在《让-巴洛瓦》中，马丁·杜伽尔塑造了一对师徒形象，即吕斯和让-巴洛瓦。47岁的马克-爱利·吕斯是让-巴洛瓦崇拜的一位精神导师，作为乡村牧师之子，吕斯早年从事神学研究，后转向哲学研究，为了竞选法兰西学院院士席位，他曾撰写过五卷本著作《信仰的过去与未来》。吕斯主张思想宽容，倾向于选择自由主义立场，他总是面带微笑直面现实世界，热爱生活，相信在未来善必将取得最终的胜利。让-巴洛瓦和他的朋友们创办了一份刊物《播种者》，请求马克-爱利·吕斯担任杂志主编，但是后来该刊物并没有因为吕斯的加盟而获得成功。刊物遭遇失败后，让-巴洛瓦在40岁盛年之际匆匆写下他的哲学遗嘱，声称他不再相信人类灵魂不朽，愿意抛弃形而上学的谵妄症，极力否定个体生命的独特价值。

勒内·特诺瓦指出《让-巴洛瓦》中塑造的两位学者，一个被最后岁月的精神焦虑、内心痛苦以及死亡恐惧击垮；另一个则放弃了终极目标的追求，否定反抗的意义，主张与现实妥协，平静地接受命运。他认为马丁·杜伽尔在小说中描绘的就是20世纪初被思想正统的人羞辱和嘲讽的一代人的道德观，这代人已经对科学主义的前景不抱乐观态度。勒内·特诺瓦的结论是左拉早在1893年演讲时就准确地表达了他和他的朋友们的思想观点，即科学不能承诺给人类带来幸福，它只能承诺提供一些事实真相，然而问题在于人们得到了事实的真相并不能获得幸福。所以为了充实地过好每一天，人们最需要的不是科学主义，而是斯多葛主义。这是左拉选择的道德观，当然不可能是所有人的道德观。

勒内·特诺瓦在《埃米尔·左拉的斯多葛主义思想》一文中运用丰富的史料，从正面和反面论证了19世纪后期欧洲时代精神由理想主义向实证主义和怀疑主义转变的历史必然性。他探讨了左拉晚年斯多葛主义思想形成的历史根源问题，并揭示了左拉选择斯多葛主义道德观的意义所在，阐明了左拉的自然主义文学理论其实包含着19世纪后期时代特征的道德观念。

从上述三篇论文的核心观点来看，勒内·特诺瓦在当代左拉研究领域里真正建构和确立了新学院派批评的风格和特色。作为新学院派批评的代表人物，勒内·特诺瓦的左拉研究成就及其特色可以概括为以下几点：（1）他对左拉《三名城》等作品素材及主题的探究、对《作品》中的主人公克洛德·朗蒂耶最初构思的比较研究、对左拉晚年斯多葛主义道德观形成的追溯，都不是从既定的道德标准与原则出发去探讨问题，而是以作家创作手稿、调查笔记、旅行日记以及其他史料文献为立论基础；（2）与传统学院派批评家不同的是，他虽然立足于史料、作家创作手稿等文献，但是没有将主要精力放在材料的分类和梳理上，而是选择有针对性的问题，从史料中发掘有价值的线索，然后提出个人的真知灼见；（3）针对19世纪后期传统学院派批评家对左拉的自然主义文学观念及写作方法的诋毁，勒内·特诺瓦敢于纠正前人的错误，强调左拉的《卢贡-马卡尔家族》其实是依据逻辑和演绎两大方法来创作的。他认为左拉在创作过程中随时根据历史情境的变化不断调整思路，将抽象化的人物逐渐具体化，使之表现时代精神。

由此可见，作为20世纪五六十年代新学院派批评家，勒内·特诺瓦在当代左拉研究领域取得了令人瞩目的成就。他是以史料的挖掘整理、分类和辨析著称的新学院派批评家。从20世纪40年代后期开始，他致力于查阅左拉手稿、写作笔记等原始文献，花费了大量时间去研读左拉《卢贡-马卡尔家族》的构思笔记、私人旅行日记、与友人的书信、左拉父系家族史等相关历史文献。勒内·特诺瓦通过对埃米尔·左拉私人文献及手稿的研究，发现了左拉研究尚存在许多薄弱环节。他提出要调整20世纪60年代左拉研究的侧重点，即不能仅仅局限于《卢贡-马卡尔家族》的研究，要转向左拉早期、后期作品以及其思想观念演变的研究。此外，他还关注和追踪欧洲学界最新的左拉研究动向，及时调整自己的研究方向。20世纪50年代末，他根据意大利学者梅尼契利提供的意大利国家图书馆的有关左拉家族史研究的文献以及左拉自然主义戏剧在意大利的接受与改编情况，撰写了相关的论文，澄清了保尔·阿莱西斯所写的《左拉传》中有关左拉家族史方面的错误信息。他以大量实证材料作为依据，向法国读者描述左拉与意大利友人、作家及评论家之间的密切交往，揭示了左拉晚年对意大利（左拉父亲出生于威尼斯）的深切关注。总之，勒内·特诺瓦对于推动20世纪五六十年代当代左拉研究，尤其是60年代法国学界为恢复左拉的文学声誉所发起的"正名运动"和后来左拉经典化运动，扭转学界关于左拉及自然主义文学的负面评价起到了积极的作用。勒内·特诺瓦是从专业学术研究层面上去纠正传统大学批评偏见的新学院派的重量级人物，他关于左拉作品的阐释性研究及其他研究成果可以被视为后来"左拉学"的重要组成部分，是"考据派或考证派批评"的杰出代表，为当代"左拉学"的建构发挥了重要作用。

第三节　"新传记批评"与左拉研究盲点探索：以亨利·密特朗为例

从 20 世纪 50 年代初至 60 年代末，为了矫正以往批评界对左拉及自然主义文学价值的偏见，消除公众对于左拉及其作品意义的误解，给左拉一个公正评价，法国学界一批学者开始致力于左拉的生平及其早年文学经历的研究。这些左拉研究者尤其重视开展对左拉手稿、未出版的书信等文献资料的收集和整理性研究。1902 年 9 月左拉意外去世后，左拉夫人亚力山德拉·左拉便将私人住宅——梅塘故居捐赠给国家公共救济事业局，她还将丈夫生前的创作手稿、书信等相关文献赠予国家图书馆以及左拉故乡艾克斯的梅让纳图书馆。后在法国政府文化部和左拉基金会以及左拉之友新文学协会等相关机构的协助下，梅塘故居纪念馆和梅塘博物馆分别于 1907 年、1985 年先后建成。左拉遗留下来的《卢贡-马卡尔家族》创作手稿、《三名城》的工作笔记等也被分别保存于法国国家图书馆以及梅让纳图书馆。左拉的手稿、书信及笔记等私人文献资料十分丰富，这些珍贵的文献主要包括左拉生前留下的一些未出版的早期创作笔记、《卢贡-马卡尔家族》创作草稿、后期《三名城》构思与写作笔记和《四福音书》的构思提纲，此外还留存有大量私人旅行笔记和书信等。对于二战后的左拉研究者来说，这些手稿是具有很高的史料和文学价值的，它可以拓展当代左拉研究的学术空间。这些手稿文献不仅可以回答左拉早期为何从一个浪漫主义文学的崇拜者转变为自然主义文学的提倡者等困惑，而且可以为重新解读《卢贡-马卡尔家族》和后来《三名城》等作品中的题材、主题和人物形象提供史料依据。对这些珍贵的文献资料的研究，还具有另外一个重要功能，即为学界同人纠正传统大学学院派批评家对左拉及自然主义的误读以及文化偏见提供论据和帮助。二战后很多左拉研究者正是通过对左拉手稿等原始文献资料的综合性研究，发现了被前人忽略的盲点，由此揭开了 20 世纪左拉研究中很多被遮蔽的学术问题。

在推进当代左拉研究的进程中，一批新生代的批评家在学界崭露头角，他们为后来恢复左拉文学声誉的"正名"运动起到了关键性的推动作用，例如居伊·罗贝尔、罗道尔夫·瓦尔特、亨利·吉耶曼、亨利·舍梅乐和亨利·密特朗等。在对左拉及自然主义文学开展专业化研究的过程中，这些新生代批评家都意识到了给左拉及自然主义文学恢复名誉的重要性和必要性。不过，他们也充分认识到矫正之前学界给予左拉的定性评价是存在相当大的难度和阻力的。因为要对左拉及自然主义进行重新评价，首先必须将19世纪后期批评家扣在左拉头上的那顶"淫秽粗俗的通俗作家"的帽子摘掉，此外还要重新审视马克思主义学派对左拉的定论。在学界大力倡导回归文本的同时，他们都意识到了左拉遗留下来的手稿是极具学术研究价值的，于是他们将主要精力和时间放在收集、整理和发掘左拉手稿上。在研究这些手稿的过程中，当代左拉研究领域里的"新传记批评"也应运诞生了。传记批评模式在法国可以溯源到19世纪30—60年代，它是由19世纪法国传记批评之父圣伯夫（1804—1869）开创的。圣伯夫开创的传记批评特别重视对作家家世及生平材料文献的钩沉与廓清，既重视探讨作家与其外部社会的历史语境，也重视对作家心灵世界的探索。作为法国传记批评的开创者，圣伯夫最擅长"通过作品寻觅作家的性情，描绘作家的肖像，揭示作家的典型特征"[1]。

　　20世纪五六十年代左拉研究领域诞生的新传记批评与19世纪由圣伯夫开创的传记批评在批评方法上有很多相似之处，即它们都重视通过作品寻觅作家的性情，描绘作家的肖像。但是20世纪五六十年代的新传记批评，为了避免庸俗社会学和功利主义的倾向，更强调遵循科学化的方法，要建立在史实和传记材料基础之上。在他们看来，传记批评其实是重塑作家形象的实践过程，因此批评家在重塑作家形象时要具备历史意识，要在一个更宽阔的世界建立起作家和他生活的世界之间的密切关系。在分析作家的心灵世界时，新传记批评家更要遵循专业的学科规范、具备科学的精神分析能力。

　　二战后新传记批评主要有四位重量级代表人物，他们是亨利·吉耶曼、罗道尔夫·瓦尔特、亨利·舍梅乐和亨利·密特朗。亨利·吉耶曼是20世

---

　　① 刘晖：《从圣伯夫出发——普鲁斯特驳圣伯夫之考证》，《外国文学评论》2008年第1期，第5页。

纪50年代末从对德莱福斯案件的史料研究转向左拉研究的。他研究左拉的最初目的是澄清19世纪评论者强加在左拉身上的种种传闻，还原左拉的真实面目。他曾在论著《传说和真理》（1960）中指出，鉴于左拉本人没有留下任何自传，人们应该通过其作品、创作手稿以及笔记去重构左拉的人格，勾勒出作家的典型性格特征。在他看来，左拉早期作品其实保留了他早年的一些情感经历。从1960年至1967年，他先后重新解读左拉的《土地》《克洛德的忏悔》和《生之快乐》等作品，试图发现隐藏在作品之后的另一个左拉形象。1959年至1963年，他在学术期刊《自然主义手册》上发表了三篇文章：《克洛岱尔与左拉》（1959）、《依然活着的伟人》（1960）和《致敬埃米尔·左拉》（1963）。这三篇文章均从传记研究角度探讨了左拉作品与同时代作家作品之间隐秘存在的关联性，探究左拉早年的情感经历在其早期小说创作中的痕迹。

新传记批评的第二位代表是罗道尔夫·瓦尔特。他曾在法国第戎大学攻读博士学位，撰写的博士论文即有关埃米尔·左拉在贝蕾谷的逗留及其对小说家作品的影响。自1961年至1969年，他先后在《自然主义手册》上发表了8篇论文，如《1866，左拉与其友人在贝蕾谷》（1961）、《左拉与莫奈》（1964）、《1867年左拉在贝蕾谷——关于〈戴蕾斯·拉甘〉的若干新看法》（1965）、《1868年左拉在贝蕾谷——一个编年史家的假日》（1969）等。这些论文均从传记批评研究角度探讨左拉青年时代与艾克斯同乡友人塞尚、巴耶、沙杨、维拉布莱格之间的交往与友谊。从地理位置上来看，贝蕾谷位于法国西北部诺曼底的芒特地区，是个著名的避暑胜地。自1866年至1869年，左拉和他的女友梅莉及四位艾克斯同乡每年夏季相约来此度假。这个避暑度假胜地因地处塞纳河的下游，风景绮丽，后来不仅成为莫奈、塞尚等印象派画家风景画中主要描绘的对象，同样也成为左拉早年作品中故事的发生地或虚构的地理背景的原型。罗道尔夫·瓦尔特侧重于研究左拉与早期印象派画家之间的友情对左拉后来文学创作风格产生的深远影响。他选择了贝蕾谷避暑胜地作为研究对象着重探讨这样一个地理空间在左拉青年时代的个人私生活和文学创作活动中所具有的特殊文化意义。正如罗道尔夫·瓦尔特在《1866，左拉与其友人在贝蕾谷》（1961）一文的结论部分指出的那样："研究左拉早年这段经历的历史价值主要体现为它可以揭示第二帝国末期法国外省农民与土地之间的关系。左拉也将他对外省农民和对土地的感情写入了小说《土地》中。"①

新传记批评的第三位杰出代表是亨利·舍梅乐。与上述两位新生代批评家一样，他曾致力于从手稿和文献研究中寻找左拉研究的盲点问题。他于1960年和1961年在《自然主义手册》杂志上相继发表了两篇论文，其中一篇为《〈马赛信号台〉撰稿人左拉（1871—1877）——两个专栏的故事》。这两篇论文均以左拉早期记者生涯为话题，探讨左拉早期记者生涯中主持两个专栏的重要活动及其意义。该文针对自第二帝国垮台到法兰西共和国临时政府执政这一复杂历史时期左拉与报刊《马赛信号台》的合作，尤其是以左拉参与时事评论活动的历史线索为重点，展开了一系列追踪与溯源。亨利·舍梅乐研究左拉的记者生涯，目的是探讨左拉对这一时期巴黎公社运动和主持国民议会工作的梯也尔的政治治理才能究竟是如何观察和思考的。对亨利·舍梅乐来说，研究左拉记者生涯这段经历可以更好地揭示他在创作《卢贡-马卡尔家族》系列作品期间对于社会政治问题的关注以及深层历史原因。

新传记批评中最具有代表性的新生代批评家应该是亨利·密特朗。他从20世纪50年代中期开始整理与研究左拉的创作笔记、手稿和通信集。从1958年至1968年，亨利·密特朗相继出版了多部专著，如《左拉面对巴黎公社》（1958）、《记者左拉，从马奈事件到德莱福斯案件》（1962）、《左拉的目光》（1968）等。自1958年至1970年，他在学术期刊《自然主义手册》上发表了16篇论文，其中比较重要的有9篇：《左拉于1884—1885年未发表的写作计划：关于温泉水城的小说》（1958）、《一个外省年轻人在巴黎：从1858年至1861年的左拉》（1958）、《左拉与〈集合号报〉》（1960）、《左拉通信集·第I卷》（1961）、《左拉通信集·第II卷》（1961）、《左拉与米歇尔·斯特拉绥拉文斯基的通信》（1962）、《左拉的文学修养：自然主义的诞生》（1963）、《回忆莫里斯·勒-布隆》（1964）、《左拉遗失的手稿》（1970）。

---

① Rodolphe Walter, «Zola et ses amis à Bellecourt（1866）», *Les Cahiers Naturalistes*, No.7, 1961, p.32.

此外他还负责编辑《左拉全集》第1至5卷（伽利玛出版社，1960—1967）中有关左拉的研究成果、作品注释、文献索引以及年表等。由于在左拉文献研究方面做出了突出成绩，亨利·密特朗被左拉之友新文学协会推选接替勒内·特诺瓦，担任《自然主义手册》第三任主编，他在主编职位上工作了23年（1965—1988），辞去主编职务后又被推选为左拉之友新文学协会主席，任职长达18年（1988—2006）。在担任杂志主编期间，亨利·密特朗对杂志版面及内容做了大幅度调整，不断提升杂志的学术性和前沿性，使杂志面貌焕然一新。

　　作为二战后法国左拉研究领域最具有影响力的学者，亨利·密特朗毕生从事左拉及自然主义课题研究。自20世纪50年代末起，他已出版论著20多部，发表论文近60篇，这些著作和论文均与左拉和自然主义课题研究密切相关。自1966年至1987年，他执教于巴黎八大文学系，同时兼任《自然主义手册》的主编。作为二战后左拉研究领域的领军人物，亨利·密特朗与英国、比利时、德国、波兰、加拿大、美国及澳大利亚等国家的许多著名学府及科研机构的学者们展开密切合作，不断将法国"左拉学"研究推向国际学术研究的前沿。他于20世纪七八十年代受加拿大多伦多大学和美国哥伦比亚大学邀请出国讲学与访问，并在北美洲创建了域外法国自然主义研究中心。此外他多次与多伦多大学展开校际之间的学术合作与文化交流。他还借助这些研究机构提供的学术资源，在法国及加拿大、美国等地多次举办有关左拉研究的国际学术研讨会。亨利·密特朗关于左拉的学术研究经历可以分为早期、中期和后期三个阶段，本节只选择他的早期左拉研究为探讨的话题。亨利·密特朗早期主要致力于左拉手稿及书信研究，他在整理和出版左拉手稿、创作笔记及致友人的书信方面做出了巨大贡献。在整理左拉手稿及书信的过程中，他发现当时法国学界对左拉早年文学生涯起始时间以及左拉为何走上自然主义创作道路等问题存在认识上的盲区。于是他选择以传记批评和历史研究的双重视角，从左拉早年生活经历、社会历史语境以及所接受的各种影响等相关问题切入，探讨和分析左拉文学观念形成与演变的过程，试图重新挖掘创作者的心理机制和创作动机。

　　本节选取亨利·密特朗在《自然主义手册》上发表的两篇论文，重点探讨他对左拉早期文学生涯活动和自然主义诞生问题研究的看法及其蕴含的学术价值。《一个外省年轻人在巴黎：从 1858 年至 1861 年的左拉》一文发表于《自然主义手册》1958 年第 4 期上，是亨利·密特朗首次受左拉之友新文学协会的邀请在 1958 年 10 月 5 日 "梅塘瞻仰活动" 中发表的演讲稿。1958 年是左拉从外省普罗旺斯艾克斯城北上抵达巴黎开启文学生涯的百年纪念，正如主编皮埃尔·科涅教授在《自然主义手册》的专栏 "1958 梅塘瞻仰" 的主持人语中所指出的："'八'这个年岁数字看似很偶然，却在左拉一生命运中具有特别重要的意义，人们可能从来没有注意到这一细节。左拉是 1858 年抵达巴黎的，1868 年进入政治大论战，反抗第二帝国。1878 年他发表了卢贡–马卡尔家族的家谱树，它是整个作品的拱顶石。1888 年他个人私生活有了翻天覆地的变化。1898 年因发表《我控诉！》一文导致他流亡英国。1908 年他接受了国家给予的最大礼遇，即遗骸被迁移至巴黎先贤祠。"①

　　亨利·密特朗的演讲稿共分七个部分。在引言部分，他特别强调左拉一生为了真理与社会公平付出了昂贵的代价，但是左拉一生的付出与学界对左拉的评判存在巨大反差。这主要表现在去世 56 年后左拉仍然不能进入法国文学经典作家行列，法国学界以博学而著称的学院派批评长期以来对左拉及自然主义文学持谴责与否定的立场。亨利·密特朗认为左拉在法国学界遭遇的一切是值得学者们关注的，他提出当下法国学界应该关注左拉的经典化问题。在引言部分，亨利·密特朗为当代学者开始重新审视和评价左拉的文学贡献而感到欣慰，也对《自然主义手册》杂志创办的意义做了充分肯定，同时他还提出自己关于目前法国学界尝试开掘新的研究课题的看法。目前法国学界开始重视作家传记的写作与研究，但是很多传记家对左拉青年时代的研究存在盲区与不足。左拉青年时代及其早期文学生涯，不仅被很多传记家忽略，也被很多文学史研究者遗漏。很多学者仅仅从《戴蕾斯·拉甘》(1867)发表开始才将左拉视为真正意义上的作家，而对左拉早期文学探索活动和早期作品的价值完全持否定态度。亨利·密特朗认为这种观点其实是偏颇的、错误的。如果要恢复对左拉客观和公正的评价，首先必须纠正那种认为左拉

---

　　① «Medan 1958», *Les Cahiers Naturalistes*, No.4, 1958, p.441.

早期作品毫无价值的观点，应该从左拉青年时代这个盲点作为研究起点。因为左拉抵达巴黎后度过的那些贫穷岁月，他对于巴黎这座陌生城市的最初印象，以及他后来在这座现代化都市里的冒险和文学探索，都是值得深入思考和认真探究的话题。

在论文第一部分，针对以往几部左拉传记存在的细节疏漏问题，亨利·密特朗主要依据左拉早期致友人的信件，尝试重新勾勒他自 1858 年至 1861 年在巴黎所选择的波希米亚式生活方式的大致特征。亨利·密特朗提出，迄今为止尚没有发现左拉留下的有关 1858—1861 年在巴黎生活的回忆录，只发现一封作家致友人的书简，其中谈及这段生活经历的细节。他通过对这封书信内容及相关史料的解读与分析，解释了青年时代左拉所经历的事件以及这些事件对其性格的影响，因为之前传记家所写的左拉传仅仅侧重对 1858—1861 年左拉缺衣少食窘境的渲染。亨利·密特朗认为以往传记家在描写这段艰难岁月时，对作家很多生活细节做了过度夸张，例如：左拉中学毕业会考遭遇失败、出租屋的悲惨生活和后来为了生存找工作过程中的焦虑，他们主要根据一些道听途说的传闻或逸事来编撰这些细节琐事，他们大都忽略了这三年艰难岁月对于左拉早期精神成长的深远意义。在亨利·密特朗看来，这三年恰恰是左拉文学观念演变以及艺术探索不断深入的关键点。左拉在这三年期间不仅对当时文坛上各种文学流派和美学观念进行了深入思考，做过各种文学尝试，而且他不曾虚度光阴，几乎每天都在阅读新出版的书籍，密切关注和思考身边发生的重大事件及相关重要人物。亨利·密特朗认为左拉在这三年期间有意识地选择了一种"波希米亚式的生活方式"，这种生活不是诗人戈蒂耶所选择的带有几分贵族情调的那种荒唐的艺术家生活，也不是亨利·穆杰那种浪漫主义风格；而是穷文人式的波希米亚生活。这使他有机会接触到巴黎社会底层人，尤其是让他有机会接触与了解那些卑贱者的生活，这段经历对于左拉后来从事文学创作是一笔巨大的财富。亨利·密特朗认为，了解左拉这段经历会有助于人们更好地阐释左拉作品蕴含的深层含义，即左拉对苦难、反抗和野心的种种理解。左拉日后在其作品结尾处，往往都会不由自主地表达出某种乐观主义思想，而并不是宿命论思想，这样的构思与左拉青年时代近距离地观察底层人的生活经历以及他对生活意义的思考有关。

在论文第二部分，亨利·密特朗尤其强调 1861 年是对左拉思想转变具有决定意义的一年。左拉于 1858 年夏天抵达巴黎，此后两年间，尽管他遭遇物质上的贫困，但是内心还是比较快乐的。直至 1861 年夏天，他没有如愿通过中学毕业会考，而且没有经济能力支付返回故乡普罗旺斯艾克斯城的旅行费用，这两个事件对青年左拉打击很大，也给他内心带来了沮丧和痛苦。他不得不正视和思考一个现实问题，即如何"活下去"。后来为了减轻母亲的负担，他被迫放弃回乡的旅行，不得不接受一份抄写公文的枯燥工作。亨利·密特朗根据后来左拉致友人的书信，推断出 1861 年夏季这两个事件给青年左拉内心世界带来的冲击。对左拉而言，1861 年他步入了人生最低谷，在短短几个月里，他遭受了生活的种种打击，靠着顽强的意志力才摆脱沮丧情绪，逐渐成长为一个成熟的青年，知道如何采取行动，去选择自己的人生道路。

在论文第三至第五部分中，亨利·密特朗着重探讨如何认识青年时代左拉的人格、社会政治思想以及文学观念的转变问题，如何理解左拉早年生活经历与其作品的主要特质之间的关系问题。在亨利·密特朗看来，很多传记家对左拉初到巴黎的艰难岁月里的心理状态的认识存在误区，认为那时他一直停留在自我分析阶段，其实这是一个很仓促的结论。在亨利·密特朗看来，这一时期左拉全神贯注于思考如何实现其文学梦想。左拉从最初浪漫主义的崇拜者到后来自然主义的创立者其实经历了一个不断转变的过程。根据左拉这一时期的手稿和工作笔记，他探讨了 1861 年前后巴黎社会历史语境、法国科学与技术的发展以及各种新思潮对左拉内心世界的冲击与影响。亨利·密特朗认为左拉自 20 岁开始便注重观察周围的社会环境以及社会习俗的变化。青年左拉对 19 世纪后期法国科学与技术的发展和进步予以高度关注。他经常沿着巴黎城区的林荫大道散步，亲眼见证了巴黎城市面貌的日新月异，这些都促使左拉不停地思考和筹划个人的未来发展。此时左拉最大的梦想是创立一种与新时代相契合的诗学。亨利·密特朗认为左拉很早就在笔记中写下个人未来的写作计划，即认真分析时代，追求真实感，以谦卑和真实的态度探求现实。此外，在亨利·密特朗看来，左拉从 20 岁起就十分关注知识界思想观念的演变和社会公共领域里发生的一些政治事件，例如，他曾注意到法兰西第二帝国时期，为了限制巴黎报刊自由言论的空间，路易·波拿巴政府不断出台一些法规政策，引发公众舆论的谴责，也导致了雨果、福楼拜等一些作家转变政治立场，反对路易·波拿巴政府的专制。1862—1863 年，左拉开始了记者生涯，他为当时两三个具有共和派政治倾向的报刊撰写时事评论。凭借其政治敏感性，左拉能够对一些事件做出准确的政治分析与判断。亨利·密特朗认为左拉这一时期选择的政治立场同样也影响到他后来创作的《卢贡家族的命运》《贪欲的角逐》和《萌芽》等作品。因为左拉在写作这些作品期间曾多次被迫卷入政治论战之中，这些作品所表现出来的政治立场与他早期的生活经历存在联系。亨利·密特朗认为，以往传记家都不愿意承认 1885 年左右的左拉与 1860 年左右的左拉是有关联的。在他看来，左拉成熟时期的文学创作与 1860 年左右的早期创作之间其实是存在深层次的联系。亨利·密特朗以左拉这一时期写给塞尚和巴耶的许多书信为立论依据，分析了左拉文学观念是如何从中学时代信奉古典主义，抵达巴黎后又崇拜缪塞、拉马丁等浪漫主义作家，再发展到 1861 年抛弃了对浪漫主义作家无病呻吟的模仿，转向追求理智、准确和真实的早期自然主义创作风格。左拉文学思想观念的转变与他从 1861 年开始立志要革新法国小说的风格、摧毁各种成见的艺术家的想法是有必然联系的。

在本论文最后的结论部分，亨利·密特朗再次提出 1861 年是左拉文学创作方法出现转变的年份。1860—1861 年也是法国文学史上各种理论、文类相继出现，彼此对立又相互融合的时期，文坛上的因循守旧思想也不断遭遇质疑和批判，处在这样的十字路口，左拉也在不断思考该如何选择他的创作道路。在亨利·密特朗看来，与左拉相关的一切都不能做简单化的推论，需要结合当时的时代和社会历史状况做深入的思考。左拉的作品与大仲马父子的戏剧作品、埃米尔·奥吉所描绘的第二帝国时代法国社会的文学作品存在很多本质上的不同。左拉写第二帝国社会不是仅仅反映帝国时代虚伪的社会道德，不只有单纯的道德教诲作用，而是为了表达他关于人的真实见解。亨利·密特朗最后得出结论：左拉从 20 岁起就不属于浪漫主义者，也不属于古典主义者，当然也不属于自然主义者，而是属于人文主义者，他的作品中人文主义思想占了上风。

　　《埃米尔·左拉作品中有关文学创作的若干看法》是亨利·密特朗撰写的另一篇比较有代表性的论文，该文刊载于《自然主义手册》1963 年第 9 期上，是亨利·密特朗于 1963 年 3 月 15—17 日在伦敦举办的第一届"左拉国际学术探讨会"上的发言。在论文引言部分，亨利·密特朗针对法国学界长期以来对左拉创作方法的刻板印象，提出了不同看法。他以 1896 年图卢兹博士在论著中提出的关于左拉创作方法的观点为事例，探讨了类似于这样的见解如何主导了半个世纪以来法国学界关于左拉文本及创作方法的看法。图卢兹博士 1896 年提出的观点认为，左拉所写的任何一部小说都是凭借学者式的诚实和刻意而为的机械步骤来创作的，他认为左拉在创作小说之前总要费尽心思、千方百计地收集大量的实证材料，否则他就写不出任何东西。"左拉先生为了创作那些作品，运用了科学理性的方法。他先了解情况、调查、观察，然后构思酝酿，形成某些思路，再进行作品情节构思安排。当他头脑里已有了鲜明人物形象后，他才将这些人物描写出来，赋予其具体性格特征和道德面貌特征。然后他开始拟定写作提纲。这是非常有效的、符合逻辑的创作方法。一切都是按部就班地默默进行着，没有头脑一时发热的冲动，就像建造一座房屋或从事科学实验活动那样从事创作。艺术幻想完全受理性掌控，按照既定的思路进行下去。"[①] 这是图卢兹博士对左拉创作方法的文学化描述，这样的阐释看似具有实证主义精神，它长期以来主导着学界对左拉创作手法的解释方向，也影响着学界对左拉研究历史文献的编撰。

　　然而亨利·密特朗在论文中指出，这种在学界流行已久的观点其实早已过时，因为早在 20 世纪 50 年代初，法国学界就有新崛起的新生代批评家对此提出质疑。他认为第一个站出来反驳图卢兹博士这一陈腐观点的就是居伊·罗贝尔。1952 年，居伊·罗贝尔发表了一篇关于左拉《土地》作品的论文，表达了对图卢兹博士关于左拉创作方法的文学描述的质疑。他根据左拉《土地》构思的手稿，系统地探讨了左拉构思情节的手法以及作家想象力持续运动的整个过程。居伊·罗贝尔认为左拉创作手法是灵活多样的，他在小

---

　　① Henri Mitterand, «Quelques aspects de la création littéraire dans l'oeuvre d'Emile Zola», *Les Cahiers Naturalistes,* No.9, 1963, p.9.

说《土地》中既没有采取迂回手法，也没有采用惯常的美化现实的理想化手法，而是在借鉴社会新闻事件的基础上通过对法国外省农民阶层的直接观察所获得的印象，再采用社会学和经济学方法来描绘这一阶层人的习性，此外他还客观地描绘了大自然对人类命运的捉弄。亨利·密特朗认为除居伊·罗贝尔之外，还有其他学者也试图重新探讨左拉创作方法的特征。

为了推翻以往学者的成见，亨利·密特朗在论文主体部分重点以《卢贡－马卡尔家族》系列小说的构思草稿、左拉早期生活及创作经历为立论依据，具体阐述他对于左拉创作方法的理解与认识。在亨利·密特朗看来，左拉开始思考一部新小说的主题、结构和艺术影响时，往往都会写下该作品的构思草图，他任何一部小说都不是在毫无想法的"虚无"基础上进行的，而是在已有初步想法和情节构思的基础上再动笔去写。以《卢贡－马卡尔家族》系列小说的核心主题为例，早在1869年向出版商提交的作品写作计划中，左拉已预先确立了这系列作品的不同主题与题材。亨利·密特朗通过研究左拉创作手稿发现《卢贡－马卡尔家族》系列很多小说的主题和题材来源于左拉青年时代的个人生活经历和他早年对巴黎底层社会的观察，有的甚至可追溯到他童年时代的想法。《小酒店》《娜娜》《卢贡大人》《妇女乐园》等作品中的很多人物形象在现实生活中都能够找到人物原型。此外，左拉从青年时代起便养成了每日阅读报纸的习惯，他后来还从事过记者职业，具有职业记者的嗅觉和敏感性，在读报或撰写专栏文章时，比较专注于思考采用何种主题与题材来吸引公众的注意力。亨利·密特朗认为左拉每一部小说的写作都与作者的亲身经历和对生活的直接观察有密切关系。《小酒店》很多场景描绘，包括热尔维丝在拉丁区金滴街开的那家洗衣铺，也与左拉青年时代抵达巴黎后在街头徘徊闲逛时对拉丁区贫民街区的印象有关。《卢贡大人》的政治场景描绘也应归功于左拉所阅读的史料和他向一位议会议员的咨询求证。因此亨利·密特朗得出这样的判断，即左拉的小说创作一方面凭借作家从现实生活中所获得的直接经验，另一方面也与他平时的阅读习惯有关，他在文学创作方法上更多是受雨果、米什莱、缪塞、小仲马等作家的影响。正因为受到来自不同方面的影响，再加上艺术表现目的的需要，左拉在《卢贡家族的命运》《巴黎之腹》和《普拉桑的征服》等作品中多采用漫画式手法去塑造形形色色的资产者形象，以达到针砭资产阶级缺点的目的。《娜娜》《贪欲的角逐》等作品发表后，左拉遭到了保守派报纸的抨击，为此他利用替《伏尔泰报》撰写专栏文章的机会为自己的立场辩护，并明确表达他对那个时代资产阶级虚伪道德的否定。因此亨利·密特朗认为左拉创作所有小说都经历了长期酝酿的缓慢过程，而不是采用简单化步骤。

　　亨利·密特朗在论文主体部分提出，要真正了解左拉的文学创作手法，必须研究《卢贡-马卡尔家族》的创作手稿与工作笔记。他提出研究《卢贡-马卡尔家族》创作手稿具有多方面的学术价值。第一，左拉的创作手稿可以向人们揭示小说的总体构思和设想、故事情节和框架、主要人物形象、文学描绘所要达到的艺术效果和象征主义内涵。从这些复杂的因素中可以看出左拉在创作过程中所运用的辩证方法以及构思过程中丰富的想象力。第二，手稿研究还可以让人们发现左拉在创作过程中赋予作品的象征含义的变化，例如《娜娜》最初构思时是要写女孩的堕落，但是最终构思主题是借娜娜这个女性人物描绘一个欲望膨胀的时代。第三，对左拉手稿的研究可以获得关于作品主题、情节变化的认识。在手稿中可以发现左拉对人物的个人想法，但是人物被创造出来之后，彼此之间是有关联的，情节也诞生于这种关联之中。研究手稿可以帮助人们了解作家在创作构思中如何发展和建构这种彼此间的联系。第四，从左拉的创作手稿中可以看出，作家的创作并不是对人与环境采取的一系列有步骤、有方法的客观观察，而仅仅是对创作灵感自由活动持续观察与记录的证明。手稿证实了这样的创作过程，即随着作家思想观念的介入，人物类型逐渐形成，情节逐步展开，有些构思最初是分散的，后来在创作过程中为了其他情节、人物发展的需要，最终被纳入整体框架之中。左拉在创作中完全处于自由发挥的状态，他让人物改变立场完全是出于符合某一功能的考虑，而同时代的很多评论家认为左拉小说中的人物角色、地点与事件的安排可以不顾真实性原则随意安排。事实上从手稿可以看出，各个部分构思必须趋于同一目标，才能达到整体一致的效果。

　　亨利·密特朗通过对左拉《卢贡-马卡尔家族》创作手稿的系统研究，将左拉的创作方法和步骤概括为三个环节：第一个环节是作家先写出粗放型的初稿，此时小说整体构思处于"开放"状态，尚需要补充细节。第二环节是小说定稿之前的二稿，即每章故事内容大致写出来，需要确定各部分之间的逻辑关系。此外还需要对讲述的话题、人物服装、话语、语调、故事持续时间再做补充完善。第三个环节就是作品完成阶段，最终稿的结构添加了很多准备阶段的材料，补充了许多细节性材料。在亨利·密特朗看来，研究手稿可以准确概括出左拉创作的特点，即左拉不是像19世纪文学批评家所指出的那样是浅薄粗陋之人，也不是如图卢兹博士描述的那样——他将学者左拉和艺术家左拉混淆起来，更不是法盖、布吕纳介所说的是"只是码字符的埋头苦干家"。亨利·密特朗认为，左拉是个十分独特的、与众不同的天才创作者，他的创作经验积累丰富，瞬间就会产生很多独特的想法，他对现实观察细致，能将观察到的一切转变为富于意义的形象。对手稿的研究从某种程度上深刻揭示出左拉作为天才创作者的天赋和才能，这种发现在一定程度上可以消解以往批评家关于左拉文学创作缺乏个性化特征的看法。

从上述两篇论文探讨的问题来看，亨利·密特朗的左拉研究具有三大特色。第一，他的左拉研究是利用现有的传记史料和手稿等文献进行的一种考证式的研究。其实重视史料文献的研究始于20世纪50年代初法国学者居伊·罗贝尔。居伊·罗贝尔是法国学界第一个研究和挖掘《卢贡-马卡尔家族》创作手稿学术价值的学者。他通过研究《卢贡-马卡尔家族》系列小说的构思手稿，重新解读了《土地》的主题，并且因推翻传统学院派批评家对《土地》的定论和重新评价左拉的文学功绩而引起学界广泛的关注，他也是启动20世纪50年代左拉学研究的第一人。与居伊·罗贝尔一样，亨利·密特朗在早期投身于左拉研究过程中，因受左拉之友新文学协会要求推动二战后左拉研究发展的使命的感召，开始致力于整理和出版左拉青年时代致友人的书信集，此外还致力于研究左拉早期的构思笔记。众所周知，整理左拉多达2万封的书信、研读现存的巨著《卢贡-马卡尔家族》《三名城》等的创作手稿和笔记，要耗尽毕生的精力。这些文献均为第一手珍贵资料，对20世纪五六十年代重启左拉研究和重新评价作家的文学功绩影响巨大。这些现存的文献不仅可以改变以往文学史的认识，尤其可以改变19世纪七八十年代法国学院派批评家对于左拉及其自然主义文学的偏颇定论，还可以从多方面拓展人们对左拉为何创立自然主义文学的认识。亨利·密特朗正是善于利用这些新文献和现存的《卢贡-马卡尔家族》构思手稿，通过严谨的分析与仔细的鉴别，针对以往文学史家较疏忽左拉早期创作经历的研究盲点，发现了诸多新问题，得出了新的结论。他对青年左拉的人格、早期文学观念的演变提出了非常有说服力的论断，即青年左拉不是一个古典主义者，也不是浪漫主义者，更不是自然主义者，而是一个人文主义者。这样的论断颠覆了前人的看法，颇受学界的关注。

亨利·密特朗的左拉研究的第二大特色，是具有新的问题意识。关于左拉自然主义文学创作手法的认识，法国学界早有定论。表面上看，这些定论显得非常客观且注重实证，但其实则带有很强的主观色彩，因为19世纪后期法国大学批评家均以主观偏执的态度与立场来阅读左拉的小说文本、解读其自然主义文学理论。19世纪七八十年代著名的批评家于勒·勒梅特尔和布吕纳介，曾经否定左拉自然主义小说的价值。这两位学院派批评家提出了诸多诋毁和否定左拉自然主义实验小说的理由，这些理由以左拉小说文本充斥着淫荡下流的内容以及自然主义创作手法存在巨大缺陷为主。19世纪末法国马克思主义学派批评家保尔·拉法格和20世纪匈牙利马克思主义学派批评家乔治·卢卡奇虽然肯定左拉对西方现代小说的贡献，但是他们对左拉的创作手法也提出了类似的批判观点。保尔·拉法格认为左拉独到的观察很少，局限于走马观花似的表面描写[①]；乔治·卢卡奇认为左拉的描写手法是非人化的，将人变成静物画，通过描写来表现社会因素是如此贫乏、如此稀缺和图式化，这样的描写方法将文学变成一种应用的自然科学[②]。作为20世纪五六十年代的新生代批评家，亨利·密特朗敢于挑战以往批评界的观点与定论，提出自己的不同看法。他研究问题的逻辑起点不是推测，而是建立在大量丰富的原始文献材料基础之上。他以《卢贡-马卡尔家族》的创作手稿为推论的出发点，从手稿研究中发现前人没有注意到的盲点问题，然后根据创作手稿的研究，揭示左拉文学创作的复杂过程。他认为以往批评家对左拉创作手法的简单化论断存在"文献不足和假说太多"的缺陷，也就是说很

---

① 拉法格：《左拉的〈金钱〉》，罗大冈节译，该文收录于《左拉研究文集》，第53页。
② 乔治·卢卡奇：《叙述与描写——为讨论自然主义与形式主义而作》，刘半九节译，该文收录于《左拉研究文集》，第181页。

多批评家，包括马克思主义学派的批评家，都存在推测颇多、论证不足的问题。

　　亨利·密特朗的左拉研究的第三大特色是对当下左拉研究转型具有自觉意识。亨利·密特朗所处的时代正是二战结束不久法国社会文化的现代转型时期。随着技术革命的进步，知识经济在产业结构中显得尤为重要，由于社会运作方式的转变，知识分子普遍感到与传统意识断裂的必要性，他们不再被允许在所有的领域侃侃而谈，他们被迫把目光收回到自己的专业领域。在从传统向现代转型的时代，左拉研究者们同样也遇到了传统左拉研究与现代左拉研究的问题意识调整问题。在这些新生代的批评家中，亨利·密特朗是对二战后当代左拉研究转型具有自觉意识的一位学者。他能够意识到二战后左拉研究应该进入新的发展时期，应该思考如何解决传统左拉研究与现代左拉研究之间的冲突与转化问题。左拉作为民族作家，他在塑造和影响法兰西民族灵魂和思想方面都起到了哪些作用，文学史如何看待自然主义的文学遗产，都是值得深入思考的问题。所以在他的左拉研究中，他对二战后法国学界如何推动左拉研究转型、左拉及自然主义的经典化问题、左拉文本中究竟具有哪些独特的特质和意义是有深入思考的，也是具有自觉意识的。他更强调当代左拉研究要转换研究视角和变换研究方法，要具有大胆的革新意识，要寻找研究的盲点和突破口。在这方面，亨利·密特朗的左拉研究，包括他后来引领二战后整个法国学界左拉研究朝着新的专业化方向发展，都是具有预见性和建设性的。

第四节　"左拉学"谱系初次建构与左拉研究多元格局初步形成

　　从前文不难发现，法国学术期刊《自然主义手册》自1955年正式出版以来直至1970年，尽管遇到出版经费不足、梅塘瞻仰纪念活动嘉宾邀请困难等诸多问题，但是取得的实际成绩还是令人瞩目的。发起创办该期刊的左拉之友新文学协会在杂志创办不久与巴黎法斯盖尔出版社合作共同筹备经费出版该期刊。此后，几任主编都怀着献身于左拉研究事业的高尚文化情怀和强烈责任感去认真经营该期刊，凭借他们的顽强与努力，后来《自然主义手册》各项工作均处于运转良好的状态。在这十五年中，《自然主义手册》连续刊载了左拉之友新文学协会每年 10 月组织的"梅塘瞻仰活动"名人演讲录、有关自然主义文学观念的争鸣文章、"梅塘集团"成员之间的文学交往、关于左拉作品的阐释性文章、左拉未出版的书信集以及创作手稿、德莱福斯案件的相关调查与访问，还有以左拉研究学术研讨会为专题的国际及国内会议的重要论文等。

这十五年，《自然主义手册》杂志社在创刊初期所确定的总体宗旨始终保持不变，即推动学界对左拉及自然主义文学进行再评价，推动左拉进入法国大学课堂的文学经典化运动的开展，推动当代左拉研究朝着多元化方向发展。此外，它通过二战后十五年来不间断地开展与左拉研究有关的专业研讨活动，在诸多领域里取得了突出成就，如注重新旧史料文献的整理分类与出版，推出国内外有关左拉研究的许多有价值的研究成果等。在初创时期，该期刊刊载的资料文献和专题研究信息量还是比较丰富的，探讨的话题不仅涉及复杂的历史纠葛与历史事件问题，譬如对德莱福斯案件展开的回顾与调查，也涉及 20 世纪 50 年代后域内、域外有关左拉研究方面最新的研究成果。总之，在左拉研究领域，该期刊注重对左拉及自然主义影响力本土传播及域外传播因素的研究，使左拉及自然主义经典化问题得到整个欧美学界及本土社会各界的广泛关注。从这十五年期刊刊载的资料及研究成果来看，到了 20 世纪 70 年代，由于期刊加大对国内学术科研活动的组织与推动力度，二战后当代左拉研究在法国学界已有了相当的热度和影响力，从事左拉研究的科研人员队伍逐步扩大，法国各地高校学生撰写有关左拉研究的博士论文数量持续增长。在该期刊对左拉研究积极推动的效应影响下，当代左拉研究在法国也逐渐朝着一门专学，即"左拉学"不断演进。

实际上从对一个作家的研究到变成一个专门学科，《自然主义手册》的创办起到了非常重要的传播与推广作用。由于该期刊的存在和有目的的引导，有关左拉及自然主义作品的独特价值以及各种有争议的学术问题都得到了较为充分的探讨。可以这样说，到了 20 世纪 70 年代初，该期刊已成为欧美学界了解法国二战后当代左拉研究发展情况的窗口。

从笔者对这十五年来该期刊所刊载的所有研究性论文及文献资料的统计与汇总情况来看，在初创阶段（1954—1969），该期刊总共出版了40期，刊载各类文章约300篇，其中比较重要的学术性论文约有170篇。从这些研究成果的内容来看，在史料文献、作家传记批评、文本阐释方面均取得了相当可观的成绩，尤其值得肯定的是二战后法国本土学界的左拉研究者们在推动国内左拉研究转型及发展上做出了不懈的努力，他们敢于在新的历史语境下突破左拉研究的瓶颈、困境，不断开拓新的探索领域。若要对该期刊初创十五年来取得的学术成就做总结概括的话，有三个方面是值得回顾与总结的。（1）在左拉之友新文学协会的支持与推动下，《自然主义手册》杂志社在法国学界围绕两个重要议题开展了相关的学术研究活动，第一个议题是恢复左拉的文学声誉和他在19世纪文学史上应有的地位；第二个议题是关于左拉及自然主义的经典化问题，该杂志社在十五年间开展了相关研讨活动并取得了相当明显的成效。（2）《自然主义手册》杂志社在法国学界发出最初倡议，要建立一个有关左拉研究的文献资料库，敦促学者们搜集、整理和出版有关左拉及自然主义文学研究方面的原始文献，并利用这些新史料和新文献，开展重塑二战后左拉形象的文化工程。（3）该杂志社与左拉之友新文学协会根据不同时期左拉研究出现的问题，制订相应的阶段性目标与研究规划，不断引导与推动二战后左拉研究迅速向学术型研究转变。在杂志社的积极推动下，二战后左拉研究者运用历史社会学、文献学、传记研究和神话原型批评等多种方法对左拉及其自然主义文学文本展开了全面研究，推动当代左拉研究多元化格局的初步形成。在这种多元化格局初步形成的过程中，早期"左拉学"的学术谱系也得以逐步建立。

在勾勒这十五年间《自然主义手册》展开的左拉研究活动基本线索、概貌和取得的成就的同时，研究者需要特别注意和思考的问题有以下几个方面。第一，该学术期刊的创立确实改变和引领了二战后左拉研究发展的走向，拓宽了当代左拉研究的空间。但是在初创阶段，杂志社在经营和扩大学术影响力的过程中肯定遇到了诸多难题和困境。因为《自然主义手册》在创办初期，仅作为左拉之友新文学协会的内部专刊，其定位和归属其实就说明了问题。它不是商业报刊，它只是学术性刊物，没有独立经营权，从发行量和阅读受众总量来看，规模不算很大。因此它是如何开创当代法国左拉研究新局面的？又如何推动当代左拉研究进程的？该期刊在哪些方面采取了切实有效的研究方法？第二，1955 年至 1970 年，法国进入二战后社会秩序重建和经济恢复发展阶段，为左拉恢复文学声誉的经典化问题为何在这样的历史文化语境下提出并得到了社会各界的关注与回应？当代左拉研究能够成为一门专学——"左拉学"和二战后本土学界的研究热点，其历史合理性有哪些？第三，该期刊对于研究者，尤其是域外研究者来说有哪些学术价值和意义？这三个方面的问题其实都值得我们认真思考与探讨。

笔者发现该期刊在引领和开创当代左拉研究新局面方面所采取的一系列策略和做法是值得深入研究和探讨的。《自然主义手册》在创刊初期所面临的首要问题就是左拉及自然主义文学长期被误读、不断被污名化。20 世纪上半叶，在近半个世纪时间里，左拉在法国学界几乎处于湮没无闻、不断被忽略的状态，在社会上，读者大众也不认可左拉的文学成就，对自然主义小说价值和其文学影响力的评价偏低。相比巴尔扎克和福楼拜等经典作家，在这五十年间出版的各类法国文学史教材上左拉几乎不能占据重要的地位，所以，如何扭转法国本土学界对左拉及其自然主义文学的偏颇认识与负面评价，成了该期刊编辑部在初创阶段亟待解决的一项任务。一方面，该期刊是在左拉之子雅克医生和民间社团左拉之友新文学协会的积极呼吁和倡议下创办的，它理所当然地要肩负起该文学社团的文化使命，即要为左拉恢复应有的文学地位和名誉。另一方面，自创刊起，该期刊在前两任主编皮埃尔·科涅和勒内·特诺瓦精心策划和指导下，按照学会制订的研究计划逐步启动和推进学界的左拉研究进程。如果从编辑策划能力来看，前两任主编和第三任主编亨利·密特朗都是学界的造势宣传的高手，他们不仅本人投身于当代左拉研究，还凭借各自的研究专长而成为左拉研究领域的带头人。此外他们还是舆论家和战略家。作为学者型的主编，他们深知文化传播的力量，因而善于抓住时机，果断进行决策，以纪念左拉作品出版周年庆和作家晚年介入的几个历史事件为契机，不断在学界制造舆论话题，利用杂志传播来造势，提出要为左拉"正名"和重新评价自然主义文学的价值问题。

在为左拉"正名"的过程中，几任期刊主编都清醒地意识到必须借助对原始文献的搜集和整理，充分利用法国高校科研机构和科研团队的集体力量，运用团队作战的策略，选择一些非常重要而又缺乏深入研究的课题，诸如选择《土地》《娜娜》这样长期被诋毁的作品，或者选择左拉早期那些湮没无闻的作品，重新展开一系列学术探讨，通过发掘左拉文本中的独特价值，逐步消除学界对左拉及其作品的负面看法。前几任主编完成的初步工作就是找准了学界和批评界误读左拉及自然主义作品的症结，然后着手扭转左拉研究令人堪忧、不尽如意的现状。在这十五年内，该期刊编辑部通过邀请法兰西学院院士、福楼拜研究会和巴尔扎克文学研究会的会长、历史学家、知名学者等诸多文化机构的代表人物作为嘉宾参加左拉之友新文学协会每年10月组织的"梅塘瞻仰活动"并发表演讲，将演讲稿以专栏形式予以刊载，来为左拉"正名"做舆论宣传。此外，期刊编辑部还充分利用二战后大众电子传媒等新型媒介，通过与法国电视台合作，制作有关左拉的文化访谈和电视专题片等在国内播放，引导社会舆论，营造有利于恢复左拉声誉的文化氛围。这些媒体宣传和名人演讲在社会上产生了积极效应，从各个角度引导法国民众重新认识左拉及自然主义文学的价值及历史功绩。

不过，作为一份从创刊之初就有独特文化使命的专业学术期刊，《自然主义手册》要解决的问题不仅仅是重新引发民众和学界同人对左拉及其自然主义文学的兴趣与关注，而且要通过各种不同媒介传播形式，尤其是通过学界专家学者的共同努力，重新启动左拉学术研究项目，开创当代左拉研究新局面。所以几位主编在期刊创办十年之后逐渐有了明确的办刊思路，即该期刊不应仅仅作为左拉之友新文学协会的内部刊物，它必须转变为学术型期刊。当明确了《自然主义手册》的定位与最终目标后，第三任主编亨利·密特朗自上任起就开始认真思考经营和发展学术期刊的策略和途径。最终，《自然主义手册》杂志社成立了一个编委会，邀请国内外著名的左拉研究专家学者担任杂志编审，共同负责杂志栏目及重要学术论文的审阅。此外，杂志社还按照左拉之友新文学协会的章程开展每年度的学术研讨活动。一份刊物要得到学界同人的认可，最终还是要回到学术研究本身，这已经成为这十五年期间期刊主编及编委会成员的共识了。

要对这十五年来该期刊在开创二战后当代左拉研究新局面方面取得的初

步成绩进行综述的话，首先要回顾和提及的就是该杂志社力求站在新历史语境下重新思考和解决左拉研究领域的历史遗留问题以及亟待解决的新问题。为了推动当代左拉研究，该杂志社所做的第一项工程就是整理和出版"梅塘集团"作家文献资料，尤其是开展左拉各个阶段的原始文献的搜集与整理工作，此项工程对于建构当代左拉研究的学术谱系意义重大。以往左拉研究在阐释体系上之所以出现种种问题，根由就在于传统学院派批评家对左拉及其自然主义文学思潮没有依据科学方法进行整体和全面的把握，只是根据阅读作品的主观印象去发挥和臆测，更没有以尊重事实为出发点去评价作品。自20世纪40年代末，随着法国国家图书馆和艾克斯图书馆允许研究者查阅左拉《卢贡-马卡尔家族》《三名城》等创作手稿，杂志社也意识到对这些珍贵手稿展开研究的必要性。除了这些手稿，还需要进一步搜集和整理散失的文献资料，如作家书信及域外报刊上刊载的文章等文献材料。为此，杂志社不仅动员国内学者参与作家文献的搜集和整理工作，还联合英国、意大利、苏联、波兰和加拿大等国高校的科研人员，展开作家文献的搜集工作，力求尽可能将作家文献搜集齐全。此外，杂志社还委托专业研究者将这些文献信息编制成目录，定期刊载在杂志上，以供研究者查阅检索。从文献学研究角度，作家文献材料的搜集、整理与出版是文学批评和文本研究的基础和前提，因为很多文学研究与新探索都是在既有的文献材料基础上展开的。

事实上这十五年来，该期刊所发表的很多有学术价值的文章均是依据对作家原始文献材料的整理与发掘，才发现了前人没有发现的东西，做出了和前人不一样的有价值的论断。例如勒内·特诺瓦通过对左拉后期赴卢尔德、罗马等地的旅行日记和《三名城》创作笔记的比照性阅读，对《三名城》作品的不同主题做出了独创性的阐释。这些有价值的分析与阐释不仅更新了已有的学术观点，还引发了其他研究者对《三名城》的关注。还有亨利·密特朗对左拉早期文学创作生涯的研究同样也是与作家早期与友人的书信等文献资料的新发现有关。注重对作家文献材料的整理与分类研究其实属于19世纪中后期法国实证主义的研究方法，而这种以考据为主的实证主义方法在20世纪五六十年代法国当代左拉研究领域的再度兴起，也与时代变革和理论创新发展有关。因为20世纪五六十年代结构主义新批评强调从作品走向文本，要关注作为文学科学研究对象的文本①，所以受结构主义新批评理论的影响，重视文本分析和阐释也成为左拉研究的一个新的发展趋势。对文本展开分析的起点就是要将与作家文本创作相关的原始文献纳入考察和分析的视野之中，所以运用以考据为主的实证主义方法也是有效的权宜之策，考证加文本分析也成为这一时期左拉研究的新方法。

其次，要回顾和提及的就是该杂志社在开创左拉研究新局面的过程中，注重从当代文学观念的变化和文学研究模式的变化上去重新阐释左拉作品的独特价值。对左拉及自然主义文学价值的重估不是做出肯定或否定的简单评价，更重要的是要深入作家作品之中，从作品主题、结构和叙事模式等多维度去探讨左拉小说文本所蕴含的独特价值。19 世纪后半叶乃至 20 世纪上半叶，批评家对左拉作品价值的认识往往习惯于从自然主义文学观念及手法上切入，从相对比较静止的观点去探讨左拉文本中的话题，忽略了从左拉小说创作的实践与自然主义文学观念的流变之间的动态关系去考察，因而无法准确地解释左拉文本中所蕴含的丰富内涵。自 20 世纪五六十年代开始，当代左拉研究者转向从时代语境的转变、文学观念的变化角度重新考察左拉自然主义文学观念的诞生及其流变过程。他们注意到左拉在小说创作过程中常常会对作品构思及方法进行反思，他会根据不同题材和主题需要，采用灵活的手段对作品进行修正，而不是按照既定的步骤，按部就班地进行下去。亨利·密特朗曾在《关于左拉创作手法的若干看法》一文中批驳了图卢兹博士关于左拉自然主义手法的成见，他依据对新文献材料的发掘，重新探讨了左拉在《卢贡-马卡尔家族》系列小说创作的不同阶段的理性反思所导致的文学观念以及手法的变化。和亨利·密特朗一样，勒内·特诺瓦也是根据历史语境的变化重新探讨了左拉《卢贡-马卡尔家族》系列作品原来的构思计划与后来作品定稿之间的本质差异。他在文章中将左拉文学书写置于法兰西第二帝国和第三共和国广阔的社会历史语境下进行全面考察。他依据史料及作家文献对第二帝国时期法国社会政治、经济和道德等各方面的境况做了历史

---

① 钱翰，《二十世纪法国先锋文学理论和批评的"文本"概念研究》，北京：北京大学出版社，2015 年，第 23 页。

分析，探讨路易·波拿巴政府推行的限制公民言论自由、将狭隘的道德原则和政治标准强加于文学功能之上等种种措施对这一时期作家创作的影响。他以这一时期福楼拜、雨果和左拉等作家为例，分析了这些作家政治立场的转变与其文学手法的选择之间的关系。他特别指出左拉在法兰西第二帝国后期不愿意让文学为路易·波拿巴政府服务，更不愿意让文学履行道德说教的功能，于是有意采用客观暴露的方法，描绘法兰西第二帝国社会腐败堕落的阴暗面。所以他得出个人的结论，即左拉选择的专门暴露社会阴暗面的描写方法，可以被视为批评社会的一种策略，而非传统学院派批评家所言是出于作家对"淫荡和堕落"的病态嗜好。此外，比利时学者雅克·杜布瓦重新解释《小酒店》中的热尔维丝这个下层无产者女性形象，提出了一个新的思考角度。在他看来，传统学院派批评家往往只从意识形态批评角度将热尔维丝归入雨果和欧仁·苏笔下的"悲惨工人角色"。他们认为热尔维丝受家族酒精中毒的遗传影响必然趋于堕落，然而这是简单化和肤浅的看法。雅克·杜布瓦将研究重点转移到对《小酒店》中那些装饰物象征寓意的分析上。例如，他在文章中以《小酒店》女主人公五个不同住处的频繁变换为切入点勾勒出热尔维丝的命运轨迹。从热尔维丝内心渴望获得避难处（住处）这个角度，他分析了正是这种渴望获得内心安全感的欲望最终将女主人公推向一个又一个不同类型的男人怀中。他对热尔维丝的堕落原因做出了不同解释，认为女主人公的堕落不是简单的家族酒精中毒的遗传影响，而是出于女性内心深处的安全感需要。杜布瓦认为从精神分析学的"欲望"角度观照和分析人物内心思想与"施动者"性格之间的关系，可以更好地解释塑造这位无产者女性形象的意图和价值。如上所述，当代左拉研究者只有尝试变换角度，转换研究方法，才有可能发现一系列前人没有发现或未曾深入研究的问题。

　　由此可见，自20世纪五六十年代以来，当代左拉研究之所以取得新的进展，开创了崭新的局面，是左拉研究方法论变革的结果。方法是研究问题的途径。但是方法论的转变，背后却隐藏着不同思想理论和文学观念的认识。正如国内有的学者指出："传统的文学观念把语言作为世界或者个人的表象，话语之间的关系实际上是各种表象之间的发展。文学的目的在于提供有意义的想象……传统的文学观念是由美学、心理学、伦理学等生活世界中的价值来确立的。"① 在以往的左拉研究中，研究者们采用的传统文学研究模式，就是将左拉自然主义小说与巴尔扎克现实主义小说加以对照，按照文学能够提供的生活世界中的美学、心理学或伦理学的价值来评判该流派的文学价值。依据这样的文学观念，自然主义小说常常以写"淫荡和堕落"而著称，无法为人们提供符合生活世界正确价值的文学，所以它理应被诋毁和否定。事实上，若采用传统文学研究模式，研究者必然无法很好地揭示左拉自然主义小说的独特价值。所以二战后法国学界的左拉研究者，从 20 世纪 50 年代末开始不断探索如何转换文学研究模式，如何建立当代左拉研究新批评范式。他们尝试从现代精神分析学、社会学、传记学、文化人类学、神话原型批评等不同角度，深入挖掘左拉自然主义小说所蕴含的独特价值。例如，二战后左拉研究者罗谢·里波尔从"目光"视觉描写等细节切入，探讨左拉小说文本中经常出现的一些令人震惊的恐怖场景，他通过对左拉小说文本中的细节描写特征的分析，归纳和概括出左拉有裸体恐惧症和俄狄浦斯情结。他还运用现代精神分析学理论观点揭示了左拉的文学书写方式与作家幼年丧父恋母情结及其情感创伤之间的内在关联。正是因为研究者转变了研究视角，运用了精神分析学和传记研究方法，他才能够更深入地探讨左拉文本所蕴含的独特价值，对左拉文本中表现出来的诸多难解之谜给予了较有说服力的新阐释。

　　所以在杂志初创阶段（1955—1970），左拉研究进入了现代转型时期，当代左拉研究者开始反思传统文学研究模式的弊端，尝试建立新批评模式。他们不断借鉴二战后法国学界诸多新理论和新批评方法，不断转换研究视角，通过解决左拉文本中的诸多难题，揭示出了自然主义小说文本所蕴含的独特审美价值。正是多元化研究方法的运用和现代研究模式的确立让左拉研究重新焕发了生机与活力。二战后这些新左拉研究成果也让更多的读者改变了对左拉的刻板印象，使他们得以重新了解左拉的创作才能和其作品蕴含的独特价值。

　　更值得一提的是，《自然主义手册》在创刊最初十五年间所取得的这些

---

① 钱翰：《二十世纪法国先锋文学理论和批评的"文本"概念研究》，第 3 页。

学术成就推动了早期"左拉学"谱系的建构。从 1955 年至 1970 年，在《自然主义手册》三位主编的积极推动下，来自法国、比利时、英国、波兰、意大利、德国等国的高等教育研究机构的左拉研究者们共同参与期刊的研究课题计划，他们以该刊为学术研究交流的平台，不断将二战后左拉研究推向深入。在这十五年间，这些来自不同国家和不同文化背景的左拉研究者们凭借学术期刊给他们提供的"公共空间"，在二战后左拉研究领域开展项目合作研究，共同攻克学术上的难题。由于学者们学术思路不同、研究方法和路径不同，左拉研究领域里先后涌现出三个不同风格的批评流派，即文本分析派、重视史料整理的考证派和新传记学批评派。这三大批评流派可以被统称为新学院派批评，因为它们都是诞生于二战后法国学界。这三个学派各有代表人物，例如 F. J. W. 海明斯、勒内·特诺瓦属于重视史料整理的考证派，马塞尔·基拉尔、雅克·杜布瓦和罗谢·里波尔是重视文本阐释的文本分析派，亨利·密特朗、吉约姆、舍维尔等则属于新传记学批评派。虽然各个学派研究侧重点不同，但是它们具有以下共同点或相似之处：一是重视对左拉文学生产的具体历史语境和文化氛围的研究；二是注重对作家及其作品构思手稿、笔记的研究，重新阐释文本的主题内涵、人物形象的象征意义；三是注重对左拉与同时代作家的交往与对话的研究，关注作家与作品之间的相互影响。这三大批评学派的形成对于开创战后左拉研究新局面起到了决定性作用。因为这三大批评学派所做的研究和考察均具有针对性，既要解决以往的"误读左拉"问题，又要提出重新研究左拉的思路。他们在二战后法国学界的崛起，为左拉研究注入了活力，也为后来"左拉学"学术谱系的建构奠定了基础。

　　总之，在《自然主义手册》创办最初十五年间，当代左拉研究进入了第一个发展阶段，也是至关重要的阶段。因为这一时期法国学界正是在理论界关注点出现转换的特定历史背景下开始转换视角来研究和阐释左拉作品的。二战后法国知识界出现的新理论与阐释方法也为重新解读左拉及其作品提供了可能性。这一时期《自然主义手册》几位主编和左拉之友新文学协会负责人非常注重通过与域外大学科研机构联合展开跨界合作，共同致力于解决复杂的学术难题，并且通过左拉学术研讨会等形式，从不同角度推动左拉研究朝着专业化研究方向发展。所以这一阶段取得的学术成绩是来之不易的。这些研究成果的获得要归功于二战后重返法国学术界的那些颇具理论创新思维的左拉研究者们，更要归功于那些来自国外高校科研机构的左拉研究学者。没有来自不同国家的左拉研究者齐心协力的合作，就没有二战后左拉研究的崛起。所以一句话，当代左拉研究的开启与发展得益于20世纪五六十年代法国所处的特定社会环境。这一时期法国进入重建社会秩序的阶段，同时又迎来了一个巨大的思想变革时代。法国人文社会科学进入全面发展阶段，各种新思潮、新批评理论，各个学科纷纷创立。在这样活跃的学术氛围下，当代左拉研究必然会建立在一个新的历史起点上。所以左拉研究能够走向辉煌，也是新时代环境发展演变的结果。

第三章　杂志拓展创新阶段（1971—1987）：当代左拉研究的演进

第一节　期刊拓展期的新目标与亨利·密特朗对左拉文本经典化的推进

自 1955 年出版第一期刊物，直至 1970 年，《自然主义手册》已经走过了初创时期。进入 20 世纪 70 年代，该期刊又迎来了更具有挑战性的新时代。此时在民间社团创办的诸多专业期刊中，《自然主义手册》可谓异军突起，它从一份不起眼的简报，成为二战后法国学界颇具影响力的学术期刊之一。到了 20 世纪 70 年代，《自然主义手册》杂志的影响力和知名度几乎可以跟巴尔扎克之友协会创办的期刊《巴尔扎克年》（1959 创刊）相媲美了。众所周知，作为文学协会的内部专刊，因篇幅和读者定位不同，《自然主义手册》与其他文学报刊，特别是商业报刊具有本质上的差异，即它在栏目内容编排与设定上从一开始就大致形成其独有的特色。它不是以吸引读者阅读兴味的日常新闻报道或批评文章为刊载的主要内容，而只刊载涉及与左拉及自然主义研究相关的各种纪念活动、学术研讨会以及域内域外相关的研究课题及出版物等相关内容。这样一份学术期刊，不注重商业盈利的目的，却又要表达左拉之友新文学协会的文化立场，它通过何种运作方式在这短短十五年间迅速崛起，成为学界比较有影响力的期刊？它如何在学界开展一系列学术研究活动？在这里我们必须提及一个人，他就是《自然主义手册》

第三任主编亨利·密特朗。正是他改变了《自然主义手册》发展的格局与命运。

　　亨利·密特朗于 1965 年被左拉之友新文学协会秘书处推选出来，正式被任命为《自然主义手册》的执行主编，接替知名的《三名城》研究专家勒内·特诺瓦教授。其实早在 1963—1964 年，亨利·密特朗作为编辑部的专职秘书已协助勒内·特诺瓦教授编辑该刊，并筹办了 1963 年 3 月在英国伦敦举办的首届左拉研究国际学术会议。作为学术机构推选出来的领军人物，亨利·密特朗不负众望。自接手期刊主编职务之后，亨利·密特朗便自感所肩负的使命和责任的重大。因为他深知该期刊是由左拉直系亲属雅克·埃米尔-左拉和左拉之友新文学协会发起创办的，背后承载的不仅有二战前"梅塘集团"成员对于恩师的崇拜和缅怀之情，更有二战后左拉研究者和左拉亲属渴望借此杂志来为左拉及自然主义重新树立学术威望的苦心与厚望。所以在前两位主编皮埃尔·科涅、勒内·特诺瓦为杂志做出的开拓性贡献的基础之上，亨利·密特朗立志要协助和完成左拉之友新文学协会不断推进左拉研究进程的重任。他接任期刊主编职位时，该期刊已创办了十年，度过了最艰难的初创阶段，但是接下来的阶段性目标和研究规划尚需要重新确立。所以作为期刊第三任主编，亨利·密特朗必须认真思考这份学术期刊未来的办刊方向和思路。在担任主编期间，亨利·密特朗还在外省贝尚松大学文学系担任教职，经常要在贝尚松和巴黎之间奔波。1968 年秋季因期刊编辑与管理工作的需要，他才正式调入刚成立不久的位于巴黎东部的樊尚实验大学。"五月风暴"之后，法国整个高等教育机构开始重组，樊尚实验大学于 1971 年被正式命名为巴黎第八大学。亨利·密特朗便成了这所新成立的大学文学系最年轻的教授。他本人也亲身感受到了巴黎经历的被誉为结构主义和符号学探险的"美好时代"①。19 世纪六七十年代法国人文社会科学研究领域被结构主义和马克思主义两大思潮或者研究方法占领。"结构主义与马克思主义这两个重要的总体性、普遍性的哲学形成了对峙。……世界正借助一个话题被

---

　　① 弗朗索瓦·多斯：《从结构到解构——法国 20 世纪思想主潮》，季广茂译，北京：中央编译出版社，2004 年，第 251 页。

重建。"① 在法国高校文科系执教的教员及研究者很多都被处于发展中的结构主义研究方法吸引，醉心于结构理论，因为"他们在这种现象中看到了社会科学获得解放的可能"②。

年轻的亨利·密特朗也不例外。他被这所刚刚建立不久的大学的跨学科研究氛围吸引，密切关注风靡于巴黎学界的结构主义理论的建构与发展过程，并对结构语言学产生了浓厚的兴趣。1971 年巴黎第八大学成立后，他正式被调入文学系工作，不久晋升法国文学教授。他本人主要的研究领域和方向是 19 世纪后期法国文学和左拉自然主义小说。亨利·密特朗于 20 世纪50 年代末至 60 年代初致力于左拉研究，到了 70 年代他已在法国本土学界左拉研究领域里成绩显著，已发表和出版很多有关左拉及自然主义的论文和论著，并成为新传记批评和社会历史学派的卓越代表和知名专家。由于长期致力于左拉研究，他对二战后法国当代左拉研究的现状及存在的问题具有清醒的认识。作为《自然主义手册》的第三任主编，他与前两任主编一样一直肩负着左拉之友新文学协会的重要文化使命，即要为左拉及自然主义文学恢复名誉，要为左拉争取官方文学史上的一席之地。与前两任主编一样，为了扭转法国读者及民众对于左拉及自然主义小说的负面看法，亨利·密特朗在担任期刊主编期间采取了一些切实有效的宣传策略，利用期刊刊载有价值的论文和"梅塘瞻仰活动"中的演讲，举办左拉专题学术研讨会等，以多种形式重塑左拉形象。他一直关注如何通过学界重新评价左拉及自然主义文学的价值，推动左拉经典化问题的进程。长期以来，他将引领学界和民众重新认识左拉及自然主义的历史功绩作为编纂杂志栏目的文化理念。本着这样的文化理念，他认真经营杂志，以严谨务实的态度履行主编职责，推进当代法国左拉研究的历史进程。

当代左拉研究，尤其指的是当代"左拉学"的崛起与学术谱系的建构，其具体形成时间应为 1955 年至 1987 年。当然描述当代"左拉学"二十多年的崛起与发展，无法绕开《自然主义手册》三任主编起到的推动作用。前十

---

① 弗朗索瓦·多斯：《从结构到解构——法国 20 世纪思想主潮》，季广茂译，第 121、118 页。

② 同上注，第 126 页。

年是《自然主义手册》杂志艰难的创业期。该杂志社要经过左拉之友新文学协会内部的酝酿、讨论和组织，要借学界老、中、青几代学人的合力，通过举办一系列有关左拉及自然主义文学的纪念活动、学术会议，不断推出一些有价值的研究成果，为重新评价左拉及自然主义的文学功绩，制造舆论话语。在皮埃尔·科涅和勒内·特诺瓦两位主编的共同努力下，杂志编辑部借助《自然主义手册》的编纂与出版，终于完成了学界对左拉在文学史上地位的重新评价。这也算得上是《自然主义手册》期刊编辑部前十年所取得的成功和实际成绩。然而这一"实绩"并不能充分说明左拉及自然主义文学的经典化问题已经解决。因为在 20 世纪 70 年代初，在看待左拉文本的价值和意义上，法国学界仍然存在分歧与争议。所以担任杂志主编时，亨利·密特朗其实已经清醒地认识到杂志已进入新的拓展时期，必须重新确立新目标，及时调整《自然主义手册》的改革计划，采用恰当的策略，回应 70 年代法国知识界对于左拉文本种种不同的看法。

　　虽然《自然主义手册》创立的目标就是要解决左拉及自然主义的经典化问题，恢复左拉在法国文学史上应有的地位，然而对于像左拉这样一个早已被学院派批评家诋毁与否定的自然主义作家，他的经典化过程是不可能一蹴而就的，需要经历否定、肯定、再评价和再阐释的漫长过程。亨利·密特朗自 1965 年出任杂志主编之后，便意识到自己所肩负的重任。在他看来，由于该期刊的创办和对二战后学界左拉研究的积极推动，当代法国左拉研究已取得了卓尔不凡的成绩，但是在未来相当长的时间里仍需要继续推进左拉研究。前十年的左拉研究只能算得上是个良好的开端，而后二十多年（1965—1987），对亨利·密特朗来说，当代"左拉学"的崛起和发展仍需要学界更多的学者及同人相互配合，齐心协力，共同来推进和建构。

　　亨利·密特朗担任杂志第三任主编之后，首先对《自然主义手册》进行了改版。1966 年，改版后的《自然主义手册》正式面世，期刊面貌焕然一新。从 1966 年起，按照亨利·密特朗的建议，每期杂志的内容都大幅度增加，必须有 250 页。对于期刊主编和编辑部工作人员来说，仅完成这项任务，就已经是一个巨大的挑战。期刊增加内容，就意味着《自然主义手册》杂志负责人要对左拉研究的学术研讨活动投入更多时间与精力，只有在左拉研究领域不断开展专业化的学术研讨活动，优秀的学术研究成果才能不断涌现。所以，要尽快获得高质量的学术成果，其前提条件必然是《自然主义手册》编辑部按照文学研究专业化的要求，不断策划一些新的研究课题，制订每年度的研究规划，确保研究成果源源不断出现。在担任《自然主义手册》主编期间，亨利·密特朗为促进期刊发展和左拉研究事业投入了无法估量的精力与时间。作为二战后左拉研究领域的领军人物，亨利·密特朗不仅学术才华出众，而且善于运筹帷幄。为了将《自然主义手册》打造成知名的学术型期刊，他深知必须依靠国内学界科研人员的学术资源和智力资源，邀请更多优秀学者参与学术期刊的建设，说服他们成为《自然主义手册》的合作者与撰稿人。此外，他还利用 20 世纪 70 年代初期赴加拿大多伦多大学讲学的机会与该校法语系建立了长期合作关系，开展左拉研究的相关合作项目。所以作为二战后学界左拉研究领域的积极推动者，亨利·密特朗是个具有战略眼光的学者和主编，他能够站在学科发展的角度，善于把握时机，不断推动当代左拉研究朝着更高的目标挺进。他不失时机地设法将二战后左拉研究取得的成果传播至北美地区，吸引更多海外专业研究者参与到法国当代左拉研究的学术活动中。由于亨利·密特朗的积极倡议和推动，北美地区成立了第一个自然主义研究中心，中心设立在加拿大多伦多大学，这标志着当代左拉研究已在异域落地生根了。为此，自 20 世纪 70 年代开始，在当代左拉研究领域，一种跨国、跨界的现代学术合作研究模式建立起来了。此外，亨利·密特朗还利用《自然主义手册》在国内外举办左拉国际研讨会的机会，邀请美国和加拿大学者共同参与，这样借助于域内域外各方的科研实力和不同文化语境下的新视角和新方法，当代左拉研究的开放性格局由此形成。

自 20 世纪 60 年代中期至 80 年代末，在左拉之友新文学协会的支持下，亨利·密特朗一方面在法国学界继续不断推动左拉经典化进程，另一方面为了更好地回应时代发展给左拉研究提出的新问题，他开始设法与国外高校建立多方面的协作研究机制来开展当代左拉研究的学术活动，尝试扩展二战后当代左拉研究的学术影响力。在担任主编期间，亨利·密特朗将杂志社作为开展左拉研究的学术平台，先后与英国剑桥大学费茨·威廉姆学院、法国伦敦学院、加拿大多伦多大学和美国纽约州立大学建立了多项国际学术交流合作项目。建立这样的协作研究机制最大的益处就是可以将比较大的研究计划进行任务分配，由几个人或几个科研小组协作研究一个共同问题，以多人贡献智慧的方式来完成课题研究。例如，20世纪70年代至90年代，《自然主义手册》杂志社、巴黎八大与北美地区的自然主义研究中心签署了一个合作协议，双方共同编辑出版《左拉通信集》（十卷本）。该项目经过十五年的时间才得以圆满完成，属于大型文化工程。此外，亨利·密特朗还寻求与欧美各国科研机构合作，共同举办当代左拉研究国际学术研讨会，推动当代左拉研究。这也是协作研究机制的另外一种方式。

亨利·密特朗在主持学术期刊工作期间，通过多种现代合作研究形式，不断将当代左拉研究朝着专业化学术研究方向推进。在他积极努力的推动下，20世纪七八十年代当代左拉研究多元化、开放式的新局面已经形成。值得提及的是在拥有较丰富的学术资源前提下，亨利·密特朗还与编辑部同人一道对《自然主义手册》杂志每期的篇幅、刊载容量、栏目风格做了较大的改进。为了使《自然主义手册》迅速转型为现代学术型期刊而非仅仅作为专业协会的内刊，他们注重凸显该期刊的学术思想性和前沿性。他还遵循思想自由和文化创新理念，兼容并包，不论何种学派，只要言之有理，能在左拉研究方面提出独特的创见，他就持接纳与欢迎的态度，积极将这些科研成果介绍给本土学界同人。

经过多次改版和升级的《自然主义手册》，无论在外观还是在栏目内容上均有了大幅度的改变。其中仅期刊栏目，编委会同人重新设计了六大板块，除保留原有的固定栏目"梅塘瞻仰的名人演讲"之外，又增设了研究学术问题和关于左拉作品阐释的文学分析与批评栏目；左拉研究领域最新史料文献栏目，包括未出版的左拉书信与日记；还有期刊目录索引、新书摘要和书评、协会纪念活动专栏报道等综合性研究栏目。从1966年至1987年，《自然主义手册》在学界的知名度和影响力都有了显著提高，逐渐演变成学界比较著名的学术刊物。

《自然主义手册》杂志社在期刊转型时期还通过组织和开展一系列卓有成效的学术活动，传播当代左拉研究的学术影响力，让更多人了解二战后法国学界左拉研究的推进情况和所取得的主要成就。从1971年至1987年，受左拉之友新文学协会委托，《自然主义手册》杂志社与巴黎八大、法国国家社会科学研究中心合作，连续举办了五届左拉研究方面的国际学术研讨会。在这五届国际学术研讨会中，国际学界和国内学界的左拉研究者们主要围绕《卢贡-马卡尔家族》中的一些重要小说文本，如《萌芽》《小酒店》《巴黎之腹》《普拉桑的征服》等，展开了全方位学术交流。他们以作品创作动机、作品素材来源以及主题、叙事风格等为议题，对左拉小说文本展开全方位的研究与探讨。这些国际学术研讨会的举办对于开拓左拉研究的新领域、扩大左拉及其作品的文化影响力起到了积极的推动作用。当然，这些学术研讨会的连续举办也对左拉的代表作如《萌芽》《小酒店》等被纳入法国各级教育培训和国家考试课程体系，起到了推动作用，这也是左拉经典化进程取得成效的一种表现。

在担任期刊主编的二十多年期间，亨利·密特朗虽然在期刊改进和转型过程中付出了巨大心血，但是他并没有中止自己的左拉研究。这二十多年的杂志编辑工作和国际会议的筹办，使他既得到了很好的学术锻炼，也拓展了左拉研究的视角和思路。亨利·密特朗还注重不断提升当代左拉研究的学术性和前沿性，加强法国学界与国际学界的合作，吸引国外高等院校科研人员共同参与左拉研究，接受跨文化语境下不同的学术立场和研究路径。他本人也利用赴国外访学和讲学的机会，积极传播二战后当代左拉研究最前沿的成果。在访学期间，他还努力借鉴和吸收国外最新研究的思路和方法，不断拓展个人在左拉研究方面的新领域，从早期注重传记史料的搜集与辨析，到中期转向左拉文本结构及叙事的研究。可以说，亨利·密特朗在当代左拉研究方面不断拓展空间与视域。作为一位学者型的期刊主编，亨利·密特朗深知当代左拉研究不能局限于本土视角，必须将不同文化背景下的新视角和新思路融汇到二战后左拉研究中，这样才能在左拉研究的专业领域有所突破。

亨利·密特朗在担任期刊主编的二十余年间，为拓展左拉研究新领域做出了巨大贡献。在他的积极推动和引领下，二战后法国当代左拉研究又有了新的发展。在结构主义文本分析和马克思主义分析方法双重强化下，当代左拉研究领域里的学术话语非常活跃。左拉研究不局限于传统的作家研究，开始转向对左拉文本、左拉政治思想、左拉小说中的意识形态问题、小说话语类型、左拉文本中的主题新意蕴等问题的多维度考察与探究。与二战前左拉研究相比，二战后当代左拉研究不再是重复传统的研究模式，而是借助于不同的理论和分析方法，让学界发出各种不同的声音，从而形成多元化和复调式的新格局。当然这样的新格局和新局面的形成改变了20世纪七八十年代欧美学界对待二战后左拉研究的学术价值与意义的认识。因此当代左拉研究也从过去不被重视的边缘性批评，逐步升温发展成为欧美学界的热门领域和前沿学术话题。在推动左拉经典化运动的过程中，亨利·密特朗没有将左拉研究限制在本土学界文学研究范围之内，而是积极引入域外欧美学界文化研究的学术资源，通过组织各种类型的国际学术研讨会和签订多项国际合作项目，通过建立学术对话这种新型合作方式，将域内域外左拉研究者联合起来，通过不同社会文化语境下的学者的声音，去影响当代法国左拉研究的走向。当然积极实施推动二战后左拉研究的这些举措也迅速提升了《自然主义手册》在欧美学术界的国际声誉和影响力。

综上所述，在亨利·密特朗担任期刊主编期间，学术期刊《自然主义手册》的知名度有了极大的提升，与二战后创立的《法国语言》《文学》《诗学》等学术专刊一样变成了家喻户晓的知名期刊。《自然主义手册》的知名度之所以能够在二十年间迅速提升，主要取决于两大关键性因素。首先是这一时期法国结构主义思潮的勃兴给当时法国知识界带来了活力。"结构主义对于人类意义的'被建构性'的强调代表了一种重大的进步，意义既不是私人经验也不是神所命令发生的事件：是一些共享的表意系统的产物。"[①] 结构主义作为一种批评方法，给这一时期的文学研究者指明了方向，使他们纷纷转向文本表意系统的研究。结构主义批评引发了空前活跃的思想争鸣，也带动了当代左拉研究不断推进。其次是期刊主编及二战后左拉研究者为该期刊的创办与发展持续注入热情与能量。在亨利·密特朗主持期刊工作期间，该社在国内和欧美其他地区组织和举办了一系列非常有成效的学术活动。这一系列学术活动所产生的积极效应激发了左拉研究者身上的学术热情与潜能。所以

---

① 特里·伊格尔顿：《二十世纪西方文学理论》，伍晓明译，北京：北京大学出版社，2020年，第113页。

在二战后法国学界人文社会科学全面发展和繁荣的特定历史背景下，当代左拉研究必将进入新的拓展时期。

自20世纪70年代起，当代左拉研究又受到二战后文学研究制度和大学建制的影响，即文学研究必须朝着学科化和专业化方向发展。法国高校及各种研究机构出于对科学体系的渴望，极力鼓励本土学者通过跨学科协作的研究方式开展有效的学术研究活动。这样一来，学术研讨变成了常态化和职业化的行为。在各种项目研究推动下，科研活动变成了高校科研机构和学者们必须完成的任务，这直接导致了左拉研究者治学模式的转变。处于这样的文学制度和专业化研究的背景下，学者们从事学术研究的积极性和主动性都被充分调动起来，他们必须对学科发展的方向和前景进行深入思考。此外，他们必须不断思考如何拓展学科发展的空间与领域，必须关注同行学者的学术成果，必须保持视野开放和思维活跃。到了20世纪80年代末，受专业化研究的推动，当代左拉研究的整体学术水平有了大幅度提升，打开了新局面，而且还与其他学科一样，朝着问题化方向转变。总之，对于学者们来说，需要寻找和探索更多的左拉研究课题，研究更多过去无人涉足的主题和话语，才能将当代法国左拉研究引向深入。

第二节　期刊拓展期阶段性目标的调整与当代左拉研究问题导向

20世纪70年代，法国社会已进入全面重建和快速发展时期，经济及文化各方面已取得巨大成就。在此阶段，尤其是在文化教育领域里，文学建制或曰文学制度对文学研究起着十分重要的影响。从广义上来看，文学建制 [1] 不仅指大学、研究所等专门的学术机构，也包括该机构的课程体系、教材的设置与演变，同时也指专业期刊的出现与影响。1968年"五月风暴"在法国巴黎爆发，该运动的核心问题其实是反对以索尔邦大学为代表的法国传统学

---

① 罗志田：《20世纪的中国：学术与社会·史学卷（上）》，济南：山东人民出版社，2001年，第10—12页。

院式学校等级体制对学界新生力量的话语压制。"五月风暴"引发众多知识分子思考如何冲破传统学院式学校等级体制，为更多公立学校呼吁拥有平等主义的话语权。1968 年"五月风暴"之后，法国高校确实在体制改革方面推行了若干措施，尤其对于那些在高等研究机构或高校从事人文社会学科工作的全职科研人员来说，他们在职业化规章制度之下拥有了更多可支配的时间，在自己的研究领域内可以获得一定程度的自主权和学术地位。正是在这样的历史背景下，左拉之友新文学协会可以利用学术机构给专业研究人员提供的便利条件和资源，以专业文学协会的专刊《自然主义手册》为学术交流平台，吸纳更多的人参加协会组织的研讨会。

自创办以来，《自然主义手册》一直对当代法国左拉研究及演进发挥着积极的引导与推动作用。当然，二战后左拉研究也完全是在文学研究制度化、专业化背景下进行的。参与左拉研究的几乎都是职业人士，他们往往都接受过文学制度的规范化教育和专业学术研究训练。所以他们在学术机构和专业期刊的引导下，不断关注左拉研究领域的重大问题，并积极参与该期刊组织的重大学术会议，关注学科发展和项目研究活动。从 1970 年至 1987 年，在左拉之友新文学协会的支持下，《自然主义手册》编辑部在推动当代左拉研究方面做出了突出成绩。主编亨利·密特朗本人既是编辑部负责人，也是左拉研究领域的领军人物，在他的积极引导下，当代左拉研究者不仅积极投身左拉课题研究项目之中，还密切关注和追踪知识界刚刚兴起的结构主义理论思潮和批评话语，开展了一系列富有成效的学术活动。

因时代发展和文化语境的变化，这十七年（1970—1987）与最初十五年初始阶段相比，《自然主义手册》在办刊理念和学术研究目标上又有了明显的转变。这一转变主要表现为两点。第一，编辑部确立了新时期左拉研究的阶段性目标，重新部署下一步研究计划，及时调整办刊思路与理念。此阶段期刊的导向明显转向了将新兴理论及新批评方法运用于当代左拉研究批评实践之中。当代左拉研究启动于 20 世纪 50 年代中期，也始于《自然主义手册》。该刊创办初期的研究目标与宗旨更侧重于尽快为左拉及自然主义恢复名誉，重点放在对左拉及自然主义文学进行价值重估上，包括对"梅塘集团"所有成员的文学作品进行重新评价。到了 20 世纪 70 年代，随着法国知识界结构主义新批评的崛起并产生深远的影响力，本土思想界、学界中所有学术研究活动均受到来自结构主义理论观念及研究方法的冲击。结构主义新理论及新批评方法既给这一时期文学研究和文化研究带来了巨大活力，同时也给人们带来巨大的挑战。在当代左拉研究领域，这一现象表现尤为明显。一方面，本土学者和科研人员从事科学研究的热情和主观能动性被充分调动起来了；另一方面，他们也不断反思以往大学学院派的左拉研究模式的局限性，思考如何利用现代理论及研究方法去建构当代左拉研究的新批评模式。因此创立当代左拉研究新批评流派，建立新的权威批评话语成为这一时期亟待实现的目标与任务。为了回应这样的时代和更好地适应新旧文学研究模式的转换，作为期刊负责人的亨利·密特朗与编辑部同人开始不断调整办刊思路，开拓新的研究领域，吸收和利用二战后法国现代文论的丰富理论资源。这一时期《自然主义手册》的新目标已经由为左拉恢复名誉与重新评价逐步转向对左拉小说文本展开系统性和科学性的研究，力求为当代左拉研究注入更多问题意识，进一步推动当代左拉研究发展。

第二，这一时期随着学界各种新学科不断被创立，文学观念要不断创新与发展已成为学界的共识，所以《自然主义手册》编辑部立意要将当代左拉研究问题化，用问题意识来引领左拉研究。20世纪70年代，活跃于法国学界的专业研究者和知识人，尤其是法兰西学院、巴黎高等师范学校、法国国家社会科学研究中心还有巴黎大学等学术机构里的一些教授和研究员，抓住了二战后法国人文社会科学发展的新机遇，创立了很多新学科，如人类学、符号学、叙述学等。不仅如此，为了推动学科发展，他们还花大力气改造那些不太景气的人文学科，如社会学、哲学、心理学和民族学。在这批学者群体中很快便涌现出一些学术带头人和精英人物，如罗兰·巴尔特、米歇尔·福柯、列维·斯特劳斯、热拉尔·热奈特、托多罗夫、克里斯特娃、皮埃尔·布尔迪厄、阿尔都塞等。他们敢于向学界保守势力发起挑战，运用新理论和新视域来反观人文社会学科研究与发展存在的局限性问题，破除经验主义思维模式，重新思考新学科发展和创建的可能性，通过确立新学科研究的内容与话题，开创法国当代学术研究的新局面。在这样的学术氛围影响下，当代法国左拉研究也面临着转型与发展，即它不是仅仅围绕一个研究课题，而是要朝着构建当代"左拉学"的学科方向去发展。建构符合科学体系的"左拉学"成了《自然主义手册》办下去的动力和未来发展目标。

从 1970 年至 1987 年，作为《自然主义手册》主编的亨利·密特朗对当代左拉研究要全面问题化具有清醒意识。在左拉之友新文学协会的支持下，亨利·密特朗与期刊编委会同人们一直尝试将《自然主义手册》打造成引领当代左拉研究方向的学术型期刊。而要实现这一目标，问题的关键还在于找准方向和解决问题的途径。于是期刊编委们竭尽全力通过确定阶段性研究目标，以将当代左拉研究不断问题化的方式推动左拉研究朝着学术化、专业化方向发展。其实，学术研究的专业化和问题化在欧洲学术界很早便形成了既定的传统，正如活跃在 20 世纪五六十年代法国史学界的知名学者埃德加·莫兰所指出的那样："欧洲的首要和最终特点就是问题化……所有这些原则、思想、证据、理论基础一经问世便立即成为被质疑的对象。欧洲文化始终被问题所左右。"①

在当代左拉研究领域，将研究课题不断问题化也是杂志社负责人在推进左拉研究过程中必须要思考和解决的现实问题。对于左拉研究者来说，若要将左拉研究视为一项学术研究的重要项目或者文化工程，最重要的是要将左拉及自然主义的基本文学概念或范畴、左拉思想形成的起源、左拉一生创作的文学作品主题及其作品中塑造的代表性人物形象分类及评价、自然主义手法的确切内涵以及如何界定、左拉与 19 世纪科学思想之间的关系等问题，重新纳入反思框架范围之内。推动学术发展，尤其是纠正人们对于左拉及自然主义文学长期形成的偏见，即使对那些已成定论的命题或者被视为合理合法的判断，都是可以进行再思考与反思的。实际上，当代左拉研究的问题化就是要对传统学院派批评家的左拉研究模式，尤其是大学批评和马克思主义批评对左拉及自然主义的论断，重新进行反思与批判。在 1950 年之前，人们对传统学院派批评和马克思主义批评有关自然主义文学所做出的评价普遍持认可或赞同态度。然而到了 20 世纪五六十年代，这两大批评流派的论断

---

① 埃德加·莫兰：《反思欧洲》，康征、齐小曼译，北京：生活·读书·新知三联书店，2005 年，第 77 页。

却成了被质疑的对象。二战后法国学界的左拉研究者开始对这种主流批评界对左拉文学成就全盘否定的做法提出了质疑，认为主流批评界对左拉作品的一系列判断与评价都必须进行重新审视。于是上述的"盖棺定论"不久便成为问题，而且永远成为问题。

正是《自然主义手册》对主流批评界简单化论断的全面质疑和追问才不断唤醒当代左拉研究者的问题意识，进而让他们放弃过时的文学观念和成见，重新投入对左拉文本的解读与阐释等专业研究活动中。

由此可见，学术研究问题化可以促进左拉研究者不断拓展研究空间，推动左拉研究不断深入与发展。学术研究问题化的重要性及其有效性后来在当代左拉研究领域里表现得十分明显，因为学者们通过不间断的质疑和探讨，通过对某些过去被忽略的问题，如女性主义、视觉、城市景观等问题的提出和探讨，最终促使一门专学即"左拉学"的形成与发展。不过，学术问题化的难处也同样存在。因为学术研究问题化的关键是要对以往主流批评界的权威话语或论断进行反思，要对其偏颇之处加以纠正，甚至对其武断的评价要加以颠覆与解构，最关键的是要运用不同于以往的阐释方法、策略和批评话语去扭转和改变大众读者头脑中的顽念与认知，尤其是扭转那些根深蒂固的陈旧观念，促使读者大众的价值认同迅速发生转变。所以，推动当代左拉研究问题化的难点在于如何塑造和培育读者大众，尤其是建立关于左拉及自然主义文学价值的全新认知和知识框架，结束过去主流批评界对于左拉及自然主义全盘否定的做法，让当代左拉研究逐渐呈现出多元化的开放格局。

学术研究问题化最终的实现是需要具备很多主客观条件的。《自然主义手册》杂志社在推进当代左拉研究问题化过程中，赶上了一个好的历史机遇，即二战后法国迎来了一个较为理想的新文化语境，这样的历史文化语境为当代左拉研究提供了较理想的思考氛围和丰富的文化理论资源。"1968年法国五月运动所导致的剧变……它把结构主义压抑了的东西翻腾了出来。'历史'再次成为讨论的话题，甚至在语言学家那里，也是如此。"[①] 20世纪七八十年

---

① 弗朗索瓦·多斯：《从结构到解构——法国20世纪思想主潮》，季广茂译，第158、160页。

代法国思想界各种思想流派的交锋和争鸣也给当代左拉研究问题化带来了契机和可以开拓的研究空间。值得一提的是结构主义理论及其他新兴学科的研究方法给《自然主义手册》的办刊人以及与杂志社密切合作的整个学术研究团队提供了有关当代左拉研究的很多新思路和新设想。

在这里需要特别强调的一点就是 20 世纪六七十年代结构主义批评的兴起不仅给二战后法国文学批评注入了活力，也给当代左拉研究带来了发展契机。结构主义批评特别关注文本符号中的意指作用，关注文本言语的意义生成技巧问题，即文本如何通过符号的能指、所指的意指作用、通过其技巧（表达或结构）而建构其意义。"结构主义对于人类意义的'被建构性'的强调代表了一种重大的进步，意义既不是私人经验也不是神所命令发生的事件：它是一些共享的表意系统的产物。"① 受结构主义批评方法的启发与影响，当代左拉研究学者们也将研究视角转向了左拉的自然主义巨著《卢贡-马卡尔家族》等系列小说，针对该巨著中不同系列的小说文本，他们提出了解读和阐释文本的新方法和新路径。到了 20 世纪 80 年代，解构主义理论话语和批评方法又开始在学界被广泛接受。解构主义批评家发现"经典结构主义愿意用以进行工作的二元对立代表着各种意识形态的一种典型的认识方式"② 的弊端，于是他们力图打破这种二元对立的思维方式，尤其在文本分析中尝试颠覆这种二元对立的解读方式。他们提出必须打破文学研究只关注封闭结构的理念，强调向历史化方向开放和向历史哲学回归，即从注重文本阐释，再回到主体问题的探讨上。在这一转变过程中，福柯对历史观念连续性的解构、克里斯蒂娃关于互文性和文本间性概念内涵的论述、阿尔都塞有关国家意识形态观念的再阐释，都对法国学界的学术研究产生了极大影响。"解构试图揭示文本的多义性，揭示所言之物的模棱两可，运用的工具是不可判定之物。"③ 可以这么说，当代左拉研究之所以会出现那么多新的话题，在诸多领域里都能展开与其他学科研究相关话题的对话和交流，恰恰是因为二战后法国结构主义和解构主义文论繁荣给左拉研究者提供了不同的文化视角和批

---

① 特里·伊格尔顿：《二十世纪西方文学理论》，伍晓明译，第 113 页。
② 同上书，第 141 页。
③ 弗朗索瓦·多斯：《从结构到解构——法国 20 世纪思想主潮》，季广茂译，第 282 页。

评方法。在这十七年（1970—1987）中，《自然主义手册》杂志社以及编委会也巧妙地利用这样有利的历史机遇，以专业期刊为平台，通过组织相关话题的左拉学术研究讨论会的形式，引导学界左拉研究专业人员利用当代思想界的各种理论话语和批评方法，推动这一时期左拉研究朝着学科化、专业化方向发展。

从这十七年左拉研究所取得的具体成绩来看，《自然主义手册》杂志社在推进当代左拉研究问题化过程中发挥了积极引导作用，尤其是期刊主编亨利·密特朗教授结合 20 世纪七八十年代结构主义和新马克思主义批评勃兴给人文社会科学研究带来的新思路和不同分析方法，采取了一系列非常有成效的措施来调动学者们的学术研究热情，开启左拉研究新模式。在这十七年来杂志社取得的丰硕成果的基础上，笔者将对这一时期《自然主义手册》杂志社所采取的具体有效的策略和做法，包括所取得的成绩进行综合性研究。

《自然主义手册》从创刊直至 1974 年，基本的出刊节奏是一年两期。自 1970 年第 39 期至 1974 年第 48 期，期刊仍一年出版两期，共出版了 10 期杂志。但是 1975 年，由于印刷工价、纸张涨价和出版经费有限，《自然主义手册》杂志社借鉴姊妹刊物《巴尔扎克年》的做法，改为年刊，每年只出版一期。于是自 1975 年第 49 期开始，至 1987 年第 61 期，总共出版了 13 期。笔者对这十七年间《自然主义手册》所刊载的各类文章数量做了如下统计：该期刊总共出版了 23 期，所刊载的各类文章总计 367 篇，其中涉及左拉研究的专题论文约有 179 篇，约占杂志全部文献成果的 49%，研究性论文成果比例明显高于其他专栏及综述信息，这些都反映了期刊越来越转向学术型和专业化研究。在这 23 期中，有 5 期是以专号和特辑形式出版的，这些专号特辑所刊载的论文及文章都是法国本土或域外学者在有关左拉研究的国际学术研讨会上的发言或演讲。

梳理和研究十七年来《自然主义手册》刊载的各类论文文献资料，可以发现该刊在将当代左拉研究问题化过程中采取了一些有针对性的策略和做法来引导和推动当代左拉研究方向，现将之做初步汇总与归纳。

首先，依据编年史的体例，从期刊出版发行时间上，我们可以将这些当代左拉研究的学术成果分为两个不同阶段，结合这两个不同阶段，我们再探讨一下该刊在不同阶段里都采取了何种策略来推动左拉研究问题化的发展。

　　20世纪70年代初期至80年代中后期，当代左拉研究可以分成两大阶段：第一个研究阶段（1970—1979），是《自然主义手册》进入拓展时期的最关键的十年。在这十年期间，该刊在左拉之友新文学协会支持下积极推动左拉研究，并取得了令人惊喜的成就，不仅打开了当代左拉研究的新局面，而且还不断扩大左拉研究队伍。期刊编委会通过精心策划，采取与国外高校合作共同举办国际学术会议等形式，积极扩大当代左拉研究的影响力，让左拉研究走出国门，从法国本土向加拿大等地扩展延伸。此外，《自然主义手册》杂志社还邀请域外致力于左拉及自然主义文学研究的高校科研人员参与本土左拉研究项目工程。

　　在这十年当中，该刊确立了左拉研究阶段性的新目标，并且对左拉研究领域的研究性话题加以明确的引导。《自然主义手册》杂志社通过多次组织国际或国内左拉研究的专题学术研讨会，借助各国左拉研究领域的新生力量，寻找共同或者相关的话题，就某一领域的问题展开对话与学术交流。在对话和交流中，各国学者交换彼此的研究心得，不断提出新的研究设想和思路。从这十年《自然主义手册》刊载的文章所涉及的议题来看，左拉研究者比较关注如下三个方面的话题：（1）转向对左拉一些有代表性的小说文本的阐释性研究。这一时期左拉研究学者们主要选择左拉自然主义文学巨著《卢贡-马卡尔家族》中的作品，例如《萌芽》《小酒店》《娜娜》《贪欲的角逐》《卢贡家族的命运》《巴斯卡医生》等，从不同视角解读和阐释左拉小说文本中的意象及象征性主题；（2）围绕着左拉的宗教思想、福音主义、科学思想形成背后的社会因素展开讨论，揭示左拉政治思想、宗教意识及科学思想的形成与时代之间的密切关系；（3）转向如何阅读与阐释左拉的方法与策略的探讨。

　　第二个研究阶段（1980—1987）是该刊进入全面拓展的重要时期，该阶段持续时间约八年，这样划分是从期刊责任人管理权限角度来考虑的，因为这八年中《自然主义手册》所有的项目和课题研究均由第三任主编亨利·密特朗教授全权负责和策划。20世纪80年代中后期，在《自然主义手册》杂志社的推动下，左拉研究也逐渐成为法国学界的研究热点。20世纪80年代，新生代的左拉研究者已经受邀参加法国中等和高等教育考试教材的编写工作。由于当代左拉研究问题化的不断深入，读者大众已经改变了对左拉自然主义小说价值的看法。《萌芽》《小酒店》《卢贡家族的命运》等作品已经被纳入高中毕业会考的出题范围，这为进一步推动左拉小说文本的经典化奠定了基础。这八年，又因为正值左拉代表作《萌芽》《小酒店》《土地》等作品发表百年的纪念日，所以杂志社为了庆祝，多次在法国本土以及加拿大等地组织相关议题的学术研讨会，其重要研究性论文成果以专号和特辑的形式陆续被刊载于《自然主义手册》上。从这八年间该期刊刊载的文章所涉及的主题来看，左拉研究者们集中探讨了如下五个方面的问题：（1）从文学与政治之间的关系的角度探讨左拉小说《萌芽》《普拉桑的征服》《劳动》等文本中的意识形态问题和乌托邦话语；（2）在比较文学视域下探讨左拉作品在域外的译介与接受问题，集中探讨左拉对欧洲现代文学转型所产生的影响；（3）重点探讨左拉作品中的核心文学主题，主要涉及《小酒店》中水的主题、《娜娜》中的灾难主题、《繁殖》中的乳房崇拜主题等；（4）侧重于探讨传记新史料的发现价值和传记写作的技巧问题，尤其关注左拉与塞尚等印象派画家之间交往的新史料文献的整理性研究，还涉及左拉与福楼拜、莫泊桑之间的文学交往及友谊关系，从而引申出"梅塘集团神话形成"问题；（5）主要围绕《萌芽》《小酒店》《卢贡家族的命运》等重要文本的价值展开探讨，推进这些文本的经典化过程。

其次，依据这两个阶段《自然主义手册》在左拉研究问题化方面所开展的研究情况，笔者将期刊上集中探讨的问题类型再做进一步的分类与归纳，结合对这些问题类型的考察，重点探讨《自然主义手册》杂志社为何在两个阶段侧重的问题类型具有显著的不同。此外，笔者还将结合这两个阶段杂志社在推动左拉研究问题化方面所采取的策略，尝试探讨这些问题类型之所以成为某一阶段左拉研究领域的核心问题和热点问题，其背后的理论依据究竟是什么。总之，在对这些问题类型进行梳理与归纳时，笔者发现这样一个现象，即当代左拉研究问题化的发展趋势和方向其实是追随法国本土文化界和知识界的理论思潮和理论话语的转换及演变轨迹的。这两个阶段期刊集中探讨的问题类型明显表现出两大特征：第一个阶段更侧重于文本研究，属于文学研究的范畴，研究者大都将文本阅读与再阐释视为主要目标。这些文本阐释不侧重作家主体及历史语境问题的考察，而只针对文本这个文化产品的语言符号系统及叙事结构。第二个阶段重新回到作家"主体"问题的研究。由于置身于20世纪七八十年代思想观念极具变革的文化场，当代左拉研究者大都站在新的历史起点上去从事左拉研究。他们不像19世纪80年代传统学院派批评家那样关起门来做孤立的研究，而是更关注新兴学科的发展，善于借鉴其他领域研究的相关话题和思路，拓展研究视域和变换研究方法。当然当代左拉研究者之所以在研究领域里有所突破，很重要的一点是他们置身于二战后知识界急速变革的时代，能够及时获得各种新理论、新观念、新方法的启迪。到了20世纪80年代，当代左拉研究在问题化意识的引导下，逐渐超越本研究领域，向其他领域延伸，包括转向政治学、精神分析等相关研究领域，最终从狭隘的文学研究转向了更为宽广的文化研究。

第三节　文化视野、研究策略的变化与二战后当代左拉研究问题意识的转变

　　20世纪60年代结构主义新批评兴起，尤其是"20世纪六七十年代，文学理论在法国走向辉煌，仿佛信仰一变，转瞬间法国便消弭了将近一个世纪的落伍。要知道在此前，法国文学研究既没有经历过俄国的形式主义，也没有滋养出捷克斯洛伐克的'布拉格学派'或英、美的新批评学派，更不用提利奥·斯皮策的风格学、恩斯特·库尔提乌斯的拓扑学、贝内代托·克罗齐的反实证主义、吉安弗朗科·孔蒂尼的变体考证学、'日内瓦学派'、'意识流'、F.R.利维斯及其剑桥弟子推出的'反理论主义'……情况很快发生了变化……法国理论一时间跃居世界文学理论研究的前沿……1970年前后，文学理论如日中天，令我们那一代年轻人为之癫狂。新的理论争奇斗艳：'新批评''诗学''结构主义''符号学'等，不一而足"①。到了20世纪七八十年

①　安托万·孔帕尼翁：《理论的幽灵：文学与常识》，吴泓缈、汪捷宇译，南京：南京大学出版社，2018年，第1—3页。

代，以"巴黎学派"① 为代表的符号学批评理论在法国得以建立与发展，法国也因此成为二战后欧美现代文学理论的发源地和中心。二战后法国学界涌现出一批才华横溢的思想家、哲学家、心理学家、语言学家和文学理论家，如罗兰·巴尔特、福柯、德里达、格雷马斯、托多罗夫、克里斯蒂娃、热奈特等。毫无疑问，正是这批知识精英的崛起使法国学界在二战后欧美理论界的话语权及学术影响力得以迅速提升。这些理论家都积极投身于社会、文化现象和文学意义的研究。他们尝试对西方思想史、知识体系、文学史、语言结构、精神结构、文学文本意义的生产等诸多问题做出新的解释。他们提出了理解与阐释社会、文化和文学文本意义等方面的诸多新观点与新方法。这些新观点与新方法不仅给二战后法国现代文学批评注入了活力，也给传统文学研究带来了冲击。二战后法国文坛上这些现代文学理论的建立、新的批评话语和不同研究方法的出现，同样也为当代左拉研究者重新解读左拉自然主义小说文本的意义，提供了新的视角。

二战后这些现代文学理论给当代左拉研究问题化带来了有利条件，各种思想流派的交锋和争鸣为当代左拉研究开拓了新的研究空间。二战后最具有代表性的现代文论就是结构主义新批评。"结构主义通过分析那些无意识中起作用的结构（语言结构、精神结构、社会结构）来取代现象学对意识进行的描述。正因为结构主义对意义是如何产生的感兴趣，所以它常常把读者视为产生意义的潜在代码的接收地，同时又视为意义的能动主体……在文学研究中，结构主义促进了一种热衷于程式的诗学发展，这是一些使文学作品成为可能的程式。它并不寻求对作品做出新的解读，而是去理解作品怎样具有了其现有的意义和效果。"② 结构主义批评也可以被视为二战后法国学界出现的一种新的现代批评类型。国内学者对此也早有专门论述："法国的新批评晚于英美新批评，它不是一个具体的理论或流派，而是二战后在法国出现的多种文学批评新方法的总称。新批评这个词也不是巴尔特的发明和自封，而

---

① 巴黎学派指的是 20 世纪 60—80 年代由罗兰·巴尔特、格雷马斯等一批结构主义新批评家创建的关注语言符号研究的学派。见布朗温·马丁、费利齐塔斯·林厄姆《符号学核心术语》，张凌注，北京：外语教学与研究出版社，2016 年，导读第 xii 页和正文第 3 页。

② 乔纳森·卡勒：《文学理论入门》，李平译，南京：译林出版社，2013 年，第 129 页。

是在新批评之争中，旧批评给新批评家们贴上的一个嘲讽性标签，首次出现在皮卡尔1964年发表的抨击性文章《巴尔特与新批评》中。被归入这一名称下的新批评家，除了巴尔特，还有让·斯塔洛宾斯基、让-皮埃尔·理查尔、让-保罗·韦博、瑟尔日·杜布罗夫斯基、夏尔·莫隆，他们各自的批评方法其实区别很大，唯一的共同点就是在阐释文学作品时拒绝使用朗松创立的、已经蜕变为朗松主义的文学史方法。"①

　　如上面引文所述的那样，战后法国结构主义新批评其实是涵盖多种文学批评新方法的，乔纳森·卡勒指出："结构主义最初是在人类学研究中发展起来的（克洛德·列维-斯特劳斯），之后又在文学与文化研究中（罗曼·雅克布森、罗兰·巴尔特、热拉尔·热奈特），在心理分析领域（雅克·拉康），在思想史（米歇尔·福柯）和马克思主义理论（路易·阿尔都塞）中都得到发展。"②正因为结构主义涵盖多种新批评方法，所以二战后左拉研究者将结构主义引入当代左拉研究领域，这样做必然是事半功倍的。由于采纳和借鉴了结构主义新批评中诸多研究方法，当代左拉研究后来在五个不同研究领域里均取得了显著的成就，如"新传记批评、历史批评与手稿研究、社会学批评、主题与精神分析批评、叙事学批评"③。当然，在谈及结构主义新批评中的诸多研究方法时，需要提及符号学分析方法，该研究方法为二战后左拉研究者转向左拉小说的阅读提供了非常大的启迪与帮助。符号学是20世纪六七十年代巴黎符号学派创立的，也是该批评学派的代表性成果。④"20世纪60年代起，符号学得到较快发展，真正成为一门独立的学科。它在法国、美国、意大利、苏联等国家发展迅猛，并很快超越国界和意识形态限制，形成统一的国际学术运动，席卷全世界众多国家和地区。在研究领域方面，它也在不断扩大，涉及电影、广告、建筑、音乐、心理、法律等。"⑤法国符号学研究者虽然也注重语言符号和非语言符号的研究，但是他们更关注

---

① 秦海鹰：《罗兰·巴特与法国新批评之争》，《中国文艺评论》2016年第11期，第47页。

② 乔纳森·卡勒：《文学理论入门》，李平译，第129页。

③ Alain Pagès, *Emile Zola Bilan critique*, Paris: Editions Nathan Université, 1993, pp.6–28.

④ 参阅安娜·埃诺《符号学简史》译序，怀宇译，天津：百花文艺出版社，2005年，第1页。

⑤ 参阅布朗温·马丁、费利齐塔斯·林厄姆《符号学核心术语》，张凌注，导读，第xii页。

语义研究，尤其看重意指系统的研究。法国符号学研究者看重文本言语的意义技巧问题，即文本如何通过其技巧（表达或结构）而获得意义。受结构主义新批评及方法的启发与影响，当代左拉研究者们开始将研究视角转向左拉的自然主义巨著《卢贡-马卡尔家族》等系列小说，针对不同小说文本，提出了阅读和阐释文本的不同思路和方法。

在这十七年期间（1970—1987），《自然主义手册》刊载了不少反映当代左拉研究的前沿学术成果，主要以论文成果为主。此外，期刊编辑部也举办了十多次大型国际或国内左拉作品研讨会。从这些优秀论文探究的话题和学术研讨会的议题来看，可以发现法国当代文学理论给左拉研究空间的拓展带来了一些影响和变化。这些变化主要表现在两个方面：一是结构主义新批评理论及方法确实推动了当代左拉研究发展，尤其给文本阐释提供了更多思路与分析方法。结构主义新批评尤其强调要抛弃传统大学批评——"朗松主义"的传统文学观，提出要对文学的形式、功能、体制进行全面研究。此外结构主义新批评"不再将作品视为单纯的信息和陈述文，而是视作永恒的生产过程"①，侧重于对作品意义生产过程的关注与研究。受这些新理论批评方法的影响，当代左拉研究者特别关注文本意义的生产过程，将左拉小说文本视为多义空间，从多角度开掘左拉研究的空间。第二个变化是当代左拉研究逐步从对文学作品的阐释性研究，转向了回归主体，即主体与历史的研究，后者也是 20 世纪七八十年代文化研究领域里的关键性问题。

从这十七年期刊上刊载的论文类型来看，法国现当代文学理论为当代左拉研究者提供了不少新思路和问题化的话题，这首先体现在对左拉一些自然主义文本主题及内涵的阐释与研究上。从《自然主义手册》（1970—1979）刊载的研究性论文探讨的问题类型来看，这一时期当代左拉研究者侧重对左拉若干小说文本的阐释与分析，很多学者尝试借鉴结构主义批评分析方法或精神分析学方法，从新的角度去解读左拉小说文本所蕴含的丰富内涵。很多左拉研究者选择了《卢贡-马卡尔家族》系列作品中的《萌芽》《小酒店》和

---

① 参阅朱莉娅·克里斯蒂娃《符号学：符义分析探索集》，史忠义等译，上海：复旦大学出版社，2015 年，译者序部分。

《娜娜》这三部有代表性的文本作为解读的对象，他们要阐释的核心问题大多集中在文本叙事结构、颜色符号意指作用、罪恶或禁忌主题以及神话原型意象等。例如：大卫·巴格莱的《形象与象征：左拉作品中的红色污迹》（刊载于《自然主义手册》39 期，1970）、奥古斯特·德扎莱的《阿利亚那之线：从形象到迷宫结构》（刊载于《自然主义手册》40 期，1970）、卡特琳·图宾和耶夫·玛丽娜的《钥匙与门——论〈巴斯卡医生〉的象征性》（刊载于《自然主义手册》41 期，1971）、让-玛丽·柏斯的《〈生之快乐〉中的鲍莉娜的性教育》（刊载于《自然主义手册》41 期，1971）、梅勒维·泽姆曼的《〈萌芽〉中的人与自然》（刊载于《自然主义手册》44 期，1972）、德尼斯·穆勒-康贝尔的《埃米尔·左拉作品中的男性犯罪主题》（刊载于《自然主义手册》46 期，1973）、阿兰·帕热的《〈娜娜〉中的红、黄、绿、蓝——颜色系统性研究》（刊载于《自然主义手册》49 期，1975）、罗谢·里波尔的《〈萌芽〉的未来：毁灭与再生》（刊载于《自然主义手册》50 期，1976）、贝尔纳·吉奥利的《〈贪欲的角逐〉中的冷与热》（刊载于《自然主义手册》51 期，1977）、大卫·巴格莱的《〈小酒店〉中的仪式与悲剧》（刊载于《自然主义手册》52 期，1978）、皮埃尔·奥贝利的《左拉作品中对耶稣的效仿：以〈萌芽〉为例》（刊载于《自然主义手册》53 期，1979）、罗贝尔·奥洛朗肖的《可读性、〈土地〉的总体结构与元批评话语》（刊载于《自然主义手册》53 期，1979）、玛丽-约瑟·卡萨尔和帕斯卡·约维勒的《〈小酒店〉中的"水"主题》（刊载于《自然主义手册》55 期，1981）等。

从这一时期《自然主义手册》刊载的论文成果来看，可以明显发现 20 世纪 70 年代左拉研究探讨的问题类型比较集中，主要凸显了当代左拉研究模式的基本特征，即重视对左拉小说文本主题及文本叙事结构的阐释与分析。这些问题类型的出现应该说与这一时期结构主义批评、精神分析学和解构主义所关注的符号意指、被压抑主体的欲望与无意识有着密切的关联。

总之，在这十七年期间（1970—1987），由于受法国现当代文论研究话题不断拓展和研究方法不断变换的影响，当代左拉研究的问题意识与探讨的话题均出现了相应的变化与调整，即从 70 年代初局限于文本层面上的阐释，局限于文学研究话题的探讨，到 80 年代初逐渐转向更为广泛的文化研究领域。这一转变趋势可以从《自然主义手册》杂志社这一时期举办的四次大型国际学术研讨会探讨的议题以及期刊刊载的论文主题内容上看出来。在这十七年，杂志社组织召开了四次规模较大的国际学术会议，所确定的会议议题和探讨的话题涉及面十分广泛。例如：1971 年在伦敦举办的"埃米尔·左拉国际学术研讨会"，是纪念左拉《卢贡-马卡尔家族》家族系列小说出版一百周年。该研讨会以《卢贡-马卡尔家族》为核心，从家族小说的构思过程探讨左拉文学创作的最初动机、《卢贡-马卡尔家族》整体结构及文学主题的最初构想、艺术风格以及影视改编等问题。1976 年在法国瓦伦西安娜大学举办了"《萌芽》与法国工人运动学术研讨会"，围绕《萌芽》与 19 世纪后半叶欧洲工人运动之间的关系来探讨左拉的《萌芽》对法国工人运动的影响力。从会议议题上来看，此次研讨会所讨论的话题已转向了文学与工人运动之间关系的政治话题。1978 年 9 月，《自然主义手册》杂志社与加拿大多伦多大学联合举办"关于《小酒店》的国际学术研讨会"，围绕《小酒店》与工人阶级历史处境探讨左拉小说中的现实主义、劳动话语和作家提出的工人阶级处境问题的解决方案等问题。1979 年 6 月杂志社在法国利摩日大学又召开了"左拉与共和精神"专题研讨会，围绕左拉文学生涯不同阶段的思想及政治立场演变探讨作家与政治制度、左拉小说中的意识形态、隐含政治、关于欧洲学界对左拉的接受以及作家晚年介入德莱福斯案件历史过程等五个方面的话题。从这些学术研讨会不同议题的设计上，可以看出当代左拉研究关注的话题范围十分广泛。如上所述，20 世纪七八十年代文化研究视角的引入对于拓展和挖掘《卢贡家族的命运》《小酒店》和《萌芽》等作品中所蕴含的现代性价值具有开创性意义。

　　20 世纪 70 年代末至 80 年代中后期，随着文化研究成为学界的研究热点，《自然主义手册》也刊载了相当数量的文化研究类的论文成果，主要探讨左拉的政治思想的演变以及文本中的意识形态话语。如吉奥夫·沃伦的《〈萌芽〉：昆虫的一生》、F. W. J. 海明斯的《从〈杰克〉到〈萌芽〉：都德与左拉眼中的无产者》（上述论文刊载于《自然主义手册》第 50 期，1976）；科莱特·贝克的《〈小酒店〉中的工人阶级状况》、佩特莱的《〈小酒店〉中的劳动话语》、瓦尔克的《〈小酒店〉与左拉的宗教思想》（上述论文刊载于《自然主义手册》第 54 期，1980)；让娜·盖亚尔的《左拉与道德秩序》、哈尼娜·苏瓦拉《左拉关于文学的使命与作家的职责》、罗谢·里波尔的《左拉作品中的文学与政治（1879—1881)》、罗伯特·J.尼斯的《左拉与资本主义：社会达尔文主义》、大卫·巴格莱的《从论战叙事到乌托邦话语：左拉共和派福音书》、奥古斯特·德扎莱的《神话与历史：左拉作品中的罗马形象》(上述文章刊载于《自然主义手册》第 54 期，1980)。

从上述这些文章讨论的话题来看，20 世纪 70 年代末的很多左拉研究者，尤其是来自加拿大和美国学界的左拉研究者，热衷于选择从文化研究视角探讨左拉文本中关于工人阶级文化身份建构、作家意识形态立场表达、达尔文主义思潮在第二帝国时期的传播问题等。20 世纪 70 年代末到 80 年代中叶，在当代左拉研究领域中，文化研究方法的引入可以说触及了文学与政治、文学与文化生产等更广泛的热门话题，这显然拓宽了这一时期当代左拉研究的阐释空间。此外需要补充说明的一点就是，受解构主义和历史主义批评的影响，北美学界在 20 世纪 80 年代转向了文化研究，他们比较专注于结合当下社会的热点问题去探讨学术问题。这一时期，在主编亨利·密特朗的积极撮合下，《自然主义手册》编辑部、巴黎三大及八大几所高校与加拿大多伦多大学和美国哥伦比亚大学展开国际合作，共同致力于当代左拉研究课题研究。受北美学界文化研究的推动，当代左拉研究不仅仅要研究和阐释左拉小说的叙事话语、语言结构、文本性、修辞表达，还要结合历史、语境、媒介、性别、阶级、种族、身份政治等各种问题展开讨论。这样一来，当代左拉研究领域便逐步得到扩展。新的合作研究计划不断推动当代左拉研究从狭义上的文学研究向广义上的文化研究转型。自 20 世纪 60 年代中期至 70 年代初，欧美学者逐渐对法国结构主义新批评存在的明显局限性有所察觉并提出了尖锐的批评。他们指出结构主义批评家过于重视对文本结构的研究而忽略文学作品生产的历史与社会语境，尤其对作者主体及主体性作用的否定提出异议。他们认为这种做法已使文学研究失去了独特的价值和社会意义。因此他们主张要借助于阐释文化现象更全面地揭示左拉文本蕴含的社会政治批判意义。例如：《自然主义手册》于 1980 年第 54 期刊载了美国杜克大学罗伯特·J.尼斯教授的优秀论文，即《左拉与资本主义：社会达尔文主义》。作者罗伯特·J.尼斯在论文中通过对左拉小说文本《巴黎之腹》《贪欲的角逐》《卢贡大人》《妇女乐园》《金钱》《崩溃》等的概括性分析，从文化研究视角探讨了左拉自然主义文学巨著《卢贡-马卡尔家族》所蕴含的政治文化含义。他指出左拉创作的这些小说都深刻描绘和揭示了第二帝国时期巴黎商业社会中各种残酷的生存斗争，并通过作品中主要人物的命运悲剧揭示了社会达尔文主义的危害性。

这十七年来，当代法国左拉研究在其发展与演进过程中出现了上述两大明显的转变和两大新趋势，均与这一时期二战后法国当代文学理论批评方法的发展存在密切联系，也是文学研究和文化研究相互影响、相互借鉴和相互促进的结果。二战后法国当代文学理论及批评方法的出现不仅为当代左拉研究者提供了新的研究视角和思路，而且还让学者们的问题意识不断增强，促使他们转向对文学与现实社会、文学与历史、文学与政治意识形态之间关系问题的再思考。从这些研究成果来看，当代左拉研究更关注当下时代的话题，拓展了文学研究的范围。

第四章　新视角、新方法与文本阐释实践：左拉小说文本研究空间的拓展

第一节　结构主义批评与《卢贡-马卡尔家族》研究空间的拓展

自 1970 年至 1987 年，作为学术期刊《自然主义手册》的主编和当代左拉研究的领军人物，亨利·密特朗一直发挥着引导和推动当代"左拉学"建构的作用。他不仅密切关注结构主义理论探险的进程，随时调整办刊思路，还根据法国知识界各种文化论争和思想交锋涉及的新话题，不断策划和制定当代左拉研究的新课题与新目标。为了推进当代"左拉学"的发展，作为专业协会的左拉之友新文学协会，也与《自然主义手册》杂志社相互配合，不断支持杂志社开展的所有学术研究活动。所以这一时期在文学协会的大力支持和配合下，《自然主义手册》真正发挥了引领二战后法国学界左拉研究方向的作用。杂志社更是紧紧抓住二战后法国人文社会科学发展的有利契机，在左拉研究领域力求有所突破。

20 世纪 60 年代末至 80 年代中期，在影响和推动当代左拉研究不断深入的诸多外部力量中，首先应提及法国结构主义批评理论。结构主义理论及批评方法属于二战后法国形式主义批评范畴，与 19 世纪末和 20 世纪上半叶注重文学史研究的"朗松主义"和注重社会历史因素研究的新马克思主义批评形成对照。法国结构主义新批评是罗兰·巴尔特开创的，他于 20 世纪 50 年

代初投身于批评界，受邀担任专栏作家开启其批评家生涯。1953 年至 1957
年，他为巴黎多个文学杂志的批评专栏撰写文章，开启了其学术生涯第一个
阶段，即"社会神话学"阶段，先后出版了《写作零度》《神话学》等论著。
1965 年至 1971 年，他进入学术生涯的鼎盛时期，先创立了"符号学"，后
与《原样杂志》合作，在克里斯蒂娃的"互文性"概念的基础上提出了后结
构主义文本理论，并出版了《符号学原理》《S/Z》和《符号帝国》等著作。
他利用符号学的方法对文学文本进行意指性批评实践，即关注文本中的象征
性符号与记号，运用符号学分析方法，重新阐明这些符号与记号所蕴含的意
义。罗兰·巴尔特开创的结构主义批评方法对于 20 世纪 60 年代末至 80 年
代法国人文社会科学研究影响甚深，尤其在文学研究领域里，该批评理论及
批评方法被广泛运用于作家文本的解读与阐释之中。

　　结构主义理论的崛起推动了二战后法国人文社会科学的发展，也促进了
文学和文化专业化研究活动的蓬勃开展。结构主义理论之所以受到二战后欧
洲学界众多学者和科研工作者的青睐，其原因就在于"它试图建立一个关于
文学系统自身的模式……结构主义已经努力——并正在努力——为文学研究
建立一个尽可能科学的基础……结构主义的核心就是系统的概念：一个通过
改变自己的特点，但同时保持其系统结构来适应新条件的完整的、自我调节
的实体"①。结构主义新批评在法国发展势头强劲，被学界广泛接受，当代左
拉研究也不例外，必然会在诸多研究领域里深受结构主义批评方法的启发与
影响。结构主义理论及批评方法是以注重文本结构和系统性研究而著称的，
这种关注"结构和系统性概念"的新批评理论视角与方法对于二战后一直苦
苦寻求突破左拉研究传统模式局限性的当代学者们来说，无疑是"雪中送
炭"。结构主义批评注重通过文本结构和符号意指作用的分析从形式角度挖
掘出文本中蕴含的丰富内涵。正是这种批评理论视角与方法给予寻找突破口
的左拉研究者以新的启示。

　　从 1970 年至 1987 年《自然主义手册》杂志社举办的多次专题研讨会和
期刊上刊载的一些研究论文涉及的话题，可以发现在结构主义批评理论的

① 罗伯特·休斯：《文学结构主义》，刘豫译，台北：桂冠图书公司，1994 年，第 11—12 页。

新视角与研究方法的影响与启迪下，当代左拉研究者尝试运用这种形式主义批评方法来阐释左拉作品。当然，在选择哪些文本作为具体阐释对象的过程中，当代左拉研究者不约而同地将目光转向了左拉自然主义文学巨著《卢贡-马卡尔家族》。在很多研究者看来，之所以要选择该巨著作为文本阐释的对象，最重要的因素是因为该巨著不仅具有完整的结构，而且自成体系，这是一部以一个家族五代成员在法兰西第二帝国时期的不同遭遇作为描绘对象的家族小说，它可以为文本阐释实践提供最好的例证。《卢贡-马卡尔家族》共包括 20 部小说。在对这部巨著展开系统研究之前，当代左拉研究者曾经于 20 世纪 50 年代中期至 60 年代尝试对几部屡遭诋毁的小说文本，如《小酒店》《娜娜》和《土地》等展开过研究，试图重新阐释这些小说的独特艺术价值。在对这些文本重新解读取得了初步成就之后，他们逐步扩大研究范围，将研究对象扩展到《莫雷教士的过失》《贪欲的角逐》《崩溃》《普拉桑的征服》《金钱》等。到了 20 世纪 60 年代末，《卢贡-马卡尔家族》中的绝大部分作品均已得到了较为充分的探讨和阐释。从 20 世纪 70 年代开始，当代左拉研究者尝试转向对《卢贡-马卡尔家族》的整体叙事结构、创作意图及其主题演变的探讨，这样做的目标就是力求揭示这部自然主义巨著所蕴含的社会、历史、政治和文化价值。

据笔者统计，从 1970 年《自然主义手册》第 40 期开始至 1987 年第 61 期，该期刊共刊载关于《卢贡-马卡尔家族》方面的研究文章 96 篇，其中围绕巨著《卢贡-马卡尔家族》的整体叙事结构、创作意图以及其主题演变做深入探讨的专题论文有 15 篇，如斯特拉斯堡大学奥古斯特·德扎莱的《阿里亚那之线：从形象到迷宫结构》、比利时列日大学的亚尼娜·格戴妮的《左拉作品中的绘画：一种形式、一个微观世界》、亨利·马莱尔的《关于〈萌芽〉与〈卢贡-马卡尔家族〉》、奥里维耶·高特的《〈卢贡家族的命运〉中的密耶特和西尔维的温柔爱情——一个神话结构》、英国纽卡斯特大学 E.-T. 杜布瓦的《苏哈林：一种意想不到的人物类型》、英国莱塞斯特大学的 F. W. J. 海明斯的《〈卢贡-马卡尔家族〉的意图与实现》、加拿大多伦多大学大卫·巴格莱的《形象与象征：左拉作品中的红色印记》、巴黎八大阿兰·帕热的《〈娜娜〉中的红、黄、绿、蓝——颜色系统性研究》、美国密歇根大学朱赛特·费哈的《〈萌芽〉中的颜色符号学》、内德·德·法里亚的《〈卢贡-马卡尔家族〉中的结构与整体》、罗伯特·J.尼斯的《〈卢贡-马卡尔家族〉中的暴力主题》、诺米·舒尔的《左拉作品中的个体与群体》、让·克洛德的《〈卢贡-马卡尔家族〉与时间的面孔：左拉想象力研究》、R.巴特勒的《〈小酒店〉中的循环结构》、卡特琳·马拉池的《〈卢贡-马卡尔家族〉中'梦'的定位》。这15篇论文从不同角度探讨《卢贡-马卡尔家族》涉及的主题、叙事结构、意象、人物角色、修辞手法等问题。

　　众所周知，由20部小说构成的自然主义巨著《卢贡-马卡尔家族》在左拉的文学创作生涯中占据着重要位置。无论从自然主义与现实主义文学艺术技巧的比较角度还是从当代结构主义新批评的角度，该巨著都是值得深入研究的。不过也有学者十分睿智地指出"左拉的自然主义巨著《卢贡-马卡尔家族》并不构成一个和谐统一的整体"①，因为该巨著从第一部小说《卢贡家族的命运》（1870）发表至最后一部作品《巴斯卡医生》（1893），前后历经了20多年，不仅创作时间跨度大，而且巨著整体结构及各个小说主题和内容之间也存在巨大差异。如果要对该巨著展开系统性研究，研究者势必要预先充分估计到研究的难度，必须慎重思考采用何种研究方法去探讨该巨著的整体结构与内容。

　　所以在确定选择以《卢贡-马卡尔家族》作为研究对象的过程中，当代左拉研究者必须思考从何种视角切入，运用何种研究方法来探讨什么样的问题。而20世纪六七十年代结构主义新批评的崛起确实给当代左拉研究提供了很多关于文本解读的新思路。在这里特别值得一提的就是当代左拉研究学者尝试借鉴罗兰·巴尔特的符号学分析方法对《卢贡-马卡尔家族》展开初步系统性的研究。罗兰·巴尔特在创立符号学时曾经明确指出结构主义符号学不同于以往马克思主义批评和精神分析理论之处在于其研究重心主要针对文本系统内部的意指作用。"符号学应遵循一种内在性原则，应研究意指系统的内部。"② "任何结构主义活动的目的，不论是自省的或是诗学的，都在于

---

① Alain Pagès, *Emile Zola Bilan critique*, 1993, p.58.
② 汪民安：《罗兰·巴特》，长沙：湖南教育出版社，1999年，第109页。

重建一种'对象'，以便在这种重建之中表现这种对象发挥作用的规律，即功能。"①虽然《卢贡-马卡尔家族》是由 20 部不同作品构成的，但是研究者可以将这些文本放在一个彼此有关联性的系统之中加以考察，从中发现形式规律，将之分割、切分，再重新拼合。正是受结构主义符号学分析方法的启发，当代左拉研究者便尝试从叙事结构、人物类型特征、开端及结尾等形式方面对《卢贡-马卡尔家族》进行研究，揭示左拉小说文本中的想象世界特征以及艺术形式的价值。

　　不过，值得一提的是在对由 20 部不同作品构成的《卢贡-马卡尔家族》做系统考察与研究时，很多研究者选择了从颜色符号角度去探讨文本中这些色彩符号的意义。以色彩作为研究的切入点，应该是比较新颖的视角。对左拉《卢贡-马卡尔家族》系列小说中的颜色符号的意指功能展开研究与讨论应该是当代左拉研究领域中的一个冷门话题，因为在以往大学批评和马克思主义批评中，鲜有研究者关注此话题。转向对颜色符号意指作用的分析，是当代左拉研究者从罗兰·巴尔特结构主义符号学分析方法那里获得的启发。罗兰·巴尔特曾于 20 世纪五六十年代为巴黎报刊撰写过一些专栏文章，在这些文章里，他运用了符号学分析方法解读大众广告和一些文学文本。在巴尔特看来，"世界充满着记号，但是这些记号并非都像字母、公路标志或者像军服那样简单明了：它们是极其复杂的……揭示世界记号永远意味着是与对事物的某种无知做斗争"②。而巴尔特特别重视读解行为，认为这是生活于现代都市中的人在生活和工作中所要掌握的本领。他强调符号学的创立就是要研究世界上这些记号。"符号学所研究的是人类如何赋予事物意义……通常我们把物体定义为'用作某物的某物'……实际上没有任何物体没有目的。当然有的物体是以无用的饰物形式存在，但是这些饰物永远具有一种美学的目的性……一部白色电话永远传递着有关某种奢华性或女性的概念；有办公室电话，有传递着某一时代（1925）概念的老式电话。简言之，电话本

---

① 罗兰·巴尔特：《结构主义活动》，收录于《文艺批评文集》，北京：中国人民大学出版社，2010 年，第 256 页。

② 罗兰·巴尔特：《意义的调配》，收录于《符号学历险》，李幼蒸译，北京：中国人民大学出版社，2008 年，第 166 页。

身能够属于一个物体作为记号的系统……物体的意指作用是何时开始的？物体似乎永远是功能性的，当我们把它读解作一个记号时。"①罗兰·巴尔特对大众广告中物品或者照片背后的意义的解读对于当代左拉研究者是极富启发性的。

　　正如很多左拉研究专业人士指出的，在左拉一生创作的小说文本中，颜色这类记号是十分普遍和常见的，但是以往批评家对左拉文本中的这些细节问题比较忽略，或者说对其视而不见，没有给予足够的重视。在当代左拉研究者看来，左拉是一位极其注重细节描绘的自然主义小说家，他不仅在早期中短篇小说中，而且在后来《卢贡-马卡尔家族》系列小说的创作中特别热衷并擅长于描绘物件，包括物品的外观、颜色等，如一件衣服、一辆汽车、一部电话、一件家具或者一个人物的发饰等色彩细节。这些细节描绘其实隐含着一定的美学目的性。对当代左拉研究者来说，关键的问题还是如何透过这些细节描绘去解读这些颜色蕴含的丰富的社会道德、意识形态价值。

　　二战后法国学界最早关注和研究左拉小说文本中的颜色符号开始于20世纪五六十年代的三位左拉研究者，即 M. 基拉尔、新小说作家米歇尔·布托和 G. 戈蒂耶。1953 年，M. 基拉尔率先在《人文科学杂志》上发表了一篇论文，重点探讨《萌芽》中的红、黑、白三种颜色的象征意义。新小说派作家米歇尔·布托对左拉小说文本中颜色符号的研究起于一个特殊原因。他于 20 世纪 60 年代初访问美国，这期间多次被记者询问对左拉自然主义小说的看法，而他本人此前没有系统阅读过左拉的《卢贡-马卡尔家族》系列小说。从美国返回法国后，米歇尔·布托开始认真阅读和研究《卢贡-马卡尔家族》系列作品，并开始关注法国学界当代左拉研究的进展情况。1967 年他发表了一篇论文，即《实验小说家埃米尔·左拉及蓝色火焰》②。他撰写了题辞将此文献给亨利·密特朗，以表示敬意。这一题辞表明米歇尔·布托十分清楚《自然主义手册》创办的意义，更对主编亨利·密特朗长期致力于当代左拉研究表示敬意。布托选择了《卢贡-马卡尔家族》系列小说文本中的蓝色

---

① 罗兰·巴尔特：《符号学历险》，李幼蒸译，第 188、190、198 页。
② 布托：《实验小说家埃米尔·左拉及蓝色火焰》，桂裕芳译，该文被收入《左拉研究文集》。

火焰作为论文研究对象，着重探讨这些意象在文本中起到的作用以及蕴含的象征意义。他在论文中指出，左拉在《卢贡-马卡尔家族》中擅长运用实验小说理论与遗传学分析来塑造人物形象。布托尤其注意到了左拉描绘某些场面时惯常采用的特殊思考方式。在他看来，左拉在小说文本中经常会描绘到血、酒精、烟雾等。他以左拉描绘的很多家族成员的死亡场景为分析对象，以酗酒者老安托万·马卡尔"自燃"所发出的蓝色火焰为例来探讨其中蕴含的深刻象征意义。《卢贡-马卡尔家族》中的老安托万·马卡尔大叔，从家族血液遗传谱系来看他属于马卡尔家族谱系中的一支，与这个家族大部分成员精神气质和习性一样，他生性懒惰、酗酒成性，常被视为卢贡-马卡尔家族的耻辱，逐渐衰老的安托万·马卡尔后来独自在卧室抽烟时因不慎而"自燃"。米歇尔·布托认为，蓝色火焰从视觉上来看是由蓝色和红色组成，两种颜色在小说中均具有隐喻含义。蓝色火焰既来自酗酒者体内积聚的酒精，也来自"自燃"之后体内流淌的"基督之血"，它既有阻止遗传变异、防止血液蜕变的功能，又隐含着上帝对酗酒者的恶行的惩戒。米歇尔·布托从遗传学和宗教道德等不同角度解读了左拉文本中的"蓝色火焰"蕴含的"洗刷罪名、惩戒酗酒恶行"的道德寓意。而 G. 戈蒂耶也曾在《欧洲》杂志上发表文章《左拉与意象》，探讨左拉小说中的色彩意象及其背后的隐喻义。

　　上述三位学者应该是关注和研究左拉《卢贡-马卡尔家族》文本中颜色符号隐喻功能的先驱者。继他们之后，又有三位当代学者涉足左拉《卢贡-马卡尔家族》系列作品中的颜色符号研究。从 1970 年至 1975 年，这三位学者的论文先后发表于《自然主义手册》上，并引起学界高度关注。这三位学者中，阿兰·帕热属于二战后在法国学界崛起的新生代左拉批评家，他是亨利·密特朗的弟子，先后执教于巴黎八大和巴黎三大。另外两位学者分别是多伦多大学的大卫·巴格莱和美国密歇根大学的朱赛特·费哈，他们都积极参加亨利·密特朗在北美高校成立的自然主义文学中心组织的研讨活动，也定期参加《自然主义手册》杂志社举办的左拉研究学术研讨会。1970 年《自然主义手册》第 39 期刊载了大卫·巴格莱的论文，即《形象与象征：左拉作品中的红色印记》，1975 年该刊第 49 期刊载了阿兰·帕热的论文《〈娜娜〉中的红、黄、绿、蓝——颜色系统性研究》和美国密歇根大学朱赛特·费哈的论文《〈萌芽〉中的颜色符号学》。这三篇文章都围绕左拉小说文本中颜色符号的象征意义，探讨其在文本所具有的功能，即意指作用。三位作者从不同角度出发阐释《卢贡-马卡尔家族》系列小说中颜色作为符号或记号在文本情节结构和衬托人物道德面貌方面具有的意指功能。

大卫·巴格莱在《形象与象征：左拉作品中的红色印记》中指出研究左拉小说中的红色印记具有十分重要的意义。他指出："我们不妨建议大家探索一下左拉塑造出的一个充满罪恶感的意象，即红色印记。它看似十分平常，然而令人惊讶的是，左拉常常在其小说中借助这样带有特别意指作用的意象来表达他的用意。"[①] 大卫·巴格莱运用结构主义符号学研究方法解读了《卢贡-马卡尔家族》中关于红色印记的描绘的作用。他认为左拉在多部小说中对红色意象的描绘往往是将红色印记与人物恶行联系在一起。也就是说，左拉小说中的红色印记，除了极小部分与蜡烛的红色烛光有关，更多是与暗红色的血液有关。在左拉小说中，带有血的印记大都是具有隐喻含义的记号。这些被暗红色的血液污染的物体大都是象征物，在这些象征物内部包含着作家想要表达的隐晦内涵。在大卫·巴格莱看来，血所代表的是人的内在生命力与原始生命力的融合，也是生与死的生命源头。然而带血的印记或者伤口这一意象则具有其他隐喻含义，它有时隐喻一个被献祭的物品，有时又隐喻男人最深层的犯罪念头。在《卢贡-马卡尔家族》中，红色的印记通常与人物角色的犯罪行为有关，因此也是对犯罪的隐喻，具有象征含义。研究这一象征物有助于人们更深入地理解左拉文本中这一特殊意象的用意。无论在早期作品《戴蕾斯·拉甘》中左拉对女主人公戴蕾斯的情人洛朗将戴蕾斯丈夫米歇尔谋杀的细节描绘，还是在后来《卢贡-马卡尔家族》系列小说之一的《人兽》中，作家对女主角肉体过失的象征物描绘，红色都极具有隐喻的特殊功能。红色，尤其是红色血斑均是以极其隐蔽的方式揭示或暗喻人物的某种犯罪行为。

阿兰·帕热曾在《〈娜娜〉中的红、黄、绿、蓝——颜色系统性研究》

---

① David Baguley, «Image et symbole: la tache rouge dans l'oeuvre de Zola», *Les Cahiers Naturalistes* No.39, 1970, p.36.

一文中，详细考察了《娜娜》中的四种颜色记号的描绘及其意指功能。阿兰·帕热认为左拉小说中呈现出的想象世界明显表现为一种明暗对比的世界，即在黑白背景对照之下，又添加红色，与之形成鲜明对照，增加视觉的冲击力。按照颜色在小说《娜娜》故事叙述过程中出现的频率，他逐次分析了红、黄、绿、蓝的出现与叙述者所要突出的人物形象的道德和心理特征之间存在的内在隐喻关系。从女主人公娜娜在游艺剧院大厅第一次出场到后来娜娜爱上方堂，决定放弃舞女职业，隐居于乡村，直至她染上天花死去，先后有四种色彩，即红色、黄色、蓝色和绿色出现于小说人物出场的背景环境以及对人物形象的描绘中。在阿兰·帕热看来，《娜娜》中有两个系列颜色组合，第一个系列是黄色和红色的组合，这两种颜色的组合属于最显目和耀眼的明亮色彩，但是这两种色彩蕴含的意义是不同的。娜娜出场时接近裸露的肉体（玫瑰粉色）、游艺剧院的石榴红丝绒椅子（红色）与戏院舞台耀眼的灯光（黄色）配合在一起，这些颜色都令人联想到"淫荡、痴迷和堕落"。左拉是从痴迷娜娜肉体的米法伯爵的视角来描绘这些颜色给他的视觉带来的冲击力的。后来米法伯爵亲赴娜娜居住地，私会娜娜，在娜娜居住的以蓝灰色为背景的卧室里，借着燃烧的蜡烛的红色烛光，他看见了金发娜娜正坐在红色沙发椅上梳妆。小说家在展开情节叙事的同时，通过对各种颜色细节的描绘来突出这种明暗对照的艺术效果。另一个系列颜色组合是蓝色和绿色。蓝色在小说中是最先出现的，左拉第一次描绘娜娜的卧室时，用的是蓝色背景。蓝色代表的是纯洁，尽管娜娜在这一时期已不再是纯洁无瑕的少女，但是在作家深层思想意识里少女时代的娜娜尚处于不情愿自甘堕落的阶段。小说中最初描绘娜娜的私生活，是通过颜色来区分她在不同环境中的心理状态，如她在游艺剧院出场时，用红色舞台来暗示她的悲惨命运，而在她离开游艺剧院回到卧室休息，或者节假日外出度假时，左拉在描绘周围环境时又转向蓝色和绿色。阿兰·帕热在解读《娜娜》中的四种颜色时，指出这些颜色各自所具有的意指作用：红色、黄色代表的是毁灭娜娜的邪恶力量，而明亮的蓝色、深色的绿色，趋于柔和，象征着少女时代的娜娜道德上的纯洁。左拉在小说中先是从红色描绘起，红色代表的是卢贡和马卡尔家族的悲剧性命运。阿兰·帕热认为红色就像这一家族几代人体内所流淌的血液，它几乎玷污了整个大家族所有的成员。这两对（组）色彩几乎处于相互对立的状态。而小说中这些颜色出现的次序是具有隐喻和象征含义的：它们出现的次序与娜娜命运的变化息息相关。此外，左拉在安排这两对处于对立状态的色彩出现的次序时也遵循着绘画色彩对比原则，力求突出明暗对比效果。在阿兰·帕热看来，小说中的四种不同颜色需要从绘画和小说虚构等不同角度去解读其中的意指。从绘画审美角度，色彩组合应遵循三大法则：相近相同的颜色、同时性的对比和衬托细微差异。从小说审美来看，色彩组合也遵循三大原则：限制语义、象征性的对照、细微差别的衬托性描绘。色彩组合要遵循的第一条原则属于基本原则，它只提供内容，色彩组合要遵循的另外两大法则，则是可以不断重新开始的行为。后两个原则中，一个包含价值评判，它需要遵循时间顺序，它比纯粹对照原则显得更为重要。阿兰·帕热的结论是研究《娜娜》中的颜色符号，实际上也是探寻阐释所要遵循的原则。因为凭借某种"令人愉悦的"解释只要与文本想象世界相符合，它就能转变为去建构一种通向文本意义的具有合理性的解释。它追溯的往往是意义生成的过程，既决定着小说主题的严密性，也对之做语义上的规定。在他看来，颜色本身包含着构成系统性的相关或相反的价值判断，颜色不仅具有绘画符码含义，同时也具有使用性价值的含义，在文化和语言层面上，使用不同颜色的组合和"变型"是能够从中生产出一定的意义的。

美国密歇根大学朱赛特·费哈在《〈萌芽〉中的颜色符号学》一文中倡导一种新的阅读法。她建议读者可以在阅读《萌芽》的过程中采用反向阅读方法，即倒着读或从果溯因，观察故事的塑形是如何存在于话语中并伴随着它而逐步形成的，进而以此为出发点，指出接受者在阅读活动中应该如何把握文本中那些能指符号的意指功能。在朱赛特·费哈看来，这样一种高度关注叙事话语的阅读方法最终可以将读者导向对左拉作品（《萌芽》）中色彩符号学的研究。新阅读法可以向接受者揭示出左拉小说文本中的颜色系统。根据对这种阅读经验的调查与总结，她列举出了有些读者在阅读《萌芽》过程中发现和证实的事实：第一，左拉主要采用对照法如实地描绘现实，他倾向于按照自己感知世界的方式如实地描绘现实。第二，尽管左拉在小说创作中使用的"调色板"非常简单，只有几种基本色彩，但是他对色彩非常关注，色彩对左拉而言不是毫无意义和价值的，而是具有符号的意指性。例如在《萌芽》中左拉有意识地描绘被送往矿井深处的白马、浑身被煤炭污染的矿工黢黑的面孔、地下矿井的黑暗、运载煤炭的红色小驳船等。根据对《萌芽》中颜色出现的频率以及次序的排列和统计，朱赛特·费哈指出，尽管人们在《萌芽》中找不到类似于夏多勃里昂式的雍繁夸张的描绘和于斯曼式的精致细腻的描绘，左拉小说文本所描绘的世界虽然谈不上有多少色彩斑斓的成分，小说故事情节始终是在一个由黑、白或红色组成的地下世界运行着，即便如此，作为小说作者的左拉还是在对地下矿井世界的描绘中有意识地突出明暗或色彩亮度的对比。由此，朱赛特·费哈提出这样的观点，即作家左拉特别重视色彩符号的意指性，他在创作中不是被动地接受色彩，而是有意识地选择一些色彩，将之并置起来，然后去决定它们之间的符义关系。朱赛特·费哈以《萌芽》中对地下矿井的黑色王国描绘为例，从作家描绘这个世界使用的"色彩"修饰性的形容词，发现作家选择的这些不起眼的词汇与所要表达的观念和对象是非常贴切的，左拉以忠实于他所看见的现实的态度来创造这些词汇和意象。作为陈述者的左拉始终隐身于这些词汇的背后，完全不承担任何职责，只是充当传达人物思想情感的工具，这样一来，色彩便变成了记号，它对由矿工所构成的那个世界具有意指功能。在解读《萌芽》中的色彩意指功能时，朱赛特·费哈将文本符号编码按照话语和色彩两个不同系统加以区分。首先按照色彩系列，她认为作为小说文本，《萌芽》在内容上要表达矿工阶级和领导他们的那个阶层（资本代表）之间的斗争。她用颜色系统来概括文本中的社会阶级斗争。《萌芽》在表现矿工阶级和资本代表之间的斗争时运用了各自相宜的"色彩场"，即用黑色、蓝色来进行符号编码，使之成为指涉矿工世界的专门色彩，而用白色、天蓝色的色彩符号编码来指涉所有资本、剥削阶级。除了上述四种色彩之外，还使用了其他色彩，例如金色，这个色彩符号编码似乎是专门留给富人或者富裕的矿工（已经资产阶级化了的）的。黄色则定位在两个符号表意轴上，一方面意指太阳、热度和幸福，另一方面也指威胁，即来自煤矿的力量，它隐约指的是那些贴在矿井入口处的机器设备零件价目表（用显目的黄色来标识），此外黄色还与矿工的头发、胡须的颜色有关，它同时也是衰老、衰败之象征。

　　然后朱赛特·费哈又通过颜色术语和叙事话语相互构成的同构关系来解读《萌芽》中的色彩意指功能。她指出从文本第一部分至第七部分，颜色术语与文本叙事构成了同构结构，彼此关联，自始至终相伴进行。按照颜色术语系统在小说中出现的频率与顺序（出现次数统计），朱赛特·费哈列举出了《萌芽》中整个色彩出现数量的百分比统计：黑色（541次，占30.5%）、光明（323次，占23.9%）、红色（121次，占6.8%）、苍白（106次，占5.9%）、白色（92次，占5.4%）、黄色（41次，占2.3%）、蓝色（31次，占1.8%）、绿色（30次，占1.6%）、灰色（20次，占1.1%），色彩成为推动故事行动的标志。例如在小说的第一部分，虽然现实世界是由光明与黑暗构成，但是小说所选择的叙事时刻是黑夜、露天黑夜或者矿区黑夜，黑色从小说第一部分开始便占据了叙事的主要部分。黑色不仅指沃勒煤矿的黑、煤炭之黑、面孔之黑，它也指地下矿井世界，因为白天是被排除在矿工世界之外的，矿工必须没日没夜地劳作。虽然劳作时，应该有光的照明，如借助于废石堆上的炭火、蒸汽锅炉里的火光、蜡烛等，但是黑暗、黑夜、地下微暗的灯光构成了矿工世界的色彩。绿色和蓝色则属于白昼的颜色。红色在小说第一部分中出现次数最少，苍白则出现得比较频繁。然而到了小说第四部分，黑色和红色两种色彩频繁出现，所传达出的意象也变得日渐明显：矿工们夜晚聚集在森林里商讨如何和矿主讨价还价，随着暴风雨来临，暴力威胁增强，矿工们开始以拒绝下到矿井为与矿主谈判的斗争形式，此时黑色曲线下降，黑夜让位于白昼。在小说第五部分，罢工获得了广泛响应，暴力加剧。到了小说第六部分，罢工如火如荼地进行，这时读者可以明显发现红色曲线以最大值形式显示出来。不过随着血与镇压开始，冬季来临，黑色又呈上升趋势，矿工们没有面包、没有火、没有光明，他们身穿丧服，这意味着苦难增强。在小说第七章中，人们可以看到整个矿区似乎又恢复往日的秩序，煤矿罢工被镇压了，一切恢复到了原来的平静状态，资产者恢复了往日平和，冬天又让位于春天，绿色开始出现。但是被摧毁的暴力仍没有被人遗忘（红色微弱存在），那些生存下来的底层人仍怀着复仇欲望，革命的希望之火即将在下一次白昼中爆发。

　　朱赛特·费哈通过解读《萌芽》故事情节的进程，发现文本中色彩术语的出现与故事情节发生几乎处于平行状态，色彩系统在叙事推进过程中具有自动运转功能。由此可见，色彩不仅是信号还是记号，它参与了文本中的意义生产，指示着文本语义世界。朱赛特·费哈通过对《萌芽》中的颜色系统分析与解读，指出政治经济及事件系统、色彩系统、人物系统等在《萌芽》中都是各自分开、各自展开运转的。不过它们之中的每个系统只能依赖关联的其他系统才能得到理解与阐释。文本中的色彩集合体给文本释义增添了意指的宽度，它有利于重新解释一些词句的意义。此外，她还发现，在《萌芽》中，白与黑、黑夜与光明这两组色彩呈现出矛盾对立关系，它们既互相排斥，又可以共存。但是驱动黑色向白色转变，推动黑暗向光明转变的驱动力和原动力，是来自红色。这一色彩也因此成为《萌芽》中最重要的色彩，没有它，一切转变皆无可能。左拉将这一色彩视为比字词更富于意指内涵的一种非语言符号，红色意指暴力和革命。朱赛特·费哈在文章结尾这样总结道："色彩构成了微观世界，而小说情节则构成了宏观的大千世界，所有一切都各成一体，它们相互嵌套、相互补充，彼此解释对方。为了更好地理解其中所包含的意义，必须将它们合成一体，放入更广阔的空间之中，然后才能赋予文本各种不同的意义。我们刚刚所建议的就是对《萌芽》的一种更具有可能性的阅读，通过色彩单方面切入以实现对文本的再阐释。"①

　　从上述三篇论文探讨的问题类型来看，这一时期当代左拉研究学者比较自觉地运用结构主义新批评和符号学分析方法解读《卢贡-马卡尔家族》系列小说中颜色符号的象征性内涵及其意指功能。结构主义研究方法属于形式主义批评，比较关注文本的能指符号的功能及其作用。运用结构主义研究方法来解读《卢贡-马卡尔家族》，从一定程度上突破了传统大学批评左拉研究的僵化模式，颠覆了后者仅仅从作品的题材内容角度去探讨左拉作品的价值的单一维度。结构主义批评方法和符号学分析方法不仅关注文本的意义生产问题，同时也重视读者的读解行为。上述三位学者，大卫·巴格莱、阿

---

　　① Josette Féral: «La sémiotique des couleurs dans *Germinal*», *Les Cahiers Naturalistes*, No.49, 1975, pp.147–148.

兰·帕热和朱赛特·费哈虽然选择了《卢贡-马卡尔家族》中的不同作品作为解读对象，但是他们的研究方法和关注点都具有相似性，他们不约而同地对左拉小说文本中的颜色符号意指作用产生了极大兴趣。大卫·巴格莱研究的是左拉《卢贡-马卡尔家族》作品中的红色印记，强调该颜色暗喻人物的犯罪行为和罪恶。阿兰·帕热研究的是《娜娜》中的红、黄、绿、蓝四种颜色的意指作用。他将这四种颜色符号划分成两组，指出红与黄的颜色组合意指人物的道德堕落，而另外一组绿和蓝的颜色组合，则表示人物内在品行的纯洁。他指出小说中这些颜色出现的次序变化具有隐喻和象征含义，它们出现的次序与娜娜命运的变化息息相关。而朱赛特·费哈研究的是《萌芽》中九种不同颜色符号各自不同的意指功能。她结合文本反向阅读，力求揭示《萌芽》中由色彩所构成的微观世界与小说情节所构成的外在世界，呈现出各自独立，但又相互嵌套、相互补充、彼此解释对方的关系。正如结构主义新批评代表人物罗兰·巴尔特所言："符号学的创立就是要研究世界上这些记号。符号学所研究的是人类如何赋予事物以意义。"强调阅读和阐释行为的价值，重视接受者对文本的阅读经验，这或许是结构主义批评最值得肯定的地方。上述三篇论文运用的读解方法给予读者很大的启发，所以运用结构主义研究方法对《卢贡-马卡尔家族》展开阐释性研究可以提升《卢贡-马卡尔家族》的整体研究水平。

第二节   主题学批评与左拉小说文本内涵的现代阐释

20世纪60—80年代，除结构主义批评对当代左拉研究产生重要影响之外，还有另外一个批评流派对当代"左拉学"学术谱系的建构也产生了不可忽视的影响，这就是主题学批评或曰主题学研究。主题学批评是二战后法国文学批评中一个很重要的批评流派。与结构主义新批评侧重于文学作品形式及叙事结构研究不同的是，主题学批评侧重于文学作品中的题材、中心意旨、思想倾向、核心意象等内容方面的研究。主题属于西方文学理论及比较文学研究领域的术语，与文学作品中反复出现的母题、意象有着密切的关系。从狭义上来看，主题就是指具体文学作品中所表现的中心意旨与稳定的意象。如果这些意旨和意象不仅表现在个别作家的作品中，同时也被其他作家反复运用在文学作品中的话，那么该意旨和意象便具有了母题的功能。有的学者将文学主题视为作家个人对世界的独特态度，"一个诗人心目中的主题范围就是一份目录表，这份目录表说明了他对自己生活的特定环境的典型反应，主题属于主观性范围，是一个心理学的常量，是一个诗人天生就有的"①。此外，"主题还可以指在诸如表现人物心态、感情、姿态的行为和言辞或寓意深刻的背景等作品成分的特别建构中出现的观点"②。

　　在欧洲学界，主题研究最早起源于19世纪初的德国，由格林兄弟对德国民间故事和童话传说的研究所开启，但是主题研究真正进入发展时期，是由于比较文学的出现。有学者这样指出：欧洲学界的"主题研究兴起于19世纪下半叶比较文学的崛起……主题研究打破了时空、语言的限制，把两部或多部作品抽选出的共同主题加以分析比较，通过主题研究可以克服传统上对文学研究专门从历史入手的弊端。初期比较文学的主题研究只把主题视为一个内容要素"③。在论及主题研究时，需要注意的是要将主题研究和主题学研究加以比较和界定，因为两者之间存在一定的联系与交叉，这两种研究都注重文学作品的主题思想、中心意旨和意象内涵的探讨，所不同的是"比较文学的主题研究是一种比较的研究方法；而主题学研究，是一支批评流派"④。从比较文学视域来看，从事主题研究的比较文学学者往往借助于具体主题归类方法来进行一些跨文化影响的研究，譬如，将从不同民族国家语言和历史文化背景下的两部或多部作品抽选出的共同主题加以分析比较，尤其是考察这些主题在不同历史语境下发生的流变。而我们所谈及的主题学批评作为一种文学批评流派，它主要"发轫于20世纪30年代，是法国特定的文

---

① 乌尔里希·韦斯坦因：《比较文学与文学理论》，刘象愚译，沈阳：辽宁人民出版社，1987年，第121—125页。

② 弗朗西斯·约斯特：《比较文学导论》，廖鸿钧等译，长沙：湖南文艺出版社，1988年，第235页。

③ 冯寿农：《漫谈法国主题学批评》，《厦门大学学报（哲学社会科学版）》1989年第2期，第30页。

④ 同上注。

学氛围中孕育和在现象学哲学的催生下落地的"①。从严格意义上说，主题学批评出现于第二次世界大战爆发前20世纪30年代中后期的法国，它是由法国哲学家加斯东·巴什拉（1884—1963）创立的。他于1927年以《论近似的知识》论文而获得法国国家博士学位，1930年进入法国第戎大学文学系任教授，1938年因出版论著《火的精神分析》而在学界一举成名。在该论著中，巴什拉运用认识论的观点，从精神分析角度，探讨关于火的诗意想象方面的不同认识。他在该著作中使用了普罗米修斯情结、恩培多克勒情结、诺瓦利斯情结和霍夫曼情结等精神分析术语、概念来解释人们对于火的本质的想象性认识。他所提出的观念对战后法国文学研究产生了重要影响。从1942年起直至二战后，巴什拉又陆续出版了《水与梦——论物质的想象》《梦想的诗学》《空间的诗学》《空气与梦想》和《土地与意志的遐想》等多部主题学批评论著。由于受巴什拉诗学研究成果的影响，20世纪战后五六十年代法国主题学批评也一度达到了高潮阶段。除了巴什拉、萨特等这些哲学家从事主题学研究之外，法国学界一批年轻学者和文学批评家，如罗兰·巴尔特、加埃唐·皮贡、让-皮埃尔·里夏尔、让·斯塔洛宾斯基等也都运用主题学批评方法从事文学批评活动。

正如法国批评家让-伊夫·塔迪埃曾指出的："来自巴什拉的方法几乎独自孕育着所谓的'新批评'学派。"②在这里，塔迪埃提及的"新批评派"主要指的是以巴黎《新法兰西杂志》和《精神》杂志为阵营从事专栏写作的一批年轻批评家，他们既包括二战后法国学界新崛起的一批年轻学者，也包括瑞士多所大学机构里涌现出的"主题学批评家"。这些新批评家十分崇拜法国哲学家加斯东·巴什拉关于火、水、空气和土地等意象的想象研究，为此他们要继续巴什拉的研究进程，对法国文学史上那些被忽略的题材与主题进行深入研究。这就是后来被让-伊夫·塔迪埃称为日内瓦学派的年轻学者。日内瓦学派主要形成于20世纪六七十年代，其卓越的代表人物有：马塞

---

① 冯寿农：《漫谈法国主题学批评》，《厦门大学学报（哲学社会科学版）》1989年第2期，第31页。
② 让-伊夫·塔迪埃：《20世纪的文学批评》，史忠义译，天津：百花文艺出版社，1998年，第115页。

尔·雷蒙、乔治·普莱、让·鲁塞等。日内瓦学派在主题学批评方面取得了丰硕的成果，这些新批评家出版了很多重要论著，例如：《巴洛克时代的法国文学》（1954）、《形式与意义》（1962）、《普鲁斯特的空间》（1963）、《批评意识》（1970）、《内与外》（1968）等。这些著作对欧洲学界的文学研究产生了积极推动作用。国内学者郭宏安曾对该学派的成就及特色做这样的评价："文学批评的日内瓦学派，在当代批评史著作中，又常常被称作主题批评、现象学批评、意识批评、深层精神分析批评等……其一致性也许仅在于对文学中意识现象的共同关心。"[①] 日内瓦学派批评家将文学批评视为"关于文学的文学，关于意识的意识"，主张"批评的目的在于探寻作者的'我思'"[②]。他们认为文学作品中的主题与题材的选择均与作家的精神结构和主体意识有直接联系，所以探讨创作主体的意识和感受世界的经验模式有助于解读文本的主题意义。日内瓦学派的批评家对巴什拉的主题学批评曾做了创造性的发挥和积极的推进。法国批评家让-伊夫·塔迪埃在《20世纪的文学批评》中将二战后日内瓦学派与巴什拉的主题学批评做了对比，他指出虽然两者之间存在关联性，但是还是具有明显不同，日内瓦学派批评主要是一种"主体意识批评"，而巴什拉主题学批评则是一种"客体意象批评"。不过从创新意识上，加斯东·巴什拉要更胜一筹，他在文学批评史上开启的是一场革命，即"他把题材的意象引入批评，作为研究的主要课题"[③]。也就是说，在巴什拉之前，法国文学史中很多题材和主题往往是被学者和批评家忽略的；巴什拉后，日内瓦学派的批评家尝试深入法国文学史中广泛地考察那些被学者们忽略的题材和主题，从而真正开拓了法国文学研究的空间。

　　毫无疑问，二战后当代左拉研究也深受这一时期兴起的主题学批评方法的影响。关于这一影响，《自然主义手册》第四任主编阿兰·帕热曾在论著《埃米尔·左拉》中指出："主题学研究首次被运用于左拉文本阐释，是由加斯东·巴什拉开创的。在论著《关于火的精神分析》（1949）第六章中，巴什

---

① 参阅郭宏安《批评意识》述要，收录于乔治·布莱《批评意识》，郭宏安译，南昌：百花洲文艺出版社，1993年，第1页。

② 同上注，第4、5页。

③ 让-伊夫·塔迪埃：《20世纪的文学批评》，史忠义译，第115页。

拉用了几页篇幅分析了《巴斯卡医生》中的马卡尔大叔的'自燃'。在巴什拉之后，米歇尔·布托尔又选择了主题学批评方法来探讨左拉小说中的蓝色火焰问题。"①除此之外，阿兰·帕热还提及吉尔·德勒兹也曾致力于左拉作品中的主题与意象问题的研究。

　　当然在战后当代左拉研究领域里，尝试运用主题学批评方法的并不仅限于上述三人，还有许多新生代的批评家和学者。20世纪70年代中期，当结构主义批评光芒逐渐暗淡下来之后，这些当代左拉研究者曾经尝试从主题学研究角度阐释左拉作品中经常出现的主题及意象。据笔者统计，1970—1987年，《自然主义手册》刊载了约350篇各类文章，其中有22篇论文是与主题学批评相关的。这些论文大多涉及左拉小说文本中的暴力、男性犯罪、反智、欲望、深渊、灾难、生殖、乳房崇拜、机器、死亡等主题，还有水、火焰、大海、冷与热等意象问题。上述这些比较有代表性的文章列举如下：加拿大西安大略大学学者大卫·巴格莱的《左拉的反智主义》、美国密歇根大学教授罗伯特·J.尼斯的《〈卢贡-马卡尔家族〉中的暴力主题》、法国学者吉斯兰·古奈惹的《自然主义与爱情》、法国学者菲利普·哈蒙的《〈家常事〉中的人物莫杜伊神父：素材来源与主题》、美国纽约州立大学学者德尼丝·E.墨勒-坎贝尔的《埃米尔·左拉作品中的男性犯罪主题》、法国学者罗谢·里波尔的《〈萌芽〉中的未来：毁灭与再生》、美国学者贝尔纳·乔拉的《〈贪欲的角逐〉中的冷与热》、法国学者安德烈·波梭的《〈人兽〉中的机器主题与幻觉》、加拿大学者朱拉特·D.卡明思卡斯的《〈戴蕾斯·拉甘〉中的深渊颜色》、法国学者乔安·格雷尼尔的《〈生之快乐〉中的大海结构》、法国学者玛丽-约塞·卡萨尔和帕斯卡尔·茹安维勒的《〈小酒店〉中的"水"的主题》、澳大利亚学者马莉丝·罗舍库斯特的《左拉式灾难梦神形象：〈娜娜〉的两个章节》、法国学者卡特琳·马莉娜的《〈繁殖〉中的乳房崇拜》等。

　　在这些有代表性的文章中，值得提及的有四篇论文，它们所涉及和探讨的话题应该说拓展了左拉研究的空间与领域。这四篇代表性文章，列举如下：加拿大学者大卫·巴格莱的《左拉的反智主义》、罗伯尔·J.尼斯

---

①　Alain Pagès, *Emile Zola Bilan critique*, p.19.

的《〈卢贡-马卡尔家族〉中的暴力主题》、安德烈·波梭的《〈人兽〉中的机器主题与幻觉》以及玛丽-约塞·卡萨尔和帕斯卡尔·茹安维勒合作撰写的《〈小酒店〉中的"水"的主题》。这四篇论文不仅探讨了左拉《卢贡-马卡尔家族》中常常出现的精神焦虑、施暴行为、谋杀犯罪和死亡恐惧等问题，而且还从主题学研究角度阐释了这些反复出现于左拉小说文本中的主题和意象蕴含的特殊价值。下面对这四篇论文主要的论述思路以及核心观点做详细介绍与评述。

大卫·巴格莱的论文《左拉的反智主义》发表于《自然主义手册》1971年第42期专号上。该文是这位加拿大学者于1970年3月参加在英国伦敦举办的"埃米尔·左拉国际学术研讨会"时的主题发言。在该文开篇部分，大卫·巴格莱首先指出左拉身上具有的一种独特精神特质，即反智主义，在《金钱》《生之快乐》《巴黎之腹》《萌芽》《巴斯卡医生》等作品中的主题和人物形象的塑造上均有明显的体现。大卫·巴格莱在文章中重点阐明了反智主义的概念内涵及其特征。在他看来，19世纪以来，欧洲社会及文化就表现出这样的特征，即极力推崇理智和抽象的精神、肯定理性化行为，对非理性的情感、本能冲动和下意识行为则持否定态度。出于对这种理性文化和精神智力的推崇，西方社会常常需要征服和控制那些具有叛逆性情绪的、不服从社会规训的人的思想。不过在大卫·巴格莱看来，与西方文化倡导的这种理智至上观点相对立的，就是作为情感与理智统一的存在物，人身上似乎天生具有某种反智主义倾向，即拒绝社会对其智力活动进行规训，力求保持那些本能上的惯习。由此而来，反智主义与理智主义似乎相伴相生。其实，反智主义也是人抗拒理性化社会对其行为与思想进行规训的一种正常心理反应，或者也可以视为人身上一种天性的惯习。大卫·巴格莱认为从对社会规训的抵触程度上，人可以大致被划分为两大类型：普罗大众与知识分子精英。一般来说，普罗大众对于社会化规训基本上是持否定与抵制态度的，大部分知识分子精英则是以推崇理智和抽象思维能力著称，比较自觉地用理性来规范个人的思想与行为。以萨特为例，他强调萨特从青年时代起就具有知识分子的特质，热爱智力活动，从事著书立说的写作职业。而与萨特形成鲜明对照的是，青年时代的左拉尚不具有知识分子精英的品质，他更喜爱在田野中游荡闲逛，而不是在学校里接受枯燥刻板的教育。在他看来，左拉始终对职业教育抱以敌视和怨恨态度，比较推崇一种自由自在、无拘无束的波希米亚式的文艺青年的生活方式。他初来巴黎时，发现巴黎城市社会力求将他塑造成一个文化人，于是他开始了最初的反抗，拒绝强加在他身上的知识分子身份。

　　大卫·巴格莱从对反智主义概念内涵的界定，继而转向对作家精神世界的探讨。他认为左拉从青年时代起属于缺乏知识分子精神气质的人，他身上有一种抵制理智的情绪。青年时代的左拉始终将文化人与普通人对立起来，认为前者是运用思想和体系的人，而后者则保持着劳动者的淳朴与无知。20岁左右的左拉曾在给同乡画家塞尚写信时承认自己不擅长思辨性的工作，他表明自己对泰纳高深的哲学体系有一种望而生畏的抵触心理。在他眼里，文献与事实要比那些抽象的哲学思想更具有价值。左拉早期对浪漫主义同样持批评态度，因为他认为浪漫主义就是物质与精神之间失衡的表现，是一种思虑过度症。他后来致力于研究医学心理，创立了自然主义，在他心目中，自然主义始终处于浪漫主义的对立面，自然主义是合乎人性的，是从人性深处诞生的。左拉后来从事小说创作活动，他在与友人的通信中表明自己反对出于机械主义动机去研究人类的灵魂，而是要从丰富的人性角度去研究人。大卫·巴格莱以《金钱》中的社会主义理论家西吉蒙·布什为例，强调左拉对于小说中这位社会主义理论家性格和思维方式局限性的认识，即这位思想家说话语速极快、语气果断，行动犹如钟表运行的节奏，这是大脑不停运转的结果。左拉非常蔑视那些头脑发达的理论家，认为他们生活于现实世界之外，与实际生活中那些生气勃勃的人完全不同。左拉后来在批评论著中一直将人视为大地之子，主张小说家要书写和探究生理学意义上的人，他们的灵魂必须寄居于各种欲望、本能与神经系统之中，而不是写那些仅具有大脑思维能力的形而上学意义上的人。后来为了表明这种态度及立场，左拉在《卢贡-马卡尔家族》系列小说中塑造了一系列文学家、科学工作者、艺术家和政治理论家形象。当然，这些形象可以被归入"知识分子"形象类型，最具有自画像特征的作品就是《巴斯卡医生》。那么左拉小说中塑造的这些知识分子形象到底属于什么类型？他们又具有哪些本质特征？为此，大卫·巴格莱在论文中对这些知识分子形象进行了概括分析与探讨。在他看来，左拉塑造的这些知识分子往往都生活在相对比较封闭的生活空间里，在这样的空间里，他们展开孤独与失望的思想斗争。对于这些人物来说，思想不意味着一种拯救，反而具有某种带有强制性的压迫力量。这些人物通常成了自身抑制不住的冲动的牺牲品，就像《巴黎之腹》中的弗洛朗、《萌芽》中的艾蒂安、《莫雷教士的过失》中的莫雷教士。在左拉小说作品中，知识分子人物身上都带有明显的焦虑不安情绪，因为脑力工作者不仅不能获得自由，抵达意识的光明彼岸，反而被局限于个人狭小的黑暗世界里，沉湎于思想和幻觉之中，容易导致他们在现实中决策失误。在大卫·巴格莱看来，左拉笔下这些知识分子形象大部分患有不可思议的病症，即性压抑。与其说这是一种精神紊乱病症，不如说它显示了知识分子身体感官在退化的特征，即他们面对精神苛求，自觉贬低和克制身体感觉，其结果是他们身上失去了男子汉气概，例如《巴黎之腹》和《作品》中那位艺术家克洛德·朗蒂耶。他为了追求个人的艺术理想，长期自我克制，将全部精力和时间花在绘画上，渐渐失去了男子汉气概。大卫·巴格莱认为，左拉在作品中常常将知识分子置于两难境地，在思想与爱、理念与女人之间，他们进行着单一选择。几乎在《卢贡-马卡尔家族》每一部作品中，知识分子人物都是忠于他们的思想，与生活刻意保持某种距离，即使有某个女人出现于他们的私生活之中，他们也是努力克制自己的本能冲动，这样无形中思想成为知识分子与女人之间的障碍物，如《萌芽》中的艾蒂安，《生之快乐》中的拉扎尔。其实左拉在作品中一直重视"情理"的作用，他塑造了很多聪慧的女性形象，她们身上都具有这种合理的"情理"。在左拉看来，知识分子身上的焦虑不安恰恰是他们的精神诉求与肉体之间抗争的结果。为此，大卫·巴格莱在分析左拉笔下这些知识分子精神特质的同时，指出了左拉小说中常常会出现放弃理智或曰"反智"的主题。在小说《巴斯卡医生》中，这一主题表现得十分明显。在该作品中，左拉揭开了巴斯卡医生伪装的面纱，他的悲剧也是左拉精神生活悲剧的写照。巴斯卡医生是个典型的学者和科学研究者，他努力要追寻科学真理，但是知识分子角色阻碍了他介入情感生活，他最初远离现实生活和女人，当然也远离了真理。最终他明白了智力劳动其实是无用多余的，开始对朴素家庭生活产生了向往与追求。不同于其他知识分子形象，巴斯卡医生最终放弃了科学追求，选择回到女性怀抱并得到了弥补。

通过对上述几部小说的解读，大卫·巴格莱指出了左拉身上的反智主义倾向，同时也指出了左拉作品中表现的"反智"主题的诗学价值。在他看来，左拉借这些反智主题表现出了他对于人类进步与解放问题的反思与探讨。大卫·巴格莱认为左拉一方面能够清醒地意识到人类最显著的进步与解放确实在智力发展中得以实现，但是另一方面左拉也发现了人类动物性本能在科学和理性进步中所遭遇的空前毁灭。他更意识到人的内在本质其实并不存在于智力与精神意识形态之中，而是蕴含在人生态度之中。左拉是从人的完美性上去考察人，他强调人应该是有血有肉的存在，而不能仅成为形而上学者、学院派老学究。他反对将智识、智力凌驾于人类其他能力之上，呼吁人们要抵御人类的疯狂与过度。从这个意义上，他才在自己小说中讴歌自然人。所以大卫·巴格莱的结论是左拉是天才作家，他的天才是大众天才，是在粗俗中可以窥见其伟大的天才，他能够参悟出事实中的真理。大卫·巴格莱在该文中立足于反智主义，从此视角反观和洞察左拉的精神世界。这篇论文着重探讨作家的精神世界和意识世界，进而深入作家作品主题和人物形象塑造方面去发掘作家的潜意识对其所塑造的人物角色的影响。该文比较独特的地方就是发现了左拉身上的反智主义倾向，并且对这种倾向做了比较合理的阐释。

与大卫·巴格莱同样具有睿智的眼光的美国学者罗伯特·J.尼斯，他在《〈卢贡-马卡尔家族〉中的暴力主题》一文中深入探讨了《卢贡-马卡尔家族》中的暴力主题。该文刊载于《自然主义手册》1971年第42期专号上，也是作者参加1970年3月在伦敦举办的"埃米尔·左拉国际学术研讨会"上的主题发言。作为美国密歇根大学文学系教授，罗伯特·J.尼斯长期从事左拉自然主义文学研究，是20世纪七八十年代美国学界左拉研究领域的领军人物。

在这篇论文引言部分，罗伯特·J.尼斯首先谈及为何要探讨左拉作品中的"暴力"问题。在他看来，暴力也是当代西方社会重要的文化现象——他在文章开头部分对所要探讨的话题做了这样的界定。"暴力"具有多种表现形式，他在该文中探讨的暴力确切来说指的是对身体的攻击或伤害，即使用力气或动用肢体对人的身体进行殴打和攻击，这属于常见的激情范围内的暴力。此类暴力在西方现代社会中十分普遍，对暴力的书写在西方文学中也变得越来越重要，人们可以列出长长的书单。罗伯特·J.尼斯认为，左拉是这种"暴力"书写的开拓者和预言家，他也是将此类暴力引入文学作品的第一人，暴力也因此成为左拉小说作品叙事结构中的基本元素。当然，论文作者表明自己没有宣称左拉是发明"暴力"的作家，因为在左拉之前，巴尔扎克和雨果两位小说家都曾经写过类似的作品，甚至司汤达在《意大利遗事》中也写过此类故事。不过他认为，在左拉之前，确实没有任何作家意识到暴力会在现代世界中变得越来越重要，也没有任何作家将之理解为社会处境的症候或标志，更没有人将之视为开掘和探寻现代人人格和性格奥秘的指南。在文章正文部分，罗伯特·J.尼斯阐明他要根据《卢贡-马卡尔家族》中若干作品对暴力的具体书写，探讨左拉为何要塑造那些颇具好战性、攻击性的人物形象，并以此为话题着重研究小说中暴力形成的根源问题。

　　罗伯特·J.尼斯认为，《卢贡-马卡尔家族》某些小说中确实存在大量暴力行为的描写，这些暴力行为不属于隐性暴力，大多是显现的暴力，属于构成对身体的伤害和殴打的暴力行为，如：扇耳光、拳打脚踢、推搡、痛揍等等。这些现实的暴力行为属于日常生活中常见的行为，看似毫无意义，却奠定了一个粗鲁的和富于攻击性的社会基调。为了探究作品中的暴力书写，罗伯特·J.尼斯指出有必要勾勒出这类暴力的性质。首先它属于肢体上的暴力。在《卢贡-马卡尔家族》中，此类暴力是以粗暴的方式实施对他人身体的侵袭与伤害。实施此类暴力的人，例如彼陶家族、沙瓦尔家族和毕雅尔家族，他们大多是粗鲁的农民和矿工群体。一般来说，资产阶级或贵族阶级的人大都不使用此类暴力，尽管资产阶级或贵族阶级并不比其他阶层的人更高尚。罗伯特·J.尼斯以左拉之前的文学作品对上层统治阶级所犯下的罪行的描绘为例，指出实施不同形式的暴力行为确实存在阶级和阶层的差异。通常上层社会或统治阶级所采用的暴力，不会是低级的犯罪，而是高级的犯罪，即欺诈、诈骗、侵吞公款、行贿等。从《卢贡-马卡尔家族》所塑造的人物形象的阶级出身来看，有些作品可以被称为"资产阶级小说"，例如《卢贡家族的命运》《贪欲的角逐》《巴黎之腹》《普拉桑的征服》《卢贡大人》《爱情一页》

《金钱》《家常琐事》《妇女乐园》等。在这些"资产阶级小说"中，确实可以发现尚有例外的，例如《卢贡家族的命运》和《普拉桑的征服》。在这两部小说中，暴力场面描绘不仅数量很多，而且看起来非常血腥。左拉在小说中甚至还讴歌暴力，他宣布法兰西第二帝国就是诞生于血腥的暴力之中。他以令人惊奇的方式指出所有社会阶级、家庭，不论其文化水准如何，都能够接受暂时的最恐怖的暴力。《普拉桑的征服》中的血腥暴力场景描绘简直让人胆战心惊。

罗伯特·J.尼斯在文章中着重考察和审视左拉致力于暴力书写的根源问题。他认为左拉在《卢贡-马卡尔家族》系列小说中的暴力书写堪称真正的暴力书写，因为左拉式的暴力呈现看起来既令人恐怖又让人感到十分困惑。左拉式的暴力书写主要表现在那些专门描写工人与农民生活的小说中，例如《小酒店》《土地》等。他认为左拉真正开启对暴力的书写始于《萌芽》，尽管《萌芽》中暴力描绘主要局限于一些政治性事件范围。在《萌芽》之前出版的《卢贡大人》和《巴黎之腹》，虽然已包含一些暴力因素，但实际上作品对暴力的描写看起来并不野蛮。不过到了《小酒店》，作家对肉体上的暴力行为描绘越来越多，暴力书写更多涉及一些场景描写，如扇耳光、脚踢、鞭打、拧断人的内脏器官，还有热尔维丝与维吉尼在洗衣房中的厮打等，这些暴力行为属于低层次的肢体伤害。不过这些小说对暴力的场景描绘与《萌芽》之后的其他作品，如《土地》和《人兽》相比还没有显得特别恐怖与可怕，仅属于比较温和的暴力。

罗伯特·J.尼斯认为左拉对暴力的书写始于《萌芽》，在《土地》和《人兽》中继续存在，结束于《崩溃》。他建议不妨将这四部小说视为对暴力持续关注的一个系列作品。在这四部小说中，情节发展差不多必须依赖暴力的发生，这在罗伯特·J.尼斯看来可谓意味深长，因为从这个系列作品的构思来看，它们显示出左拉身上的某些品质特征，即他热衷于描绘农民生活恐怖可怕的一面，指出农民的低俗与野蛮的本性。不过，在表现农民的低俗与野蛮的作品中，有两部小说不能轻易地归入这个范畴，即《娜娜》和《作品》，因为这两部小说中塑造的主要人物形象事实上是没有阶级归属的。《娜娜》中有一半以上的人物都无法归入哪个阶级之中，《作品》中的人物只能称为波希米亚人。假如以编年史方式去研究《卢贡·马卡尔家族》的话，可以发现这一现象，即在最初所写的那些小说中，左拉极力避免触及血腥暴力的描绘，他笔下的人物几乎不使用危险的武器，即使在双方发生争斗时，人物对竞争对手也不使用暴力，尤其是肢体上的暴力。然而随着时间的推移，暴力插曲和描写越来越多，越来越令人反感，巴雅尔的鞭子逐渐被鲁波的匕首取代，让贝纳手中的砖头被艾蒂安的板岩石块取代。最后暴力行为简直司空见惯。在最初几部小说中，人物的死亡是极力避免发生的，但是到了《人兽》，小说中的死亡人数竟然有 30 多人。

在文章中，罗伯特·J.尼斯从左拉对暴力书写的技法变化上，认为作家在后期创作《卢贡-马卡尔家族》时，其美学观念已经发生转变。他认为《萌芽》之前的小说，暴力的发生往往纯粹是为了表现人物的个性特征，暴力行为是个体行为。他写暴力行为的目的也是要帮助读者更好地认识当时社会现实生活和社会秩序的真实状况。在《萌芽》之前的小说中，对暴力行为的描绘仅仅是小说情节内容中的点缀，并没有构成小说情节线的重要内容。但是《萌芽》之后的作品则不是这样。例如，在创作《人兽》和《崩溃》时，暴力逐渐构成了作品情节的重要内容，暴力书写在小说叙事结构中占据十分重要的位置，因为它成为推动小说情节发展的动力。这样一来，暴力书写或者说"为暴力而暴力"的写法就值得我们关注和探讨了。在作家创作后期，暴力为何成为左拉内心世界中挥之不去的顽念？他通过暴力书写究竟要向读者传递出什么信息？尽管在《卢贡-马卡尔家族》中，左拉描绘的种种令人触目惊心的暴力事件各不相同，要对其进行准确的概括和归纳似乎也不是那么容易，但是作品对暴力形式的书写还是十分明确的，也具有明显特点。首先，暴力场景通常表现为语言对抗，暴力往往发生在男人们之间，是他们情绪的一种表达方式。例如在《小酒店》和《萌芽》中，这些暴力场景虽然持续时间很短，很多场面都是采用快闪方式，甚至有些场面描绘没有给人留下任何深刻印象，不过这些暴力场景在小说叙事中的功能与作用则是表现男人们深层的自我。直至小说结尾处，左拉也没有将暴力书写伦理道德化，即将暴力行为视为人性恶的表现。其次，作品描写的暴力行为总是在众目睽睽之下发生，这属于社会显现暴力。若按照现代精神分析学家们对暴力的理解与阐释，从某种意义上来看，暴力行为是具有社会性的。暴力虽然通常是个人实施的行为，但是它往往针对的是弱者。这说明在晚期创作阶段，左拉越来越关注群体暴力。最后，《卢贡-马卡尔家族》系列作品中有很多关于自杀行为的书写，尤其是女人的自我毁灭，如《爱情一页》中的让娜·格兰让、《人兽》中的弗洛尔、《生之快乐》中的戴罗尼克等。左拉写这些女性的自我毁灭，其实是表明他对于女性尊严遭受破坏的看法，尽管这些看法包含很多理想化倾向。

　　在文章结论部分，针对左拉为何在《卢贡-马卡尔家族》系列小说中给予暴力主题如此重要的地位，罗伯特·J.尼斯进行了解释。他主要依据弗洛伊德在《文明与其冲突》里提出的现代暴力理论，强调暴力并不表明一个国家道德水准的衰退，也不表明人民精神的颓废消沉。弗洛伊德强调暴力在现代都市文明发展中是人群之间的正常抵抗，是人情绪的另类表达。当现代人被文明碾压和摧残时，或者遭遇某种强制性的社会秩序威胁时，采用暴力手段是人被赋予的一种正当权力，即正常的反抗与抵御，运用暴力可以维护个人自由。根据弗洛伊德对暴力的价值肯定，罗伯特·J.尼斯指出《卢贡-马卡尔家族》所表现的暴力主题蕴含着重要意义，即一个民族或种族，尤其是一个家族的争斗，它或许象征着这个民族、种族和家族的主要性格特征。他们采用暴力手段，其实是为了逃避规范化、标准化带来的无形压力，或者是为了逃避现代世界秩序，尤其是国家秩序对其进行碾压的精神需要。在罗伯特·J.尼斯看来，由于左拉置身于法兰西第二帝国特定的社会环境里，而此时第二帝国又是通过行使国家集权力量强行入侵一切领域，试图让所有法国人都变成一个模子，所以左拉对法兰西第二帝国政府的做法深感不满与绝望，他认为国家采用强制性力量入侵一切领域，必然导致人类的毁灭。基于上述原因，左拉不得不承认人类若要避免被宰割的命运，唯一的策略与方法就是运用暴力手段。也正因如此，读者可以在《卢贡-马卡尔家族》中发现，左拉拒绝谴责野蛮的农民、粗鲁的矿工、残忍的显贵的暴力行为。由此可见，左拉尝试通过暴力的书写建立一个新世界，这个世界不一定都是文明的，甚至有些原始蛮荒，但它是和平与安宁的，恰如《四福音书》中描绘的一片祥和的世界景象。

　　由此可见，罗伯特·J.尼斯在这篇论文中对《卢贡-马卡尔家族》系列小说中的暴力主题和暴力书写的诗学价值给予了充分肯定。他从创作主体对第二帝国特定社会的感知和政治立场为出发点，阐明了左拉在小说中对暴力书写的主观态度与意识形态立场。正如论文作者认识到的那样，左拉之所以没有完全否定工人、农民的暴力行为，没有对暴力行为加以简单的伦理道德化的处理，更没有将运用暴力手段看成粗鲁的下层劳动阶级人性邪恶的表现，这说明一点：左拉肯定暴力是置身于第二帝国时代特定社会环境下的劳动阶级为维护他们人权的一种反抗行为。这样一来，左拉笔下的暴力书写显然具有一定的社会批判的价值与意义。

　　上述两篇主题学研究论文是加拿大和美国学者参与《自然主义手册》杂志社举办的研讨会的研究成果。这两位域外的左拉研究专家从当代西方社会一些常见的文化现象角度，再结合左拉自然主义文学作品反复出现的主题和意象，论述了左拉的文学书写对于法国文学主题开拓产生的积极作用，从而间接地肯定了左拉自然主义小说的思想价值。

　　下面两篇文章则是20世纪80年代法国学界当代左拉研究学者对于当代左拉研究新领域的探索与开掘。安德烈·波梭的《〈人兽〉中的机器主题与幻觉》一文刊载于《自然主义手册》1983年第57期上。与上述两位国外左拉研究者不同的是，作为巴黎樊尚大学①的研究人员，安德烈·波梭从二战后60年代中期起开始有关左拉研究课题的研究，他们课题小组主要聚焦于左拉和于斯曼作品中的机器主题及其意义的探索。在这篇论文开篇部分，安德烈·波梭明确表示二战后法国当代左拉研究者们很早开始尝试研究机器与文学之间的关系问题。例如，法国学者米歇尔·塞尔曾在论著《火与雾的记号》中探讨过19世纪作家对于那个时代出现的新生事物——机器与内燃机产生了浓厚的兴趣。在他们看来，19世纪欧洲出现的机器、内燃机、新交通工具——火车、铁道、升降机等，其实代表了一个新时代的到来，预示着新人类出现的伟大幻境。在《〈人兽〉中的机器主题与幻觉》中，安德烈·波

---

　　① 巴黎樊尚大学是1968年"五月风暴"之后在巴黎东部樊尚公园附近建立的巴黎大学的新校区，后来该校改名为巴黎八大。

梭指出左拉对19世纪代表时代进步的所有工具、工厂和新型交通工具十分感兴趣，他是在小说作品中谈论机器话题比较多的一位作家。安德烈·波梭尝试以左拉的小说文本《人兽》为解读对象，重点探讨机器在该小说的故事叙述结构中所具有的功能及意义。机器在小说的故事叙述中具有三个功能。（1）叙述学意义上的功能，即火车的行进节奏对于小说故事叙述节奏的影响。（2）符号学意义上的功能，火车会涉及铁路线沿途很多"风景"的描绘，即分布在铁路线上的外在景致会让观看者产生某些幻觉，这些风景和幻觉所喻指的意义场也是值得深入探讨的。（3）意识形态意义上的功能，即机器主题所引发的诸多思考。安德烈·波梭认为尤其值得研究的是第三个功能，即机器主题所蕴含的意识形态意义上的功能。它是以创作主体——左拉的政治无意识或道德伦理观念为切入点，进而探讨左拉怎样以机器的观察视角思考科学技术进步与现代人的欲望追求之间的关系。

在文章正文论述部分，安德烈·波梭以左拉致荷兰友人的一封书简为证据，指出左拉创作小说《人兽》的目的就是描绘铁路时代的到来，阐明他对于这个时代新生事物的看法。他虽然在文章中强调要探讨机器在小说中的三种功能，但是对机器在叙述学意义上的功能一带而过。他提出机器的叙事价值在《人兽》的故事讲述过程中表现得明显。因为火车会在小说的犯罪场景叙述中出现，例如《人兽》中男主人公鲁波和妻子赛瓦莉娜在火车车厢内共同谋杀了铁路公司董事长格朗莫罕。也就是说，犯罪行为是发生在行驶中的火车上。其次是作为火车司机的雅克·朗蒂耶，他本人对火车头怀有深深眷念，从情感上来看，他将火车头视为爱恋对象，经常在驾驶室里抚摸机器。然而当鲁波妻子赛瓦莉娜出现在雅克·朗蒂耶面前之后，火车头突然出现了毛病，闸门合不上了。在小说故事结尾处，雅克·朗蒂耶在火车驾驶室里将鲁波妻子赛瓦莉娜掐死，接着他全速开动机器马达，最终火车失去控制，整列火车脱轨，驶向了死亡深渊。显然在《人兽》中，火车行进节奏快慢与故事叙述的节奏始终保持一致。在探讨机器的三种功能时，安德烈·波梭指出该文探讨的重点不是第一种叙事功能，而是后面两种功能。因为他要侧重研究"机器"在小说《人兽》中的主题学意义。

在对机器做主题学研究时，安德烈·波梭认为可以选择两个不同视角，一个是从符号学研究视角出发，另一个是从意识形态研究视角出发。第一个研究重点是从符号学视角出发，揭示和阐明《人兽》中机器的隐喻含义。在他看来，要真正揭示"机器"的含义，必须先对小说题目"人兽"的象征意义做一番说明与阐释。左拉用"人兽"作为小说的题目究竟想表达什么含义？安德烈·波梭通过研究文本中多次出现的意象阐明自己对该词的理解。他认为小说中的"人兽"包含这三层意义：第一，该词将机器比作野兽和畜生一样的东西，显然它首先指的是机器；第二，该词第二个含义是从畜生指向了欲望本身，词的内涵发生转义是机器自身所拥有的冷酷无情、带有强制性的和机械性的力量特性决定的。第三，凭借符号意义可传递性特点，我们注意到了机器和欲望之间存在密切的隐喻关系，机器和欲望本身具有相同的语义功能，机器轰鸣声与欲望萌动是等同的。左拉赋予机器和欲望同等的意义和价值，因为它们最终都会导致施动主体的死亡。而通过对"机器"的符号学能指与所指的分析，安德烈·波梭发现左拉笔下的火车无论从外形描写还是内在特性的描绘都指向"大地"和"女人"。从整体上看，火车在行驶中像是变成了一个人；另外《人兽》中的火车头还拥有一个女性之名，即"拉·莉松号"。这个称号显得非常性感，好像被性别化了，甚至具有生命力。被命名为"拉·莉松号"后，机器便拥有了女性的外形特征，身体、乳房以及鲜活的灵魂等。在描绘火车的个性时，作家也将其描绘成一个拥有迷惑人的外表、戴着面具、将猎物吞噬下去的女性怪物。

在揭示《人兽》中"机器"的隐喻含义的同时，安德烈·波梭指出第二个研究重点应该放在火车行驶过程中沿途的"风景"和景致的象征意义上。《人兽》沿途出现的风景包括洞穴景物、被遮盖的地平线、乡村、雾气、隧道、天空，还有车厢内的灯光、车厢窗户玻璃上的红色和白色斑点等。在风景描绘上，安德烈·波梭指出左拉在描绘火车行进过程中沿途出现的各种风景时，善于通过各种空间和光线的明暗对照，有意打造一个明亮的地点与阴沉的地方的对照，如将明亮的车厢与窗外的黑夜，火车穿越隧道的洞穴空间与窗外田野村庄，反射在窗户玻璃上的灯光与地平线上的雾气加以对照，这样从视觉上引导读者思考。在安德烈·波梭看来，小说描绘的窗外逐渐变黑和阴沉的风景与车厢内的烦躁主题相伴随，营造出一种摇晃、窒息、尖叫、撕裂的情境氛围。这样可以让读者觉察出小说作品中经常出现的"无意识显现物"，例如：火车在行驶过程中好像切断了世界与人之间的联系，火车行进伴随着一系列的穿洞、切割，然后又回到大地母亲怀抱的动作。这其中蕴含着俄狄浦斯情结。此外机器就好比某种乱伦的欲望，将主体角色引向死亡。

安德烈·波梭认为，对"机器"做主题学分析，不仅可以从视觉暗示上去解读文本，也可以从听觉声音上去解读文本。安德烈·波梭在文章中指出行驶中的火车会让人听到一些声音，即机器的颤抖、车轮的振动等。这些声音其实也暗示着有什么东西被破坏和被毁灭。例如：《人兽》中雅克·朗蒂耶在火车驾驶室里掐住赛瓦莉娜的喉咙时，此时火车头在行进中恰好出现颤动。

在对"机器"做主题学分析时，除了从视觉和听觉暗示上去解读文本，还可以从数字"三"和"大地母神"神话原型角度去解读文本。在《人兽》中，数字"三"是具有象征意味的。在左拉小说中，可以发现与作者自身俄狄浦斯情结密切相关的包含三角关系的欲望组合：赛瓦莉娜/格朗莫罕/鲁波，赛瓦莉娜/莉松号/雅克，赛瓦莉娜/弗洛尔/雅克，贝柯/莉松号/雅克等。在这种三角关系的欲望组合中，人物基本上被某种欲望钳制，既是有罪的一方，又是受罚的一方，最终三者必然走向毁灭。左拉生前一直生活在这种三角关系的欲望组合中，从幼年时期他与母亲和外祖母之间的关系到成年之后生活在妻子亚力山德拉和情妇让娜之间。所以在左拉思想观念中，陷入三角关系的欲望组合之中的人内心始终处于道德紧张状态，必须阉割其不幸的欲望，这样才能让人的灵魂得到净化。所以在《人兽》中，左拉通过神话虚构表达要重建一种道德法则的意愿。机器作为欲望的对象，它所发挥的作用如同欲望的结局，即欲望必然会导致死亡。在小说中，作为火车司机的雅克想占有像大地母神化身的赛瓦莉娜，结果遭遇赛瓦莉娜的反抗，他最终因失误掐死了赛瓦莉娜，失去理智的雅克与失控的火车头一起走向了死亡。小说中，机器也象征着未来，然而未来的一切已被破坏，于是自杀成了人物唯一的选择。

在论文结论部分，安德烈·波梭指出，左拉笔下的"机器"具有意识形态的预言功能。因为大地敌视有过失的人类，尽管人类是大地唯一的情人。只有上帝是至高无上的君主和审判官。左拉在作品中表达了人类要改正自身过错、净化灵魂和思想、回归道德的愿望。因此在安德烈·波梭看来，《人兽》的机器书写也包含着基督教神话的道德观，从中可以看出作家隐秘的意识形态的东西。

从《〈人兽〉中的机器主题与幻觉》论述的话题来看，法国学者安德烈·波梭从主题学研究角度分析了《人兽》中的机器书写蕴含的意识形态，从中揭示出左拉在创作《人兽》这一时期要回归基督教传统道德观念，反思工业化时代人类所犯下的过失，探索重建一种法则的途径。这是该文的价值。

法国学者玛丽-约塞·卡萨尔和帕斯卡尔·茹安维勒共同撰写的论文《〈小酒店〉中的"水"的主题》刊载于《自然主义手册》1981年第55期。在主题学研究中，对文学作品中的意象的研究有助于人们了解一个民族审美接受心理和文化意义。该文从论述内容的角度可以被划分为四个部分。在第一部分中，论文作者提出左拉《小酒店》除了表现社会暴力主题外，还突出表现了关于"水"的力量主题。在作者看来，水在《小酒店》中的重要性及价值是可以得到论证的，因为小说对洗衣女热尔维丝一生悲剧命运的书写可以被视为一部既具有史诗性又具有荒诞性的寓言之作。整部小说弥漫着潮湿气氛，无论是主要人物的住处，还是小说开篇对热尔维丝的哭泣和眼泪的描绘，再到小说结尾中古波在谵妄中提及的大洪水，总之水浸润和湮没了周围的一切。

在论文第二部分，作者以巴什拉在《水与梦——论物质的想象》中关于"水"的性质的界定，将《小酒店》描绘的"水"的种类做了细致区分：（1）生理学意义上的水，指人身体里的各种分泌物及排泄物等；（2）自然界中的淡水，指的是雨水、雪水等；（3）合成的混合水，包括水与空气融合产生的水汽、由水与火结合形成的带有硫磺味的温泉水；（4）纯净水和蒸馏水，包括教堂中弥撒仪式中的圣水；（5）被污染的沉重水，指的是各种不透明的、散发气味的脏水等。

在论文第三部分，依据这五种不同类型的水的不同性质，作者解读了《小酒店》中关于"水"的意象描绘的象征内涵。例如，以《小酒店》故事发展线索为例，他们列举出了左拉对热尔维丝住处的不透明的水、洗衣坊中流出的污浊水、自然界的淡水的描绘，并对这些水在文本中呈现出来的意象进行分析与探讨。在作者看来，左拉在《小酒店》中描绘"水"时，有意识地关注和描绘这些水的映像，让这些水的映像显示某些道德内涵。通常这些水的映像都是一种比较广义的象征符号，既与生命与死亡相关，又与人的内心产生的恐惧感密切相关。在《小酒店》中，水是具有生命力的元素，也是滋养生命的元素。在《小酒店》中，正对着热尔维丝洗衣店门前，有个约三米长的阴沟，水从店铺门前的沟里流过。面对这条阴沟，热尔维丝将其想象成儿时故乡旧宅门前那条洁净的小河。她经常不无骄傲地感叹道："这是一条奇特的、有活力的河。"其实这个沟里的水是母性的水，因为阴沟旁是小说中孩子们相约聚会的地点，从那里经常会传来孩子嬉戏打闹的喧嚣。当然，这里的水也是圣水，它可以孕育生命。人们可以发现热尔维丝洗衣店铺四周经常被蒙上一团红色的水汽，它还上下飘荡，恰如巴什拉所描述的温润的湿气。这也是温暖的水，它能将毫无生气的大地唤醒。这水还是活水，带有灵气。所以在故事开端，刚出场的热尔维丝身材匀称丰满，浑身洋溢着母性的光辉，全身上下更是充满活力。当然左拉在小说中还描绘了一种与这种圣水同样抚慰人心的水，它就是"烧酒"，不过它却隐含着死亡。此外与死亡相关联的就是发锈变质的脏水，这是与死亡相关的象征符号。小说提及的善心旅馆、金滴街的住宅，这些房屋后来遭遇污浊的雨水的侵蚀，逐渐衰朽垮塌下来了。热尔维丝后来居住在这样潮湿阴暗的小屋内，墙壁四周被一层青苔侵蚀，在青苔绿光映衬下所有人的面色看起来苍白、死气沉沉的。

在文章第四部分，作者通过对《小酒店》文本关于"水"的意象描绘的解读，发现在作品开头和结束部分中水的映像所隐含的象征意义发生了变化。小说开篇中的"水"富有活力，但是到了尾声，这种活水随着热尔维丝和古波的命运终结逐渐变成了吸收苦难的水，即沉重的水；水的颜色也在变化，清澈的河水意象逐渐演变为黑色的河流，男女主人公在梦中也从站在河水旁演变为黑夜中来到了井水旁。伴随着水的颜色变化，水的意象逐渐指向死亡。虽然《小酒店》中"水"的形式多种多样，包括雨、酒、水滴、眼泪、血等，但是这些水都是一些包含被动性的象征符号。水的映像也是具有流动性的。

左拉在小说中描绘的世界具有梦幻色彩，也显得十分恐怖，因为所有幽灵式的人物都聚集在一起，水在其中则扮演着软化和溶解的作用，逐渐消解这些人物的身份。小说结束时，热尔维丝喃喃自语道："他们不停地酗酒狂欢，随之烂醉如泥，陷入堕落状态。"在论文作者看来，《小酒店》呈现的整个虚构世界好像被这种麻风病毒侵蚀了，人等同于物，物也被人格化了，人、物和牲畜彼此混杂在一起，仿佛被什么黏合剂粘在一块，所有存在物也因此失去了其自身身份，无法辨识。这样一来，《小酒店》所描绘的世界逐渐演变为宇宙诞生之初的混沌状态。最终这一切都消逝在水底，与之交融，趋于无限。

　　上述这四篇文章主要代表着 20 世纪七八十年代当代"左拉学"在主题学研究领域的主要研究成果。这四篇论文均采用主题学批评方法从不同角度探讨了左拉《卢贡-马卡尔家族》系列作品中的主题及意象的诗学价值。上述这四位当代左拉研究者在论文中探讨的问题，如暴力、反智、机器和死亡等，都是 19 世纪传统大学批评家和左拉研究学者忽略的主题。传统大学批评的代表人物往往将左拉小说中关于人的兽性和欲望描绘视为左拉邪恶的嗜好或者道德观的扭曲。但是当代左拉研究者则从上述暴力、反智、机器和死亡等主题呈现上挖掘出了左拉作品蕴含的独特价值。所以说，当代左拉研究者运用主题学研究方法，从当代文化批评视角出发，不仅发现了左拉小说文本蕴含的诸多新主题，还对这些新主题内涵及价值做了现代阐释。他们的研究成果不仅给当代读者重新认识左拉小说文本的价值以新的启发，而且还拓展了当代左拉研究的空间。

第三节　意识形态批评与《萌芽》文本的经典化问题

　　进入 20 世纪七八十年代，左拉之友新文学协会和《自然主义手册》杂志社在推动左拉经典化问题过程中又遇到了一些新问题。自战后创办学术期刊《自然主义手册》为左拉恢复名誉取得了预期成效之后，该专业协会和杂志社又于 20 世纪七八十年代开始策划切实地推动左拉小说文本进入民族文学经典行列的行动。也就是说，左拉经典化过程必然包括两部分：一是要重新评价左拉及自然主义文学的价值，为左拉恢复名誉；二是要推动左拉作品进入民族文学经典，两个步骤缺一不可。所以左拉之友新文学协会和该杂志社在不同历史时期要制定阶段性的新目标，以确保左拉经典化运动这一任务能够尽快实现。20 世纪 70 年代以来，为左拉恢复名誉的"正名"运动进展得相当顺利，并引起了法国各界对左拉恢复声誉必要性的关注。二战后左拉研究学者通过开展各种学术研究活动等方式，对左拉及自然主义文学的诗学价值进行了重新评价，并取得了丰硕的成果。然而进入 80 年代后，摆在当代左拉学者面前的任务仍然十分艰巨，因为左拉经典化运动尚没有完成。左拉一生创作了众多作品，但是他的代表作尚没有进入民族文学经典行列。所以 80 年代以来，如何从左拉众多作品中遴选出若干代表性作品作为重点阐释和研究的对象，使之进入民族文学经典行列，成为民族文学的组成部分，成为这一时期左拉之友新文学协会和《自然主义手册》杂志社要完成的首要目标和任务。

自然主义巨著《卢贡-马卡尔家族》作为左拉一生文学创作成就的里程碑式作品，应该成为重点选择和阐释研究的对象。但是该巨著包括 20 部小说，作品数量众多且篇幅长短也不一样，不同作品涉及的题材和主题又完全不同，艺术手法更是相差很大，从这套史诗般的巨著中挑选出一两部能够反映左拉文学创作最高成就的代表作，对于左拉研究者来说实属不易。在确定代表作的过程中，左拉之友新文学协会和杂志社编辑部曾经召开过无数次座谈会，征求专业研究者的意见与建议。最终确定的是小说《萌芽》。确定该作品成为左拉经典化过程中的首部代表作，其中的过程及因素是十分复杂的。不过，有一点需要说明，就是选定它作为左拉的代表作，使之进入民族文学经典行列，其实是因为二战后法国思想界新马克思主义文学批评的再度兴起。在这样的历史机遇推动下，《萌芽》文本的经典化运动才得以进行和完成。所以本节以《萌芽》被经典化的过程为切入点，结合 19 世纪后期及 20 世纪学界对《萌芽》的接受与阐释史，回顾二战后学术期刊《自然主义手册》推动《萌芽》经典化运动的批评策略，以及在此过程中所施加的决定性影响。

《萌芽》是《卢贡-马卡尔家族》系列作品中的第 13 部小说。据当代英国著名左拉研究专家 F. W. J. 海明斯的考证,《卢贡-马卡尔家族》原计划只包括 10 部小说①。众所周知,在最初创作计划中,巨著《卢贡-马卡尔家族》的主题是要表现法兰西第二帝国时期一个家族的自然史和社会史,每部小说均讲述这一家族中一个成员的一生。但是第一部作品《卢贡家族的发迹》(1871)出版时,路易·波拿巴执政的法兰西第二帝国(1851—1870)就在普法战争爆发后不久垮台了。按照《卢贡-马卡尔家族》原手稿的构思思路及写作逻辑,该书原计划中的十部作品被划分为:"一部关于教士的小说,一部军人小说,一部关于艺术的小说,一部关于大巴黎拆毁的小说,一部关于司法审判的小说,一部关于工人的小说,一部关于上流社会的小说,一部关于女人在商业中冒险的小说,一部关于一个家庭飞黄腾达的小说以及一部成长教育小说。"②《卢贡-马卡尔家族》最初的写作计划中没有《萌芽》。也就是说,写作《萌芽》是左拉后来才拟定的计划。左拉之所以产生创作《萌芽》的念头,源于《卢贡-马卡尔家族》最初几部小说畅销业绩的激励。据阿兰·帕热的统计,《娜娜》于 1880 年出版,当年该小说就印刷并再版多次,约发行 8 万册。随后,左拉又发表了《家常事》(1882)、《妇女乐园》(1883)和《生之快乐》(1884)。这三部小说出版后发行量仍然巨大,一时间左拉成为深受读者欢迎的畅销书作家。③受这四部小说畅销业绩的激励,左拉又在《卢贡-马卡尔家族》原初 10 部系列小说的写作计划基础上做了扩充,最终确立了 20 部系列小说的庞大写作计划。实际上,据 F. W. J. 海明斯考证,《卢贡-马卡尔家族》写作计划经历三次修订,第一次是 1868—1869年,第二次是 1880 年,第三次是 1884 年。他发现《萌芽》在 1880 年写作计划修订时已被增补,被列入继《小酒店》后的"第二部工人小说"系列中。该小说写作计划的真正启动缘于几桩历史事件。首先是巴黎公社革命的爆发与被镇压。巴黎公社革命爆发时,左拉恰巧在巴黎,并且为巴黎文学杂

---

① 巨著《卢贡-马卡尔家族》第一个写作计划拟定于 1868 年,包括 10 部小说,即《卢贡家族的发迹》《贪欲的角逐》《卢贡大人》《莫雷教士的过失》《崩溃》《小酒店》《娜娜》《作品》《人兽》《爱情一页》。

② Alain Pagès, Owen Morgan, *Guide d'Emile Zola*, Paris: Editions de Nathan, 2002, p.224.

③ Ibid., pp.263–272.

志主持专栏，所以他不仅对巴黎公社革命及工人运动十分关注，还对临时政府在巴黎的执政情况进行了详细报道。1884 年 2 月 19 日至 4 月 16 日，法国北部第二大城市里尔附近的昂赞煤矿矿工因为要提高工资收入而举行大罢工，前后持续了 56 天。另一个历史事件才是左拉启动《萌芽》写作计划的重要原因。关于昂赞煤矿大罢工与《萌芽》文本诞生之间的关系，法国里尔第三大学教授马赛尔·基莱曾在《自然主义手册》1976 年第 50 期上发表了一篇题名为《昂赞煤矿大罢工与〈萌芽〉》的文章，专门回顾和论述了左拉写作《萌芽》的过程。马赛尔·基莱在论文中指出昂赞煤矿大罢工爆发后，埃米尔·左拉闻讯于 1884 年 2 月 23 日至 3 月 3 日乘火车迅速赶往北部瓦朗西安纳市。抵达该城市后，他住在当地一家旅店约一周时间。他利用这段时间亲赴工人罢工现场做考察与调研，将亲眼所见的一切详细记录了下来。左拉走访工人生活区，不辞劳苦奔赴昂赞煤矿矿区深入了解煤矿工人罢工的内因，为了了解矿工生活和工作状况，他还亲自随煤矿工人下到矿井深处体验采煤生活，并且出席过两次矿区工会组织的会议。此外，他还主动与罢工领导者取得联系，主动接触并采访他们，从他们口中了解罢工的进展情况。所以在开启《萌芽》写作之前，在瓦朗西安纳地区煤矿收集的素材，对于左拉来说尤为重要。因为作为文人和知识分子，左拉本人缺乏对矿工群体的生活以及他们在煤矿井下作业的实际情况的了解。1884 年 3 月初左拉结束了在瓦朗西安纳煤矿的素材收集工作之后，迅速返回巴黎，随后全力投入小说创作。据法国里尔第三大学教授马赛尔·基莱考证，虽然赴瓦朗西安纳昂赞煤矿收集素材对于《萌芽》小说创作十分重要，但是《萌芽》故事情节及主要人物马赫一家及艾蒂安·朗蒂耶等原型不是全部来自昂赞煤矿的调查，而是得益于之前左拉对有关法国 19 世纪工人运动史、巴黎公社事件、欧洲第一国际组织和法国社会主义思潮等多方面材料的广泛阅读与了解。1884 年 11 月 20 日起，小说《萌芽》已分章节在巴黎文学杂志《吉尔·布拉斯》上连载，次年 2 月底连载结束。此后出版商夏庞蒂耶出版了完整版的小说《萌芽》。

　　1885 年《萌芽》出版面世后市场反映不错，获得了成功。不过若从小说发行量上来看，《萌芽》在 19 世纪后期法国市场上的销售量始终没有超过之前的《小酒店》和《娜娜》，个中原因可能还是与《萌芽》描绘的工人生活题材及 19 世纪劳资矛盾主题不符合社会大众的阅读兴趣有关。此外该小说面世后也遭遇了当时法国批评界的冷遇。当时学院派批评家勒梅特尔对该小说的成功表现出非常谨慎的态度。阿兰·帕热曾引述菲利普·吉尔在 1885 年 3 月 4 日的《费加罗报》上发表的文章片段，指出批评界对《萌芽》的呼声与评价不太高。菲利普·吉尔在文章中写道："如果说但丁在很久以前曾经写过《地狱篇》的话，我不知道是《地狱篇》描绘的那些戏剧性场景恐怖，还是我刚刚读到的和引述的作品片段要更骇人听闻些……"① 此后直至 20 世纪初期，在法国学界和批评界掌握话语权的大学职业批评家们一直对左拉及其《卢贡-马卡尔家族》的艺术技法和文学成就进行百般诋毁。他们的论断与诋毁导致左拉及其自然主义文学的价值得不到应有的肯定和评价。当然，小说《萌芽》也不例外，其主要文学价值和艺术成就也遭到了否定。

　　二战结束后，在左拉之友新文学协会和学术期刊《自然主义手册》的极力推动下，左拉经典化运动才开始被提到议事日程上。为了配合"正名运动"（即为左拉文学声誉的复苏所开展的重新评价活动），二战后左拉研究学者对左拉及其巨著《卢贡-马卡尔家族》展开了专业化和系统性的研究。为了积极推动左拉经典化运动，左拉研究者们开始有选择地针对某些小说文本，如《土地》《娜娜》《小酒店》和《萌芽》等展开学术研究。他们尝试对这些小说文本进行现代阐释，努力发掘其中蕴含的诗学价值。据笔者对《自然主义手册》刊载的文献目录的检索，1956—2001 年，期刊刊载有关《萌芽》专题研究的论文多达 60 篇。《自然主义手册》发表第一篇关于《萌芽》研究的论文是在 1956 年，该文题目是《左拉关于艺术的论述与思想——以〈萌芽〉为依据》，作者为弗朗东。第二篇论文发表于 1962 年，主要探讨《萌芽》中的政治问题，作者是法国学者维塞尔。同年，英国学者格兰特在《自然主义手册》上发表了一篇题为《关于〈萌芽〉素材来源的几种确切的说法》的论文，从版本考证角度系统地梳理了《萌芽》素材的几种来源。20 世纪五六十年代，左拉研究者对《萌芽》的研究主要集中在三个方面，即作

---

① 　Alain Pagès, *Emile Zola Bilan critique*, p.79.

品素材来源及主题探讨、手稿发现与整理问题、关于《萌芽》出版的历史语境问题的考证。事实上，对《萌芽》展开全面系统的研究是由《自然主义手册》主编亨利·密特朗和英国学者 F. W. J. 海明斯等领军人物开启的，他们于20 世纪 70 年代初开始研究《萌芽》。最初，他们从整理和发掘左拉的《卢贡-马卡尔家族》创作手稿着手进行文本研究。他们尝试了解《卢贡-马卡尔家族》创作计划是否随着历史和政治语境的变化而做了相应的扩充与延伸。后来依据作家手稿，他们惊奇地发现这部描绘法兰西第二帝国自然史与社会史的巨著中蕴含着历史、文化、文学等多方面的价值。于是他们抓住历史契机，结合学界的新话题，开展对《萌芽》的现代阐释研究。

从《萌芽》经典化的过程来看，随着二战后法国学界要求恢复左拉文学声誉、重新评价自然主义文学功绩，《萌芽》才正式进入当代左拉学者的研究视野之中。最早开启对《萌芽》的现代性阐释及研究的是巴黎大学文学教授皮埃尔·莫洛。他在巴黎大学开设了"左拉及其作品系列研究专题"课程，《萌芽》成为该课程重点介绍和阐释的研究对象。此外，自 1955 年至1970 年，受"正名运动"的影响，英美学界一些知名的左拉研究学者也纷纷转向了对《卢贡-马卡尔家族》的系统研究。在此过程中，《萌芽》自然成为这些学者关注和探讨的主要研究课题之一。从 20 世纪 50 年代到 70 年代，欧美学界出版了相当数量的《萌芽》研究专著，比较重要的论著有：菲利普·瓦尔克的《关于左拉的〈萌芽〉的结构研究》(1956)、爱略特·格兰特的《左拉的〈萌芽〉：一种历史与批评研究》(1962)、昂里埃特·希莎瑞的《对一部杰作〈萌芽〉的剖析》(1964)。

从《萌芽》经典化过程来看，真正开展对《萌芽》系统性阐释和专业化研究的是由法国学术期刊《自然主义手册》编辑部和左拉之友新文学协会牵头组建的研究团队。自 20 世纪 70 年代起，尤其是亨利·密特朗担任《自然主义手册》主编期间，期刊杂志社和左拉之友新文学协会共同发起了推动左拉自然主义作品进入大学课堂的经典化运动。在左拉经典化运动已开启的历史背景下，《自然主义手册》杂志社分别于 1974 年、1979 年和 1985 年在法国瓦朗西安纳市大学城、利摩日大学和加拿大皇后大学举办了三次国际学术研讨会，其中两次研讨会都是围绕《萌芽》展开的，另外一次则是围绕着自然主义小说家左拉的政治观念和道德立场来探讨的。作为刊载当代左拉研究前沿学术成果的专刊,《自然主义手册》分别于 1976、1980 和 1985 年出版了三个专号。这三期专号辑录的均是从上述三次国际学术研讨会的主题发言中遴选出来的优秀论文。关于这三次学术研讨会的举办,无论从会议地点还是从会议的主要议题上,可以发现几个问题。一是这三次国际学术研讨会从筹备到组织都是杂志社编委会与本土高校科研机构和欧美地区其他高校科研机构通力合作的结果。第一次探讨《萌芽》的大型国际学术研讨会于 1974年 5 月 16—18 日在法国北部里尔城附近的瓦朗西安纳市大学城举办,会议议题主要围绕着《萌芽》与法国工人运动之间的关系展开。之所以选择瓦朗西安纳为这次研讨会的举办地,是因为《萌芽》的故事背景和工人罢工题材。瓦朗西安纳是小说《萌芽》描绘的 1884 年 2—4 月昂赞煤矿工人罢工的所在地,这里也是 19 世纪后期法国工人运动的发源地之一。从会议议题的策划上来看,可以发现杂志社和左拉之友新文学协会举办此次学术会议的目的,即通过组织专题研讨会,通过当代左拉研究者集团化的研究模式,运用专业化方式,积极推动《萌芽》文本的经典化进程。第二次探讨《萌芽》的专题研讨会是于 1985 年 10 月 5—6 日在加拿大皇后大学举办的。此次会议召开一方面是为了纪念《萌芽》出版一百周年(1885—1985),另一方面也是杂志社为了《萌芽》经典化在海外开展系列宣传活动,为该小说的经典化做舆论造势。第二次专题讨论会所探讨的议题不仅涉及《萌芽》文本的叙事结构和内容的现代阐释问题,更主要的是探讨《萌芽》百年域外接受史与传播史的世界影响力问题。对《萌芽》百年域外接受史与传播史的研究不仅可以揭示《萌芽》对法国工人运动的影响与推动,更可以让人们了解《萌芽》对整个欧洲范围内的工人运动,包括对德国文学革命所产生的深远影响力。这些国际学术研讨会的成功举办对于推动左拉经典化运动,尤其对于小说《萌芽》的经典化进程起到了积极作用。

　　本章节主要立足于这三次学术研讨会的研究成果,通过对 1976 年 50期、1980 年 54 期、1985 年 59 期这三期专号收录的文献资料涉及的话题以及研究方法做系统整理与梳理,尝试探讨意识形态批评对于推动《萌芽》文本的经典化所发挥的关键性作用。

20 世纪 70 年代初，随着当代左拉学者对《卢贡-马卡尔家族》研究的不断深入，人们发现《萌芽》在《卢贡-马卡尔家族》中有着独特的价值和地位。法国历史学家阿兰·德高在受邀参加 1975 年 10 月的"梅塘瞻仰活动"时发表了题为《左拉与历史》的演讲，他在演讲中不仅提及《卢贡-马卡尔家族》所蕴含的史学价值，还指出《萌芽》的重要性。他指出："我对左拉的发现是与我对法兰西第二帝国历史的发现几乎同步进行的。很快我便意识到书写第二帝国历史的最杰出的史学家更准确地说其实是左拉。当然纯粹派史学家会告知我，一个小说家决不是历史学家。但是我却不这么看。因为这位天才作家的看法可以帮助我们更好地理解那个独特的时代和那个时期的档案文献……毫无疑问，《卢贡-马卡尔家族》当然是'一个家族的自然史和社会史'。但是更准确地说，它也是复活这个时代的作品，是描摹一个王朝和制度的画像……《萌芽》是一部纯粹意义上的杰作，这是一部关于那个时期工人状况的伟大作品，它描绘了要碾压人的工业时代即将到来之前的煤矿工人的生活……这不是一幅理想主义的浪漫画卷，但是人们从中能够感受到本来存在的真理。"[1]法国历史学家德高对《萌芽》作品中蕴含的价值的肯定，从某种程度上代表着 20 世纪 70 年代中期法国主流史学界的观点与看法。这一观点其实是有利于推动《萌芽》经典化运动的。

1974 年是左拉创作《萌芽》的九十周年，借此纪念之际，《自然主义手册》期刊编辑部决定选择瓦朗西安纳市为此次专题研讨会的举办地点。这次《萌芽》专题研讨会凸显了杂志社的学术影响力和法国民众对《萌芽》作品的重视。1974 年 5 月 16—18 日，《萌芽》专题研讨会在瓦朗西安纳市大学城如期召开，参加此次学术研讨会的有近百人，大部分与会人员都是当代左拉研究领域里的知名学者与科研人员，也有来自法国政界和瓦朗西安纳市各界的代表，这表明了人们对于《萌芽》经典化问题是抱以极大的关注与浓厚兴趣的。瓦朗西安纳现任市长皮埃尔·卡鲁也受邀出席了会议。瓦朗西安纳大学中心主任莫里亚梅、里尔大学文学系主任舍德藻和期刊主编亨利·密特朗教授分别在开幕会上致辞。他们强调左拉的《萌芽》对于 19 世纪后期法国

---

①　Alain Decaux, «Zola et l'histoire», "Medan 1975", *Les Cahiers Naturalistes*, No.50, 1976, p.4.

工人运动发展起到了积极的推动作用。1976年《自然主义手册》以第50期"特辑"形式将此次《萌芽》专题讨论会上的发言稿结集，一共刊载了16篇文章，现将其中10篇论文所探讨的问题做一简单概括性的评述。

第一篇论文题目为《艾蒂安·朗蒂耶与工会组织领袖》，作者是法国知名历史学家亨利·马莱尔。马莱尔执教于雷恩大学，是研究《萌芽》新史料的知名专家。亨利·马莱尔在该文中对《萌芽》主要人物艾蒂安的原型出处等问题进行了深入探讨，指出艾蒂安形象是由多个人物组合而成的，他身上既有左拉在昂赞煤矿进行调研期间采访和接触的一些工会领导者的性格特点，也有左拉在巴黎参加巴黎工人代表大会面谈过的那些工人的性格及气质特征。该人物身上体现出的非凡领导才能和思想特质完全突破了原先家族小说中受家族遗传影响的性格特点。第二篇是美国学者罗伯特·尼斯撰写的《埃米尔·左拉：劳动中的妇女》。该文重点探讨了左拉《卢贡-马卡尔家族》系列作品中劳动妇女的形象特征。论文作者在文章中还将这些女性人物与巴尔扎克《人间喜剧》中的小资产阶级妇女和女仆形象加以对比，指出左拉在工人阶级形象塑造方面的独特贡献。第三篇论文是里尔三大教授马赛尔·基莱的《昂赞煤矿矿工罢工（1884年2—4月）与〈萌芽〉》。该文以昂赞煤矿大罢工的历史事件作为线索，通过对左拉《我的昂赞笔记》手稿的对照性阅读，探讨了《萌芽》写作素材的渊源问题。第四篇论文是期刊前主编皮埃尔·科涅的《〈萌芽〉中的开头与结尾》。该文主要通过对《萌芽》文本开头与结尾的解读，探讨左拉在文本故事线和叙事结构安排上呈现作品主题的方式。第五篇论文是英国学者吉夫·沃伦的《〈萌芽〉：昆虫的一生》。该文以左拉在《萌芽》中使用的动物隐喻形象为分析对象，探讨这些动物隐喻形象所隐含的社会意义。第六篇论文是英国左拉专家F. W. J. 海明斯的论文，题目为《从〈杰克〉到〈萌芽〉：阿尔封斯·都德和埃米尔·左拉眼中的无产阶级》。在该文中，海明斯分析了两个来自普罗旺斯地区的作家都德和左拉在描绘无产阶级形象上的差异。都德虽然也深入工人阶级世界中体验生活，但是他以陌生者视角来观察工人世界，将之描绘成诗意盎然的水彩画。而左拉描绘的工人世界显得更有力度和真实感。第七篇是法国普罗旺斯-马赛大学教授罗谢·里波尔的《〈萌芽〉中的未来：毁灭与再生》。该文以《萌芽》小说最后部分的罢工失败和煤矿事故灾难为话题，探讨了《萌芽》中关于"未来"出路的构思和设想。左拉将社会革命看成 19 世纪后期工人阶级探索的未来道路。论文作者认为《萌芽》之所以能够超越左拉其他作品，其成功的奥秘就是左拉以干预历史的现实立场，回答了让梦想变成现实的出路问题。第八篇是耶夫·谢弗勒尔的《〈萌芽〉与德国的"文学革命"》。他在文章中指出了左拉的《萌芽》对于德国 19 世纪现实主义文学兴起与发展的重要影响。第九篇是菲利普·瓦尔克的《〈萌芽〉与左拉的宗教思想》，第十篇是克利夫·R. 汤姆逊的《文学话语与意识形态话语：左拉小说的前文本研究》。后两篇文章的内容会在下面论述中提及。

从《自然主义手册》第 50 期探讨的话题来看，上述 16 篇论文主要聚焦于四个方面：一是关于《萌芽》的素材与文献档案来源问题，如亨利·马莱尔的《艾蒂安·朗蒂耶与工会组织领袖》和马赛尔·基莱的《昂赞煤矿矿工罢工（1884 年 2—4 月）与〈萌芽〉》；二是探讨左拉所关注的 19 世纪欧洲工人运动的情况，如菲利普·瓦尔克的《〈萌芽〉与左拉的宗教思想》等；三是关于小说《萌芽》的主题学研究，如吉夫·沃伦的《〈萌芽〉：昆虫的一生》、罗谢·里波尔的《〈萌芽〉中的未来：毁灭与再生》等；四是探讨小说文本《萌芽》所涉及的政治话语和意识形态话语问题，如克利夫·R. 汤姆逊的《文学话语与意识形态话语：左拉小说的前文本研究》。从这四个不同角度探讨《萌芽》的历史价值、文学价值和意识形态内涵，对于揭示《萌芽》如何推动 19 世纪后期法国工人运动的发展、探讨《萌芽》主题蕴含的多元价值具有重要作用。

值得提及的是 1974 年《萌芽》专题研讨会为《萌芽》文本的经典化奠定了扎实的基础，因为杂志社选择以《卢贡-马卡尔家族》中的单个小说文本为学术会议探讨的核心议题尚属首次。第一次《萌芽》专题研讨会的举办对于提高《萌芽》小说文本在学界的影响力起到了积极作用。从对《萌芽》文本的阐释和探讨的话题来看，当代左拉研究者们对该文本的主题、主要人物形象，以及小说蕴含的丰富的思想、历史和文学价值都进行了较为充分的挖掘。这为以后对《萌芽》文本的深入研究奠定了基础。

从 1974 年至 1985 年，《萌芽》的经典化过程经历了十多年。围绕该作品能否成为自然主义文学经典和左拉的代表作,《自然主义手册》杂志社前后举办了三次学术会议。第二次会议以"左拉与共和国"为议题,虽然研讨会不是重点围绕《萌芽》来展开的,但是此次研讨会聚焦于左拉政治立场与文学话语之间的关系,涉及了意识形态批评的话语问题,这对于后来《萌芽》文本的现代阐释起到了积极作用。第三次会议于 1985 年 10 月在加拿大皇后大学召开,此次会议除了纪念《萌芽》出版一百周年外,还向国外学界展示法国左拉之友新文学协会对于当代左拉研究的重视,对与左拉相关的文化项目的推动颇有成效。此次会议向公众宣布设立在左拉故居梅塘别墅内的左拉博物馆已竣工并于当年面向公众开放。《自然主义手册》1985 年第 59 期专号刊载了此次研讨会的所有研究成果。该辑共收录了 24 篇论文,其中有18 篇与《萌芽》专题研讨有关。上述这些论文涉及前文本研究、叙事结构与意义、接受与跨文本性三个研究方向,其中比较重要的论文列举如下:菲利普·瓦尔克的《〈萌芽〉酝酿过程的档案材料与小说的产生》、罗贝尔·里特布瑞吉的《小说家艾蒂安·朗蒂耶:诞生与套层镶嵌结构》、安东尼·A. 格瑞维的《〈萌芽〉人物之间的相互作用》、亨利·马莱尔的《一个动物,〈萌芽〉中的偶然角色》、亚历山德拉·L. 安普瑞摩兹的《对〈萌芽〉的动态阅读:手势与反启蒙的符号学》、朱拉特·D. 卡明思卡斯的《〈萌芽〉:冲动的结构》、皮埃尔·奥贝瑞的《〈萌芽〉的后继者》等。

总之,三次学术研讨会的举办对推动《萌芽》经典化产生了积极作用。因为《自然主义手册》编辑部倾尽心力,运筹帷幄,通过举办多次学术研讨会,组织国内外左拉研究专家和科研人员对小说文本的主题、人物形象塑造、作品叙事结构以及意识形态话语展开多方位研究和探讨,所以总的来说《萌芽》文本的经典化进展得比较顺利。该作品于 1985 年被法国教育部正式列入法国高中毕业会考的考试范围,这意味着该作品已被纳入国民教育教材,这标志着《萌芽》已进入了民族文学经典行列。如果要回顾和总结这十多年来学界在《萌芽》研究领域中比较有特色的研究方法,意识形态批评必须置于最重要的位置上,其次才是叙述学和主题学研究方法。本节所关注和探讨的就是意识形态批评方法与《萌芽》文本的经典化问题。

二战后的法国,尤其是 1968 年"五月风暴"之后,继结构主义理论之后，"阿尔都塞的观念又对许多社会学家产生了极大吸引力……阿尔都塞以其论述'意识形态与意识形态国家机器'的著名论文，提出了一个庞大的研究计划……在国家意识形态制度这一观念滋养下，有关政治和政治竞技场中的再现的观念正在发生变化……70年代初期，所有的社会科学似乎都在采用阿尔都塞式的话语，似乎最终都要使得下列行为成为可能：以走向可能的概念总体化的单一理论意志为核心，统一所有的学科和全部相关知识领域"①。意识形态批评正是在这一特定历史背景下的兴起。意识形态批评属于西方马克思主义批评，又被称为"另一种政治批评"②。在法国，意识形态批评的主要创立者和代表人物就是马克思主义理论家路易·阿尔都塞和他的同行皮埃尔·马舍雷。前者对马克思在《德意志意识形态》中提及的"意识形态"本体论意义概念做了重新诠释，揭示了意识形态通过何种载体（国家机器）发挥其功能性作用，即"国家机器是通过潜移默化、隐形的形式对人们进行教育、统治，通过意识形态渗透到人们生产、再生产的全过程、全领域来发挥功能……意识形态国家机器则扩展到了私人领域，并且通过极其隐蔽的方式，例如风俗习惯、规训等方式发挥其功能"③。后者则"将文学与宗教进行比较，指出文学不是人类的创造物，而只是一种劳动产品，因为它不是靠宗教活动中的幻觉、魔法、迷狂之类无法控制的情绪创造出来的，而是靠实实在在的生产劳动获得的。所谓'创造'过程，实际上应是一种生产劳动"④。其实无论是阿尔都塞还是马舍雷，他们都非常关注文学、艺术的生产过程，将文学艺术形式理解为特定社会状况的表征，尝试从中发现隐含的政治或意识形态内涵。

　　在当代左拉研究领域，学者亨利·密特朗是最早将意识形态批评与《萌芽》的文本生产和现代阐释结合在一起的批评家。亨利·密特朗密切关注二

---

　　① 弗朗索瓦·多斯：《从结构到解构——法国20世纪思想主潮》，季广茂译，第232、225—226、236页。
　　② 特里·伊格尔顿：《历史中的政治、哲学、爱欲》，马海良译，北京：中国社会科学出版社，1999年，第113页。
　　③ 张淑梦：《阿尔都塞对马克思意识形态理论的重建》，《理论界》2020年第8期，第25页。
　　④ 姚文放：《生产性文学批评的深化：马舍雷的文学生产理论》，《文艺研究》2020年第10期，第16页。

战后法国人文社会科学的前沿研究成果，不断探寻当代左拉研究的问题意识和新课题。他从 20 世纪 70 年代初开始关注阿尔都塞的意识形态理论。1971 年他在学术期刊《自然主义手册》第 42 期发表了一篇题名为《〈萌芽〉与意识形态》的文章。在该文中，他提出要从意识形态批评角度探讨左拉在《萌芽》中如何采用不同视角让工人阶级形象变得高尚起来，让工人阶级的愤怒与反抗变得令人敬佩。他认为《萌芽》在某种意义上是一部成长小说，因为它描写的煤矿无产阶级工人似乎不需要学习任何技能便可以下井劳作，他们学会了忍受苦难和直面死亡。不过，该小说在描绘工人阶级成长过程中似乎同时也在暗示这样的问题，即工人阶级真正需要学习的不是工作技能，而是如何反抗、如何组织斗争，这样才能获得更好的生存状态，进而改变社会。作品中的资产阶级后来也从他们自身角度有了重大的发现，即面对这群已不再顺从命运的矿工群体时，他们感受到了一种前所未有的不安全感。在亨利·密特朗看来，《萌芽》不仅是一部成长小说，还是一部讽喻小说，小说中的主要人物艾蒂安·朗蒂耶的冒险就是对 19 世纪末法国工人阶级因不满恶劣的生存处境最终起而反抗、发起骚动的讽喻。

在《〈萌芽〉与意识形态》一文中，亨利·密特朗所要探讨的中心问题，即着重考察两大阶级不同代言人的言语行为，探讨左拉在《萌芽》文本中如何表现两大阶级的双重学习，这样可以有助于人们更好地理解文本中左拉的声音与立场。在亨利·密特朗看来，小说《萌芽》长期以来一直被视为仅仅研究事实真相的自然主义作品，因为左拉曾经说过自然主义作家不发声，不给出结论，只是考察、检验、描绘和表达，他要求读者自己从中得出结论。但是另一方面，《萌芽》又被看成替某个意识形态计划（社会主义）做宣传的作品。因为小说《萌芽》开篇中有个题词，上面写了几句话，即"小说写的是关于雇佣劳动者的起义，它给予这个即将要崩溃的社会以致命一击。一句话，这是资本与劳动之间的冲突与抗争。我想它预示着未来，将提出 20 世纪最重要的问题"①。在亨利·密特朗看来，小说开篇已将两大阶级之间的

---

① Zola, «Présentation de l'Ebauche», *Germinal*, Les Classiques de Poche, Librairie Générale Française, 2000, p.574.

冲突直接揭示出来，而这一冲突实际上给读者解读历史提供了双重视角，一方面读者要观察小说是如何正面展示法国工人运动的兴起与发展的，另一方面读者要考察作家采取何种意识形态立场去描写法国工人运动。亨利·密特朗在文章中还引用了阿尔都塞关于意识形态内涵的描述，即意识形态必然通过其表象体系（载体）发挥其实践功能，控制着个体的生存。艺术通过其独特的形式使人们觉察到某种暗指现实的东西，给他们的作品供给养料的意识形态。

在亨利·密特朗看来，解读《萌芽》就意味着必须要破译作品中隐含的意识形态内涵。他将《萌芽》划分为三个不同叙事层。一是人物亲身经历的叙事层，两个阶层中都有各自的代表人物（通过其象征身份）出场，他们代表各自的阶级立场去表达自己的观点。在该叙事层中，需要研究《萌芽》中工人阶级是如何表达其"苦难、痛苦"处境的话语特征的。例如，《萌芽》中所有工人阶级都努力学会接受一切，尤其在卡特琳身上表现得更为明显，顺从和被动似乎从遗传而来。小说叙述者突出描述了从小学徒到矿井长都被上下尊卑等级观念牢牢束缚住，从而养成了服从、逆来顺受的习惯。他们面对苦难时，内心似乎有个声音在告知自己不应该也不能抱怨一切，因为不是所有人都有一份工作。从这些话语表达可以发现矿工们所持的思想观念与立场，即不管采取任何手段，他们都是没有出路的，只能被动接受命运的安排。亨利·密特朗从该叙事层工人阶级的话语特征着手分析《萌芽》中工人阶级作为资本剥削的对象和现实中的不幸者，在长期苦难的生存处境中已经被社会力量"异化"了。他还指出马赫一家卧室里竟然用法兰西第二帝国皇帝和皇后的画像来装饰房屋，马赫本人时常陷入宗教梦幻之中，用神父劝诫之语来抚慰内心的痛苦等。从工人身上种种异化言行中，论文作者指出矿工们没有认识到造成他们苦难的根源问题。最后小说叙述了矿工产生愤怒的缘由，即煤矿主和拥有煤矿股份收入的资本家坚决表示要克扣矿工的工资。由于收入减少，矿工们的不满才逐渐扩大，引发了罢工运动，最终矿工们意识到要为改变自身命运与社会处境而展开斗争和反抗。在该叙事层中，矿工工人的朦胧革命意识是逐渐形成的，具有双重特征。一方面他们意识形态观念逐渐发生变化，甚至变得十分革命和激进，但是没有停止被"异化"，因为他们尚没有对自身在社会历史的真实处境形成一定的观念。另一方面，在该叙事层中，研究者若转向煤矿主和资产阶级人物这一边，了解他们的话语特征，也可以发现他们与矿工话语构成一个补充，而不是截然对立的关系。亨利·密特朗以格雷古瓦一家人为例，强调这些靠年金生活的资本家过着惬意的生活，他们没有奢侈观念，也没有过分贪婪的野心，这些富人只是对自己善于经营表现出得意。他们对遗产的获得也表现出心满意足。他们对矿区工人不幸的看法，是从这样的逻辑推论来的，即他们认为导致矿区工人和穷人不幸的真正原因是他们酗酒、负债和生了太多的孩子。所以他们会通过慈善义举来弥补穷人的不幸。从资产者话语来看，虽然资产者的舒适生活是靠压榨工人获得的，但是他们拥有一套资产者自身的实用价值观和所谓的良知。

二是经济与政治理论叙事层。在小说中左拉选择一些矿工代表或其他人物，让他们发表各自的观点，这些观点可以被用于暗示和解释这个社会的问题。在该叙事层中，亨利·密特朗仔细研究了《萌芽》文本中三个人物哈赛纳尔、苏哈林和艾蒂安·朗蒂耶的话语与行动。左拉在小说中描写了这些人物在小说世界中的经济角色和政治角色，描写了他们在罢工进程中通过话语引导矿工罢工，后来又写了他们在失败的不同阶段的言语和行动。在《萌芽》的政治话语中，亨利·密特朗认为只有艾蒂安·朗蒂耶的话语是最直接、易于理解的。所以在亨利·密特朗看来，《萌芽》向人们传达了关于工人阶级斗争历史的知识与学问，同时也反映了工人阶级的生存状况。

三是小说的文本层，同时也是表现作者思想立场的话语层。通过对《萌芽》文本叙事的解读，亨利·密特朗指出《萌芽》显然在叙事层面上呈现出两种话语之间的交流与对话，一种是工人阶级逆来顺受的话语，另一种是资产者所秉持的常识话语。这两种话语传递出一种相似的意识形态，即统治阶级意识形态。正如《萌芽》所展示的那样，统治阶级已经获得了胜利，它与被统治阶级一起分享着这一缄默无声的话语表达。它否定了两大阶级的对抗，这表明《萌芽》所描绘的时代仍然是历史过渡时期。左拉的功绩是与这两种话语保持距离，指出这两种话语代表的是一块硬币的正反两面，指出其中包含的神话特征并在此基础上建构了反讽话语。亨利·密特朗指出左拉最大的文学功绩主要表现为他对于工人阶级话语和意识形态立场的理解上。虽然《萌芽》中的工人阶级最初似乎学习如何接受和顺从命运安排，但是随着小说故事情节的发展，逆来顺受的工人阶级开始萌发革命意识，没有总被其主人欺骗，最终学会了奋起反抗，以改变社会和他们的处境。

在该文结论部分，亨利·密特朗通过对《萌芽》三个叙事层的分析，总结出《萌芽》文本中蕴含的意识形态内涵，即作家的意识形态立场始终处于文本的二度，这样一来，作品成为二度内涵的证明。它最终揭示出资产阶级面对未来的焦虑感和世纪末的危机意识。此外，《萌芽》文本对社会发展演变趋势，尤其是工人运动兴起表现出了一种无能为力但又客观冷静的理性立场。意识形态内涵不一定是显性的表层东西，也可能是隐含在文本内带有神秘色彩的东西，被编织进文本叙事框架和叙事结构之中，成为内容的表征形式。通过这一表征形式，研究者可以发现作家隐藏在文本之内的思想动机。

应该说在当代左拉研究领域，亨利·密特朗最早也比较深入地揭示了《萌芽》所隐含的意识形态内涵，他运用意识形态批评方法从政治话语视角对《萌芽》作品思想内涵做了深入的挖掘与探讨。他通过对文本三个层面话语（即工人阶级话语、资产阶级话语和作者话语）的分析指出了《萌芽》文本包含着的意识形态内涵，这三种话语传递出来的信息内涵是不同的。后来他又在论著《小说话语》中继续阐发《萌芽》的叙事话语问题。可以说亨利·密特朗开启了关于《萌芽》文本意识形态方面的政治学研究。到了20世纪七八十年代，在该小说文本的经典化过程中，《萌芽》中的意识形态问题也逐步引发了学界热烈的讨论，成为《萌芽》现代阐释中的重要话题。1974年在瓦朗西安纳召开的第一次《萌芽》专题研讨会和1979年召开的"左拉与共和国"专题研讨会上，左拉作品中的政治和意识形态话语、左拉小说作品与意识形态、左拉作品中的隐含政治问题都成为当代左拉研究者探讨的核心话题和左拉研讨会的重要议题之一。

实际上，与《卢贡-马卡尔家族》系列其他作品相比，《萌芽》对19世纪后期法国社会的描绘、对工人阶级生活题材的书写，其中蕴含的政治和意识形态内涵十分丰富和复杂。《萌芽》长期以来被视为书写19世纪末法国工人阶级革命意识觉醒和反抗的一部小说，亨利·密特朗曾将此小说视为"成长小说"和"讽喻小说"。① 在亨利·密特朗之后，很多欧美左拉研究者尝试运用意识形态批评方法继续阐释《萌芽》文本中的意识形态内涵。不过在对《萌芽》小说文本的现代阐释中，意识形态内涵涉及的问题域范围十分广泛，既涉及文本中的宗教思想、社会主义思想，还有革命思想和乌托邦思想等。现将亨利·密特朗之后很多欧美左拉研究者对《萌芽》的研究成果做简要介绍。首先是在意识形态批评方面有所贡献的知名学者，包括英国的左拉专家F. W. J. 海明斯、法国学者罗谢·里波尔、美国学者菲利普·瓦尔克、加拿大多伦多大学教授克利夫·R. 汤姆逊、美国学者罗伯特·J. 尼斯等。其次是代表这些学者学术成就的论文成果，尤其是刊载于《自然主义手册》1976 年第50 期、1980 年第 54 期和 1985 年第 59 期上的优秀论文。在这里列举几篇比较有代表性的论文，加拿大学者克利夫·R. 汤姆逊的《文学话语与意识形态话语：左拉小说的前文本研究》、美国学者菲利普·瓦尔克的《〈萌芽〉与左拉的宗教思想》、美国学者罗伯特·J. 尼斯的《左拉与资本主义：社会达尔文主义》、加拿大学者米歇尔·贝尔塔的《〈萌芽〉中未阐明的宗教思想》、加拿大皇后大学教授朱莉特·D. 卡明思卡斯的《〈萌芽〉：冲动的结构》、加拿大圣·约翰学院的亚历山德拉·L. 安普瑞摩兹的《〈萌芽〉的动态阅读：行为符号学和反传授》。

　　上述几篇论文除第一篇关注左拉小说话语和意识形态话语特征外，其余均从创作主体的宗教观念、政治立场角度切入，从小说描绘的法兰西第二帝国社会（即阿尔都塞的"在场"）去发掘所隐含的政治或意识形态（"不在场"的东西）。加拿大学者克利夫·R. 汤姆逊的《文学话语与意识形态话语：左拉小说的前文本研究》刊载于《自然主义手册》1976 年第 50 期专号上。该文主要以马舍雷的艺术生产理论为出发点分析左拉在小说文本生产过程中如何处理文本之外的资料文献和文本内的文学叙事安排等问题。汤姆逊在文章中提出文本其实只是作家艺术生产的产品，文学阐释要揭示的就是文本之外的社会话语、意识形态话语等复杂因素是如何通过故事情节编排被写入文本之内的。汤姆逊指出人们从左拉创作小说的手稿和笔记中可以很清晰地辨

---

① 　Henri Mitterand, «Germinal et les idéologies», *Les Cahiers Naturalistes,* No.42, 1971, p.141.

认出文本建构过程中的两种不同话语：一是作家查询和引述的当时社会与意识形态话语，二是左拉本人的话语，即他在记下这些参考文献时所使用的话语。左拉在写作过程中的话语就是他对阅读到的关于当时世界的看法所做的评论。在写作《小酒店》《萌芽》过程中，因为这两部小说要描写19世纪法国工人阶级生活的题材，所以左拉认为查询和阅读有关圣·西门、傅立叶、孔德、蒲鲁东等人关于工人阶级和社会改革方面的论述是十分必要的。他在阅读这些文本之外的参考文献时，会将赞同与反对的观点摘录下来，还在这些观点旁边加上个人的评论。这样一来，对于当代左拉研究者来说，在阅读左拉小说文本或者阐释小说的思想内容、理解小说中的人物形象时，首要的任务是要研究作家手稿，关注前文本中的这些不同话语，这样才能真正理解文本外和文本内的话语内涵。克利夫·R.汤姆逊的结论是小说文本是作家艺术生产的产品，对作品的理解与阐释必须研究小说话语生产过程中作家的草稿、写作提纲、作品修改过程中的删节部分等前文本。

美国加利福尼亚大学圣芭芭拉分校教授菲利普·瓦尔克的论文《〈萌芽〉与左拉的宗教思想》刊载于《自然主义手册》1976年第50期。在该文中，菲利普·瓦尔克指出凡是阅读过《萌芽》的人都持这样的观点，即该作品不仅渗透了一种虔诚的宗教情感，而且也是对左拉所置身的那个时代的某种宗教思想的真实反映，在左拉时代，这种宗教思想已经与科学和实证主义哲学达成某种和解，而科学和实证主义哲学思潮所包含的反基督教思想核心就是努力寻求彼此融合之道。此外，19世纪后期这种宗教思想在形成过程中深受传统形而上学的宏大问题的影响，一直陷入悲观主义和乐观主义困境之中。从某种意义上看，19世纪后期的这种宗教思想具有泛神论倾向，体现在对科学、历史、进步、自然、劳动、生命与爱情的崇拜之上。左拉在其作品中也将19世纪末的这种宗教思想称为"唯一和全部的真理，唯有它能治愈我那受伤的心灵"[①]。

在文章论述部分，菲利普·瓦尔克指出，人们可以在《萌芽》中发现其

---

① Philip D. Walker, «*Germinal* et la pensée religieuse de Zola», *Les Cahiers Naturalistes*, No.50, 1976, p.134.

中蕴含的左拉对 19 世纪后期流行的这种宗教思想的看法。《萌芽》作为左拉艺术成熟时期的作品，证实了左拉已经远离他童年和少年时代形成的天主教信仰。《萌芽》中存在很多关于基督教形象的描绘，例如小说对类似于地狱图景的地下矿井的描绘，此外还有很多关于基督虔诚精神和基督教信仰中灵魂不朽的论述与描写。不过，人们在《萌芽》中还可以觉察出反教权主义思想仍旧占据主导地位，因为作家在小说最后构思部分完全否定以基督教方式来解决穷人问题。《萌芽》既明显表现出左拉的非基督教思想，又表明他深受那个时期盛行的一种既具有非宗教意识又包含宗教意识的泛神论思想的影响。菲利普·瓦尔克认为需要研究和探讨的重要问题就是左拉如何在《萌芽》文本中描写宗教崇拜、关于宗教的认识以及对宗教的向往等细节。

在文章开篇部分，菲利普·瓦尔克提出，首先需要确定的是左拉有没有宗教意识，其次是他的宗教思想属于何种性质。他的观点是左拉并不掩饰对科学的崇拜，但是他是拥有宗教意识的，不过左拉的宗教思想具有泛神论倾向。这主要表现为他对自然、生命、爱情怀有崇拜之情。根据他对左拉《卢贡-马卡尔家族》诸多作品的研究，菲利普·瓦尔克认为左拉对基督教很多具体概念持否定态度，仅承认万物皆有灵性。这种万物皆有灵魂的思想在《萌芽》中表现得尤其明显。例如《萌芽》中作家对历史事件的描绘。在罢工事件爆发后，他不认为大自然仅仅是事件的旁观者，也成为目睹整个罢工事件发展的诸多因素之一。左拉在《萌芽》中还将蒙苏煤矿的罢工者描绘成自然力的代表。左拉在作品中写道，罢工爆发之后，矿区一切都变得活跃起来，一切存在物都参与到这一历史事件之中，从风、云、星星、太阳和月亮，再到整个矿区的所有人。为了突出万物皆有灵性这一观念，他描绘了动物界和人类。左拉的这种泛神论思想主要来源于他对 19 世纪哲学家、文学家和理论家著作的阅读，如雨果、米什莱、泰纳和勒南等。他早年受泰纳和米什莱的思想影响很深，而泰纳的泛神论思想主要来源于荷兰哲学家斯宾诺莎。左拉在写《萌芽》之前，阅读过米什莱的《鸟》《昆虫》和《山》等作品。在阅读《萌芽》的过程中，读者可能会发现，小说前半部分是对蒙苏矿区的社会学研究，其主要内容是暗示"生命"在继续；第二部分是关于矿工罢工、起义、有关资本与劳动的斗争的历史研究。所有这些描绘都与"创

世"与"上帝"看法有关。透过整部小说，历史主题、社会主题、经济主题
与涉及爱情、性等的再生产过程均有着密切联系。左拉在《萌芽》中对"爱
情"的讴歌与后来《四福音书》中的《繁殖》故事有相似之处，表达了他对
"爱情""死亡"和"再生"等观念的看法，也表达了对即将到来的 20 世纪的
憧憬。虽然左拉在《萌芽》中表达了对科学的崇拜，但是他与勒南、泰纳和
其他人相似的地方就是不仅希望科学可以满足人们对于宗教、哲学的深层渴
望，而且按他的设想，科学应该揭示未来的真理和光明。

在论文结论部分，菲利普·瓦尔克指出《萌芽》中的宗教思想虽然有明
显的含糊性和矛盾性，但是这种不确定性也是左拉宗教思想的总体特征。左
拉的思想也是他所处的那个过渡转型时代集体思想的真实反映。它让人们重
新回忆起法国现实主义文学。左拉在小说中描写的一切是那个时代留给人们
的东西：它并不纯粹是一种宗教意识，而是思想交锋的结果，蕴含着新宗教
的萌芽。

美国学者罗伯特·J. 尼斯的《左拉与资本主义：社会达尔文主义》也是
一篇比较有分量的左拉研究论文。该文刊载于《自然主义手册》1980 年第
54 期上，可以划分为三个部分。在文章第一部分中，罗伯特·J. 尼斯将 19
世纪后半叶出现的达尔文主义视为一种类似于精神信仰的宗教。他认为作为
一种社会思潮的达尔文主义，其出现及盛行对于整个欧洲社会乃至世界的发
展趋势都具有深远影响。在他看来，西方政治家、社会学家、经济学家和文
学家都将达尔文主义蕴含的思想精髓运用于各种意识形态建构之中。首先，
达尔文主义经过英国思想家斯宾塞的改造，最终演变成社会达尔文主义。达
尔文主义中最富有新意的思想是"自然选择"，从最初强调物种的自然选择
到后来斯宾塞提出"适者生存"，强调种族和民族之间为生存而斗争的优胜
劣汰法则。他以 1870 年为界线，指出达尔文主义在欧洲不同国家之间的传
播进程与影响力的细微差异。普法战争之后，达尔文主义理论传入欧洲并取
得了空前成功，不仅为政治保守主义提供理论依据，成为替资本主义辩解的
有力武器，而且还为欧洲白人殖民者殖民其他民族提供合法性依据。其次，
在罗伯特·J. 尼斯看来，社会达尔文主义其实并不是真正的达尔文主义，因
为传播社会达尔文主义的赫伯特·斯宾塞没有完整地接受达尔文的思想，他

只是将达尔文思想与拉马克和马尔萨斯的思想融合起来。经过赫伯特·斯宾塞改造的社会达尔文主义，最值得注意的一点，就是将自然选择范围及内涵逐步缩小，仅限定在为生存而斗争，而且将这种在个体世界中的生存之道扩大至整个人类社会。它还忽略了达尔文在《物种起源》中强调的彼此间的合作关系。所以社会达尔文主义强调的人与人之间、民族或种族之间的斗争最突出的特点就是个人主义，即主张个人利己主义是支配人类行为的全部动机，并使之最终演变成为普遍的自然法则。强调生存斗争后来成为社会达尔文主义极其重要的核心思想，被广泛运用于解释现代社会里任何经济体系中的自由竞争。这一理论承认不平等广泛存在于现实社会之中，将富人、强者视为有能力适应社会的人和有尊严者，而将穷人、弱者视为只配承受淘汰处境的人。在罗伯特·J.尼斯看来，社会达尔文主义其实是依照生物遗传法则建构起来的另一种形式的"决定论"，它具有致命的缺陷，即歌颂力量和战争。这与达尔文的最初思想是有差距的。

在文章中心部分，罗伯特·J.尼斯以社会达尔文主义思潮的传播所造成的后果作为切入点，探讨左拉在《卢贡-马卡尔家族》系列小说中如何表现他对社会达尔文主义的看法。罗伯特·J.尼斯认为左拉在《卢贡-马卡尔家族》中曾经描写过社会达尔文主义诸多野蛮特征。例如，《卢贡-马卡尔家族》中有大量对暴力的书写，此外左拉还极其重视对卢贡家族和马卡尔家族成员的"贪欲"的描绘，如《贪欲角逐》《卢贡大人》《金钱》中，这两大家族成员对政治权力、金钱和性快乐的追求。众所周知，左拉笔下描绘的世界图景与当时社会现实非常吻合，他所呈现出来的社会与社会达尔文主义宣传的社会十分相似，充满残酷和血腥的生存斗争。《妇女乐园》和《金钱》写的是经济竞争，以及这种自由竞争所导致的自相残杀的恶果。《萌芽》描绘的是煤矿主之间的恶性竞争。《土地》和《崩溃》描绘的战争的血腥场面令人恐惧。此外，作品中还有对自由竞争的获胜者的描写。这些人均是生存竞争中的"适者"，但是他们采取何种手段获胜的？很难说是凭借公平与正义。所以《卢贡-马卡尔家族》描绘的世界本质上也是个帝国主义世界，每个成员不仅在精神上，而且在心理气质上都具有扩张的野心，对于权力和金钱等有强烈攫取的欲望。罗伯特·J.尼斯指出，人们很容易在《卢贡-马卡尔家族》中发现社会达尔文主义思想与情感的影子。社会达尔文主义者眼中的世界是异常恐怖的，左拉在《卢贡-马卡尔家族》中呈现出的世界图像也是如此，只不过他最终从这种恐怖世界觉察到了某种希望的曙光，凭借科学的进步与发展，随着人类生存处境的日益改善，人与人之间的敌视与对立会逐渐消失，最后用合作取代竞争，会慢慢让这个世界变得美好起来。

在文章最后部分，罗伯特·J.尼斯指出左拉既与社会达尔主义者有着十分相似的看法，又有近似于达尔文主义者的思想立场。从上述这些小说描绘的想象世界和现实世界可以发现，左拉其实与达尔文有着相似之处，即他放弃干预和介入到自然运行规律之中。在这一点上，左拉与他笔下的巴斯卡医生很像，年轻时是个科学狂热者，但是晚年则致力于实现人类福祉、改善人类的生存处境。对罗伯特·J.尼斯而言，左拉小说包含某种暗示与启迪，他既不反对他那个时代的所有保守观念，也不反对帝国主义思想，更不否定为生存而斗争的哲学，因为这已是那个世纪末时代的典型社会症候。

加拿大学者米歇尔·贝尔塔的文章《〈萌芽〉中未阐明的宗教思想》、加拿大皇后大学教授朱拉特·D.卡明思卡斯的文章《〈萌芽〉：冲动的结构》、加拿大圣·约翰学院的亚历山德拉·L.安普瑞摩兹的《〈萌芽〉的动态阅读：行为符号学和反传授》均刊载于《自然主义手册》1985 年第 59 期。这三篇文章均从叙事话语、文本结构和行为符号学等角度探讨《萌芽》文本所蕴含的深层意识形态内容。

米歇尔·贝尔塔在《〈萌芽〉中未阐明的宗教思想》一文中提出，该文重点要阐明《萌芽》文本中的意识形态话语问题，即"大文本"中"未言明的宗教意义"。亨利·密特朗曾经在《小说话语》一书中提出："总之，'成为现实主义'就是给人一种真实可信的印象。一方面在小说文本表层通过信息、知识和反映式描绘等叙述形式来传播这些印象，另一方面可以将读者可以接受的思想通过投射方式注入文本之中。"[1] 亨利·密特朗认为小说文本描绘的对象和叙述话语中的种种印记均是左拉主体意识中所要表达的东西。正是受亨利·密特朗关于文学话语论述的启发，米歇尔·贝尔塔决定从左拉文

---

[1] Henri Mittérand, *Le discours du roman*, Paris: P. U. F., 1980, p.84.

本的表层叙事话语角度去探寻作品深层结构中未阐明的意义。在他看来，如果要探讨《萌芽》小说文本中的"宗教"，毫无疑问，那就是"代表资本的上帝或神"。左拉在《萌芽》中将煤矿视为"克里特岛上的怪兽"，张开血盆大口大量吞噬众生生命的莫希干神。左拉在作品中塑造的艾蒂安和苏哈林等人物形象会使人联想到《圣经·新约》中的很多原型人物，例如耶稣和让·巴蒂斯特等。左拉善于借助隐喻来表达那些"不在场"的东西，譬如艾蒂安这个人物，他来到蒙苏煤矿，其实是肩负着拯救矿工的神圣使命的，这些描绘往往会让读者联想到艾蒂安扮演的其实就是基督教神父。在论文作者米歇尔·贝尔塔看来，左拉在写作《萌芽》过程中阅读了大量文献，查询了有关社会主义和宗教方面的著述。但是也有研究者指出左拉在阅读这些文献时并没有真正领会那些著述者的思想动机，左拉对社会主义理论不太感兴趣，常常将之与宗教混同起来。但是米歇尔·贝尔塔认为，从《萌芽》中人们可以发现左拉思想中有一个要实现大同世界的梦想，即肯定人人都有追求普遍幸福、知识和进步的需要。那么人们如何才能实现这样的梦想呢？左拉相信可以凭借科学来逐步实现梦想。尽管左拉不是科学家，但是他在思想意识中对科学深信不疑。正因为信仰科学，所以他愿意以实验方式来验证理论。他认为凭借科学手段，不仅可以开展对人的研究，还可以对人的作用和人类的未来展开科学理性的研究，并且也可以将科学理论运用于自己的作品中，去揭示人内心世界的运行规律问题。从《萌芽》中艾蒂安成长的不同阶段来看，他逐渐成长为一个革命家、一位工人阶级领袖，包括他的使命的确立，都反映出左拉深受 19 世纪后期盛行的科学主义和空想社会主义思想观念的影响。从那个时代具有科学思想的人的著述中，左拉获益匪浅，进而对科学主义产生了信仰。在《萌芽》的情节构思中，左拉最终是以一种弥赛亚先知语言来结束叙事的，这样的结尾让人觉得不可思议。因为小说情节结构中有一个具有象征意义的双重平行线，他在《萌芽》中将艾蒂安的出发与耶稣的出发加以对比，用象征手法来暗喻作品的主题，即艾蒂安是拯救矿工苦难的弥赛亚。这样的情节设计其实已超越了现实，更不符合自然主义实验小说所确立的创作原则。但是作家却将文本引向一种开放式结尾。

　　在文章的结束部分，米歇尔·贝尔塔通过对《萌芽》文本中表层与深层结构叙事的分析，指出作为作者的左拉既传递和发布了信息，同时该文本与后文本也让读者对文本所蕴含的思想内涵有了新发现，左拉的《萌芽》文本最终给予了一个关于新世界、新未来构想的看法，即旧时代即将结束，人类要迎接未来。人类在过去是不团结的，所以政治、社会、宗教和艺术等都承受着各种危机。左拉明白这一切，所以《萌芽》中他笔下的所有人物都只是作者思想的投射物而已。

　　加拿大皇后大学教授朱拉特·D. 卡明思卡斯的《〈萌芽〉：冲动的结构》主要运用米歇尔·里法泰尔的文体学方法探讨《萌芽》中文学话语的语义生成问题。米歇尔·里法泰尔 ① 作为文体学家，建议读者对文学文本采取双重阅读法，第一次阅读要关注文本与文本外的世界（语境）的关系，理解文本所指涉的内容；第二次阅读可被视为对文本的批评，即文本要向读者传递什么内容，阐释者要根据自己的阅读加以揭示，这样一来读者与所阅读的文本之间便形成了对话关系。朱拉特·D. 卡明思卡斯教授在该文中就是采用这种阅读法来阅读《萌芽》文本的。她强调对《萌芽》的阅读重点不是放在文本的内涵意义上，而要关注文本呈现这些内涵的表征形式。在文章主体部分，朱拉特·D. 卡明思卡斯选择从《萌芽》文本呈现其内涵的象征形式角度去探讨这些象征隐喻物所喻指的东西。阅读《萌芽》文本时，不难发现其中有很多象征隐喻物，例如以描绘黑色、白色、红色为主的象征物、气味以及带有动感的形象描绘。首先，《萌芽》中依次出现的色彩是黑色、白色和红色。这些黑色用于确定煤矿工人和其工作环境的特征，因为按照自然主义理论的解释，人的性格是受环境影响的。黑色灰尘是《萌芽》中经常出现的元素，左拉在描绘煤矿环境时经常突出矿工主要生活在黑色灰尘之中，所以小说中的善终老人吐出的痰也是黑色的。小说甚至在写到煤矿上空的天空时，也像煤炭一样黑。工人们长期生活在这种黑色环境之中，备感压抑。此外，《萌芽》中还有其他描绘，左拉好像有意要凸显它们属于同形结构，如被黑夜阴影笼罩着的广袤平原，这些平原被白雪覆盖已让人辨别不出。这些黑白物其实就是死亡的象征物。还有关于白色的描绘，亨利·密特朗曾经将白色与文

---

① 　Jérôme Roger, *La Critique littéraire*, Paris: Editions d'Armand Colin, 2016, p.101.

化中的积极内涵联系在一起。在《萌芽》中，白色通常与资产阶级的优越感联系在一起，如资本家的女儿赛西尔的白色肌肤。但是在阅读《萌芽》文本时，朱莉特·卡明斯卡发现，白色也是确定过渡与转换阶段性特征的象征手法。在小说叙事中，色彩深浅变化表明了叙事节奏的快慢。从小说第六章写矿区平原被白雪覆盖到小说结尾处那些对红色描绘的篇章，白色成为掩盖暴力的手段。《萌芽》中有很多对红色的描绘，左拉用红色来喻指火焰，有时用红色来喻指矿工。在喻指矿工时，红色又被特指矿工身上的血，从火焰到血，甚至指如倾盆大雨般的血泊。红色内涵意义不断延伸扩展，最终红色不再是"被上了色的画面"，而是一幅彩色的画。红色的象征性和包含的信息在故事发展中不断增强，由路灯、壁炉之火、血到最后工人的愤怒、大地被矿工的鲜血染红，这突出矿工身上的激情不断推动着故事线的发展。人们可以在文本中发现随着红色象征内涵的扩大，红色形象的内涵逐步靠近血和暴力，而不是火的意象。这种变化彰显了红色作为"冲动形象"的象征特点。

左拉在小说中还通过气味来表达象征物在"自然"与"文化"之间循环运动的流动状态。气味存在于自然界中的水、雨和激流中，但是气味在温度和热气提升时会趋于变化。小说中关于热度变化的描绘也紧紧围绕着罢工运动的兴起与衰落，从最初描绘格雷古瓦家壁炉和厨房中的火到矿工革命意识觉醒后激情力量的高涨，再到最后带血场面的描绘，读者可以感觉到文本中的"冲动形象"伴随着热度的提升而越来越突出。"冲动形象"代表的是一种变形的形式，象征着一种"变化"。

在论文最后部分，朱拉特·D.卡明思卡斯得出这样的结论，左拉借助各种"冲动形象"来传达其思想感情。"冲动形象"是朱拉特·D.卡明思卡斯从吉尔·德勒兹的哲学术语中借鉴过来的用来解释《萌芽》文本中蕴含的那种力量。在《萌芽》中，人们可以发现各种"冲动形象"，从最初难以辨别的"冲动形象"，即黑与白的象征物，到后来到处是红色象征物。从"污泥""怪兽"再到人物内心深处的情感冲动等，这些"冲动形象"成为推动《萌芽》故事情节发展的动力。

加拿大圣·约翰学院的亚历山德拉·L.安普瑞摩兹的《〈萌芽〉的动态

阅读：行为符号学和反传授》主要从行为符号学角度探讨《萌芽》文本中的"引路人"——苏哈林的行为表现及其角色作用，从中挖掘出其意识形态意义。在亚历山德拉·L. 安普瑞摩兹看来，当代批评一直倾向于将《萌芽》视为成长小说，认为该小说的核心内容是领导蒙苏煤矿罢工活动的主要人物艾蒂安·朗蒂埃如何从普通的煤矿工人成长为工人阶级领袖，同时将作品中的苏哈林对艾蒂安的影响力与伏脱冷对拉斯蒂涅的影响力相提并论。但是在《萌芽》中，从启蒙的意识形态思想建构来看，苏哈林的虚无主义思想随着故事情节发展最终却走向了失败。这样的故事情节线显然表明了这一事实：艾蒂安最终摆脱了这种虚无主义哲学，走向了由达尔文主义和马克思主义建构起来的更具有隐喻含义的意识形态。

　　亚历山德拉·L. 安普瑞摩兹在论文主体部分，通过解读《萌芽》的开头、中间和结尾三个部分关于苏哈林行为符号（记号）的描写，探讨这位引路人之于艾蒂安成长的影响由强变弱的变化所蕴含的价值意义。在前文中，朱莉特·卡明斯卡主要运用结构主义符号学分析方法解读施动者角色行为记号的能指和所指，从而将其运用于分析引路人对艾蒂安成长的影响。而亚历山德拉·L. 安普瑞摩兹则按照故事情节线，将《萌芽》叙事划分为两个阶段：一是从小说第一部分至第三部分，写艾蒂安在其成长过程中接受的不同影响。在论文作者看来，影响艾蒂安思想的有四个"引路人"，他们分别是善终老爹、马赫、卡特琳和苏哈林。前三位对艾蒂安的成长都起到了帮助和引导作用，但是第四个引路人苏哈林对年轻的艾蒂安影响更大。左拉在《萌芽》第一至三部分中对苏哈林的行为姿态加以详尽描绘。亚历山德拉·L. 安普瑞摩兹从苏哈林的言语行为表达、节奏韵律、元话语三个方面分析苏哈林作为施动者如何对艾蒂安施加积极影响。论文作者以苏哈林与艾蒂安日常交往与对话中经常使用习惯语"傻话"来凸显苏哈林对艾蒂安最初思想价值观的引导作用，即苏哈林在与艾蒂安的交往中常"占上风"。苏哈林的习惯表达法，包括说话或演讲时的语速节奏既具有其行为惯习特征，同时也是表现人物深层意识的记号。二是从小说第四部分至最后，小说叙述故事线的切换十分明显，写苏哈林言语特征的变化和他的"不在场"。这些描写凸显了苏哈林作为"引路人"的作用：他对艾蒂安施加的影响力开始由强变弱。因为反启蒙的人物（艾蒂安）角色的变化，衬托苏哈林自身没有变化，只是一个反复出现的角色。

亚历山德拉·L. 安普瑞摩兹的结论是当左拉描写苏哈林这个人物时，他所要凸显的就是苏哈林最后的缺席。这个人物谈不上是真正的引路人，因为在文本的二度空间里他是个不现实的人物，即作家将他构思成幻想者类型的人物，所以他作为施动者的作用必然不会增强，由此可以看出作家描写这个人物的深层动机。

从上述 20 世纪七八十年代中期法国学界关于《萌芽》的意识形态内涵研究方面的学术成果可以发现一个现象，自 1970 年至 1985 年，如何阐释《萌芽》文本已经成为当代左拉研究领域的重要研究课题之一。从上述《自然主义手册》的三个专号所收录的这些论文来看，当代左拉研究者对《萌芽》的现代阐释表现出了三个倾向：一是受二战后法国现代文论批评方法的影响，学者们注重从结构主义批评、叙事学批评和意识形态批评等新视角切入去阐释文本的价值；二是当代左拉研究者比较关注《萌芽》的文体风格、叙事方式、文本叙事结构、修辞手法、言语符号等形式方面的问题；三是在诸多批评方法中，意识形态批评对《萌芽》的价值重估和文本经典化进程有重要的推动作用。在当代左拉研究领域，意识形态批评虽然属于比较传统的政治批评，但是它通过分析《萌芽》文本的生产过程、文本叙事结构、修辞手法和小说叙事话语等，尝试对《萌芽》作品中隐藏的意识形态内涵和政治宗教倾向进行解码和祛魅。此外，从这些文章中也可以发现，论文作者在对左拉文本所描绘的文学世界和想象社会表征进行分析时，比较侧重于揭示隐藏在这些象征物背后的问题意识、道德立场和预言功能。应该说作为一种研究方法，意识形态批评对《萌芽》文本蕴含的丰富的历史、政治和文学价值做了很深入的挖掘。作者运用意识形态批评的实际目的也十分明确，即帮助人们更好地理解文学文本与社会历史语境之间的内在关联。

当然，20 世纪七八十年代左拉研究者通过对《萌芽》展开学术性研讨取得了明显成就，这一成就突出表现为《萌芽》于 1986 年被选入法国教育部颁发的高等师范学校入学考试大纲中，这是《萌芽》文本被经典化的一个象征性标志。总之，勾勒出《萌芽》经典化过程的轨迹，从另一角度也证实了专业机构和学术期刊是如何积极推动左拉文本经典化进程的，而当代左拉研究者在专业研究方面所做出的贡献改变了人们对于《萌芽》文本蕴含的价值的认知，这是《萌芽》经典化获得成功的关键。

第四节　社会历史学批评与《小酒店》文本的经典化问题

《小酒店》经典化进程启动于 20 世纪 60 年代末，结束于 20 世纪 90 年代末。《小酒店》经典化运动也是由左拉之友新文学协会和《自然主义手册》杂志社共同发起和推动的。《小酒店》经典化过程开启比较晚，持续时间相当长，不过进展得比较顺利。1977 年是《小酒店》出版一百周年，《自然主义手册》杂志社与加拿大多伦多大学于当年 11 月 18—19 日在加拿大多伦多大学共同举办了专题学术研讨会，邀请了欧美学界一些知名的左拉研究学者，其中重要嘉宾包括加拿大蒙特利尔魁北克大学知名左拉研究专家雅克·阿拉尔、加拿大西安大略大学的大卫·巴格莱教授、法国巴黎四大讲师科莱特·贝克、期刊主编亨利·密特朗、美国纽约州立大学教授桑蒂·佩特莱、加拿大西安大略大学教授詹姆斯·B.桑德斯、美国哥伦比亚大学教授诺米·舒尔、美国加利福尼亚大学知名左拉研究专家菲利普·瓦尔克等。这次研讨会主要围绕《小酒店》的主题、现实主义艺术手法、作家的宗教思想以及历史语境、文化习俗等议题进行。该研讨会对于《小酒店》文本的多维度阐释，为推动《小酒店》经典化进程起到了关键性作用。

不过在探讨《小酒店》经典化问题时，需要简略回顾一下自 19 世纪 70 年代末至 20 世纪 70 年代法国学界对该文本的接受与评价情况。《小酒店》是左拉代表作《卢贡-马卡尔家族》系列小说中的第七部作品，出版于 1877 年。法国学者阿兰·帕热曾在《埃米尔·左拉：批评总结》中指出："事实上，与《卢贡-马卡尔家族》早期几部小说相比，《小酒店》的知名度更高，它一出版便获得巨大成功，让左拉一举成名。《小酒店》一书在出版当年的销售量就达到了四万册，这样的销售量在那个时代应该是最高的。此外《小酒店》的出名，也让自然主义文学流派，连同热尔维丝和古波的故事从此留存于人们的记忆中。"① 在阿兰·帕热看来，虽然《小酒店》的销售额屡创纪录，但是与这种销售量和轰动效应形成鲜明反差的是当时法国批评界和报界对《小酒店》出版采取的缄默和谨慎态度。更令人诧异的是左拉因《小酒店》的成功还遭遇舆论界和批评界的围攻与诋毁。当时学院派大学批评家不仅全盘否定该小说的文学价值，甚至还极力诋毁《小酒店》的声誉，认为该书是对法国工人阶级形象的丑化。有的批评家甚至将其视为"扼杀现实主义"之作②。据说，只有诗人马拉美写信给左拉，表达他对该小说的欣赏态度。据阿兰·帕热统计，对《小酒店》的正面评价出现得很晚，直到 1906 年，法国批评家亨利·马思发表了一部关于左拉研究的学术论著《埃米尔·左拉如何构思小说——根据其未出版的写作笔记》，在该著作中，作者根据《卢贡-马卡尔家族》创作手稿，详细披露了小说家左拉的工作方法以及一些细节问题。亨利·马思在著作中重点论述了《小酒店》的成书过程。不过，自此之后，由于左拉及自然主义文学被学界边缘化，学界对《小酒店》的研究始终处于搁置和忽视的状态。

事实上，《小酒店》文本的经典化问题，也伴随着二战后当代左拉研究的升温与发展，尤其与《自然主义手册》杂志社在学界不断推动左拉及自然主义文学"正名"运动有关。随着为左拉恢复名誉的"正名"运动逐步展开，《自然主义手册》杂志社也尝试通过对左拉《卢贡-马卡尔家族》系列作品展开专业化系统研究，不断推动左拉作品进入民族文学经典行列。在选择和确定左拉哪些作品作为阐释与研究对象的过程中，当代左拉研究者不约而同地将目光聚焦在《萌芽》和《小酒店》两部作品上。选定《萌芽》，已在前面章节中谈及了，这里不再重复论述。不过，学者们在选择《小酒店》作为重点研究的小说文本时，更多考虑的是它是左拉的成名作。此外还有另外一个决定性因素，即这是左拉第一部描写法国都市底层工人生活题材的作品。由于 19 世纪后期和 20 世纪初期大学批评家对左拉及自然主义文学的全盘否定与诋毁，到了二战后，《小酒店》文本所蕴含的丰富价值尚未得到充

---

① Alain Pagès, *Emile Zola Bilan critique*, p.62.

② Ibid., p.63.

分挖掘。所以在《小酒店》经典化进程中，摆在学者们面前的难题其实是如何扭转 19 世纪后期大学批评家对《小酒店》的负面评价，如何重新开启对文本的现代阐释。在 19 世纪传统学院派批评家视野中，《小酒店》对 19 世纪后期法国巴黎底层工人生活的书写是不成功的，因为作品所描绘的巴黎工人不仅生性懒惰、意志消沉，而且粗俗野蛮，沉湎于酗酒恶习而不能自拔。当然《小酒店》在表现 19 世纪中后期法兰西第二帝国社会，尤其是巴黎底层工人阶级生活时没有进行诗意化的描绘，它揭示了都市工人区普遍存在的酗酒和私生活混乱现象，引起人们对于工人生活处境和道德意识混乱的关注。不过大学批评家并没有这样理解左拉的创作动机，反而错误地归结为作家有意识暴露社会伤疤。所以在《小酒店》经典化过程中，《自然主义手册》杂志社在确定阶段性目标之后，制订了阶段性研究计划，通过组织学术研讨会，让更多学者参与文本研究，推动小说文本经典活动的开展。事实证明杂志社所采取的策略与行动比较切合实际，也十分有成效。

笔者对《自然主义手册》刊载的有关《小酒店》研究的论文成果数量和发表时间进行了统计，期刊 1958 年刊载了第一篇关于《小酒店》的论文，论文题目为《〈小酒店〉中的句子表达艺术》，作者是 J. L. 维瑟尔。该文作者从句子类型分析角度着重探讨《小酒店》中的断句法和民间口语表达特点。最后一篇研究文章发表于 2004 年，题目是《给女人起名——〈小酒店〉中的词汇》，作者是彭雄。自 1958 年至 2004 年，期刊共刊载关于《小酒店》研究的各类文章约 26 篇，其中研究性论文有 21 篇。从数量上来看，关于《小酒店》研究的论文成果数量明显低于关于《萌芽》的成果（60 篇）。不过若从论文所涉及的问题来看，自 20 世纪 50 年代末至 90 年代，《小酒店》研究所涉及的话题还是比较广泛的，大致集中在四个方面：一是关于《小酒店》中的词汇、句子类型的研究；二是关于《小酒店》中"水"的意象、循环结构、劳动话语、虚构空间等的研究；三是关于《小酒店》的素材、人物原型来源的研究；四是关于《小酒店》中工人阶级处境、关于左拉的宗教思想的研究。其中比较重要的论文有：J. L. 维瑟尔的《〈小酒店〉中的句子表达艺术》（1958）、雅克·杜布瓦的《热尔维丝的避难所——关于〈小酒店〉中的一个象征性的装饰》（1965）、H. 维恩伯格的《弗朗西民族妇女：〈小酒店〉素材一个新来源》(1970)、大卫·巴格莱的《〈小酒店〉中的礼拜仪式与悲剧》(1978)、科莱特·贝克的《〈小酒店〉中的工人处境：一个不可避免的困境》(1978)、J. 加亚尔的《工人的现实情况与〈小酒店〉中的现实主义》(1978)、佩特莱的《〈小酒店〉中的劳动话语》(1978)、波纳福的《〈小酒店〉中的词汇研究》(1981)、卡萨尔与约安维尔的《〈小酒店〉中"水"的主题》(1981)、巴特勒的《〈小酒店〉中的循环结构》(1983)、L. 马丁的《〈小酒店〉中虚构空间的设计》(1993)、巴塞欧的《维吉尼的秘密》(1997) 等。

在重新启动《小酒店》研究的过程中，当代左拉研究者意识到要扭转 19 世纪传统学院派批评家关于《小酒店》的论断，转换研究方法和理论视角是十分必要的。所以《小酒店》经典化过程恰恰赶上了一个好的历史契机，二战后法国知识界各种新理论和批评方法客观上为作家文本阐释提供了多元化的研究思路和方法。自 20 世纪 70 年代以来，左拉研究者几乎将这一时期法国知识界流行的各种批评理论及方法都操练了一番，从早期结构主义符号学理论、叙述学理论、精神分析方法再到后来的主题学研究、意识形态批评和社会历史学批评方法。这些新理论和新研究方法均可以在《小酒店》的阐释性研究成果中被发现。尤其在 20 世纪 60 年代末至 80 年代末的《小酒店》文本的现代阐释中，读者可以发现这些新视野和新方法的运用对于改变读者对《小酒店》内容主题和人物形象的看法所产生的积极效果。例如：最早致力于《小酒店》研究的学者是比利时列日大学比较文学教授雅克·杜布瓦，他在重新诠释《小酒店》中的热尔维丝形象方面做出了突出性的贡献。他在 1965 年《自然主义手册》第 30 期上发表了一篇有关《小酒店》中女主人公形象的分析文章，即《热尔维丝的避难处——论〈小酒店〉中的一个象征性的装饰物》。在该文中，他尝试从福柯、巴尔特等哲学家思想的理论角度对《小酒店》中的无产者女性形象——热尔维丝的堕落提出不同看法。他认为传统学院派批评家往往只从伦理道德角度将热尔维丝归入雨果和欧仁·苏笔下塑造的"悲惨工人角色"之中，用社会环境决定论解释女主人公的道德堕落问题，这是简单化和肤浅的看法。出于对传统学院派批评家观点偏颇性的质疑，他尝试采用当代结构主义和精神分析学等方法，从《小酒店》中选择一个象征性的记号，然后对该记号的内涵意义及意指作用进行解读。他以

《小酒店》中女主人公频繁变换的住处为切入点，从热尔维丝内心渴望避难处这个角度勾勒出热尔维丝一生命运的轨迹。他认为《小酒店》突出表现了一个压倒其他一切的核心主题，即女主人公内心强烈渴望"寻找一个洞穴、巢穴、隐秘的小住所，这个干净的窝是可以用来休憩的"①。正是对内在安全感的渴望最终将女主人公推向一个又一个不同类型的男人怀中。他对热尔维丝的堕落原因做出了不同解释，认为女主人公的堕落不是简单地受家族酒精中毒的遗传影响，而是出于普通女性内心深处对安全感的正当需求。小说中的热尔维丝是值得同情与理解的女性，她从寻找内心的避难处最终转向寻找外在的避难所，只不过最终她的正当情感需求没有得到满足与实现。杜布瓦从精神分析学"欲望"角度探讨人物内心思想与"施动者"性格之间的关系。他对这位无产者女性形象的解读与以往的学者都有很大的不同，他正面地评价了热尔维丝，认为这个洗衣女的形象塑造得十分成功与真实，是值得好好研究的。雅克·杜布瓦对《小酒店》的现代阐释，包括他的论著《左拉〈小酒店〉中的社会、话语、意识形态、主题与文本汇集》（拉鲁斯出版社，1973）对于改变和扭转学界关于《小酒店》所蕴含的诗学价值的认识起到了积极作用。继比利时列日大学比较文学教授雅克·杜布瓦之后，还有两位学者对《小酒店》的阐释性研究在学界引起关注，一个是美国学者大卫·巴格莱，另一个是法国巴黎四大的科莱特·贝克。大卫·巴格莱曾在《自然主义手册》1978 年第 52 期和 1992 年第 66 期上发表两篇文章，即《〈小酒店〉中的礼拜仪式与悲剧》和《〈小酒店〉中的肖像学：形象的标准》。前者从宗教仪式的角度阐释了《小酒店》文本中宗教因素是推动人物悲剧发生的诱因与助力，后者则运用热奈特的副文本概念对《小酒店》多个版本中的插图风格和文本中的"金滴街"、女主人公热尔维丝婚礼场景描绘之间的关联性做了深入探讨。在大卫·巴格莱看来，小说文本中的艺术插图虽然属于文本外的创造行为，但是它们对于读者的阅读与理解活动起到了引导和暗示作用，它也是对作家在文本内所要表达的内涵做出的延伸阐释。

---

① Jacques Dubois: «Les refuges de Gervaise. Pour un decor symbolique de *l'Assommoir*», *Les Cahiers Naturalistes*, No.11, 1965, p.105.

　　除了美国学者大卫·巴格莱之外，法国巴黎四大的科莱特·贝克对《小酒店》的阐释性研究对于学界重新认识自然主义小说历史语境特征产生了重要影响。科莱特·贝克是 20 世纪七八十年代左拉研究领域里"社会历史学批评"的代表人物。她于 1978 年在《自然主义手册》第 52 期上发表了一篇论文，《〈小酒店〉中的工人处境：一个无法避免的困境》。在该文中，她认为《小酒店》是一部工人小说，它以巴黎郊区某个小镇工人阶级生活为题材描绘了小作坊手艺人、洗衣店工人艰难的生活处境。她通过对《小酒店》文本的解读探讨了左拉如何以达尔文主义者的眼光描绘法兰西第二帝国时期工人阶级的处境问题。法兰西第二帝国时期巴黎大都市中普遍存在着各种野心与享乐欲望，工人阶级对此既无法回避又无法进行抗争，只能陷入极度焦虑与绝望之中。对于工人阶级这一弱势群体来说，大城市中的生存尤其艰难，为了生存不得不劳作，但是即便如此，行业竞争仍然十分残酷。《小酒店》中热尔维丝始终没有摆脱困境的希望，她就像一匹拴在短桩上的马在原地打转。但是另一方面，左拉又始终坚信小说家拥有替弱势群体说话、表达他们内心诉求的自由权。所以在书写和面对热尔维丝的苦难时，他表现出了极大的勇气。他在小说中揭示了工人阶级在大城市中的生存处境，揭示了底层社会普遍存在的酗酒、卖淫等现实问题。他关注和描绘巴黎穷人区工人的生存困境，目的是要人们思考如何解决工人阶级在大都市中遇到的难题。左拉在《小酒店》中对生存压力下的底层工人沉湎于酒精逃避现实的做法，既表现出关切又表现出担忧。所以他想借热尔维丝和古波的悲剧分析问题的根源。从《小酒店》中，人们要学会理解左拉关于城市社会的看法，左拉书写工人阶级的生活，其实是站在反对路易·波拿巴统治时期社会制度的立场上。他呼吁人们关注城市边缘人和底层人的处境问题，他尝试揭示资本主义社会运转的规律问题。科莱特·贝克对《小酒店》中工人阶级处境的分析揭示了左拉文本所蕴含的社会历史价值，也阐明了左拉的政治立场和对现实问题的关注。

　　20 世纪 80 年代，当代左拉研究者又继续从主题学研究和叙述学角度深入探讨《小酒店》的"水"的主题、循环结构和叙事空间的特征。这些探讨都有助于人们深入理解《小酒店》文本蕴含的诗学价值。到了 20 世纪 90

年代，随着《卢贡-马卡尔家族》被列入"七星文库"出版计划，左拉小说《小酒店》的经典化基本上已经完成。自此，可以说左拉之友新文学协会和《自然主义手册》杂志社于 20 世纪 60 年代中期所开启的左拉小说经典化运动和对《小酒店》文本的现代阐释都取得了显著的成效。

第五章　杂志鼎盛阶段（1988—2000）：
左拉经典化与中期"左拉学"谱系建构

第一节　从左拉研究到"左拉学"：阿兰·帕热对中期"左拉学"
建构的推进

自 1954 年期刊创办到 1988 年，《自然主义手册》已经走过了三十多年·的曲折历程。杂志社同人通过三十多年孜孜不倦的努力与笃行，立志要将这份专门研究左拉及自然主义文学的专刊办成一份颇具影响力的学术型期刊。自 1988 至 2000 年，这份学术期刊已步入鼎盛阶段，一切学术活动进入可持续发展的良性循环之中。以 1988 年为界，《自然主义手册》主编人选又出现了变动。第三任主编亨利·密特朗辞去了承担了近 25 年的主编职务（1964—1988），由巴黎三大文学系年轻有为的阿兰·帕热教授接替，成为该期刊第四任主编。亨利·密特朗在 1988 年《自然主义手册》第 62 期前言中以《确保轮班制》为题谈及了该期刊三十多年来取得的成绩以及主编更替轮岗对于期刊发展的重要性。他认为《自然主义手册》在初创阶段已取得了不少成就，最主要的成就是"迄今为止，该期刊已成为'一部史无前例的左拉研究百科全书'"[①]。亨利·密特朗表达了对新接班的阿兰·帕热的才学和组

[①]　Henri Mittérand, «Avant-propos, Assurer le relais», *Les Cahiers Naturalistes*, No.62, 1988, p.3.

织能力的赏识，他坚信新主编会在岗位上比他做得更好。他期望这份专刊越办越好，逐步走向辉煌，更好地发挥它引领和推进当代左拉研究持续发展的作用。

在回顾亨利·密特朗担任期刊主编二十五年间对当代左拉研究发展所做出的贡献和业绩时不难发现，自 1955 年该期刊第一期问世以来，他和当时的主编一直肩负着不断推动当代左拉研究朝着专业化方向发展的历史重任。在前三任主编的积极推动下，该期刊的学术特色越来越明显，并且在学界获得了较高的知名度。该期刊创办至今所取得的成功应该归功于两点：一是战后法国学界涌现出一批致力于左拉研究事业的专家和专业科研人员；二是采用了研究新模式，即以批评家个性化批评实践为代表的传统左拉研究模式被学者们放弃，取而代之的是通过成立专门研究协会和创办专业期刊，将左拉研究纳入专业机构的管理和监督，由专业科研人员来制订课题研究规划，并采用跨国、跨界的现代研究模式。这是二战后法国学界推行文学建制的规范性要求的。因为"独学无友"式的传统治学方式已不适应二战后新时代发展的要求，尤其对于像左拉研究这样复杂的文化建设工程来说，采用现代协作式的研究模式，可以将一个大型的重要研究计划和任务分配给若干研究小组，甚至可以分配给域外的合作机构成员来做，通过许多小组成员共同合作，共同致力于同一个问题的研究，这样采用多人贡献智慧、多人完成一个课题的研究模式，可以有效地促进项目任务的完成。所以在战后新的文学建制确立的背景下，采用现代协作式的研究模式不仅推动了当代左拉研究的快速发展，也促成一门专门学问——"左拉学"的建构。在左拉研究逐步向"左拉学"演变的过程中，值得注意的是两股力量：一个是外部推动力量，即左拉之友新文学协会和《自然主义手册》杂志社；另一个就是内部驱动力，即包括期刊主编在内的所有致力于当代左拉研究的学者和专业研究员。后者作为研究主体，不仅极富于专业意识和探究精神，更重要的是他们还抱着要努力建构新学科的热情，积极投身于左拉研究事业。这些专业研究者不仅注重从新时代语境变化的角度重新思考左拉及自然主义文学观念的合理性和可取之处，而且更注重运用新的理论与研究方法重新探讨和挖掘左拉作品蕴含的独特价值。这批当代左拉批评群体的崛起凸显了二战后学界新批评话语的活力。他们在致力于二战后左拉及自然主义文学价值的重估与再评价时，不是做出简单肯定或否定的论断，而是深入作家作品之中，从作品主题、结构和叙事模式等多维度去探讨左拉小说文本蕴含的丰富内涵。因此从20世纪60年代后期至80年代，可以明显看出当代左拉研究在诸多研究领域逐渐显现出学术眼光的开放性，左拉研究发展方向也从过去狭义的文本阐释逐步向历史研究、文化研究领域不断延伸和拓展。

在这一过程中，专业文学协会背后的支持与推动、学术期刊阶段性目标的制订与导向、学术期刊主编的领导才干和学识眼光，都是决定当代左拉研究能否走得更远、取得更大成就的关键性因素。因此，可以这样说，到了20世纪80年代后期，当代左拉研究之所以取得了相当的进步与突出成就，与主编和领军人物是分不开的。亨利·密特朗是《自然主义手册》任职年限较长的主编之一，他不仅是学识渊博的学者、教授，更是具有多方面组织才能的活动家。1988年他辞去了《自然主义手册》主编职位，之后将全部精力和时间转向《左拉传》的写作，整理并出版10卷《左拉通信集》。此外他于1989年被选为左拉之友新文学协会主席，并以协会负责人身份协助《自然主义手册》主编阿兰·帕热开展一系列的学术活动，继续推动法国左拉研究事业的发展。

1988年，期刊新主编阿兰·帕热上任，开始负责《自然主义手册》的编辑和出版工作。之所以被左拉之友新文学协会秘书处推选，接替亨利·密特朗担任第四任期刊主编，最主要的原因是阿兰·帕热年轻有为。他从20世纪70年代初跟随亨利·密特朗攻读博士学位，主要致力于自然主义文学批评接受史研究。阿兰·帕热对左拉研究事业满怀热情，具有高度的责任感和职业精神。亨利·密特朗曾在《确保轮班制》[1]一文中对阿兰·帕热的学术背景做了简要介绍。他认为阿兰·帕热是最合适的主编人选，因为阿兰·帕热长期从事自然主义文学批评接受史研究，曾参与《左拉通信集》第三卷和第五卷的编撰和整理工作，更长期协助自然主义研究中心收集左拉未出版的手稿及信札。他还是左拉博物馆建设规划的制订者和执行者。他长期在左拉之

---

[1]　Henri Mittérand, «Assurer le relais», *Les Cahiers Naturalistes*, No.62, 1988, pp.3–4.

友新文学协会秘书处工作并协助亨利·密特朗处理《自然主义手册》的编辑出版等事务性工作。此外，阿兰·帕热在左拉研究领域里很早就发表研究成果，曾出版过几部左拉研究方面的学术著作。他是二战后法国学界当代左拉研究领域里最早展露学术才华的年轻学者。从 1974 年他在《自然主义手册》第 47 期上发表第一篇论文《从实验小说理论出发》算起，到 2011 年为止，阿兰·帕热在该期刊上总共发表研究性论文共计 37 篇。这些学术成果，无论从探讨的问题，还是从所运用的批评理论与方法来看，都是能够代表法国学界在左拉研究领域里的最高学术水准的。其中比较重要的代表性成果（论文）有：《红、黄、绿、蓝：〈娜娜〉中色彩体系的研究》（1975）、《话语的地形图——关于左拉发表于 1879 年的几个文本》（1980）、《小说文本生成之分解》（1985）、《读〈我控诉！〉》（1998）、《互联网上的左拉研究》（2004）等。此外，他的代表性论著有：《文学论战——论〈萌芽〉时期对自然主义的接受》（1989）、《自然主义》（1989）、《埃米尔·左拉：德莱福斯案件中的一个知识分子》（1991）、《埃米尔·左拉——批评总结》（1993）、《埃米尔·左拉指南》（2002）、《左拉与"梅塘集团"——关于一个文学圈的传说》（2014）、《埃米尔·左拉的巴黎》（2016）等。阿兰·帕热在担任期刊主编期间还担任巴黎三大文学系的教职，负责讲授 19 世纪法国文学课程。阿兰·帕热从 1988 年接任《自然主义手册》主编工作，至今已逾四十年，是该期刊任职年限最长的主编。在负责该学术期刊工作期间，他协助左拉之友新文学协会开展了许多项重大文化工程建设，出版《左拉通信集》（10 卷）（1975—1995），编写了《埃米尔·左拉指南》（2002），完成《卢贡-马卡尔家族》入选"七星文库"等。

自 1988 年至 2000 年，这十二年是《自然主义手册》的鼎盛发展时期。由于前几任主编为开创二战后左拉研究新局面做出了巨大贡献，所以到了 20 世纪 80 年代末，当代左拉研究已经取得令人瞩目的成就，主要表现在以下几个方面：一是关于左拉在 19 世纪后期法国文学史上的地位及所做出的贡献、左拉小说文本的诗学价值等，当代左拉研究者已做了较为充分的揭示、挖掘与阐释；二是关于左拉经典化问题，尤其是《萌芽》和《小酒店》的经典化问题已初步完成；三是当代左拉研究新模式已经建立，新学派已经形成。阿兰·帕热在刚接任《自然主义手册》主编职务时，对杂志社在左拉之友新文学协会支持下取得的学术成就和将要迎接的挑战是有清醒认识的。上任后不久，他开始着手制订下一阶段期刊发展的规划和目标，即继续推动当代左拉研究朝着专业化方向发展，不断开拓当代左拉研究新领域。尽管二战后当代左拉研究已取得了令人瞩目的好成绩，但是《自然主义手册》如果要继续创办下去，必须对下个阶段可能会面临的新问题，或者所要完成的任务、所要实现的阶段性目标，要有所认识，做好准备。对于新主编来说，该期刊下一个阶段最重要的发展战略和目标，首先就是推动自然主义文学巨著《卢贡-马卡尔家族》入选法国经典文库丛书——"七星文库"，其次是扩大当代左拉研究在国际学术界的影响力，最后是找到新的学术研究增长点和热点问题。针对上述这些问题，阿兰·帕热都必须通过制订阶段性研究规划，组织相关的研讨活动，尽快完成和实现。

应该说自 1988 年接替亨利·密特朗的职位至 2000 年，阿兰·帕热对自己所要履行的职责、所要完成的任务有充分的了解和认识。在任职的最初八年里，也许是出于使命感，也许是出于履行主编的职责，他继续推进中期"左拉学"的建构。他与左拉之友新文学协会秘书处的工作人员一道制订新时期的阶段性目标，有序地推进当代左拉研究朝着专业化研究方向发展。20 世纪 80 年代末至 90 年代初期，对于学术期刊《自然主义手册》编委会成员来说，最重要的阶段性目标和任务就是推动左拉的自然主义巨著《卢贡-马卡尔家族》经典化，力求《卢贡-马卡尔家族》尽早进入"七星文库"中。要完成这一任务，需要与专业研究团队通力合作，通过组织和举办学术研讨会等方式，让学界同人致力于对《卢贡-马卡尔家族》的系统性研究并取得阶段性研究成果。据笔者统计，从 1988 年至 2000 年，学术期刊《自然主义手册》出版了 13 期专号（特辑）。从 1988 年起，该期刊每一期的出版均将上一年度杂志社举办的学术研讨会议题作为刊物的重要栏目推出，让学界了解当代左拉研究的进展情况和取得的成绩。这些成绩的取得很大程度上得益于阿兰·帕热开展的工作。经过十多年努力，至 1993 年，正值《巴斯卡医生》出版百年庆祝会召开之际，左拉之友新文学协会和《自然主义手册》杂志社从出版部门得到确切的消息，左拉巨著《卢贡-马卡尔家族》已成功入选"七星文库"。这标志着左拉之友新文学协会和《自然主义手册》制订的阶段性目标和任务已经初步实现和完成。1994 年《自然主义手册》第 68 期以纪念《卢贡-马卡尔家族》系列作品出版百年作为专辑的题目，刊载的十篇重要专题论文，均是围绕着《卢贡-马卡尔家族》系列作品展开的，涉及《卢贡-马卡尔家族》巨著的循环叙事结构、家族祖先狄德奶奶、超文本以及科学与文学想象物之间的关系等多方面的话题。该专辑策划的重要栏目就是"为了纪念《卢贡-马卡尔家族》发表一百周年"。阿兰·帕热在该专辑主编前言中回顾了《自然主义手册》自创办以来对推动左拉经典化运动，尤其是对推动自然主义巨著《卢贡-马卡尔家族》成功入选"七星文库"所起到的积极作用。他这样指出："《自然主义手册》作为一份文学研究刊物自 1955 年由雅克·埃米尔-左拉和皮埃尔·科涅创办，迄今已有四十年历史。最具有决定性意义的阶段已经跨越过去了，这是值得提及的一段历史。随着岁月流逝，这份起初只是文学研究简报的刊物如今已演变为一份伟大的专业性研究刊物，它现拥有约八百个固定的订户，并在欧洲、美国、加拿大都拥有广泛知名度。"[1] 在回顾该期刊走过的四十年历程时，阿兰·帕热认为《自然主义手册》对于推动战后法国学界的左拉研究，尤其对于推动左拉经典化运动起到了至关重要的引导作用。他在前言中更是提及了四代"左拉学"研究者对当代左拉研究做出的巨大贡献和辉煌业绩。

作为期刊第四任主编，阿兰·帕热本人卓越的组织才能和学识眼光是广受学界称赞和认可的。为了实现专业文学协会制订的阶段性目标，他与杂志编委会成员曾对刊物栏目重新进行了调整与改版，力求拓宽研究视野，凸显新时期左拉研究所要解决的问题。从 1990 年第 64 期开始，期刊编辑部对杂志封面及主要栏目做了若干调整，例如在每期杂志封面上增加醒目的标题，凸显每期所要推出的研究成果议题，以引起学界关注。其次是暂时取消了延续三十多年的特色栏目"梅塘瞻仰活动"演讲稿的登载，插入介绍最新研究成果的文献综述栏目。这样一来，《自然主义手册》原先六大板块的主要栏目内容被调整为七大部分，即前言、资料汇编、文学研究、历史研

---

①　Alain Pagès, «Avant-propos», *Les Cahiers Naturalistes*, No.68, 1994, p.3.

究、研究成果摘要、文献索引、专栏消息报道。在栏目设置上，每期增设了主编前言，均由主编阿兰·帕热或前主编亨利·密特朗执笔，该栏目的设立非常具有"栏目主持人语"的特色，主要涉及对本期刊物内容的概括性介绍与精彩点评。主编在前言中对当年学术期刊组织的学术研讨会和文学协会举办的重大活动情况进行介绍与总结。除前言之外，其余六大栏目设计更凸显了学术期刊的学术性和专业性特色。自1990年起，改版后的《自然主义手册》各栏目更加突出了该期刊作为左拉研究专刊的学术性风格。增辟的"历史研究"专栏属于该学术期刊的特色栏目，刊载的文章主要涉及两个新研究领域：一是对德莱福斯案件新史料的披露；二是对自然主义运动史以及"梅塘集团"六作家创作的研究。这两个新研究方向都是《自然主义手册》要向欧美学界介绍和展示的二战后法国学者在开掘的左拉研究新领域中的学术成果，主要涉及对左拉后期文学活动中一些相关史料和文献进行整理时的重大发现。与之前期刊各栏目设计相比，"历史研究"栏目的增设凸显了《自然主义手册》作为当代左拉研究专刊的特色，因为它为20世纪90年代当代左拉研究开拓了更多边缘性的话题。改版后的《自然主义手册》仍然保留一个核心栏目，即"文学研究"，该栏目一如既往地反映国际国内学界当代左拉研究的最新学术成果，尤其是刊载被遴选出来的优秀论文。此外还有一个栏目也做了适当增补与调整，即"学术成果摘要"，之前该栏目主要是介绍左拉研究方面出版的新书，自1988年起，该栏目邀请学界著名的左拉研究专家为近期新出版的左拉研究专著，尤其是为新出版的博士论文撰写述评。调整这个栏目的目的除了推出近期左拉研究领域的新人与新作之外，就是面向欧美学界所有从事当代左拉研究的专业人员，介绍近期左拉专业研究领域的学术动态，它所针对的读者群既有长期关注当代左拉研究领域进展的专业研究者，也有选择从事左拉研究的年轻学者。

关于为何要对期刊栏目进行改版和调整，主编阿兰·帕热曾在《自然主义手册》1991年第65期前言中做出了说明。他认为，学术期刊的改版是为了更好地适应时代发展和当代左拉研究策略变化的需要。他指出改版后的学术期刊更注重问题意识，更注重左拉之友新文学协会和杂志社在左拉研究领域开展的一些学术研究活动的成效。当然还有一个更为重要的原因，就是要为当代左拉研究者指明方向，或者告知同人们需要在哪些课题领域里加大研究力度，继续拓宽研究空间。阿兰·帕热曾在该期刊第 65 期的前言里呼吁："从这一期开始要将自然主义在世界文学史上所起的重要作用凸显出来。"① 所以改版后的《自然主义手册》不仅栏目内容编排有了较明显的变化，而且增设的栏目更凸显了学术期刊的专业特色和对前沿热点问题的报道。例如该刊不仅一如既往地重视对左拉小说文本的文学研究，还增加和补充了对历史文献的专题研究。虽然这两个重要栏目在改版后的《自然主义手册》中占据同等重要的地位，但是在内容比例安排上略有倾斜。由此可见，进入 20 世纪 90 年代，《自然主义手册》编辑部在办刊思路上有明显的变化，即不再仅仅从狭义的文学研究角度突显左拉及自然主义文学研究的重要性，而是更侧重于新历史主义研究，拓宽研究视角，通过对左拉介入的第三共和国时期法国社会历史细节和史料的披露，从历史学研究角度去重新评价左拉在德莱福斯案件中的作用。这也意味着杂志社要着力重新塑造左拉作为法国公共知识分子代表的形象。改版后的《自然主义手册》不仅在外观上显得更加大气，而且特色更加鲜明。

在担任期刊第四任主编期间，阿兰·帕热为中期"左拉学"的建构发挥了积极的推动作用。与前任主编亨利·密特朗一样，阿兰·帕热也是一位学者型的主编，他不仅亲自投身于当代左拉研究，而且还是极富有学术研究才能的学者，是 20 世纪八九十年代当代左拉研究领域的领军人物。他还是八九十年代国内重大学术研讨会议的策划者和组织者。此外，他非常善于抓住时机，利用《卢贡-马卡尔家族》出版百年纪念日、十卷本《左拉通信集》项目完结和出版之际、《我控诉！》一文发表百年纪念、左拉雕像落成以及《梅塘之夜》出版纪念活动等各种契机，组织学界研究人员开展相应的宣传活动，一方面是打造左拉及自然主义文学的正面形象及影响力，另一方面提高《自然主义手册》在社会和学界的知名度。所以自 20 世纪 80 年代末至 2000 年，在左拉之友新文学协会和《自然主义手册》专刊的努力与推动下，当代左拉研究经过持续十多年的专业化研究和拓展，逐步迈上了一个新台阶。

---

① 　Alain Pagès, «Avant-propos», *Les Cahiers Naturalistes*, No.65, 1991, p.3.

第二节　中期左拉研究空间再拓展与《卢贡-马卡尔家族》经典化问题

　　1988 年至 2000 年，《自然主义手册》正处于鼎盛发展时期。此时该期刊已有四十多年历史，正如主编阿兰·帕热所言，它已经跨越了最艰难的初创阶段。经过几十年的学术积累，当代左拉研究已逐步朝一个专门学问或专门学科——"左拉学"发展与演进。回顾与总结这十多年法国学界左拉研究领域所取得的成绩，值得提及的是《自然主义手册》在"左拉学"建构的不同阶段发挥了积极的引领作用。进入 20 世纪 90 年代，当代左拉研究不仅在法国本土学界逐步成为热点，在国外，尤其在北美地区也具有相当的知名度和热度。受二战后左拉研究专业化运动的推动，投身左拉研究事业的学者越来越多，左拉学术研究专业化队伍也越来越壮大。再加上左拉之友新文学协会和《自然主义手册》持续不断的有力支持与推动，当代左拉研究无论从规模上还是学术成果上都有很大提高。在此过程中，也因为各个学者的学术思路不同，研究方法和路径不同，学界还逐渐形成了当代左拉研究的不同流派，进而促进了"左拉学"学术谱系的形成与发展。到了 20 世纪 90 年代，当代左拉研究领域已涌现了四代批评家群体。阿兰·帕热曾在《自然主义手册》1994 年第 68 期前言中重点谈及当代左拉研究领域里新生代批评群体的形成以及他们对于"左拉学"建构所发挥的巨大作用。他按照年代顺序，将新生代批评群体划分为四代，即"战后五十年代批评家""六十年代初批评家""七十年代批评家"以及"八零后批评家"。这四代批评家群体的代表人物有：F. W. J 海明斯、科林·波恩、罗道尔夫·瓦尔特、大卫·巴格莱、罗谢·里波尔、奥古斯特·德扎莱、耶夫·谢弗勒尔、菲利普·哈蒙、弗洛伦斯·蒙特诺、科莱特·贝克、菲利普·波纳菲、吉姆·桑德斯、亨利·马莱尔、克利夫·汤姆逊、吉夫·沃伦、卡尔·梓格尔等[1]。他们对当代"左拉学"的建构与发展做出了突出贡献，他们凭借各自的才学和研究方法，不断

---

[1]　Alain Pagès, «Avant-propos», *Les Cahiers Naturalistes*, No.68, 1994, p.4.

给当代左拉研究注入活力，不仅开拓了当代左拉研究新领域，还将文化研究视角、比较文学视角引入研究课题之中，让当代"左拉学"变得更加开放与多元；同时，他们热衷于与来自不同国家和文化背景的左拉研究者展开学术对话与交流，不断将新的研究成果介绍给域外学者，使"左拉学"在国际学界也有了相当高的知名度。

在杂志的鼎盛阶段，编辑部和当代左拉研究者仍然不懈努力，他们没有居功自傲，为了推动左拉研究事业朝着更高的目标发展，仍继续在专业研究领域辛勤耕耘，著书立说。尤其值得一提的是《自然主义手册》第四任主编阿兰·帕热在这一阶段并未满足已取得的成就，而是继续和同人们一起制订新时期的研究规划。他们及时总结前几个阶段左拉研究的不足，并针对这些不足着手制订下一阶段的研究方案，以更好地推动当代左拉研究的发展，不断开创新局面。

20世纪90年代以来，当代左拉研究者其实也面临着如何继续开展专业学术研究等诸多问题。20世纪七八十年代《自然主义手册》编辑部和左拉之友新文学协会为左拉恢复名誉开展了很多项学术活动并获得了巨大成功。这些经典化举措后来收效甚大，社会反响很好。《自然主义手册》在80年代中期开展的左拉经典化运动中取得了辉煌成就，不过进入90年代之后，期刊编委会成员意识到如果要推动当代左拉研究迈上新台阶，必须将左拉研究朝着建构一门专门学问——"左拉学"的方向去努力。而建立作为专门学问的"左拉学"，尚有很长一段路需要走，因为当代左拉研究仍有很多空间没有得到充分的探讨和开掘，例如：在左拉代表巨著《卢贡-马卡尔家族》的系统性研究方面，虽然二战后当代左拉研究领域已有三个批评学派——"社会历史学派""主题学派""叙事学派"对该巨著的代表性作品做了较有深度的开拓性研究，但是对于这样一套由20部作品构成的巨著来说，尚有很多小说文本的思想内涵、主题和艺术特征没有被揭示和发掘出来，譬如《妇女乐园》与消费社会的关系，《家常事》《梦》《人兽》中的主要人物的欲望问题等。如果《卢贡-马卡尔家族》的经典化没有真正完成，意味着关于自然主义文学运动的价值重估也未彻底完成。此外，进入90年代，随着左拉研究空间不断被拓展，研究者们发现，当代左拉研究已经不能仅聚焦于左拉一人，而是要涉及"梅塘集团"的其他成员，如莫泊桑、于斯曼、塞阿尔、埃尼克等人的文学创作与左拉的自然主义之间的互动关系问题，而这些并没有得到充分的诠释与揭示。所以从某种意义上说，20世纪90年代应该是当代左拉研究迈向新世纪、新学科的历史拐点。《自然主义手册》作为引导当代左拉研究发展方向的专刊，在学科研究领域里仍须继续发挥学术交流平台的作用。杂志社也必须通过不断组织各种研讨会推动和加快当代左拉研究进程，上述这些未开掘的研究课题、未开展的研究工作也是《自然主义手册》继续存在的重要理由。当然，亨利·密特朗于20世纪80年代中期在法国国家社会科学中心创立的自然主义研究中心已经开始有效地开展专业化学术研究活动了。这一研究机构运行之后，替代了左拉之友新文学协会这一民间协会的职能，因为法国国家社会科学研究中心可以为《自然主义手册》的编辑及出版等提供学术经费、人员编制等各种条件支持和制度保障。所以自然主义研究中心成立后，当代左拉研究实际上已经变成了学科性质的学术研究了，受到规范化的学术制度和组织的监督和管理。20世纪80年代末，《自然主义手册》编辑部已转移至自然主义研究中心内，后来该机构成为继续推动当代左拉研究的重要学术组织。而"左拉学"作为新学科和一门专学也是在这样的历史语境下得以建立和发展的。

因此，左拉研究机构的正式成立、《自然主义手册》创办者的归属权变化，这些因素直接影响着当代左拉研究从体制外逐步向体制内转变。进入新时期之后，主编阿兰·帕热针对阶段性规划和目标，开展有效的科研活动。他曾在1989年《自然主义手册》的一篇前言中谈及如何推动未来十年的左拉研究，并提出了几点期望与建议。在他看来，无论社会现实如何变化，《自然主义手册》仍然要继续引领当代左拉研究的方向、发挥它在学界的学术影响力。为此，他期望进入90年代后杂志要扩大发行量，逐年提高读者订阅量，还要开辟一些交流与对话栏目以吸引更多读者和学者。针对近年来左拉研究与批评存在的碎片化、缺乏深度的问题，他提出了若干改进方案，譬如在每期杂志栏目和版面上做些改进与完善，提高杂志的专业性和学术性，力求每一期所探讨的问题更加具体化，能够围绕若干核心话题开展相关的有针对性的研究。进入20世纪90年代，诸如"空间"、图像、互文性、解构主义等概念成为欧美学界的热门话题，因此阿兰·帕热建议当代左拉研究者要不断关注学界热点问题，要在这些研究领域里再做新的拓展与创新。阿兰·帕热最后还呼吁当代学者要拓宽研究视野，从关注左拉小说美学研究逐步向其他领域进发，多进行跨学科研究，尤其要在那些被忽略的领域、被边缘化的话题上多做一些深度思考。他指出当代左拉研究在很多领域存在很多未被充分探讨的课题，譬如左拉后期文学创作、左拉与德莱福斯案件之间的关系、自然主义文学域外传播译介问题等。当然，如何拓展中期左拉研究的空间，最重要的不是呼吁，而是要落实到专业化研究和批评阐释实践活动上。所以这一时期《自然主义手册》编辑部已对"左拉学"的未来前景做了初步预测，并且为了实现这些预期目标，开始调整办刊的策略与方针。

从 20 世纪 90 年代起，《自然主义手册》在新主编阿兰·帕热的负责下开始不断调整办刊策略与方向。在引领学界左拉研究方向的过程中，杂志社一方面通过调动学者从事左拉研究的积极性，鼓励他们加强对左拉巨著《卢贡-马卡尔家族》的整体性研究，另一方面为了更好地开展专业化研究，他们开始制订切实可行的新时期研究计划。在这一过程中，有两个问题被提到了议事日程上：一个是如何在本土学界继续推进《卢贡-马卡尔家族》经典化，尤其是加大对《卢贡-马卡尔家族》的系统性研究，包括对那些次要作品的主题内涵及未知领域的探索和挖掘，促使《卢贡-马卡尔家族》被收入"七星文库"，完成丛书内各部作品的注释校注工作；二是如何重塑晚年左拉的形象。重塑左拉形象一直是二战后左拉研究的核心问题之一，也是《自然主义手册》编委们最关注的问题。二战后学界在重塑左拉形象方面取得了相当显著的成效，与之前备受诋毁的负面形象相比，二战后左拉形象已有了本质改变。《自然主义手册》自 1955 年起在法国学界发起了为左拉恢复名誉的正名运动，然后启动了二战后左拉研究。到了 80 年代末，随着研究逐步深入，左拉及其自然主义文学的价值得以揭示，《萌芽》与《小酒店》也进入了民族文学经典行列。公众已逐步改变了对左拉形象的认知，左拉不再被视为"淫秽的小说家"，而是现代小说的开创者、"梅塘集团"的领袖和挽救了法兰西第三共和国荣誉的知识分子。在重塑左拉形象的过程中，《自然主义手册》编委会和所有致力于左拉研究的专业人员都做出了巨大贡献。

不过，进入 20 世纪 90 年代后，学界在评价左拉的文学功绩和历史功绩问题上还是存在分歧的。因为这两个问题属于不同性质的问题，是需要区别对待的。《自然主义手册》在创刊的四十年间实际上只完成了重新评价左拉的文学功绩的任务，并没有完成对左拉的历史功绩的重新评价。所以正确评价左拉的历史功绩仍然是这一时期《自然主义手册》的重要工作。而重估左拉的历史功绩，关键问题是要加强对 19 世纪后期的重大历史事件德莱福斯案件的调查与研究，特别是要弄清楚左拉在德莱福斯案件审判过程中扮演的角色以及所起的具体历史作用。如果这些问题能够得到合理的解释和阐明的话，那么它对于中后期"左拉学"的建构与发展无疑具有重大历史意义。

笔者在统计 1988—2000 年出版的 13 期《自然主义手册》刊载的学术研究成果时，按照学术成果类型以及学术性等标准将 13 期刊载的 531 篇论文做了分类与划分。限于本节的研究范围，只抽取其中"文学研究部分"作为探讨核心，因为"文学研究"这部分学术成果类型，比较符合本项目研究的课题要求，更与本节所要探讨的《卢贡-马卡尔家族》经典化问题存在密切关联。同时，"文学研究"也是《自然主义手册》自创办以来一直保留下来的特色栏目，是学术期刊开展的专业化研究取得的成就的集中体现。据初步统计，这十三年来，《自然主义手册》的重要栏目"文学研究"共刊载论文153 篇，约占全部学术文献成果的 28%。这部分成果也是"左拉学"建构过程中最具有学术价值的部分。据笔者对《自然主义手册》（1988—2000）文献的梳理与整理，自 20 世纪 90 年代起，该栏目刊载的研究论文基本上围绕着《卢贡-马卡尔家族》系列作品的叙事空间、作品结构、时间循环、文本间性、女性形象塑造等问题展开讨论。这些学术探讨对完成后来《卢贡-马卡尔家族》的经典化起到了推动作用。

在对这十三年期间《卢贡-马卡尔家族》的经典化过程做考察时笔者发现，《自然主义手册》杂志社在开展专业化学术研究活动中起到了积极作用。《自然主义手册》杂志社依托学术机构自然主义研究中心，先后与美国、意大利、德国、加拿大、英国等国的高校研究机构开展合作，共同举办了十多次关于左拉及自然主义文学的国际学术研讨会，其中比较重要的会议列举如下：（1）1987 年在巴黎召开了关于《土地》《梦》和《贪欲的角逐》的学术研讨会；（2）1988 年在英国剑桥大学召开了关于左拉小说结构研究的研讨会；（3）1989 年和 1990 年巴黎三大为大学生开设了两个学期关于《人兽》作品的系列学术讲座；（4）1990 年自然主义研究中心与《自然主义手册》杂志社在巴黎召开了关于左拉与"图像"的学术研讨会；（5）1991 年 10 月 25—27 日《自然主义手册》杂志社与美国哥伦比亚大学联合举办题为"埃米尔·左拉：总结与展望"的学术研讨会；（6）1993 年《自然主义手册》杂志社与美国加利福尼亚大学联合召开了"如何扩展对左拉作品的现代阐释"学术研讨会；（7）1993 年在巴黎法国国家科学研究中心召开了纪念《卢贡-马卡尔家族》巨著出版百年学术研讨会；（8）1993 年《自然主义手册》杂志社与英国剑桥大学在伦敦联合举办了关于《卢贡-马卡尔家族》的接受与译介的学术研讨会等。为了刊载这些学术研讨会的优秀成果，《自然主义手册》还出版了六个专号特辑，除 1992 年第 66 期（主题："左拉与摄影及图像"）和 1998 年第 72 期（主题：《我控诉！》发表百年）之外，其余四期均是关于左拉与自然主义文学研究。在这四期专号中，有两期，即 1993 年第 67 期和 1994 年第 68 期，为《卢贡-马卡尔家族》研究专号。这两期刊载了有关《卢贡-马卡尔家族》研究的论文及相关论著摘要 41 篇，其中比较重要的论文题目及研究者列举如下：普瑞西亚的《多变性与现代性：〈贪欲的角逐〉中的巴黎》、劳雷·马尔丹的《〈小酒店〉中虚构空间的扩展》、多米妮克·于连的《百货商店中的'灰姑娘'——以〈妇女乐园〉和〈梦〉为例》、阿道尔夫·费尔南兹-佐伊拉的《〈金钱〉中的非连续性与极点》、克劳狄·贝尔纳的《〈巴斯卡医生〉中家族圈子与小说循环》、朱莉娅·克里斯蒂娃的《热爱残酷而不雅的真理》、米歇尔·拉贡的《〈卢贡-马卡尔家族〉：我们想象王国里充满了移民》、尼古拉·瓦特的《〈巴斯卡医生〉：介于乱伦与天赋之间》等。

上述两期专号均是两次国际研讨会的研究成果汇编，1993 年第 67 期是 1991 年在美国纽约哥伦比亚大学召开的"埃米尔·左拉：总结与展望"研讨会的会议论文集。1994 年第 68 期刊载的文章均遴选自 1993 年 6 月 20 日在巴黎召开的为纪念《卢贡-马卡尔家族》出版百年研讨会上受邀嘉宾的发言稿。这两期专号上收录的文章代表着 20 世纪 90 年代欧美学界在《卢贡-马卡尔家族》研究领域的最新学术成果，也代表了主流学界的学术观点。笔者从这两期专号中选择几篇文章作为例子，简略回顾一下 20 世纪 90 年代当代左拉研究者们采用何种研究视角和方法去拓展《卢贡-马卡尔家族》的研究空间。

《自然主义手册》1993 第 67 期以"埃米尔·左拉：总结与展望"为题，刊发论文 39 篇，这些论文由法国学者和美国学者撰写，代表着法国学界和美国学界在左拉研究领域里通力合作的成就。笔者从该专号特辑中选择了三篇学术论文作为重点介绍对象，尝试探讨 20 世纪 90 年代之后当代左拉研究关注的问题有哪些具体变化。先介绍两篇主题学研究方面的文章。第一篇论文题名为《多变性与现代性：〈贪欲的角逐〉中的巴黎》，作者是美国哥伦比亚大学左拉研究者普瑞西亚。该文侧重从城市文化研究视角探讨《卢贡-马卡尔家族》中《贪欲的角逐》的小说主题所蕴含的价值。在作者看来，《贪欲的角逐》可以被视为表现"奥斯曼化"①主题的作品，因为该小说叙述的是一个奥斯曼拆毁和重建巴黎城的现代主义悲剧。左拉对奥斯曼重建巴黎城的变革意义给予了充分肯定，认为巴黎城市空间的现代化有助于城市化进程，但是在肯定巴黎城市物质进步的同时，左拉也对这一时期社会流动性加快、城市消费主义盛行、各行各业投机行为增多等第二帝国社会的变化做了深刻描绘。作者指出，左拉在《贪欲的角逐》中尤其关注资产阶级的投机行为和投机心理。她对比了左拉与巴尔扎克在描绘这些投机行为时的差异性。巴尔扎克在《纽沁根银行》中描写的金融资本家的投机活动还是比较隐秘和抽象的，但是左拉在《贪欲的角逐》和后来的《金钱》中揭示的资产阶级投机行为已经变成社会普遍现象了。其次左拉在《贪欲的角逐》中描绘了社会阶层的流动性加快，社会各阶层的身份界限已经被打破。不仅如此，左拉还描写

_____

　　① 　奥斯曼是法兰西第二帝国时期法国塞纳省省长，他于 1853 年上任后开始对巴黎城市进行大规模改造，拓宽了巴黎 175 条街道，包括著名的圣·米歇尔林荫大道；在巴黎市区修建了多个火车站，建造了巴黎歌剧院等。在奥斯曼治理下，巴黎城市公共卫生和市容市貌有了巨大改观。当时巴黎城市改造项目花费约四亿法郎，需要政府财政拨款，政府为了支付这笔费用，不得已发行债券。所以奥斯曼化（l'haussmannisation）既指城市扩张，又指城市化、现代化急速发展。

了法兰西第二帝国时期社会道德、家庭观念、性别意识、公共与私人领域之间界限都趋于解体的情况。作者还结合文本中一对恋人勒蕾和马克西姆之间确立的新两性关系探讨了这种反常爱情关系的深层寓意。在他看来，左拉认为奥斯曼改造巴黎是为了提升城市社会公共卫生的新面貌，但是《贪欲的角逐》中的女主人公勒蕾最终却死于这种奥斯曼化的城市化，因为她不能适应改造过的巴黎城市生活。所以作者在文章结尾得出这样的结论，即现代化、城市化是一把双刃剑，现代城市生活快节奏和消费主义其实是不利于弱势群体和穷人的。

第二篇论文，题名为《百货商店中的'灰姑娘'——以〈妇女乐园〉和〈梦〉为例》，作者是美国哥伦比亚大学左拉研究者多米妮克·于连。多米妮克·于连在该文中提出自己的观点，即《妇女乐园》和《梦》这两部小说是家族系列小说《卢贡-马卡尔家族》整体构思中的一个例外。因为从小说塑造的女性人物形象和故事情节结构安排上来看，这两部小说显然超出了原先卢贡-马卡尔家族遗传学谱系和现实主义小说的构思框架。在作者看来，从文类上，《妇女乐园》和《梦》可以被归入"故事"范畴，而非现实主义小说。因为左拉没有按照现实主义小说的艺术构思逻辑对小说中女主人公的命运进行真实描绘，而是将来自外省穷苦农民家庭的两个女主人公写成了"灰姑娘"式的"梦想成真"大团圆结尾。两部小说故事构思十分相似，都虚构了一个与现实形成反差的乌托邦故事，这样的情节构思显然表明了左拉对冷酷无情和凄惨的社会现实的回避。在作者看来，这样的情节构思似乎与法兰西第二帝国时期真实的社会现实构成了悖论。事实上，如果遵照现实主义艺术构思逻辑，左拉应该将两部小说中的女主人公的命运写成"梦想无法实现"的社会悲剧。但是实际上，左拉拒绝采用现实态度来进行这样的艺术构思，反而在《妇女乐园》和《梦》中有意识地虚构了两个梦幻场景，一个是大型百货商店，另一个是富丽堂皇的教堂，然后他将两个女主人公（"灰姑娘"）分别置于此环境中，让她们对未来生活充满幻想与憧憬。其次他在小说中将这两位穷苦女子从外省进入巴黎闯荡的冒险故事写成了一个浪漫的励志故事，她们凭借其勤劳乐观的积极人生态度，最终因缔结一桩好姻缘实现了她们扎根巴黎都市社会的梦想。作者认为，《妇女乐园》和《梦》两部小说故事情节构思十分相似，即女主人公形象类似于"灰姑娘"，她们来到巴黎大都市奋斗拼搏，终于实现梦想并且获得了理想的爱情，显然她们的命运与《小酒店》的女主人公热尔维丝的遭遇形成鲜明反差。作者得出结论，一方面左拉通过这两部小说的创作要将法兰西第二帝国时期的巴黎描绘成具有乌托邦色彩的现代化"劳动之城"，另一方面他通过这两个梦想成真的女主人公的形象，尝试阐明这样一个道理，这两个"灰姑娘"最终能够获得人生幸福，靠的是她们内在美德的力量。在作者看来，这两部作品代表着左拉后期创作立场的转变，即并不是主张回到古代理想世界，而是表达向往乌托邦式的社会进步的思想。

　　第三篇论文，题名为《"混沌"与自然主义》，作者是美国田纳西大学左拉研究者帕特里克·布拉迪。在该文中，帕特里克·布拉迪指出对《卢贡-马卡尔家族》叙事形式的研究开始于结构主义批评崛起时期（1960—1980），运用结构主义批评理论去分析《卢贡-马卡尔家族》的叙事结构十分适合。然而在他看来，最近十年，人们又开始用"混沌"理论来分析《卢贡-马卡尔家族》叙事形式的特征。帕特里克·布拉迪曾在《自然主义手册》1992年第66期上发表过一篇文章，题为《"混沌"理论与〈作品〉：绘画、结构、主题学》。他在该文中对"混沌"理论的起源及流变做了溯源与考证。在《自然主义手册》1993年第67期上，他又发表了《"混沌"与自然主义》一文，在该文中，他继续从"混沌"理论角度探讨自然主义叙事形式特征。在他看来，"混沌"理论是当代数学、物理学、化学、天文学、气象学、医学和政治经济学最前沿的理论。混沌理论认为一切事物的原始状态都是一堆看似毫不关联的碎片，一切事物始终存在着不可见的根本结构。这个始终存在的不可见结构不仅可以被发现，也可以被改变。"混沌理论"是20世纪60年代由美国气象学家爱德华·洛伦茨提出的，最初被运用于解释气候变化现象，即在初始条件中，一些看起来十分微小的变化经过不断放大，会对未来的气候状态造成巨大差异。混沌理论其实也是一种量化分析方法。帕特里克·布拉迪认为混沌理论和结构主义理论一样都突出在同一结构内聚集起来的现象之间彼此存在关联。他选择了《卢贡-马卡尔家族》中的《作品》作为分析对象，尝试从五个方面来揭示该作品中那些不可见的结构和所要表现的主题。第一个方面，即"被隐藏着的秩序（技巧、性与社会）与被隐藏的无秩序"，探讨左拉在《作品》中如何对画家克洛德的"疯狂"进行描绘。左拉在描写主人公克洛德疯狂的精神状态时，将目光聚焦于这位画家的内心世界，他写克洛德整天被一种强烈的艺术创作冲动驱使，渴望画出一幅"淡紫色的大地和蓝色树木"的巨型画。在左拉笔下，克洛德病态的心理（不可见的隐形结构）却被表现在其绘画风格（可见的艺术结构）上。此外，左拉在小说中还写到了另外一个情节和人物，克洛德与他的恋人克瑞斯蒂娜之间的感情。克洛德每次完成一幅绘画作品之后，邀请克瑞斯蒂娜去欣赏，但是后者内心总感到不快乐，原因是她从克洛德画作中觉察到画家潜意识里的性冲动。因为克洛德绘画作品中到处是裸体的维纳斯，还有其他取材于希腊神话传说的爱情内容。不过在作者看来，从克洛德绘画艺术呈现出来的内容来看，他的画作还是具有条理和秩序的，并不是混杂的无条理的东西，只不过这些条理和秩序是被表面物体隐藏起来了。但是左拉在描绘画家的生活时，则刻意表现画家混乱无序的精神状态。从第二个方面，即"偶然强迫症"，论文作者揭示了左拉在创作小说《作品》时所采用的方法。帕特里克·布拉迪认为左拉在描写画家克洛德的疯狂过程时有意识地从画家的心理状态描绘起。小说中，画家克洛德总处于这样一种心理状态中，他随时准备迎接脑海中突然闪现出来的任何有创意的念头或灵感。论文作者用布鲁姆的话来概括克洛德的这种心理状态，即克洛德总处在"接受影响的焦虑"的状态。表面上看，克洛德的心理似乎总处于开放状态，然而他内心和精神总被种种幻想束缚。第三个方面，即非线性（美学、戏剧、文本）角度，论文作者探讨了左拉自然主义小说情节构思的特点。在他看来，左拉自然主义小说情节构思并不是一种线型结构模式，而是一种非线型结构。帕特里克·布拉迪结合《作品》情节构思特征探讨了其中的原因。在他看来，采用这样一种非线性结构是与左拉独特的美学观念、小说文本中故事场景的戏剧性存在密切关系的。因为左拉在写这部小说时，不是遵循小说主题发展的客观要求，而是时刻关注小说主人公的精神与心理变化。例如《作品》中，克洛德最大的愿望就是要将看见的一切全部描绘出来。所以左拉在构思小说故事情节时总是要写主人公脑海中随时闪现的灵感和念头，这样一来他就会不断改变情节发展的线索。所以作者认为，左拉在自然主义小说中选择采用非线型叙事结构，这是出于灵活的艺术手法的需要。第四个方面就是自动-复制：缩影画结构。帕特里克·布拉迪认为左拉在《作品》中采用碎片组合方式，将一块块描写的图像镶嵌起来，按照各个叙事层要求，将其组合成整体。最后是第五个方面：反作用与"熵"。帕特里克·布拉迪认为可以采用"混沌"理论视角去探讨《作品》中那些具有变革意识的艺术家与克洛德之间交往关系的实质意义。他们彼此是同行兄弟关系，但是每个人的艺术观念、才华、个性完全不同，所以他们相处在一起会有冲突与矛盾，而这些矛盾也会引起艺术家情绪上的反应，激起艺术家头脑中不同的灵感纷纷出现。帕特里克·布拉迪在论文中总结自己的观点，他认为运用混沌理论可以解释和阐明左拉自然主义文本中那些不可见的但是始终起作用的结构性东西及其功能。从上述三篇论文所探讨的问题上，可以看出20世纪90年代后当代左拉研究关注的问题已转向了现代主义城市形象、城市空间、解构主义与比较文学研究方面的话题。

《自然主义手册》1994第68期是纪念自然主义巨著《卢贡-马卡尔家族》出版百年而发行的专号，以"简短演说与见证"和"文学研究：循环诗学"两个栏目收录了纪念性文章十篇。主编阿兰·帕热在该专号前言中回顾了期刊四十多年走过的艰难历程，并且对取得的成绩感到欣慰。他借这次举办纪念会之际向所有致力于当代左拉研究的学者和关注者表示由衷感谢。该专号还刊载了法国著名学者朱莉娅·克里斯蒂娃的文章《热爱残酷而不雅的真理》。《自然主义手册》在纪念《卢贡-马卡尔家族》竣工百年的研究会上邀请朱莉娅·克里斯蒂娃发表演讲是具有特殊意义的。朱莉娅·克里斯蒂娃是二战后法国学界结构主义新批评的代表人物，她提出的"互文性"术语曾经给罗兰·巴尔特分析19世纪现实主义小说文本提供了很大启发。因此让朱莉娅·克里斯蒂娃谈谈对于左拉作品的看法无疑具有特殊意义。朱莉娅·克里斯蒂娃在演讲中对左拉在法国文学题材领域做出的开创性贡献给予了高度肯定。她指出迄今为止文学史上有一种现实性堪称"左拉的现实性"，它主要意味着小说对"恶"的呈现。这里的"恶"在她看来，不是仅仅指作品中对失业工人的描绘、对妇女激情的描写，也不是仅指对外来移民的狂热的描写。这种"恶"已远远超越了"悲惨主义"、民众主义并有别于其他自然主义范畴，有其特有的内涵，即特指作为小说家的左拉敢于在小说《卢贡-马卡尔家族》中道出那个辉煌时代存在的"恶"。朱莉娅·克里斯蒂娃认为，左拉的可贵之处有两点：一是将令人厌恶之物降格，使之变成平常之物；二是他改变了法国小说的现代命运，即现代小说从厌恶悲情、只对有伤风化的事情和色情放纵抱以兴趣，到极力避免故意炫耀令人恶心之事。在克里斯蒂娃看来，左拉在其作品中声称要研究这个世界上的卑贱者，可是当代读者却从中发现了很多关于暴力和性的描绘。不过左拉写这些内容的真正动机还是让人关注文明进程中的缺陷问题。克里斯蒂娃认为从《戴蕾斯·拉甘》中的女主人公到《卢贡-马卡尔家族》中的娜娜、热尔维丝，可以看出左拉对歇斯底里症和其他派生病症了如指掌。左拉是个有才华的精神分析学家和社会学家，他善于书写那些令人无法忍受的粗俗、滑稽之物。按照左拉本人的解释，写"恶"的文学也是类似于医学诊断的文学。这种书写既谈不上令人自豪也称不上低下鄙俗，只要作家对描写的对象保持一定距离即可。左拉难能可贵的是他更热衷于表现残酷的真理，而《卢贡-马卡尔家族》的创作证实了左拉采取的态度与立场，即"热爱残酷而不雅的真理"[①]。朱莉娅·克里斯蒂娃在这篇演讲稿中通过概括性地分析《卢贡-马卡尔家族》系列作品中相似的题材内容，揭示出左拉在法国文学史上的独特地位及功绩。她称左拉是改变法国小说现代命运的作家，这样的见解和评价是十分中肯的。她对《卢贡-马卡尔家族》书写"恶"的文学价值给予了充分的肯定，她对左拉小说文本叙事特征的概括和分析显示出她高屋建瓴的领悟力。

《自然主义手册》1994第68期"文学研究：循环诗学"栏目刊载了6篇探讨《卢贡-马卡尔家族》价值的学术论文。笔者从中选择三篇加以介绍，尝试探讨一下20世纪90年代当代左拉研究者是以什么样的问题化方式来关注《卢贡-马卡尔家族》的经典化问题的。第一篇论文题名为《〈卢贡-马卡尔家族〉：循环、科学与想象物》。作者是法国学者维罗尼克·拉维耶尔。拉

[①]　Julia Kristeva, «Aimer la vérité cruelle et disgracieuse», *Les Cahiers Naturalistes*, No.68, 1994, pp.7–9.

维耶尔在该文引文部分简略回顾了法国学界于 1993 年为了纪念《卢贡-马卡尔家族》竣工百年庆典而组织的一系列圆桌会议，其中规模最大的是在法国国家社科中心和巴黎国家图书馆分别举办的题为"小说循环结束与世纪末"的研讨会。法国学界左拉研究领域里一些著名学者和文化名人，如亨利·密特朗、菲利普·哈蒙、科莱特·贝克、奥古斯特·德扎莱、勒杜克-亚丁、阿兰·帕热、马尔丹·凡·布伦、雅克·诺瓦雷等都参加了这些圆桌会议。会议结束后，所有嘉宾的发言稿题名为《今日的〈卢贡-马卡尔家族〉》结集出版。所以拉维耶尔在文章中表示，在纪念《卢贡-马卡尔家族》竣工百年这一历史背景下，她期望从阅读与接受的角度探讨一下《卢贡-马卡尔家族》这套循环小说的创作对后世法国文学的影响。拉维耶尔首先从出版界公布的《卢贡-马卡尔家族》系列作品的出版数量（1972—1993）上指出当代读者对这套丛书的喜爱程度，最受欢迎的是《萌芽》和《小酒店》。这充分说明这两部作品不仅是《卢贡-马卡尔家族》中被筛选出的代表作，而且它们在公众心目中的地位与价值也是最高的。其次，拉维耶尔指出自从 19 世纪后期大学批评家勒梅特尔将《卢贡-马卡尔家族》定位成"最带有悲观主义色彩的史诗"之后，这套巨著的价值也被贬低得一钱不值，所以长期以来左拉的巨著《卢贡-马卡尔家族》一直没有得到公正的评价。而改变人们对于《卢贡-马卡尔家族》价值的认识和偏见的恰恰是二战后学界的一批杰出批评家。由于他们付出的努力和对该巨著的现代阐释，人们彻底改变了对该巨著的认知。她特别提及这些为当代左拉研究做出出色贡献的学者名字，亨利·密特朗、奥古斯特·德扎莱、菲利普·哈蒙等。在她看来，正是这样一批年轻有为的学者重启了当代左拉研究，重新对《卢贡-马卡尔家族》进行了价值估算。所以拉维耶尔在论文结尾得出结论，经过三十多年研究，《卢贡-马卡尔家族》最终获得了公众和批评家较为公允的评价。但是她也指出目前学界对"第三个左拉"① 的解读，也是引起大家争议的。如何更合理地评价《卢贡-马

---

① "第三个左拉"，是当代左拉研究者亨利·密特朗通过二战后学界对左拉形象的塑造，提出的说法。第一个左拉是左拉早期形象，擅长故事叙述。第二个左拉是左拉创作《卢贡-马卡尔家族》的作者形象，一个有才华的小说家形象。第三个左拉就是具有乌托邦思想的抒情诗人形象。

卡尔家族》的价值与影响力，选择从哪些角度去理解左拉对 19 世纪后期法国文学发展所做出的贡献，其实至今仍然值得人们好好思考。维罗尼克·拉维耶尔的个人观点是要选择从科学研究的视角重新思考和探讨《卢贡-马卡尔家族》的丰富内涵及美学价值。左拉最初构思《卢贡-马卡尔家族》时考虑最多的也是科学模式、科学方法（观察、实验）、科学假设、遗传学与家族成员血缘退化等。他参考的大量科学文献数据对他的文学想象物产生了决定性影响。他在《卢贡家族的发迹》一书初版序言里谈及他写这套书的两大目的。虽然《卢贡-马卡尔家族》的整体结构是自成一体的，但是在主题和结构上还是呈现出开放式的特点，作品整体处于开放与闭合不停旋转的螺旋上升状态。这套巨著从内容上可以被划分为两大区域，即"已被认知、已被证明与现实"和"未被认知、非现实的与理想"。她认为学者科莱特·贝克已在研究中发现了《卢贡-马卡尔家族》系列作品具有的这样一个特征。此外，她还提出左拉在构思该巨著过程中一直对拆分、分解、解构十分感兴趣，所以人们可以将该巨著理解为专门探讨生命与死亡意义的作品。事实上，科学模式、实证主义意识形态已被证实确实存在于《卢贡-马卡尔家族》系列作品的深层叙事结构之中。不过该文本中还存在其他许多难解之谜，这或许是与作者创造性的想象物（幻觉和潜意识）有关。为此她建议人们可以继续探讨这些难解之谜。她在文章结尾处指出左拉在《卢贡-马卡尔家族》中常常借助神话传说来表达其内心的深层焦虑与痛苦。如何阐明这些神话意蕴，揭示出这些神话蕴含的无意识之物，是值得思考的。因为恰恰是其作品中显现出来的那些无意识给读者造成了种种错觉，即《卢贡-马卡尔家族》是关于人性的悲观主义史诗。她认为要彻底否定这个结论，尚需要加大力度去深入探讨《卢贡-马卡尔家族》中不同作品的内容与描写手法。

第二篇论文题名为《左拉作品中的超文本性：以〈贪欲的角逐〉为例》，作者是德国学者萨拉·卡匹塔尼奥。萨拉·卡匹塔尼奥选择了《卢贡-马卡尔家族》系列作品中的第二部小说《贪欲的角逐》作为研究对象。他认为这部小说的情节故事构思中包含四个不同类型的超文本。他借用热奈特对跨文本性内涵的定义，指出这四个超文本是下列作品：一是剧本《一个要出卖的人》的草稿，写于 1873 年；二是短篇小说《纳塔》（1878）；三是根据短篇小说《纳塔》改编的戏剧剧本提纲；四是戏剧《勒蕾》，写于 1880 年，但是首场演出是 1887 年。人们在研究《卢贡-马卡尔家族》时发现左拉在 1887 年《勒蕾》首场演出时曾写过一篇出版序言。萨拉·卡匹塔尼奥认为《贪欲的角逐》与剧本《一个要出卖的人》、短篇小说《纳塔》和根据短篇小说《纳塔》改编的戏剧均存在互文关系。至于《勒蕾》，该剧本直接取材于小说《贪欲的角逐》。在作者看来，前三部作品代表着一部戏剧作品从雏形到定型的三个阶段，它们彼此之间存在互文关系。作者认为，《贪欲的角逐》核心情节十分简单，主要表现勒蕾与萨加尔之间关系隐含的几种不同指涉。对于阅读《贪欲的角逐》的读者来说，如何更好地理解小说的主题内涵，尤其是如何解读勒蕾与萨加尔两个人物形象、看待女主人公勒蕾的悲剧性命运和她丈夫的成功，需要借助对上述四个不同文本所塑造的人物形象内涵的不同解读。四个戏剧剧本中的人物显然在小说《贪欲的角逐》中依次出现过，只不过在戏剧中，人物出场先后和剧本所要表达的主题密切相关。但是研究上述四个剧本如何描写这些人物的性格，也对理解《贪欲的角逐》蕴含的意蕴和指涉具有参考价值。事实上左拉在构思《贪欲的角逐》时，他的创作目的就是要写女主人公勒蕾悲剧性的命运，这个女子受家族血缘遗传影响具有乱伦倾向，小说结尾是以她自杀而告终。作者认为，在左拉的构思中，他要突出勒蕾是个值得同情的女主人公。她的悲剧命运与拉辛在《费德尔》中塑造的瑟内柯命运十分相似。所以研究其他文本中的勒蕾形象，其实也有助于理解左拉的创作构思以及《贪欲的角逐》的主题内涵。萨拉·卡匹塔尼奥在论文结尾处这样总结道：研究作家对某个文本的重写现象，要将后文本与之前的蓝本、底本加以对照，此外还要关注戏剧剧本中的人物话语与小说中的人物话语之间的关系，这样才能更好地理解作家何以要对人物话语进行变换。从这种变换手法中，可以考察作家的创作思路以及作品主题表达的改变，以及这种改变反映出来的问题。作者在这篇论文中将《贪欲的角逐》与另外三个文本加以对比，从超文本理论角度解读了《贪欲的角逐》中主题内涵的变化，探讨了女主人公勒蕾的形象与其他三个文本中的女性人物形象的差异。萨拉·卡匹塔尼奥对《贪欲的角逐》的解读有助于人们重新思考左拉文本中的互文现象。

第三篇论文是尼古拉·瓦特的《〈巴斯卡医生〉：介于乱伦与天赋之间》。尼古拉·瓦特是英国伦敦大学的左拉研究者，他在论文中主要通过解读《巴斯卡医生》中的科洛蒂尔德与巴斯卡医生之间的通奸关系，从精神分析学角度探讨了俄狄浦斯情结与反俄狄浦斯情结之间的矛盾。作者在探讨《巴斯卡医生》中男女主人公的通奸关系时，主要以左拉《卢贡-马卡尔家族》系列小说的"家族遗传谱系树"为切入点，指出了这个谱系树具有隐喻含义，它喻指卢贡和马卡尔两大家族成员的肉身，这一预设前提其实对后来家族成员命运的描绘构成了束缚。所以《巴斯卡医生》中的科洛蒂尔德与巴斯卡医生之间的通奸关系是对预设的俄狄浦斯情结的一种反抗和否定，也是企图冲破家族血缘遗传的反俄狄浦斯情结的表现。论文作者认为，变换角度解读作品，可以解构原文本的意指作用。

上述这些研究成果主要代表着 20 世纪 90 年代学界在《卢贡-马卡尔家族》研究方面的主要成就。从上述这些论文成果探讨的问题来看，90 年代当代左拉研究者关注的话题和研究视角都具有明显的变化，一是 90 年代当代左拉研究明显受到欧美学界最前沿的理论话语和研究方法的影响，如帕特里克·布拉迪在论文中运用混沌理论探讨左拉自然主义文本中那些不可见的结构的隐喻作用。二是 90 年代时当代左拉研究已呈现出更加多元化的发展态势，研究视角也更加开放，如朱莉娅·克里斯蒂娃认为左拉擅长在小说中描写"恶"，正是左拉对"恶"的揭示改变了法国小说的现代命运。三是当代左拉研究更凸显新的问题意识，例如德国学者萨拉·卡匹塔尼奥在《左拉作品中的超文本性：以〈贪欲的角逐〉为例》一文中注意到了左拉作品中的超文本性问题。

以上是对 20 世纪 90 年代当代左拉研究所取得的成就的回顾与总结。其实 20 世纪 90 年代也是当代"左拉学"建构与发展的重要阶段。正如阿兰·帕热在 1996 年《自然主义手册》第 70 期的前言中指出的那样，1996 年是当代左拉研究硕果累累的一年，有两大事件载入历史，一是由亨利·密特朗主编的《左拉通信集》（十卷）全部出版，该工程自 1970 年启动直至 1995 年完成，耗时近二十五年，属于重大文化建设项目，终于于 20 世纪末告一段落；二是配合法国"七星文库"收录、出版《卢贡-马卡尔家族》系列丛书（1960—1996），通过组织左拉研究专家校注全部 20 部作品并召开各种研讨会，分别对《卢贡-马卡尔家族》中的不同作品进行重新解读与阐释性的研究，通过专业化研究模式推动《卢贡-马卡尔家族》的经典化过程。

在笔者看来，1996 年法国"七星文库"所收录的《卢贡-马卡尔家族》（总共包括 20 部小说）全部出版完成代表着二战后左拉研究第二个阶段（20 世纪 80—90 年代）的研究规划及目标已全部实现。《卢贡-马卡尔家族》经典化（1960—1996）前后经历了三十多年，该巨著的经典化属于 20 世纪下半叶由《自然主义手册》和左拉之友新文学协会发起的左拉经典化运动的组成部分。但是《卢贡-马卡尔家族》经典化显得更为重要，因为它是对左拉及自然主义文学价值重新评价和认可的标志性工程。在这一经典化过程中，还催生了二战后左拉研究领域里的各种批评派别，如社会历史学批评、主题学批评、叙述学批评、精神分析学派等。正是这些不同观点和批评方法对《卢贡-马卡尔家族》研究空间的拓展才最终使得左拉进入民族经典作家行列。从《卢贡-马卡尔家族》经典化的整个过程来看可以发现两个问题，一是《卢贡-马卡尔家族》得以经典化首先要归功于专业协会和学术期刊对左拉经典化运动给予的持续不断的大力支持与推动。专业协会和学术期刊更是促成专门学问"左拉学"形成的必要条件。因为专业协会和学术期刊属于二战后法国学术建制的重要组成部分，它们存在的最大理由就是要为专业研究人员开展专业研究活动提供场所，为跨界学术交流提供机会。二是三十多年来当代左拉研究者围绕着《卢贡-马卡尔家族》各个阶段确立的研究规划，展开对不同作品的系统性重读与现代阐释性研究，重新建构了一整套的学术话语，创建了一种跨学科、跨学界的国际合作研究模式。通过这种跨界合作，法国左拉研究者们才能够与域外左拉研究者开展国际学术合作与交流活动，彼此贡献智慧与研究发现，从而不断拓展新的研究领域。所以当代左拉学离不开专业协会和学术期刊的支持与推动，更离不开大学或科研机构当代左拉研究者对当代左拉研究事业的投入。如果没有这支专业化的研究团队通力合作，那么左拉研究领域所有重大学术问题以及文本中的难解之谜便无法得到全面揭示与解决。所以《卢贡-马卡尔家族》的经典化能够顺利实现，其内驱力还是专业化的研究团队在左拉研究中的不懈努力。

第三节　法国本土批评流派的崛起与中期"左拉学"谱系的建构研究

自《自然主义手册》创办以来直至 20 世纪 90 年代末，当代左拉研究经历了两个重要发展阶段。一是《自然主义手册》初创阶段，即 20 世纪 50—70 年代，在这一时期，为左拉及自然主义文学恢复名誉的"正名"运动获得成功，左拉在 19 世纪法国文学史上应有的地位得到了承认，其文学功绩也得到了重新评价。二是学术期刊《自然主义手册》鼎盛阶段，即 20 世纪八九十年代。在这一阶段，《萌芽》《小酒店》等这些自然主义小说成功地进入大学课堂或成为中学毕业会考的内容。被收入法国"七星文库"丛书中的《卢贡–马卡尔家族》全集终于陆续出版问世了，该巨著所蕴含的丰富史学和文学价值通过二战后专业研究者的系统研究和现代阐释而得以较为充分地揭示出来，从而使其经典化得以真正实现。在这一阶段，当代左拉研究逐步演变为一门专学，即"左拉学"。

回顾二战后"左拉学"学术谱系的建构过程，笔者认为有必要对当代"左拉学"得以被建构的深层原因进行深入探讨。梳理从左拉研究到"左拉学"的演变轨迹可以发现，"左拉学"的建构始终围绕着这些问题来进行，即左拉对 19 世纪下半叶法国文学做出的贡献与功绩为何没有得到学界的肯定与认可？左拉生前为何屡遭 19 世纪后期法国大学批评家的诋毁？当代左拉研究的启动和当代左拉经典化运动的发起都是与二战后学者对这些问题的反思有关的。随着二战后左拉研究的逐步深入，被历史遮蔽的一些真相逐渐被揭示出来。对此，当代左拉研究者亨利·密特朗在《解读/再解读左拉》一书中道出了左拉长期遭遇传统学院派批评家指责与诋毁的原委，"左拉在其所处的那个时代，无论在政治立场、宗教和道德观念上，还是在艺术方面等，可以说他在任何领域都算不上是个观念'正确'的人。因此无论在域内还是域外，他都始终处于被边缘化的地位……"[1]。也就是说，当代"左拉学"

---

[1]　Jean-Pierre Leduc-Adine, Henri Mitterand, *Lire/Dé-Lire Zola*, Paris: Nouveau Monde Editions, 2004, pp.11–12.

建构始终围绕着如何去重新评价左拉及其自然主义文学的价值与贡献，如何匡正 19 世纪后期法国学院派大学批评关于左拉种种"不正确"的指责。所以当代"左拉学"的建构过程实质上就是扭转这种定性评价的过程。而扭转和改变这样一种定性评价，不是靠简单的舆论宣传，更重要的是必须依靠二战后学界崛起的以文学研究为业、受过职业化训练的、对当代左拉研究怀有崇高的探索理念的专业研究者队伍。

事实上，在这四十多年期间，《自然主义手册》作为左拉之友新文学协会创办的专刊将法国本土学术界和域外学术界一批致力于当代左拉研究的专业知识分子、批评家和爱好者聚集在一起，为他们提供文化公共空间和学术交流平台，并且将他们的学术研究成果予以登载发表，让学界同人能够及时了解当代左拉研究的动态。正因为有了这样的公共空间，一种跨国界、跨学科、跨专业的现代协作研究模式才得以实现并能很快产生学术影响力。对于《自然主义手册》创办者来说，在当代"左拉学"建构过程中，采取跨国界、跨学科、跨专业的国际合作要比以往批评家"独学无侣"式的个人化研究模式更具有优势，也是十分必要的。因为二战后左拉研究课题所涉及的领域和问题比较广泛，这样就要求研究者必须具备更宽广的文化视野。以往那种从作家研究到单个文本研究，从理论到文本的研究模式，显然不能有效地解决问题。所以突破以往学术封闭的圈子，利用域外研究人员的智力资源和研究视阈，开展相关课题的研究，可以使专业化知识生产的效率得以提高，使研究项目任务完成的进度得以加快。事实证明，这四十多年来，通过这种跨国界、跨学科、跨专业的现代合作研究模式，当代左拉研究者在很多大型研究项目中得以展开合作，并且取得了令人瞩目的成就。当然学术期刊的创办对建构本土学者自己的学术话语体系和批评机制起到了积极的推动作用。该期刊编辑部特别重视推出一批本土新生代批评家的学术成果，凸显他们在二战后当代左拉研究领域展露出的学术才华和创新意识，期望他们逐渐成为当代左拉专业研究领域的后备军和学科研究权威。因此建立当代"左拉学"的关键最终还是要依靠本土丰富的学术资源和本民族文学及文化传统，毕竟左拉经典化运动是要在本土文化背景下才能真正完成。

在二战后当代左拉研究领域里，法国本土批评流派和新生代批评家主要出现于 20 世纪 60 年代中期至 70 年代末，他们的崛起对于开创当代"左拉学"新局面起到了关键作用。《自然主义手册》第四任主编阿兰·帕热也曾在 1994 年《自然主义手册》第 68 期前言中提到了法国本土批评流派和新生代批评家的主要代表人物。他将这些新生代批评家划分为四代，即"战后五十年代批评家""六十年代批评家""七十年代批评家"以及"八零后批评家群体"，其中有些批评家来自英国、比利时、瑞士、德国、美国、加拿大等国的高校及科研机构。不过，在这些新生代批评家中，法国本土学界的知名左拉研究者还是占绝大部分，其主要代表人物有居伊·罗贝尔、亨利·密特朗、罗谢·里波尔、奥古斯特·德扎莱、耶夫·谢弗勒尔、菲利普·哈蒙、菲利普·波纳菲、亨利·马莱尔、让-皮埃尔·勒杜克-亚丁等①。从这些新生代批评家的学术背景来看，他们中间大多数人毕业于巴黎索尔邦大学、巴黎三大、巴黎八大、里尔三大、巴黎高师等名校；其次他们都是上述这些法国知名大学和科研机构里的文学研究者和专业研究员。新生代批评家成长于二战后人文社会科学繁荣发展的时期，接受过结构主义新批评、精神分析学和符号学理论等专业化学术训练。例如，为当代"左拉学"建构发挥巨大作用的领军人物——亨利·密特朗，他曾于 20 世纪 50 年代末就读于贝桑松大学人文社会科学系，60 年代初参加过巴黎语言学协会举办的高级研讨班。年轻时的亨利·密特朗曾是结构语言学家莱昂·瓦格纳和马塞尔·科昂的弟子，是最早接受过结构主义新批评理论熏陶的专业研究者。科莱特·贝克也是如此，她于 60 年代中期进入巴黎四大学习，其博士论文选题是研究左拉早期文学生涯及其自然主义文学观念的形成问题。她于 70 年代初开始在学界崭露头角，并在学术期刊《自然主义手册》上发表其研究成果。此后，她逐渐成长为杰出的新生代批评家，出版了多部专著，撰写过《我们时代的批评家与左拉》《解读自然主义和象征主义》等。

　　与以往批评家不同的是，这些新生代的批评家之所以选择毕生从事当代左拉研究，往往都是出于二战后法国高等教育专业化和职业化的要求，同时也是出于对学术研究对象的兴趣和要开创二战后左拉研究新局面的使命感。

---

　　① Alain Pagès, «Avant-propos», *Les Cahiers Naturalistes*, No.68, 1994, p.4.

因为二战后崛起的这批新生代的批评家通过专业期刊《自然主义手册》的创办以及二战后学界出版的左拉研究成果逐步了解到了 19 世纪后期法国大学批评家诋毁左拉及自然主义文学是不合理的。所以他们对左拉研究在本土学术界被边缘化的现状、左拉研究话语严重缺失、传统解读方式僵化等问题有清醒的认识，于是产生要去纠正学界弊端的想法。从 20 世纪五六十年代开始，这些新生代批评家开始关注二战后学界发起的左拉经典化运动，积极投身于重新评价和阐释左拉及自然主义文学的专业化研究中。他们积极参与《自然主义手册》和左拉之友新文学协会举办的各种研讨活动。在二战后左拉研究项目推进过程中，他们开始重新思考如何去理解左拉作品意义的丰富性，怎样跨越 19 世纪大学批评给二战后左拉研究设置的那些障碍和绊脚石，尤其是如何拓宽阐释左拉自然主义小说文本的空间维度。当然，二战后法国知识界兴起的各种新批评理论及研究方法也给这些新生代的批评家和当代左拉研究者提供了重新认识左拉文本的更多可能性和知识话语体系。所以在二战后多元文化背景下，这些新生代批评家不再运用过去单一肤浅的道德维度去阐释左拉作品，而是尝试变换不同视角给读者提供更有价值的东西。当然，认知方式的改变必然给他们重新审视和解读左拉作品的价值与意义带来不一样的发现。在整理作家创作手稿的过程中，他们对新发现的文献资料展开了研究，从这些文献发掘中，他们找到了重新阐释《卢贡-马卡尔家族》系列小说创作动机和主题内涵的维度和视角，从而得出了对左拉不同阶段创作的作品及其价值的全新看法。这些基于新史料和新文献事实所得出的结论不仅推翻和颠覆了二战前大学批评家关于左拉及自然主义作品的看法，也为后来学界发起的恢复左拉文学声誉的经典化运动提供了重要依据。

　　置身于二战后各种思想交锋争鸣激烈的新文化语境，新生代批评家凭借他们的创新意识和开拓精神逐渐在左拉研究领域里掌握了话语权并建立了批评的权威。从 20 世纪七八十年代起，新生代批评家将主要精力放在对左拉《卢贡-马卡尔家族》系列作品的重新解读和阐释上，并以此为基础挖掘左拉经典作品中的文本价值。这种再阅读与阐释不仅是对以往批评阅读的补充，更是对以往批评偏颇的一种纠正。对左拉巨著《卢贡-马卡尔家族》的重新阐释是左拉经典化过程中最重要的研究课题，因为它直接关系到如何判断和重新评价左拉自然主义小说文本蕴含的独特审美价值的问题。而新生代批评家重新解读《卢贡-马卡尔家族》本身也隐含着一种要扭转先前批评学派对左拉"不正确"的指责的深层意图。所以他们的解读行为就是一种冒天下之大不韪的挑战行为，因为这是以质疑 19 世纪后期大学批评的公允性作为重新解读作品的出发点的。不过，后来的事实证明，正是新生代批评家的这种现代阐释，对《卢贡-马卡尔家族》主要代表作品，如《萌芽》《小酒店》的经典化起到了至关重要的作用。当然，新生代批评家的现代阐释也成为后来推动当代左拉研究创新与变革的重要因素。

　　自 20 世纪 70 年代至 90 年代末，新生代批评家先后对左拉代表作《戴蕾斯·拉甘》以及《卢贡-马卡尔家族》系列作品、《三名城》和《四福音书》等进行了现代阐释，他们主要采用了三条研究路径，即社会历史学研究、主题学研究和叙事学研究。新生代批评家采用的社会历史学研究方法也有别于以往传统学院派大学批评家，他们不再仅仅把左拉作品的形式、风格和内容视为特定历史的被动产物，而是侧重于揭示社会历史诸多外部因素对左拉作品生成的影响，目的还是揭示作为创作主体的作家对于社会历史外部因素的吸收与转换问题。为此，他们运用乔姆斯基、巴尔特、福柯、阿尔都塞和布尔迪厄等人的理论来阐释左拉小说文本的独特价值。他们运用社会历史学研究方法去阐释左拉作品，目的并不是要说明左拉的作品是什么，而是要戳穿 19 世纪法国大学批评家将很多牵强的负面评价强加于左拉作品的真实用意。新生代批评家之一的奥古斯特·德扎莱曾经于 1973 年出版论著《阅读左拉》。从 1967 年到 1984 年，他又先后在《自然主义手册》发表了四篇论文。在这些论文中，他对左拉的记者生涯、左拉小说创作不同时期的艺术风格、《卢贡-马卡尔家族》系列作品中蕴含的神话意象和迷宫结构都做了深入研究和探讨。他通过分析《卢贡-马卡尔家族》系列作品中整体神话意象和迷宫结构的象征性，揭示了左拉作品蕴含的历史意识。他对《卢贡-马卡尔家族》的现代阐释改变了以往学界陈旧的读解方式，也给人耳目一新的感觉。另一位新生代批评家罗谢·里波尔自 20 世纪 60 年代中期至 80 年代末在《自然主义手册》上先后发表了 10 篇论文。他对左拉的《莫雷教士的过失》《娜娜》《巴斯卡医生》《小酒店》等文本均进行了深入研究，并对左拉小说中的细节描绘，如"裸体描绘"和"偷窥"场景等，从现代精神分析学角度做出了新的阐释，探讨其中包含的独特价值。此外，他还在专著《左拉身上的梦幻与现实》（1981）中重点论述了左拉现实主义创作思想形成与转化的社会条件。可以说二战后新生代批评家的社会历史学研究重在运用历史文献与考证的方法，尝试揭示出左拉小说作品蕴含的历史意识，并对左拉作品的独特价值给予充分的肯定。

　　法国新生代批评家采用主题学研究方法始于20世纪五六十年代。他们最初主要依据哲学家巴什拉关于火、水、空气和土地等的意象理论来分析左拉小说文本中的主题内涵，后来他们又依据拉康在50年代提出的实在界/符号界/想象界的理论力求对自然主义作家的想象世界及幻觉做出解释。而到了20世纪七八十年代，主题学研究除继续关注左拉的精神世界和人格的研究以外，更重视运用拉康于20世纪60年代提出的新精神分析学理论以及列维-斯特劳斯对神话的研究成果，转向了对左拉作品中的神话原型的研究。他们从最初关注左拉某部作品中的意象及神话原型，逐步发展到对左拉巨著《卢贡-马卡尔家族》的整体意象和神话原型模式的系统研究。例如，新生代批评家之一的米歇尔·塞尔自20世纪70年代起致力于对左拉《卢贡-马卡尔家族》中整体意象的研究。他在专著《火与雾的信号——论左拉》（1975）中探讨了作品蕴含的深刻思想内容。新生代批评家让·波瑞在其论著《左拉和神话，或从恶心到致敬》（1971）中探讨了左拉作品中的神话主题，该论著对《卢贡-马卡尔家族》中的神话原型做了人类学意义上的研究，尤其探讨了弗洛伊德在《图腾与禁忌》中所辩护的原始杀戮在该作品中象征意义。新生代批评家让·波瑞曾在《自然主义手册》1981年第55期上发表了一篇论文《左拉与易卜生》，探讨左拉与挪威戏剧家易卜生在戏剧创作理论上的不同观点。新生代批评家雅克·诺瓦雷则尝试在《卢贡-马卡尔家族》中寻找统一的主题，他曾在论著《小说家与机器——左拉的世界》（1981）中思考机器与野兽之间的关系，探讨工业革命的扩张与永恒的自然复归主题之间的关系。20世纪90年代雅克·诺瓦雷还在《自然主义手册》上发表了五篇论文，涉及多个话题，即从左拉幽默的性情、左拉作品中的灾难描绘，再到人物成长主题，他都做了多角度、多方面的深入挖掘。主题学研究可以说是当代

"左拉学"中的重要批评流派。本土新生代批评家利用本土理论资源和理论视角进行了颇有开拓意义的挖掘，不仅揭示了左拉作品蕴含的深刻的思想内容，而且还结合精神分析方法和人类学研究方法对左拉作品中的文学意象，如"机器""水"和"火"等进行了深入探讨，这类主题学研究激发人们去关注以往在文学史上被忽略的一些主题和意象。

法国新生代批评家自 20 世纪 70 年代，开始借鉴和运用符号学、叙述学研究方法去揭示和分析左拉作品中的叙事结构和自然主义小说的艺术形式功能等问题。他们先后借鉴了罗兰·巴尔特、克里斯蒂娃、托多罗夫、热奈特等人的叙事话语、互文性和超文本性理论，对左拉巨著《卢贡-马卡尔家族》系列作品进行了文本形式方面的话语修辞和叙述功能的阅读，期望发现叙事作品中的稳定结构。如新生代批评家内德·法里亚在专著《论〈卢贡-马卡尔家族〉中的结构与整体 —— 循环的诗学》（1977）中试图在《卢贡-马卡尔家族》系列作品中追寻具有深层意义的统一情节结构，他尝试探讨这种情节结构的起源问题以及循环的诗学价值。在当代左拉研究中，有很多学者采用了叙述学研究方法去解读左拉自然主义小说经典文本《萌芽》的"叙述者"功能，其中著名学者亨利·密特朗最具有代表性。他曾经出版了论著《小说话语》（1980），该书共收录了 12 篇论文，其中 7 篇文章论及左拉的作品，而5 篇都是运用了叙述学理论来分析左拉小说的结构、人物以及作品中的能指与所指——符号、代码及内涵。在《叙述功能 摹仿功能 象征功能》中，亨利·密特朗从叙述学功能角度分析了《萌芽》中艾蒂安·朗蒂埃作为话语主体在文本中的叙述功能。亨利·密特朗借叙述者角色功能的分析，尝试揭示艾蒂安（主人公）与其他人物、他与《萌芽》所描写的事件（矿工罢工）和主题（劳资矛盾）之间的关系。

新生代批评家中，在叙述学批评方面，菲利普·哈蒙堪称此领域的开拓者。他对当代左拉研究的贡献也表现在他对《卢贡-马卡尔家族》系列作品中的主要人物形象做了整体性的研究。他借鉴罗兰·巴尔特、托多罗夫和热奈特等批评家的理论观点，从功能上把《卢贡-马卡尔家族》系列作品中的人物形象划分成三种角色类型：注视者-窥视者、忙碌的工程师和侃侃而谈的解释者。这三种人物角色在小说文本中的叙事功能完全满足或者适宜于自然主义文学三大功能，即写实、记录和传播知识的需要。哈蒙指出左拉笔下这三种主要角色塑造完全取决于作品主题表现的需要和自然主义文学理念表现原则的限制。虽然这些人物角色都具有一定的局限性，但毫无疑问，他们在小说中却很好地完成了写实、记录和传播知识的叙事功能的使命。在哈蒙看来，左拉擅长将这些有局限性的人物变成所要构造的艺术形象：介绍景色的注视者能够转变为窥淫癖者，描述场景的言说者能够转变成要言说的无产者，而捣毁机器的人最终会变成被机器吞噬的牺牲品。所以善于运用这三种主要角色，是左拉自然主义小说获得成功的奥秘。菲利普·哈蒙于1967年至2012年间，在《自然主义手册》上先后发表了十几篇论文，这些论文并不都是采用叙述学方法研究和阐释左拉小说文本，有些侧重于对当代左拉研究中一些边缘性话题的探讨，例如关于左拉的印象主义、关于《卢贡-马卡尔家族》中的家谱树等。他之所以探讨这些话题，是与他作为当代左拉研究的代表，需要引导学界关注左拉研究领域被忽略的研究课题有关。

通过上面的论述可以看出，自20世纪90年代初开始，当代左拉研究基本上已步入成熟辉煌和总结阶段。这一时期法国本土学界的左拉研究无论在研究视野还是在研究方法上都表现出多样性、多元性和差异性的特点。新生代批评家不仅活跃于本土学界，也在国际研讨会上掌握当代左拉研究的话语权。20世纪90年代后，继续活跃于左拉研究领域的本土批评家有科莱特·贝克、阿兰·帕热、耶夫·谢弗勒尔、菲利普·哈蒙、菲利普·波纳菲、让-皮埃尔·勒杜克-亚丁、阿兰·库柏里等。这一时期，法国本土批评流派的崛起与科研实力的增强对于开创当代"左拉学"新局面起到了决定性作用。

法国本土批评流派崛起后逐渐在当代"左拉学"建构上发挥着重要学术影响力，由于用母语——法语发表和出版左拉研究方面的成果，所以在向法国本土学界传播当代左拉研究取得的成就上发挥了积极作用，也显示出本土学者在影响读者方面的明显优势。此外在推进当代左拉研究朝着专门学问发展的道路上，作为本土新生代批评家，他们也积极引导本土学界同人持续关注左拉的重要文本或左拉研究领域里的重大问题。与此同时，这些新生代批评家还与《自然主义手册》长期保持着更紧密的合作关系，《自然主义手册》也为他们发挥学术专长提供了各种便利条件。总之，这些新生代批评家的崛起，在二战后学界的知名度提升，都主要依靠该期刊对他们的大力支持和宣传。所以当代"左拉学"得以建构，不仅取决于期刊的创办，还得益于这样一批本土新生代批评家的迅速崛起，得益于他们不断质疑 19 世纪法国学院派大学批评的偏见与定论，不断思考和探寻将当代左拉研究引向深入的途径与方法。

1996 年 5 月在法国斯特拉斯堡大学召开了以"跨越国界的左拉"为题的国际学术研讨会。此次会议仍然是《自然主义手册》杂志社与斯特拉斯堡大学联合举办的。这次研讨会探讨的议题有三个：（1）自然主义和民族性——捍卫先锋的左拉；（2）左拉对社会与美学观念的违抗；（3）自然主义文学在欧洲的传播。从这次学术会议三大议题的设立上可以发现，法国本土学界的左拉研究者急切关注如何让当代"左拉学"走出去，以扩大它在国际学界的学术影响力。一直致力于研究自然主义文学域外传播的新生代批评家耶夫·谢弗勒尔在该会议上做了主题发言，他从比较文学的视角谈及当代左拉研究的重要性和时代意义，因为从 19 世纪后期开始，自然主义文学便在欧洲范围内广泛传播了。自然主义得以在世纪末广泛传播，究竟出于何种原因？自然主义是否应该被一些学者武断地宣称为悲观主义文学？耶夫·谢弗勒尔以左拉和王尔德两位作家的作品为例，比较了他们之间的差异。谢弗勒尔认为在左拉与王尔德作品中人们可以发现世纪末的悲观主义并存现象。但是他认为左拉身上的悲观主义要远低于王尔德，甚至在对未来社会的思考上，左拉与王尔德截然相反，左拉是个信仰乌托邦主义的作家。所以谢弗勒尔批驳了以往学界关于左拉悲观主义认识的荒谬。亨利·密特朗则在会议上做了题为"左拉与国际主义：一个最后的梦想？"的演讲，他以左拉的《四福音书》为例证阐述了 19 世纪末在推崇极端天主教的民族主义、军国主义和种族主义思潮相互交织的复杂社会背景下左拉选择其民族主义立场的历史意义。从这次研讨会探讨的问题来看，法国本土新生代批评家已经掌握了 20世纪 90 年代欧洲学界关于左拉以及自然主义文学阐释的权威话语权。这次研讨会颇带有总结性的意味，它对自 20 世纪 50 年代以来当代左拉学研究的进展及取得的卓越成就做了总结与展望。自此，法国本土学界的当代左拉研究呈现出可喜的发展趋势。

第六章 学术名刊阶段（2001—2015）：左拉研究主体话语确立与后期"左拉学"谱系建构研究

第一节 从学术期刊到学术名刊：现代研究机制与当代"左拉学"的演进

2001 年至 2015 年，《自然主义手册》进入第四个重要发展时期，即从一般学术期刊向学术名刊挺进。从 1955 年期刊第一期出版直至 2015 年，《自然主义手册》已走过了 60 多年艰难却又辉煌灿烂的学术探索历程。几十年来，该专业期刊对于二战后致力于左拉研究的学人与当代"左拉学"建构产生了多方面的影响。在探讨第四个阶段期刊的发展状况，尤其在回顾与总结该期刊给二战后当代左拉研究带来的重要变化及学术影响时，值得提及的一点就是，当代左拉研究之所以会出现勃兴与繁荣与战后法国特殊的历史语境和文化界的思想活跃等众多因素有关。当代左拉研究开启于二战结束后戴高乐执政的第五共和国时期，此时法国本土人文社会科学研究正处于现代转型和重新定位的关键时期。20 世纪 50 年代初，法国开始政治、经济和文化的全面重建。在这一时期，"主体与良知也让位于规则、语码和结构了……时过境迁，现在的知识分子不再允许在所有的领域侃侃而谈，他们被迫把目光收回到自己的专业领域"①。二战后法国人文社会科学研究出现的重大变化之一，即在 1968 年"五月风暴"过后高等教育进行了全面调整与改革，消除

---

① 弗朗索瓦·多斯：《从结构到解构——法国 20 世纪思想主潮》，季广茂译，第 6、10 页。

技术官僚主义，提倡学术自由，特别是将现代研究机制引入高校。现代研究机制指的是二战后各种研究所、学术机构和专业杂志。按照国内学者罗志田的说法，所谓的现代学术建构①是广义的，不仅包括大学及研究所等学术机构，而且包括大中小学课程体系的设置与演变，学术刊物或专业期刊的出现、发展与影响等。也就是说，1968年"五月风暴"爆发之后，现代研究机制的引入给20世纪60年代法国人文社会科学的研究发展带来了契机。现代研究机制涉及的最核心概念可能就是"机制"一词了。按照当代西方学者的解释，机制包含制度、规范、专业化标准等含义。"它与官僚主义、规范和职业化同属一类词语……我们置身于其中，我们所作所为受其管制。这或许可以称作制度的具体意义。"②

　　所以二战后现代研究机制引入法国高校及各研究机构必然影响到学术研究活动的开展和学者们从事学术研究的行为方式。正如布尔迪厄所言："文学问题与我们的制度实践和制度定位是密不可分的。"③二战后当代左拉研究的重启也不例外。由于新社会环境和学术建制的要求，左拉研究的学术活动完全是在二战后新成立的左拉之友新文学协会和新创办的专业学术刊物《自然主义手册》等的负责和管辖下进行的。因此二战后选择从事左拉研究的专业科研人员和文学爱好者都必须参与左拉之友新文学协会和《自然主义手册》杂志社组织的所有学术研讨活动，这样才能开展相关的研究，以确保研究活动的有序性和合法性。毫无疑问，这些文学协会和专业期刊均属于学术机构，它们存在的价值与功能就是要对学科专业化研究发挥积极引导与推动作用。二战后法国学界在各个学科领域里都广泛引入了现代学术研究机制，最大的益处就是通过创办专业期刊等方式将专业研究者的学术研究成果予以出版和发表，这样才有利于学术成果的传播，有利于专门学问的建立。所以正是在现代学术研究机制的推动与影响下，当代左拉研究才能够获得迅速发展，不仅形成了新学科风格和流派，而且还将域外致力于左拉研究的专业科

---

① 罗志田主编：《20世纪的中国：学术与社会》（上卷），济南：山东人民出版社，2001年，第10页。

② 杰弗里·J. 威廉斯：《文学制度》，李佳畅、穆雷译，南京：南京大学出版社，2014年，第2页。

③ 转引自杰弗里·J. 威廉斯编著的《文学制度》，李佳畅、穆雷译，第1页。

研人员吸引过来，参与到《自然主义手册》杂志社组织的一系列研究活动之中。从这个意义上来说，二战后《自然主义手册》的创办不仅重启了当代左拉研究，同时其自身的学术影响力也获得了学界的广泛认可。

《自然主义手册》自创办以来，各项工作包括组织研讨活动、编辑部工作运转、刊物出版所需要的资金，均由左拉之友新文学协会向会员和其他非盈利组织筹集，所以《自然主义手册》在创办初期经历了艰难的历程。很多年来，左拉之友新文学协会为了让《自然主义手册》继续办下去，在经济上给予了极大的支持。

随着专业研究不断深入，期刊出版、研究所需要的经费成为制约学术期刊发展的最大问题，解决经费匮乏的唯一手段就是建立更专业化的学术机构，让该学术机构进入体制内，这就是 20 世纪 80 年代末成立的自然主义研究中心。该机构由亨利·密特朗建立，与之前的左拉之友新文学协会有着性质上的区别，前者属于国家研究机构，归法国国家科学研究中心管辖，后者仅属于民间文学社团，是由私人团体筹资创办的。自然主义研究中心的建立要归功于《自然主义手册》第三任主编亨利·密特朗，更要归功于《自然主义手册》杂志社在二战后法国学界开创了当代左拉研究新局面并取得了令人瞩目的学术成就。自然主义研究中心的建立从体制上确保了后来学术期刊《自然主义手册》的合法性，同时也为 20 世纪 90 年代之后开展左拉研究方面的专业学术活动提供了诸多制度保障。该机构设立在法国国家科学研究中心，后者不仅为从事左拉研究的科研人员提供工作场所，还为《自然主义手册》期刊的出版提供必要的技术和资金支持。自然主义研究中心的建立和现代研究机制的完善大大加快了当代左拉研究的开展，也更进一步地推动了《自然主义手册》的可持续发展。

进入 21 世纪后，《自然主义手册》在主编阿兰·帕热教授的领导下越办越好，继续朝着专业化学术名刊方向发展。该学术期刊的学术水准与学术影响力不仅得到了本土学界的认可，更得到了国际学界越来越广泛的赞同。其实对于主编阿兰·帕热教授来说，当代左拉研究取得的成就越多，在国内外的学术影响力越大，就意味着人们对期刊今后所要发挥的功能与作用的要求与期待也更高。所以《自然主义手册》杂志社在进入 2001 年后不断总结自

身创办学术刊物的经验得失，以便寻求更好的发展途径。在总结创办刊物经
验得失过程中，最首要的问题就是要不断思考与追问当代左拉研究的意义与
社会影响。对这个问题的进一步思考有助于人们认识与了解《自然主义手
册》办下去的学术意义。因为当代左拉研究在专业化和跨学科的道路上到底
能够走多远，"左拉学"这一专门学问在确立与发展的过程中究竟能达到什
么样的专业化程度，并不仅仅取决于《自然主义手册》创办者的个人意愿，
更多还取决于人们对左拉在 19 世纪法国文学史和法国历史上所起的作用的
认知。历史有很多错综复杂的因素，作家身处的社会历史语境又极其复杂多
变，如果专业研究者掌握的文献材料有限，又不注重拓展研究领域的话，就
会限制研究者对于左拉研究的价值与意义的认知。所以进入 21 世纪之后，
当代左拉研究仍然有必要不断地开拓新的研究领域。

自 2001 年至 2015 年，《自然主义手册》杂志社利用法国国家科学研究
中心提供的官方文化交流平台和充裕的经费，开展相关的学术研究活动。期
刊编委会在主编阿兰·帕热的领导下，不断总结自身创办学术刊物的经验得
失，探索新的发展途径。进入新世纪之后，期刊编委会开始制定新时期的发
展战略与阶段性目标。在《自然主义手册》杂志社和当代左拉研究者的共同
努力下，到 20 世纪 90 年代末，为左拉恢复名誉的"正名"运动、重塑左拉
形象和推动左拉《卢贡-马卡尔家族》经典化的工作均已经顺利完成。正如
巴黎三大左拉研究者阿黛莉乐·乌罗娜在《在 21 世纪阅读左拉》一书中写
道："1990 年前后是左拉形象变化的转折点，从那时起，左拉形象已获得了
民族纪念碑的地位。"[①] 进入新世纪，对于引领左拉研究的《自然主义手册》
杂志编委们来说，最为紧迫的任务或许有这么三项：一是如何将当代左拉研
究打造为具有学科特色的专门学问，即"左拉学"；二是如何继续拓宽人们
对左拉小说家文化身份与定位的认知，如何继续拓宽和深化人们对于左拉在
19 世纪后半叶法国重大历史进程中所起的作用的认知；三是如何建立本土学
界关于当代左拉批评的主体性话语。这些任务是衡量和评价当代左拉研究成

---

① Adeline Wrona, «Zola dans la presse», *Lire Zola au XXIe siècle*, Paris: Classiques Garnier, 2018, p.89.

熟和影响力的重要标志，更彰显当代左拉研究的价值与意义。

　　进入新世纪之后，自然主义研究中心和《自然主义手册》杂志社利用各种与左拉相关的纪念日继续开展专业化研究活动。他们将这些纪念活动作为推动当代左拉研究发展的历史契机，不断拓展左拉研究的领域。自 2002 年至 2011 年，《自然主义手册》杂志社先后举办了四次规模比较大的纪念活动，如 "纪念《我控诉！》发表一百周年暨左拉学术研讨会" "纪念左拉去世一百周年暨梅塘瞻仰活动（2002）" "纪念《自然主义手册》创刊五十周年（2004）" "纪念左拉遗骸被迁移巴黎先贤祠一百周年（2008）"。其中，2002 年的 "纪念左拉去世一百周年暨梅塘瞻仰活动" 是左拉之友新文学协会、《自然主义手册》杂志社和自然主义研究中心联合举办的最大型的学术活动。为了举办该纪念活动，左拉之友新文学协会还特邀法兰西共和国时任总统雅克·希拉克参加 2002 年 10 月 6 日在左拉故居举办的 "梅塘瞻仰" 纪念活动。雅克·希拉克总统作为受邀的重要嘉宾在纪念活动中发表了演讲。他在演讲中以法兰西共和国的名义给予这位 19 世纪伟大的小说家以最崇高的敬意，他称赞左拉一生信奉思想自由、行动自由和写作自由三大原则，并终生为践行自由而战。他尤其提及了左拉晚年以知识分子身份直接介入德莱福斯案件的审判过程，于 1898 年 2 月在《震旦报》上发表的《我控诉！——致共和国总统一封公开信》成为改变德莱福斯案件审判结果的导火线。希拉克在演讲结语部分借用阿纳托尔·法朗士对左拉的评价，即 "左拉通过一部宏伟巨著和一个伟大的壮举给他的祖国带来了巨大荣誉"[①]。他称赞 "左拉是法兰西共和国之子，因为他捍卫了法兰西共和国的价值（为原则和理想而战斗）"[②]。雅克·希拉克能够接受左拉之友新文学协会的邀请，以总统身份参加 "梅塘瞻仰" 纪念活动，并在演讲中给予这位深受法国人喜爱的作家高度的评价，足以表明法国政府对于左拉为法兰西共和国做出的贡献的高度肯定。2002 年也因此被命名为 "左拉年"。

　　为了配合这些纪念性的大型学术研讨活动，《自然主义手册》杂志社也

[①] Allocution du Président de la République Jacques Chirac, *Les Cahiers Naturalistes*, No.77, 2003, p.15.

[②] Discours de Jacques Chirac à Médan, le 6 Octobre 2002, New Press, 9 Octobre 2002.

相继推出了若干专号或特辑，并将这些重要研讨会的嘉宾演讲及主要学术成果刊载出来。自2001年以来，《自然主义手册》杂志社共出版了16期刊物，其中有4期特辟纪念专题栏目，发表纪念活动受邀嘉宾的演讲或文章，即2003年第77期（纪念左拉去世一百周年）、2004年第78期（纪念《自然主义手册》创刊五十周年）、2008年第82期和2009年第83期（均为纪念左拉遗骸安放于先贤祠一百周年）。这4期杂志刊载的重要演讲或文章有如下几篇：（1）弗朗索瓦·拉巴顿的《百年纪念》；（2）法兰西共和国时任总统雅克·希拉克的《共和国总统演说》；（3）美国哥伦比亚大学纪念左拉去世一百周年学术研讨会专辑论文选；（4）亨利·密特朗的《缅怀雅克·埃米尔-左拉——为了纪念〈自然主义手册〉创办五十周年而写的前言》；（5）31位来自法国、英国、美国、波兰、加拿大等国家的当代作家、批评家和左拉研究者缅怀雅克·埃米尔-左拉的系列感言；（6）玛丽·埃妮娅的《德莱福斯案件中支持左拉的信札研究》；（7）米歇尔·杜鲁安的《左拉进入先贤祠》。与期刊刊载的文学研究类论文相比，这些嘉宾的演讲具有十分重要的历史意义和学术价值，因为这些名人演讲或主编前言反映了进入新世纪以来法国主流社会、政府官员对于左拉历史地位的评价。

21世纪后举办这些纪念活动同样也是当代左拉研究走向社会、进入社会的一种积极行动。它表明当代左拉研究并不是为了保持学术独立而刻意避世，走入"学术象牙塔"。恰恰相反，它与时代和社会相融合，让学术研究去改变社会。衡量一门学问的社会价值，尤其是衡量当代左拉研究的价值与意义，要看这种学术研究能否真正发挥改变社会舆论的功能。这也是《自然主义手册》创办六十多年取得成功的经验。

第二节　21世纪当代左拉研究中的新问题与新阐释维度

作为引领当代左拉研究的学术专刊，《自然主义手册》进入21世纪之后一直坚守并延续着本期刊自创办以来的学术传统，即要捍卫自然主义文学观念，不断推动左拉研究朝着专业化方向发展，力求使左拉研究向专门学问

"左拉学"演变。自 2001 年起，《自然主义手册》编辑部又对期刊版面进行了调整，在每期封面上增加了图片，以左拉肖像画或左拉重要作品中的人物插画为主；其次是在封面图片下方添加了重要栏目或专题研究的标题，这样可以凸显每期要探讨的话题。此外在期刊栏目内容上，将原先七大板块（历史研究、文学研究、文献资料汇编、未出版的书信、摘要、研究索引、专栏报道）中的历史研究和文学研究合并成一个栏目，即"文学及历史研究资料"，此外，又恢复"梅塘瞻仰朝圣演讲"专栏，还设置了一个比较灵活的栏目，即重大纪念活动专题或专题研究栏目。其余栏目保持不变。改版后的期刊还增加了学术信息容量，其中包括新时期左拉研究方面的博士论文摘要和欧美学界各地举办的左拉研讨会会议综述等。自 2001 年起，每期刊物页码从 1988 年之前的 250 页扩增至 430 页，容量大幅度增加。

据笔者对刊物刊载的文献及论文数据的统计，自 2001 年至 2015 年，《自然主义手册》刊发的各类研究性文章共 742 篇，其中文学研究类的重要学术成果（论文）有 210 篇，约占全部成果的三分之一，且数量和质量都有了大幅度的提升。此外，进入新世纪后《自然主义手册》在向学术名刊挺进与转型的过程中，更突出该期刊引领当代左拉研究的作用，在每期杂志上几乎都有重要专题讨论方面的成果刊载，其话题大致可分为四类：一类是关于左拉作品或某些小说类型的探讨，例如 2001 年第 75 期是以左拉与历史小说为主题，2002 年第 76 期以《梦》为专题讨论话题，2004 年第 78 期以《金钱》和交易所为话题，2015 年第 89 期以左拉与殖民小说为议题；二是关于当代左拉研究开辟的新课题与新领域研究，例如 2001 年第 75 期探讨的新课题是"世纪末问题"，2002 年第 76 期探讨的新课题是"互文性"，2004 年第 78 期探讨的新课题是"女性主义和女性表达"，2005 年第 79 期探讨的新课题是左拉文本中的"想象世界"，2008 年第 82 期探讨的新课题是"自然主义文学想象物与乌托邦话题"，2015 年第 89 期探讨的新课题是"左拉与列夫·托尔斯泰"；三是关于重大历史事件或文学事件的讨论，例如 2008 年第 82 期以"埃米尔·左拉：从德莱福斯案件到先贤祠"为话题，2011 年第 85 期以 1887 年一桩文学事件"五人宣言"的肇始人——"保尔·波纳坦"为话题；四是对以往左拉研究课题探讨的延续与再拓展，例如 2006 年第 80 期以

"左拉与莫泊桑、罗西尼（Rosny）"为话题，2012 年第 86 期以"1880 年文学语言"为话题，2013 年第 87 期以"记者左拉"为话题。

从上述期刊栏目探讨的四大类型的议题上，可以发现 21 世纪最初十五年里，《自然主义手册》在拓展当代左拉研究空间和新领域方面做出了巨大贡献。由于左拉正名运动和《卢贡-马卡尔家族》经典化问题已经在 20 世纪 60—90 年代顺利完成，所以进入 21 世纪后拓展新的研究课题、探索新的研究方法成为首要目标。但是在拓展新的研究课题的过程中，必须找到支撑当代左拉研究的重要基石或支柱。这一重要基石或支柱就是 20 世纪 60 年代以后建立起来的左拉研究文献档案。这些文献档案材料给 21 世纪左拉研究带来了许多新希望和更多可能性，人们仍然可以从这些丰富而复杂的历史文献中挖掘与发现更多有价值的东西。譬如说，2001 年后，当代左拉研究者根据披露的德莱福斯案件审判过程的文献材料和当时法国各大纸媒对此事件调查的报道，又发现了很多有价值的新史料，随即撰写和出版了一些研究性著作，如 V. 巴纳赫的《德莱福斯案件第二次诉讼》(巴黎：贝尔格国际出版社，2003)、约瑟夫·雷纳赫的《德莱福斯案件的故事》(巴黎：罗贝尔·拉封出版社，2006)、阿兰·帕热的《埃米尔·左拉——从〈我控诉！〉到先贤祠》(巴黎：佩翰出版社，2011)。此外当代左拉学者还对"梅塘集团"其他成员，即第二代自然主义作家为自然主义文学运动所做出的贡献展开了研究，他们关注于斯曼、莫泊桑、保尔·阿莱西、亨利·赛阿尔和莱昂·埃尼克、罗西尼等人的文学成就。当代左拉学者从第二代自然主义作家在与左拉的交往中留下的回忆录、信札和日记中发掘出了很多新材料，并依据这些文献撰写了学术论著，例如阿兰·帕热的《左拉与梅塘集团——一个文学圈的故事》等。

从《自然主义手册》刊载的文章和推出的新栏目，可以发现进入 21 世纪后当代左拉研究在拓展新课题过程中逐渐向历史研究倾斜，而不是与之疏离，这一倾向足以证明支撑当代左拉研究的重要基石还是史料和文献学。向历史研究倾斜并不意味着当代左拉研究已经从文学研究转变为历史研究了，而是当代左拉研究要想走得深、发展得更好，必须要拓宽研究的方向和领域。向历史研究倾斜或曰重视对文献学和历史事件的研究，也是当代"左拉学"建构过程中一个不可缺少的过程或者环节。

回顾和总结这十五年《自然主义手册》取得的学术成就，尤其是总结当代左拉研究又出现哪些新的突破和创新性成果，必须回到这一时期《自然主义手册》关于左拉研究的专题讨论及代表性的论文成果上。在前面列举出的四大重要话题中，笔者选择其中比较重要的议题及其成果做重点回顾与介绍，目的是让读者和对左拉研究感兴趣的学者了解21世纪当代左拉研究究竟在哪些方面有所发展和创见。在笔者看来，从2001年至2015年，《自然主义手册》上有两大研究成果必须引起学界的注意：一是关于左拉作品的专题探讨的研究成果；二是关于当代左拉研究者开辟的一些新课题与以往未开垦的领域及其研究成果。下面分别加以重点介绍与分析。

首先值得关注的是21世纪以来当代左拉研究者关于左拉若干作品的专题讨论的成果。这些研究成果应该属于新世纪"左拉学"最核心的部分，主要为域内和域外科研机构以及自然主义研究中心举办的各类学术专题研讨会的成果总结。与20世纪70—90年代相比，进入21世纪后，以左拉《卢贡-马卡尔家族》中某些作品作为专题的研讨会明显减少。不过，由于要纪念左拉去世一百周年、《自然主义手册》创刊五十周年等，为了凸显左拉对19世纪后期法国文学做出的贡献，一些以左拉小说为研讨对象的小型学术会议还是有的，这些小型研讨会大多是由左拉研究领军人物组建的研究团队来持续举办，例如，由菲利普·哈蒙组建的巴黎三大左拉研究小组，由奥古斯特·德扎莱组建的斯特拉斯堡大学左拉研究小组等。这些研究小组和自然主义研究中心于2000年11月、2002年1月、2002年10月以及2004年举办过多场左拉作品学术研讨会。学者们主要围绕着21世纪如何阅读和重读左拉作品、如何重构左拉形象等话题，选择了《梦》《金钱》《妇女乐园》和《真理》等作品作为研讨的重点。《自然主义手册》在2002年第76期和2004年第78期上分别刊载了两组文章，主要围绕着《梦》和《金钱》两部小说。这两部作品之所以成为左拉研究者重新关注的对象，主要原因还是进入21世纪后，当代左拉研究者逐步转向以往那些被忽略的次要作品的研究。《金钱》这部小说1891年出版时正值自然主义运动在本土文坛上逐步走向衰落，当时法国批评界，尤其是马克思主义学派批评家，如保尔·拉法格，对左拉在该作品中揭露有钱人自私自利和当代社会种种病态现象持赞同态度。不过也有批评家对该小说描绘的法兰西第二帝国时期金融交易所的出现以及金融投机现象的明显增多持不同看法，还有的学者指出左拉在《金钱》中描绘金融界乱象的同时也表现出明显的反犹太主义立场。总之，学界对该作品的评价历来存在很大分歧。而左拉小说《梦》又属于另外一种情况，即该小说在《卢贡-马卡尔家族》系列作品中的销售量和受欢迎程度几乎与《萌芽》相当，然而学界长期以来缺乏对这部小说主题和人物形象的深入研究，对该作品在整个《卢贡-马卡尔家族》系列小说体系中应该占据什么样的地位认识并不清楚。进入 21 世纪以后，在重读这些次要经典和有争议的小说文本、拓展左拉研究新课题时，当代左拉研究者意识到必须采用新视角和新的研究方法去重新阐释。

2002 年《自然主义手册》第 76 期和 2004 年第 78 期分别刊载的这两组文章都属于巴黎三大和斯特拉斯堡大学两个左拉研究团队开展的重新阅读左拉文本的研究成果。前者研究团队是由菲利普·哈蒙负责，后者是由奥古斯特·德扎莱指导。《自然主义手册》于 2002 年第 76 期集中刊发了以《梦》为专题的 7 篇论文，分别从主题、哲学寓意、花园意象、人物形象等不同角度探讨了《梦》的诗学价值，其中比较重要的论文有：（1）科莱特·贝克的《昂热莉珂的梦》；（2）让-路易·卡巴奈斯的《对〈圣徒传〉的幻想》；（3）索菲·盖尔麦丝的《〈梦〉中隐含的哲学》；（4）凯利·巴塞欧的《在昂热乐和昂热莉娜之间的昂热莉珂》；（5）奥利维·格特的《花园系统》；（6）克里斯托夫·杜布瓦勒的《〈梦〉中镜像游戏》；（7）西尔维·蒂瑟妮的《两个世纪以来〈梦〉在意大利的接受》。

从上述七篇文章中，笔者选择其中比较重要的几篇作为介绍和分析的重点。当代著名左拉研究者科莱特·贝克的《昂热莉珂的梦》从该作品题材与主题研究角度揭示了左拉的创作动机，探讨了小说《梦》的主题意义以及在整个《卢贡-马卡尔家族》系列小说中的地位。科莱特·贝克在该文章引文部分指出《梦》在《卢贡-马卡尔家族》20 部小说中并不显眼，主要缘于两个问题，第一个是该小说篇幅短小，只称得上一篇短篇小说，从文类上可归入故事或传说范畴。认识到该小说文类的独特性（篇幅短小和故事类型），对于解读它在《卢贡-马卡尔家族》系列作品中的地位与作用十分重要。第二是关于《梦》的主题，她指出该小说的独特性不仅在于其篇幅短小，还在于其创作动因及主题都属于一个"例外"。对这个"例外"，科莱特·贝克认为，该小说所要表现的主题与《卢贡-马卡尔家族》系列小说要表达的主旨是相矛盾的。在科莱特·贝克看来，认识到《梦》的独特性有助于进一步阐明该小说的价值与意义。为了探究《梦》的创作动机和主题，科莱特·贝克查阅了左拉《卢贡-马卡尔家族》的创作手稿。她发现在《卢贡-马卡尔家族》最初的写作计划之中没有关于《梦》的信息。被列入《卢贡-马卡尔家族》最初写作计划的只有《爱情一页》《家常事》和《生之快乐》，《梦》的女主人公昂热莉珂很晚才被添加进卢贡-马卡尔家谱树。这就意味着《梦》的创作动机是值得关注和研究的。此外，科莱特·贝克教授还根据左拉于1887年计划写这部小说时在笔记中写下的三个词——"幻想""梦"和"陌生"，探讨和分析了左拉写作《梦》的心理动机。基于对《梦》创作手稿的分析，她认为左拉于1887年创作该小说主要出于三个目的：第一个是塑造出一位年轻女性；第二个是在家族系列小说中添加一个爱情故事；第三个是凸显这个爱情故事中女主角的单纯与爱幻想的特征。科莱特·贝克进一步推断，左拉写《梦》的心理动机恰恰出于对以往自然主义小说理念的回避与抵触，他真正想表达的是对某种理念与信仰的追求。为此，他开始查阅《圣徒传》并按照《圣徒传》的故事模式去构思小说中各种不同的人物形象。左拉在构思《梦》中那位年轻姑娘形象的过程中颇耗费了一番心思。关于昂热莉珂的身世，他所构想的女主人公是个被遗弃的女婴，后被一对善良的老夫妇于贝尔收养，他们一家住在镇上一座教堂旁边。昂热莉珂从小喜欢随养母去教堂做弥撒，她最喜欢阅读的书籍也是《圣徒传》等。为了衬托这位圣女纯洁无瑕的形象，左拉在作品中还塑造了三个不同身份和性格的男性人物，即养父于贝尔、教堂大主教和年轻贵族男子费里西安。科莱特·贝克教授认为，《梦》的叙事结构很简单，但是它要表达的主题与左拉早期创作的《恋爱的仙女》和《穷姊妹》十分相似。它讴歌和赞美的是保尔与维吉尼式的纯洁爱情。科莱特·贝克结合对《梦》的三份创作手稿的对比分析探讨了四个问题。首先，她从左拉几次修改构思框架中发现作家对《梦》的女主人公形象的塑造显示出举棋不定和犹豫不决。如果将第一稿、第二稿和最后定稿加以比较的话，昂热莉珂形象是存在差异的。其次，从构思意图上，科莱特·贝克发现左拉最初是要将《梦》写成一个寓言和传说。因为左拉写《梦》时刚写完《小酒店》与《萌芽》，正沉浸于构思情节剧和悲情小说的情绪之中，为摆脱这种压抑的情绪，才产生创作一个美丽传说的动机。第三个问题就是科莱特·贝克发现左拉在创作《梦》的过程中希望该小说能够超越时间与空间的限制，也就是说最大程度地远离现实。所以小说开头就是从圣诞节开始，接着就是被遗弃在教堂里的昂热莉珂被于贝尔夫妇发现和收养，从此结束了她的人生苦难，开启了新的人生旅程。第四个问题就是在《梦》中昂热莉珂为何只喜欢阅读《圣徒传》呢？科莱特·贝克解释左拉在小说《梦》中插入《圣徒传》其实是为了在小说叙事结构中嵌入一个"微型故事"，与后来小说结尾部分昂热莉珂的悲剧命运形成一种对照。《梦》也是对《圣徒传》的一种重写和改写。所以科莱特·贝克在该文章结论部分指出，关于《梦》究竟要表达什么，如果要对小说主旨进行归纳，得出一个确切的结论，似乎是不太可能的。因为在她看来，该小说的主旨似乎并不集中和明确。因为左拉原本希望通过《梦》这部作品实现对现实的超越，建立一个"空中楼阁"。所以不妨得出这样一个结论，即左拉借这部令人惊奇和出人意料的小说表达他对梦幻世界的向往，这才是最关键的。

　　另外一篇以《梦》为主题的论文就是斯特拉斯堡大学左拉研究专家索菲·盖尔麦丝撰写的《〈梦〉中隐含的哲学》，刊载于《自然主义手册》2002年第76期上。索菲·盖尔麦丝在文章中从左拉写作《梦》的历史语境，尤其是1887年《费加罗报》上登载的"五人宣言"对左拉声誉造成负面影响的角度，分析了《梦》隐含的哲学内涵。在索菲·盖尔麦丝看来，左拉写作小说《梦》时，正是他遭遇文坛舆论攻击最激烈的时期。很多读者认为左拉在构思和创作《卢贡-马卡尔家族》系列作品过程中思路僵化，想象力被家族小说框架束缚，手法更缺乏变化。此外这一时期左拉还遭遇了另外一个难题，即《梦》这部作品必须与《卢贡-马卡尔家族》整体构思框架保持关联性，也就是说《梦》中的女主人公昂热莉珂也必须经历家族暴力、血缘遗传等一系列危机，而这样写的结果必然使她后来接受的教育与个性发展完全被忽略。但是左拉最终选择的是将昂热莉珂的成长写成一个特例，除了受家族神经官能症的轻微影响外，她没有其他遗传问题，昂热莉珂的成长环境也被安排在外省一个名叫波蒙的小镇，她与一对资产者于贝尔夫妇生活在一起。所以昂热莉珂所处的环境与《莫雷教士的过失》中的巴拉杜花园相似。这样左拉可以避免人们对女主人公道德品行产生质疑。从《莫雷教士的过失》到小说《梦》，读者可以发现两部作品在故事情节设计方面有重复和重合的地方，尤其是《莫雷教士的过失》中的巴拉杜花园与《梦》中的波蒙镇大教堂，这两处空间都被描绘成远离尘器的具有象征意味的空间。它们都具有特殊的神圣性，一块被上帝特殊恩典赐予的福地。所以两部小说中似乎都出现了类似于伊甸园的地上花园。《梦》中的女主人公就生活在这块充满幸福和欢悦的伊甸园里，享受着与费里西安相伴的甜美爱情时光。在作者索菲·盖尔麦丝看来，《梦》的创作将左拉引向了一种"带有宗教意味的自然主义"信仰之中，后来又引导左拉写出了《卢尔德》《罗马》。索菲·盖尔麦丝认为《梦》描绘的爱情已经不是肉体之爱了，因为昂热莉珂被刻画成一个纯洁的天使形象。所以人们在《梦》中看不到作家对日常生活的描绘，唯一对生活的描绘就是女主人公爱做针线活和刺绣。左拉在这部小说中还着重描写女主人公的"期盼"，这意味着她时刻等待神迹的降临或发生。所以左拉在《梦》中构思和书写了一个《创世记》般的故事，他让心爱的女主人公生活在远离残酷的现实之外的梦幻世界中。在论文作者看来，《梦》开辟了更为广阔的思路空间，这一思路就是左拉在《卢尔德》中探讨的神迹问题。因为昂热莉珂身上的欲望是被忽略的，而她的想象力几乎被神话传说充满，她生活在天真烂漫的无知和梦幻世界之中。不过《梦》与后来的《卢尔德》有些不同，即《梦》中经常会提及《圣徒传》，就像《卢尔德》常会提及贝尔纳德盲女传。在《卢尔德》中左拉对神迹还是采取科学批判的态度，但是《梦》中左拉的理性主义和科学主义态度比较克制。在论文的结束部分，索菲·盖尔麦丝指出《梦》开辟了一个具有重要研究价值的互文空间。表面上看，这部作品无法被纳入左拉那套巨著之中，实际上该小说与《卢贡家族的发迹》《莫雷教士的过失》《爱情一页》《妇女乐园》《生之快乐》《作品》和《巴斯卡医生》《卢尔德》等均构成互文关系。此外，如果以《梦》为出发点，它与其他作品，如于斯曼的《大教堂》《在别处》《逆流》可构成对话关系。所以《梦》给很多作品提供了参照。

第三篇有代表性的论文是《花园系统》，论文作者是奥利维·格特，他是巴黎三大菲利普·哈蒙组建的左拉研究小组的成员之一。奥利维·格特在这篇论文中通过研究小说《梦》中的四个"花园"与小说情节发展之间的关系来探讨这些"花园"系统的作用。在论文引文部分，奥利维·格特指出《梦》可以被视为左拉创作的一个神话故事。左拉在描绘这个神话故事时还给它披上了中世纪神学的光环。左拉在小说中虚构了一个地点——波蒙镇，这里最具有特色的建筑物就是中世纪哥特式风格的圣心大教堂。该教堂位于波蒙镇中心，作为该镇精神和文化的中心，它一直主宰和控制着这座小镇居民的精神生活。奥利维·格特认为左拉对该教堂的描绘颇具象征意味，这座教堂不仅作为小说故事情节展开的装饰背景，而且它的存在本身对于小说女主人公的形象具有双重意义，因为该建筑物毗邻女主人公昂热莉珂的居住地——于贝尔夫妇的老宅。它的存在预示着昂热莉珂后来的命运、她所要经历的冒险。在论文中，作者奥利维·格特选择了《梦》中"花园"景观作为研究对象，从该景观形象的不同设置来探讨它们在小说情节发展中的作用。左拉在《梦》中描写了四个花园，即于贝尔夫妇老宅院落中的小花园、被称为克洛·玛丽的那块空地、主教府里的花园和维安古尔酒店里的花园。小说开篇时，左拉描写了女主人公昂热莉珂从于贝尔夫妇老宅二楼房间的阳台上凝视城市这四个不同花园的情景。于贝尔夫妇住宅中的小花园与波蒙镇那座教堂比邻，但是它显得穷酸和偏僻，花园里植物和花卉生长得也不茂盛。被称为克洛·玛丽的那块空地是以前一位教堂神父过世后留下的葡萄园，现在早已荒芜，成为一块杂草丛生的废墟。这两座花园虽然一个是私人花园，另外一个属于公共空间，但是从外观形象描绘上来看显然代表着贫穷、劳作和谦卑。而小说对主教府里的花园描绘显然更富有诗情画意。除了花园的铁围栏和高耸的院墙，院内花园小径铺的是鹅卵石、种植的是名贵树木，到处开的是鲜花，闻起来芬芳怡人。维安古尔酒店里的花园同样四周有院墙围着，花园里种植有百年的榆树和名贵花草。后面两个花园空间显然更具有贵族气派，而且它们也位于波蒙镇的城市中心地带，坐落在大教堂旁边。这四个花园可以被视为小说故事发生的整体背景环境。在《梦》中，还有个被废弃的破败城堡，它也构成小说故事发生的背景。

接下来，论文作者奥利维·格特指出左拉喜欢反复使用相似性，通过一些具有预示作用的记号，嵌套结构的故事，有意识地建构一个想象空间，然后将作品中的主要人物放置于这个想象空间里，通过那些记号揭示这些人物的性格和思想。在奥利维·格特看来，小说写了三个不同内容，对于研究者来说，第一，需要读懂的主题，即如何解读小说中一对恋人的爱情故事，尤其是解读女主人公昂热莉珂性格特征。第二，需要了解小说中的人物都是如何回应自然要求的。第三，穿越这些空间，通过打开小说封闭式的叙事结构，探讨这个爱情故事在整个小说叙事进程中的意义。奥利维·格特首先从三个不同的记号来破译这一对年轻恋人的爱情故事。在解读女主人公昂热莉珂性格特征时，奥利维·格特选择了昂热莉珂少女时代阅读的《圣徒传》作为破译密码的对象。他认为这本书是左拉有意设计的一个象征记号。人们要想了解女主人公昂热莉珂的性格特征，必须学会解读《圣徒传》的寓意。然后，奥利维·格特选择了图像记号，大教堂的彩绘玻璃窗，它也是揭开女主人公性格特征的切入口。最后是《圣徒传》所叙述的故事本身的情节内容，即关于圣心家族年轻女性的"幸福死亡"。在奥利维·格特看来，这三组不同的记号都具有预示作用，它们是解读女主人公昂热莉珂性格的关键。

奥利维·格特认为依据上述三个记号可以破译《梦》中昂热莉珂和费里西安之间的爱情故事，不过还需要对这一对年轻人的爱情做深入研究。在小说中，左拉又是如何表现人物对于自然本能的回应的呢？奥利维·格特认为左拉在描写女主人公昂热莉珂的成长经历时，从昂热莉珂喜欢在春天花园里观察花卉发芽、开花这一细节，暗示少女性意识的萌动与觉醒，进而描写昂热莉珂在花园里邂逅了教堂彩绘玻璃匠费里西安并爱上他。最后，论文作者奥利维·格特从小说叙事结构或情节线索角度探讨小说故事叙述的中心意义。他认为《梦》写的是一个渲染爱情奇迹的神话故事。小说女主人公昂热莉珂与恋人费里西安之间的爱情经历了种种曲折，他们凭借努力最终克服彼此出身门第的障碍，获得了双方家长的认可，并被恩准在波蒙大教堂举行婚礼。小说在情节逐渐推进的过程中，逐步打开封闭式的叙事结构，让读者慢慢进入昂热莉珂单调沉闷的日常生活和她的内心世界。此外，在叙事进程中，小说通过男女主人公穿越彼此相通的四座花园三扇后门来描写昂热莉珂与费里西安私下的约会和他们恋情发展的过程。虽然这三扇门是相通的，但是主教花园中那道高高的铁栅栏象征着他俩爱情难以跨越的门第悬殊的障碍，这又对故事结局起到了预示作用。该小说的结局先是波蒙城大主教神父恩准费里西安娶昂热莉珂——其实主教神父就是费里西安的生父。然后小说出现了意想不到的结局：情节由喜转悲，女主人公昂热莉珂因病死于婚礼举办前夜，她最终没有见证爱情奇迹的发生。所以花园之门的开合与教堂之门的开合都起到了预示和暗示女主人公命运的作用。

上述这三篇探讨《梦》的论文在拓展左拉研究空间方面做出了一定的贡献。三位论文作者都从不同角度探讨左拉创作《梦》的心理动机，揭示该作品中花园意象的象征意义，同时阐释了这部篇幅短小的作品对19世纪后期唯美主义和象征主义作家创作的深远影响。从这些研究成果，可以看出，进入新世纪之后，当代左拉研究者对于左拉次要经典的独特审美价值的关注，他们研究的最大特色就是将文本阐释与对文献材料的发掘结合起来，既注重从作家手稿和历史文献中发掘新材料，又能够从具体文本解读着手，提出新观点和新看法。

2004年《自然主义手册》第78期刊发了一组以《金钱》为话题的论文。这些论文是从2002年1月11—12日在法国塞纳-马恩省罗瓦西-宾波堡举办的"左拉与金钱"研讨会上的小组发言稿中遴选出来的。论文作者都是法国学界当代左拉研究领域的著名领军人物和知名学者，其中有《自然主义手册》主编阿兰·帕热、巴黎三大教授菲利普·哈蒙、巴黎十大教授科莱特·贝克、巴黎四大教授雅克·诺瓦雷等。2002年是左拉去世一百周年，所以这次研讨会的举办也是为了纪念左拉对19世纪后期法国文学的贡献。此次研讨会是由《自然主义手册》杂志社发起的，会议议题是围绕左拉作品《金钱》，着重探讨法国文学作品中关于金钱主题的书写、文学创作与社会经济状态之间的关系等问题。2004年《自然主义手册》第78期刊载了六篇重要论文，它们是科莱特·贝克的《〈卢贡-马卡尔家族〉中的金钱》、科莉娜·萨米娜达耶-佩兰的《金融交易所小说》、克里斯托夫·雷伐的《〈金钱）：一部政治小说》、埃莱娜·格摩尔的《阿里斯蒂德·萨加尔履职期限内无休止的操作》、让-耶夫·莫里耶的《左拉，文学场与金钱》、阿兰·帕热的《左拉面对反犹太主义思潮》。笔者从这六篇研究成果中选择几篇进行介绍。

《金钱》是《卢贡-马卡尔家族》系列中的第18部作品，发表于1891年。该作品出版之后便受到当时批评界的关注。19世纪后期法国马克思主义学派批评家保尔·拉法格曾撰写评论文章，对《金钱》真实地描绘了资本主义金融竞争的本质给予了充分的肯定，同时也指出了左拉的局限性。继保尔·拉法格之后，阿纳托尔·法朗士也对这部小说给予了高度评价。但是在此后很长时间，法国学界对于该作品的主题及艺术手法都缺乏更深入的研究。《自然主义手册》自1955年创办以来，至今只刊载了有关《金钱》的专题研究文章11篇，从研究成果的数量上看，学界对于《金钱》的研究和关注度远远低于《萌芽》《小酒店》《娜娜》。二战后《自然主义手册》刊载的第一篇关于《金钱》研究的论文是波兰华沙大学左拉研究者苏瓦拉撰写的《左拉〈金钱〉之前法国小说中关于总联盟银行之金融崩溃》（发表于1964年第27期上）。之后，关于《金钱》的探讨又一度中断。从1989年至1999年，《自然主义手册》陆续刊发四篇关于《金钱》的研究论文。进入21世纪后，学界围绕《金钱》作品展开专题讨论才真正揭开新的篇章。2004年学术期刊《自然主义手册》刊载的这几篇关于《金钱》研究的论文成果应该能够反映当代左拉研究者对于《金钱》研究价值的新见解。

首先介绍科莱特·贝克的《〈卢贡-马卡尔家族〉中的金钱》的主要观点。科莱特·贝克在该文中提出金钱是左拉许多作品的核心主题。从早期短篇小说《穷姊妹》（1863）到后来《卢贡-马卡尔家族》系列中《贪欲的角逐》《妇女乐园》和《金钱》，金钱是这些作品所要表现的主要主题，左拉在这些作品中是将金钱作为伦理道德思考的出发点。他在早期作品《穷姊妹》中描写了一个孤女的遭遇，最终这个贫穷的孤女因为心地善良而得到了回报，得以改变苦难命运。左拉在早期作品中表达了他的金钱观，即金钱不是人存在的目的，只是帮助人类追求与实现幸福的手段。社会不平等造成了人间苦难，但是在探索解决苦难与不幸的途径时，左拉更倾向于选择劳动而不是慈善施舍。左拉在1868年给报纸撰写专栏文章时，对于那个时代盛行的拜金主义给予猛烈抨击。在这一点上他与巴尔扎克看待金钱的立场是相似的。但是到了19世纪70—90年代创作《卢贡-马卡尔家族》系列作品时，他认真阅读了泰纳评论巴尔扎克的许多文章，这些批评文章给予他很多启迪，促使他深入思考19世纪后期法国社会面临的现实问题。泰纳曾经在文章中指出人追求自我实现和出人头地是为了成为主宰自己命运的主人，并且肯定金钱就是推动现代社会发展的驱动力。左拉在《卢贡-马卡尔家族》后面几部作品中采用了泰纳的观点来看待人的野心与欲望。但是在早期《卢贡家族的发迹》中，左拉还是抨击金钱至上观念导致资产阶级追逐权力和奢靡享受，在早期作品《贪欲的角逐》中，左拉还强调金钱的毁灭性作用，他对于这部作品中的阿里斯蒂德·萨加尔对金钱的贪欲给予批判。不过到了后期，左拉逐渐改变了对金钱负面的看法，转而认识到金钱的正面作用。尤其在小说《金钱》(1891)中，他直接选择以金钱为小说题目，这里蕴含着他要"研究金钱的新作用"①。他已经不再像创作《贪欲的角逐》时完全将金钱视为消极和负面的有害之物，而是以更正面和积极的观点去看待金钱问题。左拉在《金钱》中选择以金融交易所为描绘对象，探讨支配和决定经济的行为，尤其是金融交易与经济领域的投机行为背后的现代机制。在左拉看来，现代社会里存在一个看不见、摸不着的隐秘力量，它催生着人的梦想，决定人的成败。在科莱特·贝克看来，《贪欲的角逐》和《金钱》中的主人公是同一个阿里斯蒂德·萨加尔，但是左拉探讨的主题和运用的方法完全不同。《贪欲的角逐》中的阿里斯蒂德·萨加尔梦想着发财，梦想着去巴黎冒险，而且想投资房地产；但是在《金钱》中阿里斯蒂德·萨加尔已经靠建立银行，从事金融投机迅速致富，他开创了新人生，还准备参与赴远东建港口码头、开发城市等冒险事业，只不过他在金融投机活动中的计策被犹太银行家戈德曼识破，后者运用阴险手段打败了他。在小说中，左拉让阿里斯蒂德·萨加尔的情妇卡洛琳夫人成为小说家的代言人，指出金钱是推动未来人类前进的动力。在论文的结论部分，科莱特·贝克从分析左拉在《金钱》中表现出的新主题，

---

① Colette Becker, «Zola et l'argent», *Les Cahiers Naturalistes*, No.78, 2004, p.37.

得出这样的结论，即左拉对作品中一些人物所提出的医治种种社会疾病的方案表示怀疑，例如《金钱》中的西格蒙·布什提出了建立乌托邦之城的空想社会主义方案，还有哈梅林提出要开发远东殖民地的梦想计划等。左拉在小说结尾处借卡洛琳之口表达了这样的看法，即对于人类社会来说，最重要的是要创造，尤其是开创新生活，这才是医治社会问题的途径。

　　其次是克里斯托夫·雷伐的《〈金钱〉：一部政治小说》，这篇文章从另外一个角度探讨了《金钱》作品的独特价值。论文作者在文章引言部分指出，尽管《金钱》是19世纪末金融交易所投机指南手册（蒲鲁东的观点），但是人们可以将它称为《卢贡-马卡尔家族》系列作品中继《卢贡大人》之后第二部"政治小说"。因为左拉在《金钱》中通过描绘总联盟银行的金融崩溃，通过描写银行与交易所来研究一个股份有限公司，尤其是要研究影响和支配这个股份有限公司的背后的政治力量。在该文中，克里斯托夫·雷伐主要从三个方面来探讨为何将《金钱》视为一部政治小说。首先他从股份有限公司和民主之间的关系来揭示《金钱》描绘的这种股份有限公司存在的特征以及它本身的缺陷。《金钱》中的那家股份有限公司是由1200位股东组成的新型投资银行，没有指定银行经理，那么在实施远东开发投资计划时，到底谁可以有决定权呢？其实真正的幕后推手是隐身的、看不见的——1890年的法兰西第三共和国，它决定着交易市场的盛衰命运。其次他从市场逻辑来研究这种股份有限公司存在的特征以及它本身的缺陷。《金钱》中写了两个金融巨头之间的竞争，尤其是犹太银行家戈德曼最终参与了这个股份有限公司的股票交易。戈德曼在觉察出萨加尔银行出现危机时，凭借理性和逻辑思维去做分析，他在了解萨加尔股份有限公司财务的真实状况时，开始大规模买进。而股份有限公司股权分散，没有统筹安排，无法抵抗市场背后那看不见的权力，所以这个股份有限公司最终败于对手的进攻。又其次，论文作者克里斯托夫·雷伐从不透明性角度探讨了《金钱》中这种股份有限公司存在的特征以及它本身的缺陷。《金钱》描写了这个股份有限公司在市场交易中频繁转换股权，而在交易市场中可以发现这个股份有限公司实际上是被一种抽象的力量控制的，但是这个抽象的力量究竟是什么，是不透明的。所以左拉在《金钱》中关于股份有限公司本身缺陷的揭示既影射了1890年的法兰西第三共和国，又影射了 19 世纪后期商业交易所的风俗，最后转向了对内务部卷入巴拿马公司丑闻的暗示。《金钱》是按照古典经济学观点表现法兰西第二帝国和第三共和国时期的经济学思想，它透露出作家关于资本市场的理性主义观点，即反对经济学意义上的唯意志论（专断的行为）。这样一来，作家就将社会主义思想与享有特权的意识形态结合在一起了。

上述这两篇论文均从不同视角切入，探讨了《金钱》的主题内容所蕴含的道德和经济学价值。两位当代左拉研究者都指出了《金钱》在思考医治社会问题的途径和解决资本主义经济制度缺陷方面所具有的启示意义。从上述两篇论文成果来看，作者都立足于文学创作与社会经济领域之间的关系来探讨学术问题。他们对《金钱》的阐释为人们理解这部作品提供了新的思路。

2001 年至 2015 年是第四个阶段，《自然主义手册》刊载的两大研究成果，一是关于左拉作品的专题探讨的研究成果，笔者已做了较为详尽的综述介绍。从这些专题讨论成果中可以看出，新世纪以来当代"左拉学"研究所取得的进展和基本概貌。二是对当代左拉研究者开辟的一些新课题和新领域，在此也需要做回顾与总结。进入新世纪以来，当代左拉研究者不断拓展研究视角，在比较文学领域和跨学科研究领域进一步开拓与创新，取得了相当醒目的成就。当然，他们的最新研究成果在《自然主义手册》的研究栏目上会有所体现的。2014 年《自然主义手册》第 88 期刊发了一组以"殖民小说"为主题的论文成果，2015 年《自然主义手册》第 89 期又推出了"左拉与列夫·托尔斯泰"影响研究专栏。这两大课题都是当代左拉研究者开辟的新领域，也是以往左拉研究者比较容易忽略的话题。从这些研究课题来看，他们在拓展当代左拉研究新空间和新领域方面付出了艰辛的努力。

当代左拉研究者之所以关注到左拉与殖民小说、左拉与俄国现实主义文学大师列夫·托尔斯泰之间的关系，是因为他们将研究视野扩大到了整个 19 世纪后半叶欧洲社会历史和同时期域外作家文学创作对左拉的直接或间接影响。从这个意义上来说，当代左拉研究者已不仅仅将"左拉学"限定在本土历史与文化传统的范围内，而是扩展至国外和其他地区。事实上，左拉一生文学创作和社会活动集中在 19 世纪中后期，即从法兰西第二帝国时期至第三共和国中后期。这一时期法兰西第二帝国利用工业化和现代化取得的科技成果和文化优势，向海外扩张其势力，推行殖民帝国主义扩展政策。自1830年路易·菲利普一世上台执政直至第三共和国茹费里执政时期，法国紧随英国之后在全球各地建立海外殖民地。作为生活在这一时期的法国自然主义小说家，左拉对这一时期法国在北非和其他地区拓展殖民地的事实是否给予了充分的关注，并将其反映在《卢贡-马卡尔家族》等作品中，这应该是值得思考和探讨的研究话题。2014年《自然主义手册》第88期刊载了一组以"殖民小说"为题的成果，共包括六篇论文，它们分别是卡尔帕楠·玛里墨图的《关于殖民事实的小说幻想策略》、让-玛丽·塞朗的《左拉与殖民事实：一次错过的约会的理由》、科莉娜·萨米娜达耶-佩兰的《论不可能实现的新世界》、达尼厄尔-亨利·帕柔的《关于法国两次战争期间的殖民文学的看法》、让-米歇尔·拉柯尔的《马里尤斯与阿里·勒布隆》、卡尔帕楠·玛里墨图的《边缘书写及其表征——毛里求斯和留尼旺的殖民小说》。这六篇论文中，有三篇论文是对自16世纪至20世纪上半叶法国在北非和世界其他地区推行殖民扩张主义政策，建立与拓展海外殖民地历史事实的梳理与回顾，对这一时期产生的殖民小说代表作家和作品都做了概括性的描述。另外三篇探讨的话题主要涉及左拉与殖民小说之间的关系，即卡尔帕楠·玛里墨图的《关于殖民事实的小说幻想策略》、让-玛丽·塞朗的《左拉与殖民事实》和科莉娜·萨米娜达耶-佩兰的《论不可能实现的新世界》。其中最有代表性的成果是让-玛丽·塞朗的《左拉与殖民事实》和科莉娜·萨米娜达耶-佩兰的《论不可能实现的新世界》。让-玛丽·塞朗在《左拉与殖民事实：一次错过的约会的理由》一文中通过对相关历史文献和左拉作品的解读，澄清了这样一个事实，即左拉小说文本中很少留下关于法国海外殖民历史事实的书写痕迹。让-玛丽·塞朗将左拉在《卢贡-马卡尔家族》《三名城》和《四福音书》中忽略的殖民事实，称为"一次错过的约会"。在她看来，以历史相符的观点去看待左拉与殖民地书写其实是具有欺骗性的。她认为左拉从1868年开始拟定《卢贡-马卡尔家族》创作计划起，法国历史上相继发生了很多重大历史事件，路易·波拿巴在墨西哥建立殖民地失利、不久又在色当战役被俘，此后是巴黎公社，还有法兰西第三共和国茹费里执政加快对外殖民步伐。但是由于专注于《卢贡-马卡尔家族》的创作计划，左拉并没有对这些身边发生的历史事件予以关注，他的关注点还是局限于文学场的博弈。让-玛丽·塞朗在论文中也对左拉忽视殖民事实的原因做了两方面的分析与探讨。首先她指出左拉自然主义文学理论原则与殖民文学之间存在冲突与矛盾。在她看来，左拉从福楼拜等其他友人之口了解到这一时期法国人热衷于赴北非、中东、北美和东方旅行，甚至也有人建议左拉外出旅行，但是左拉没有接受这些人的建议，他仍然将主要精力投入家族小说写作计划中。让-玛丽·塞朗认为从左拉作品中的人物类型和小说叙事空间来看，可以发现这一事实，即左拉的自然主义小说空间想象力似乎被切断了，左拉小说虚构的故事情节发生的地点往往集中在法国本土而非新大陆。此外，左拉还蔑视那些所谓写异域探险的冒险小说（属于殖民小说的一种类型）。从《家常事》和《作品》描写的题材来看，左拉更热衷于写办公室和画室的贫穷生活。其次，让-玛丽·塞朗从《卢贡-马卡尔家族》中对殖民地世界的想象角度来分析左拉忽视殖民事实。让-玛丽·塞朗认为，《卢贡-马卡尔家族》中有几部小说，如《贪欲的角逐》《生之快乐》《土地》《人兽》《金钱》等，这些作品中的主人公有些人曾产生过移居海外的想法，如《贪欲的角逐》中的勒蕾和马克西姆，《人兽》中的雅克和赛瓦莉娜。但是很多人将殖民地想象成一块沉睡的蛮荒之地或未开垦的不毛之地，《金钱》中的"远东"更像是被流放、被放逐之地，即使在左拉早期作品《戴蕾斯·拉甘》中出现的北非阿尔及利亚，也是充满屠杀的血腥之地。所以让-玛丽·塞朗得出结论，左拉在小说中对殖民地世界的文学想象不是建立在对殖民事实的了解之上，纯粹是出于个人主观的看法。

科莉娜·萨米娜达耶-佩兰在《论不可能实现的新世界》一文中，从文学虚构的地形学角度比较分析了从现实主义小说到自然主义小说，即从巴尔扎克到左拉，在描写新世界形象时采用的不同视角。巴尔扎克在《人间喜剧》中将海外和异域想象成完全没有定型的奇妙之地。而左拉在《卢贡-马卡尔家族》中，尤其在《金钱》《崩溃》《巴斯卡医生》中对新世界的描绘，是采用预言式的和反殖民主义的立场，将之视为危机重重的灾难之地。科莉娜·萨米娜达耶-佩兰在论文中首先通过解读《金钱》的阿里斯蒂德·萨加尔想赴远东参与冒险与投机活动，探讨了左拉对于人类未来和新世界的认识。她认为《金钱》是讴歌建立法兰西帝国的一部史诗之作。小说中的阿里斯蒂德·萨加尔幻想要征服和开发中东沙漠之地，他建立的银行要从中获得巨额的经济回报。但是小说的结局恰恰是阿里斯蒂德·萨加尔梦想的破灭，原因是参与远东冒险与投机活动本身就是一场金融骗局。在左拉后期创作的《四福音书》系列中，《繁殖》也是一部讴歌殖民主义的小说。根据该小说的创作手稿，《繁殖》构思的故事情节是一个名叫让的人将生下两个儿子，一个在殖民地战争中被杀，另外一个将赴海外殖民地开始冒险生涯，结果死于海外。从两部小说的构思，论文作者提出这样一个观点，那些参与征服远东或者赴海外探险的人物，他们是否寻找到了新世界，左拉的两部作品所提供的答案都是否定的，即他们不可能探寻到新世界。新世界仅仅是理想王国的一种隐喻，是一种退化的政治想象物而已。所以科莉娜·萨米娜达耶-佩兰认为，左拉对法兰西第三共和国推行的对外殖民扩展政策、帝国主义或者政治乌托邦持否定和批判立场，他认为建立一个新世界是无法实现的未来梦想。

上述两篇论文从殖民小说研究视角探讨了左拉对于19世纪中后期法国殖民扩张主义政策的看法，同时通过解读《戴蕾斯·拉甘》《贪欲的角逐》《金钱》和《繁殖》等文本关于殖民地的书写，探讨了左拉关于法属殖民地的文学想象特点。这些研究有助于人们更好地理解左拉自然主义小说的独特价值。

2015年《自然主义手册》第89期推出了一组以"左拉与托尔斯泰"为议题的专题研究论文，共七篇。它们是索菲·盖尔麦丝的《前言》《基督教问题》、克莱莉娅·昂弗莱的《相互错过的阅读与不采取行动的论战》《论战面面观：托尔斯泰反对左拉》、安吉拉·迪奥勒塔·西克拉睿的《托尔斯泰和左拉作品中的科学与社会问题——关于社会进步的观念危机》、安娜-玛丽·巴隆《经历后现代电影的考验》、帕斯卡莉娜·哈蒙的《亨利·特罗亚，左拉与托尔斯泰的读者》。"左拉与托尔斯泰"专题研究是进入21世纪后当代左拉研究进行跨学科研究的新尝试，也是对以往左拉研究领域的拓展。在该专题研究中，当代左拉研究者主要运用比较文学中"影响研究"的方法对法国和俄国两位小说家的创作及宗教观的异同进行探究。

　　2015 年第 89 期《自然主义手册》刊载的这一组论文中，最值得关注的是三位左拉研究者的研究成果，一个是法国布勒斯特大学左拉研究者索菲·盖尔麦丝，一个是左拉研究小组成员克莱莉娅·昂弗莱，另一位是帕尔玛大学安的吉拉·迪奥勒塔·西克拉睿。这三位当代左拉研究者借助作家档案材料、传记史料、学界关于 19 世纪法国和俄国意识形态研究方面的社会学文献，通过对照阅读两位不同国度的小说家的诸多文学作品，从影响研究角度探讨了这两位作家文学观、宗教观、历史观等方面的共性与差异性。首先值得注意的是当代左拉研究者为何选择"左拉与托尔斯泰"为专题研究的对象，他们学术研究的目的与动机是什么。关于这个问题，索菲·盖尔麦丝在《自然主义手册》第 89 期的前言中，明确指出这个选择，是基于对 20 世纪初匈牙利思想家和马克思主义批评家卢卡奇对左拉与托尔斯泰的论断的重新思考。因为卢卡奇曾经将 19 世纪后期俄国现实主义小说家托尔斯泰与 19 世纪后期法国自然主义小说家左拉完全对立起来，认为他们无论在思想观念还是在文学创作倾向及手法上都是截然相反的。正是卢卡奇的权威性评价影响和决定了当代欧美学界对于左拉自然主义文学价值的认识，所以当代左拉研究者要重新思考卢卡奇观点的合理性，他们尝试纠正卢卡奇观点的偏颇与不恰当之处。

　　在这七篇论文中，有三篇都是针对上述论断的。第一篇论文《相互错过的阅读与不采取行动的论战》，作者是克莱莉娅·昂弗莱。在该文开篇，论文作者以法朗士在左拉葬礼上对托尔斯泰所主张的非暴力主义（即非行动主义）和左拉介入德莱福斯案件行为的不同评价为引子，将两位作家的不同主张加以对比，指出左拉的介入行动与托尔斯泰主张的非暴力主义确实导致了不同的结果。不过，克莱莉娅·昂弗莱又强调虽然这两位同时代作家彼此存在巨大差异，但是他们也存在许多相似之处。在论文中，克莱莉娅·昂弗莱从文学创作角度比较分析了左拉与托尔斯泰在诸多方面的相似之处。她从文学相遇、意识形态论争和非行动主义三个方面比较了左拉与托尔斯泰在各自文学创作中的思考，还比较了他们各自的文化立场。关于文学相遇，克莱莉娅·昂弗莱指出左拉和托尔斯泰彼此相熟并相互了解对方的文学创作。19 世纪 70 年代初，因结识旅居在巴黎的俄国作家屠格涅夫并得到后者推荐，左拉与俄国文学杂志《欧洲信使》建立了合作关系，为此杂志提供稿件和最新作品。当时左拉从福楼拜和屠格涅夫口中了解到了俄国文坛上一些作家的创作情况。1872 年左拉已经知晓托尔斯泰在俄国文坛上的声望，同样托尔斯泰在 1879 年之前通过译介至俄国的法国报刊对左拉及其自然主义小说在法国文坛上的影响力了如指掌。其次，克莱莉娅·昂弗莱从彼此阅读和意识形态观念上存在分歧的角度探讨了两位作家在文学创作方面还是颇有相似之处的。论文作者在查阅一些史料和传记文献的过程中，发现左拉曾在致友人亨利·福格利耶的一封信中谈及了托尔斯泰的《黑暗的力量》与他新近发表的小说《土地》（1887）存在相似之处，左拉也对托尔斯泰是否阅读和借鉴了《土地》心存疑惑。不久左拉便得知托尔斯泰的《黑暗的力量》在俄国被禁，而此时小说《土地》在法国文坛上也遭遇了同样命运，即法国五位年轻作家联名给《费加罗报》写了一封公开信，对《土地》中的农民形象塑造和左拉自然主义写作手法提出谴责，这就是著名的"五人宣言"事件。该事件引导了法国舆论攻击左拉及其自然主义。在论文作者看来，这一事件的发生恰恰印证了左拉与托尔斯泰在文学创作方面存在相似之处。克莱莉娅·昂弗莱认为托尔斯泰在写《黑暗的力量》时确实参照了左拉《土地》中关于农民欲望与激情描写的情节构思。在看待人的激情问题上，左拉和托尔斯泰似乎有不谋而合之处，即他们都对过度激情持否定看法，他们都提倡自我克制的理性主义。在关于非行动主义问题上，论文作者也比较了左拉与托尔斯泰各自的态度与主张。她认为非行动主义（非暴力主义）是托尔斯泰独特的思想观点。从中国哲学家老子的"道"的角度来看，毫无疑问，非行动主义首先是"消极"的，但是老子强调"无为而治"，也是符合天地宇宙运行的自然规律的，所以"非行动主义"不代表懒惰和不作为。在她看来，作为俄国贵族精英知识分子的托尔斯泰非常了解东方哲人的智慧，他从行为有效性角度更看重"非暴力主义"（忍耐、静观）的结果。在她看来，左拉主张介入行动，也是依据西方崇尚科学、劳动和行动的观念。托尔斯泰虽然秉持非行动主义，但是他对劳动持积极看法。所以非行动主义不是意味着屈从于宿命论和主张逆来顺受，而只是表达一个简单的观点，即强调劳动的美德，通过双手劳动去改变一切。左拉对劳动也是持肯定看法。所以左拉和托尔斯泰之间并不仅仅涉及个人主义和公理原则问题，而是涉及更广泛的如何看待人类行动所包含的集体价值。在论文结束部分，克莱莉娅·昂弗莱认为托尔斯泰晚年在短篇小说《伊凡·伊里奇之死》中描写了一个插曲，即伊凡·伊里奇临死前还在阅读左拉的作品，并思考自己的人生。这一细节描写说明了托尔斯泰将阅读左拉与思考区别开来，也许这种思考就是关于非行动主义与介入行动之间的选择。

　　第二篇论文《托尔斯泰和左拉作品中的科学与社会问题——关于社会进步的观念危机》，同样也是比较分析左拉与托尔斯泰关于社会进步方面的看法。论文作者是帕尔玛大学左拉研究者安吉拉·迪奥勒塔·西克拉睿。在该文中论文作者提出，19世纪后半叶法国文学思潮由现实主义转向了自然主义，两大文学都倾向于描绘社会环境和置身于社会中的个体生命，不同的是自然主义文学更倾向于借鉴自然科学知识和心理学研究成果。19世纪后半叶对科学的信念和崇拜科学的热潮席卷整个欧洲，也影响到了俄国。科学主义广泛传播也引发了欧洲思想界的文化论争，这些论争主要集中在对人的认识和解决社会问题的方案的看法上。在19世纪后期这些文化论争中，托尔斯泰无疑站在与左拉对立的立场上，他反对以左拉自然主义文学为代表的西方文明过度崇拜科学。当然在19世纪后期的这些文化论争中，左拉并没有直接回应过托尔斯泰的观点，但是两位作家都通过作品对上述问题做出了回应。论文作者以1893年左拉给大学生联合会做的一场演讲作为例证，指出左拉在演讲中表达了他个人对于未来科学进步的坚定信念。论文作者指出托尔斯泰通过阅读法国《高卢报》刊载的左拉演讲稿，获悉了左拉演讲的内容，随后托尔斯泰表达了他个人对这位自然主义小说家的科学主义和实证主义立场的不同看法，他不赞同左拉对科学的崇拜态度。随后，安吉拉·迪奥勒塔比较了左拉和托尔斯泰晚年发表的一些文章和作品。托尔斯泰于19世纪80年代发表了俄国贵族知识分子关于社会问题，尤其是对待劳动问题的思考的文章，即《我们该怎么办？》。不久法国杂志主编恩利斯特·史密特也将左拉的演讲报告和小仲马的文章摘抄寄给了托尔斯泰。托尔斯泰晚年转变了思想立场，变成了"非行动主义"（非暴力主义），但是他保留了对劳动的看法。他倾向于将劳动与人要履行个体道德责任联系在一起，同时意识到了劳动赋予生命以意义，它可以帮助人们解决和缓解内心的焦虑与痛苦。左拉晚年也转变了立场，认为人生的终极目的在于去追求真理，为真理献身是个体生命的道德价值与意义所在。托尔斯泰对左拉的科学主义立场是了解的，但是他质疑自然主义文学家观点的合法性，认为自然主义小说家将自然绝对化。托尔斯泰还是坚持在采取行动和推动社会进步过程中要优先重视人的道德意识和觉悟，因为只有道德完美才谈得上美德。所以托尔斯泰晚年的立场十分明确：他提出一个有别于自然和知识的概念，即基督徒的精神品质、道德完善，它是衡量人的内在品质高低的标准。左拉后来了解到托尔斯泰重视道德完善和精神美德，但是他没有追随这位俄国作家，还是相信科学进步能够推动社会发展与进步。托尔斯泰和左拉在对待金钱的态度上截然不同，托尔斯泰认为金钱是罪恶的，它会让人堕落，应该尽量抛弃它；左拉则认为金钱可以给人带来尊严和幸福。在该文结束部分，安吉拉·迪奥勒塔指出托尔斯泰晚年遭遇了精神危机，导致他放弃了改革社会的理想，迫使他回到个体生命道德价值的内省中。而人又是善恶并存的，所以如何弃恶扬善成为他思考得更多的问题。

《基督教问题》是这组专题讨论中的第三篇有代表性的文章。论文作者是法国布莱斯特大学左拉研究者索菲·盖尔麦丝。在该文中，作者从两位作家宗教信仰的改变角度探讨了 1890—1902 年这十二年期间对待宗教教义的不同态度给左拉与托尔斯泰后期创作带来的具体影响。索菲·盖尔麦丝认为托尔斯泰自 1870 年经历了思想危机之后最终皈依了东正教，从此选择了一种基督徒式的生活方式。而左拉在 20 岁时就放弃了天主教信仰，1868 年，他开始用遗传学理论来构思《卢贡-马卡尔家族》，晚年构思了《四福音书》。在作者看来，到了 19 世纪末，两位作家都获得了宗教之外的道德声望，成为这一时期时代精神的引领者，而且两人都开始重写《福音书》。托尔斯泰从 1880 年开始重写《福音书》，左拉于 1898—1902 年重写《福音书》，将耶稣的教诲作为小说的主要情节故事。两个人宗教信仰的改变的起点和原因不同，导致他们改变宗教信仰的社会环境也存在巨大差异，托尔斯泰因贵族阶级生活缺乏意义而重新选择生活方式，而左拉则因为意大利移民和父亲早逝造成的家庭生活窘迫选择另一种生活方式。宗教立场改变之后，两位作家开始以不同的态度来看待教义和信仰。托尔斯泰早年对创世故事、三位一体和耶稣复活均不相信，左拉也是如此；托尔斯泰相信神迹，左拉也不例外。托尔斯泰晚年经常独自祷告，与上帝交流，奉行谦卑、博爱，选择苦行。左拉虽然没有上述的言行，但是他是以实际行动来捍卫德莱福斯上校的清白。一个是唯物主义者，另一个则不是，这就是两位作家的区别。索菲·盖尔麦丝从各自不同的家庭出身、教育和性意识角度解释了左拉与托尔斯泰宗教信仰改变的原因。此外，她又结合两位作家创作的作品内容，来分析左拉与托尔斯泰存在的相似之处，即他们在各自作品中对教会展开了批判，并宣扬了博爱精神。左拉在《三名城》的《卢尔德》和《罗马》中对教会提出了批评，托尔斯泰则在《复活》中批判了教会，宣扬了博爱精神。最后，论文作者索菲·盖尔麦丝又分析了两位作家晚年重写《福音书》的行为。左拉在晚年创作的《巴斯卡医生》《四福音书》（《劳动》《繁殖》《正义》等）中探讨改变现实的途径。在论文作者看来，左拉的《劳动》《繁殖》《正义》等作品叙事结构都采用《福音书》的形式与框架结构。托尔斯泰晚年构思《复活》同样运用了《福音书》的构思思路，不过《复活》仅局限于耶稣的教诲。在文章的最后部分，索菲·盖尔麦丝指出左拉和托尔斯泰对待博爱问题具有相同信念，他们都强调没有利他主义根本谈不上任何博爱。所以托尔斯泰晚年奉行的原则是为他所相信的一切而奉献自己的生命。至于左拉，1898—1902 年，他因德莱福斯案件牵连在英国避难，在给妻子的信中他表达了对德莱福斯上校清白的看法，同时愿意为澄清事实真相付出努力。所以论文作者的结论是两位作家晚年思想趋于成熟，他们各自从宗教博爱思想中发现了超越兽性的唯一途径，这就是"用利他主义来抵御自私自利"。

　　从上述这三篇比较有代表性的研究成果介绍中，可以看到当代左拉研究者对 20 世纪初马克思主义批评家卢卡奇的论断进行重新审视。他们通过对两位作家手稿、书信和作品的比较研究，有了很多新的发现。这三位左拉研究者以翔实的论证材料纠正了卢卡奇观点的偏颇之处。他们的研究为人们重新认识和评价左拉和托尔斯泰的文学功绩和文学地位打开了新的思路。

第三节　当代左拉研究主体性批评话语确立与后期"左拉学"谱系建构

2001 年以来，当代左拉研究其实已经从一个作家研究课题逐渐演变为一门专门学问，即"左拉学"。进入 21 世纪之后，依靠《自然主义手册》和自然主义研究中心对学术研究活动持续不断的推动，当代左拉研究已经步入稳步发展阶段。如果要评价这几十年来《自然主义手册》在当代"左拉学"建构中发挥的作用，必须从两个方面来认识。首先《自然主义手册》作为左拉之友新文学协会的专刊，始终遵循着最初创办时的学术宗旨，努力引领法国学界左拉研究朝着专业化方向发展。其次，从功能上来看，《自然主义手册》是推动当代左拉学术研究的生产机制和传播工具。为了办好刊物，《自然主义手册》杂志社必须要与二战后法国学界学人合作，必须依靠学界学术研究团队的智力资源。从 1955 年至 2000 年，以该刊物为中心，逐步形成和发展起来一支颇有规模的专业化左拉研究团队。在这支专业化研究团队建立初期，主要成员既有本土左拉研究学者，也有来自英国、比利时、意大利、德国、波兰、美国和加拿大等国外高等学府的知名学者，而且域外左拉研究专家占很大比例。到了 20 世纪八九十年代因法国本土学界批评家群体的崛起，这种局面才有所改变。法国本土学界左拉研究团队的形成与壮大，对于确立法国学界左拉研究主体性批评性话语起到了关键作用。

进入 21 世纪后，这支研究团队还在不断发展和壮大。严格意义上来说，当代左拉研究团队是由职业化的学者群体组成的，研究成员包括大学教师、科研机构的研究员和法国各地大学文学系攻读博士学位的年轻学者。左拉研究团队中比较活跃的有四个小组，分别是巴黎三大文学系成立的左拉研究小组，主要由菲利普·哈蒙教授担任负责人；巴黎十大成立的以科莱特·贝克和卡巴纳斯教授指导的左拉研究课题小组；斯特拉斯堡大学成立的左拉研究项目小组，由奥古斯特·德扎莱负责；还有法国国家科学研究中心的自然主义研究中心，由《自然主义手册》主编阿兰·帕热负责。这四大研究小组是进入新世纪后组织和开展当代左拉研究活动的核心力量。从学术流派谱系来看，这四大研究小组各自的研究领域和关注的话题具有很大差异。巴黎三大由菲利普·哈蒙指导的左拉研究小组主要侧重于左拉自然主义小说叙事形式方面的研究；菲利普·哈蒙本人也是当代左拉研究领域里叙事学批评的代表人物；巴黎十大由科莱特·贝克教授和卡巴纳斯教授指导的左拉研究小组侧重于对左拉相关的史料和文献的整理与分析研究；科莱特·贝克教授本人也是当代左拉研究领域的社会历史学批评的领军人物。斯特拉斯堡第二大学成立的左拉研究项目小组是由奥古斯特·德扎莱教授负责。奥古斯特·德扎莱也是当代左拉研究领域的领军人物，他于 20 世纪 70—80 年代致力于神话研究，他也是左拉研究领域精神分析学派批评的代表人物。到了 20 世纪 90 年代，他转向了人与城市空间之间关系的研究。他指导的研究小组主要致力于《卢贡-马卡尔家族》中的城市空间研究，特别是巴黎城市形象研究。由《自然主义手册》期刊主编阿兰·帕热负责的研究小组主要侧重于传记批评、接受与批评理论等方面的研究。四大左拉研究小组之间经常展开合作，共同推动"左拉学"的建构与发展。

法国学界这些左拉研究团体其实不是自发形成的，而是二战后学术期刊《自然主义手册》创办后，由几位在左拉研究领域做出突出贡献的领军人物培养和打造出来的。在学术期刊创办初期，为了在学界培养年轻左拉研究者，三位期刊主编皮埃尔·科涅、勒内·特诺瓦和亨利·密特朗先后从参加杂志社组织的左拉学术研讨活动的科研人员中挑选出若干名学术骨干，他们注重培养这些年轻学术骨干的治学能力和开展项目研究的组织能力。由于文学协会和学术期刊组织学术活动非常频繁，所以客观上也需要年轻学术骨干发挥他们卓越的组织与策划能力。这些学术骨干可以说是在战后学界举办的各种研讨会议和文化交流活动中被熏陶和锻炼出来的。后来随着法国学术建制不断完善，这些学术骨干逐渐在学界站稳脚跟，开始发挥其专业化特长与优势。他们在各地大学和研究机构里获得稳定职位后，一边从事教学工作，一边在左拉研究领域继续耕耘与开拓。更关键的一点就是他们长期与《自然主义手册》杂志社保持密切合作，在各种研讨会议中崭露头角、大显身手。到了 20 世纪八九十年代，由本土老、中、青三代左拉研究者组建的学术梯队已经形成，他们在当代左拉研究领域里相互配合，不间断地开展专业化学术研究，逐渐在学界发挥其影响力。对这些左拉研究团队成员来说，《自然主义手册》的创办和存在，可以为他们开展左拉研究活动提供重要的公共空间，可以为他们发挥学术专长提供交流平台。而对于《自然主义手册》创办者和负责人来说，恰恰是这支研究团队作为后盾与人才资源，确保了当代左拉研究活动得以持续地开展，所以两者互利互惠、相得益彰。

左拉研究团队的形成也促使当代左拉研究模式发生改变。与以往左拉研究模式形成对照的是，当代左拉研究不再仅凭借研究者个人的兴趣与爱好，或者靠个人一己之力去推动，而是采用跨界、跨国的专业化合作研究方式来进行。同样，当代左拉研究模式的变化也直接影响了学者们的治学方式。"独学无侣"式的传统治学方式已不适合新形势下法国学界左拉研究的发展。当代左拉研究更多依靠的是团队作战、集体参与和相互配合这种现代化和专业化研究模式。这种研究模式非常有利于共同解决学术研究中出现的难题和重大课题，更有利于组织相关专题讨论，更容易达成一致的看法，推动学术研究走向深入。此外还要提及一点就是当代左拉研究完全是在学术制度影响下进行的，当代左拉研究作为文学事业，它的每个阶段研究规划和研究目标都是专业文学协会、专业期刊和左拉研究小组协商制定的。在这一过程中，《自然主义手册》的号召力和影响力又是不可低估的。杂志社不仅可以集结队伍，还可以帮助学者转化学术成果。《自然主义手册》会确保将这些优秀学者在本研究领域的新发现与新观点及时刊载出来。由于学术期刊可以尽快传播学者们的研究成果，不断为他们扩大学术影响力和话语权，所以有助于才华卓越的学者脱颖而出。用当今学界时髦的语言来说，学术期刊是造势和制造学术明星的媒介工具。事实上，自1955年至2015年，在其创办的60年中，《自然主义手册》先后培育和推出了五代风格不同、流派不同的左拉研究专家和权威批评家，他们后来对于"左拉学"谱系的建构发挥了至关重要的作用。

进入新世纪以后，活跃在当代左拉研究领域的主要是第五代左拉研究者，他们中间绝大部分人都是20世纪90年代中末期进入左拉研究领域的，而且以法国本土年轻学者为主。据笔者统计，第五代左拉研究者和批评家主要包括18位，他们是皮耶鲁吉·帕尼尼、弗朗索瓦·拉巴顿、让-玛丽·塞朗、奥利维·格特、索菲·盖尔麦丝、多米尼克·拉波特、科莉娜·萨米娜达耶-佩兰、玛丽-索菲·阿姆斯特朗、让·布尔茹瓦、奥利维·卢姆布罗索、贝尔特莉丝·拉维勒、弗朗索瓦-玛丽·莫哈德、玛丽-露丝·福尔、让-路易·卡巴奈斯、让-耶夫·莫里耶、让-塞巴斯蒂安·马克、K·巴塞欧、阿·乌洛纳等。这一专业研究群体的崛起代表着当代左拉研究主体性批评话语的确立，他们对后期"左拉学"谱系建构发挥了重要作用。

第五代左拉研究者在本土学界异军突起之后，他们在推动新时期当代"左拉学"的建构与发展上起到了不可低估的作用。与前几代左拉研究者一样，第五代左拉研究者努力探索当代左拉研究的新方法与新问题，继续以创新精神不断开拓左拉研究的领域。进入2001年之后，各种纪念左拉的学术活动纷至沓来。为了纪念左拉去世一百周年、《自然主义手册》创办五十周年，尤其为了纪念左拉遗骸迁入先贤祠，《自然主义手册》杂志社和法国各地高校以及研究机构先后举办了几十次重大研讨会。第五代左拉研究者不仅亲自参与策划这些研讨活动，还是这些学术研讨活动中的主力军。

自20世纪70年代以来，当为左拉恢复名誉的"正名"运动获得成功之后，为了更进一步地推动学术繁荣，当代左拉研究者开始转向有针对性的出版计划和新课题研究。学者们群策群力，努力攻关，随后在主题学研究、精神分析研究、符号学研究和叙述学研究方面都取得了丰硕的成果。进入21世纪之后，面对全球化时代的到来，最具有威望的当代左拉研究专家亨利·密特朗喊出了这样的口号："解放左拉"[①]。在亨利·密特朗看来，虽然当代左拉研究在很多领域里取得了令人瞩目的成就，但是研究者们不能停留在前人的发现与已有的一些定论上。自《自然主义手册》创办以来，随着战后左拉研究的开启，学者们努力重塑左拉形象，左拉已从低俗的小说家转变为现代小说的开创者和知识分子典范。但是与学界对巴尔扎克和雨果的阐释性研究相比较，左拉文学思想的复杂性，以及他作为知识分子对法国社会历史发展的贡献仍然研究得不够充分。作为当代"左拉学"最卓越的建构者，

---

① Henri Mittérand, «Libérer Zola», *Lire/Dé-lire Zola*, p.15.

亨利·密特朗曾语重心长地向第五代左拉研究者建议："重构一个左拉形象，不是凭借第一眼，而是要凭借第二眼。"[1] 因为在他看来，"左拉在他那个时代任何领域里——政治、宗教、道德、艺术等均属于不正确之人"[2]。所以阅读左拉，不能凭借简单的感觉或表面的感受，而是要再往深处多思考一些，即左拉文本中这些"不正确的观念"实质性的问题到底出在什么地方。其实在当代"左拉学"建构过程中，学者们正是在学术研究过程中不断发现这些"不正确"的问题，然后通过不断追问与深入探讨，才将很多难点问题化，最终发掘出左拉小说的独特价值和新美学观念。

　　进入 21 世纪后，第五代左拉研究者继续推进当代左拉研究，针对左拉的"不正确"之处投入更多精力，加大力度研究难点问题，以寻求有所突破和创新。由此可见，当代左拉研究者在每个不同发展阶段都会遇到诸如此类的难解问题，所以制订不同的研究目标和计划也是时代发展给学者们提出的要求。第五代左拉研究者在开拓新领域和新课题过程中也一直受问题意识推动，他们苦苦思索如何突破左拉研究现有的框架及体系，发现更多新问题。在 21 世纪最初十五年间，他们尝试通过文本的细读与分析，从中挖掘这些"不正确"之处所蕴含的独特价值，探究被遮蔽的深层问题。他们努力避免沿袭传统学院派批评家"不读而论"的做法，努力做到"拒绝接受不经检验、不通过文本细读与审视而匆忙得出的假设与论断"[3]。他们深知，左拉被同时代批评家嘲讽为"观念不正确"之人，其作品必然具有与众不同的特质，而这种特质需要被揭示出来并得到合理的解释。

　　自 2001 年至 2015 年，第五代左拉研究者所做的拓展性研究集中体现在女性主义研究、互文性研究、现代社会中的群体与个体研究、小说叙事形式研究以及域外译介等五个方面，笔者选择其中比较重要的领域加以简略回顾与总结。首先介绍 21 世纪最初十五年间第五代左拉研究者在女性主义研究方面所做的拓展及取得的学术成就。根据笔者对《自然主义手册》（1970—2015）女性主义研究文献的梳理，可以发现当代左拉研究者从 1970 年即开

---

[1]　Henri Mittérand, «Avant-propos», *Lire/Dé-lire Zola*, p.10.

[2]　Ibid., p.11.

[3]　Jean-Pierre Leduc-Adine, Henri Mitterand, *Lire/Dé-Lire Zola*, p.13.

始关注左拉作品中的"性别"书写，尤其是女性形象塑造，但是真正将女性问题作为当代左拉研究领域中的一个重要课题是从 20 世纪 90 年代初开始的。《自然主义手册》1995 年第 69 期和 1999 年第 73 期都分别开辟了以"女性阅读"和"女性形象"为题的专栏。为何直到 90 年代，女性问题才引起学界的高度重视，成为法国学界当代左拉研究的课题之一？针对这个问题，美国左拉研究学者克利夫·汤姆逊作为该专栏的受邀嘉宾和专题讨论的策划者，在《自然主义手册》1995 年第 69 期专栏讨论导言中这样解释对左拉作品中的女性问题进行研究的意义。他引用了左拉研究学者尚达乐·贝特朗-亚宁的观点："左拉曾经是一位作家、批评家、论战者和具有改革意识的社会学家，在他思考的诸多问题中，女性问题占据特别重要的地位。"① 然而克利夫·汤姆逊从《自然主义手册》创刊以来所发表的文章数量，发现学界对左拉作品中的女性问题的关注度不够。这显然与当代左拉研究要开拓新领域和新目标的计划存在很大距离。所以他对尚达乐·贝特朗-亚宁于 20 世纪 70 年代后期开启了左拉研究领域的女性问题研究给予高度评价，并认为她的研究对于后来 80 年代法国学界海伦娜·西苏、雅克·德里达的哲学研究都具有启迪意义。《自然主义手册》于 1995 年在第 69 期上刊载了 8 篇文章，其中包括学术性论文 5 篇。这些论文均是从女性阅读角度探讨左拉《卢贡-马卡尔家族》系列作品中关于女性形象的塑造问题，探究有关子宫之幻想、母女关系的描写和作家对性别身份追问的意义。在 90 年代关于女性研究话题的讨论中，涌现出了桑蒂·佩特莱、朱拉特·D. 卡明思卡斯、玛尔塔·塞卡哈等年轻的左拉研究学者。1999 年，在跨入新世纪前最后一年，《自然主义手册》在第 73 期上又开辟了"女性形象"专栏，主要讨论和研究左拉作品中诸多悲剧性女性形象所揭示出来的问题。由此可见，自 20 世纪 90 年代以来，关注和重视女性问题研究已成为当代左拉研究一个重要发展趋势。1999 年学术期刊在该专栏中刊载了 13 篇论文，研究成果数量已超过了 1995 年专栏所刊载的文章。在 1999 年这期专栏上，刊载的比较具有代表性

---

① Chantal Bertrand-Jenning, *L'Eros et la femme chez Zola: de la chute au paradis retrouvé*, Paris: Klincksieck, 1977, p.7.

的论文列举如下：爱莱奥诺尔·罗瓦-勒维尔兹的《娜娜，或不存在》、斯特法妮·勒-巴耶的《〈妇女乐园〉，女性百货商店中的女性杂志》、洛朗斯·贝思的《〈作品〉或精神恋爱者的欲望》。有的文章从纳尔西斯情结角度分析娜娜的自恋性格，还有几篇文章则从19世纪法国传统社会的宗教信仰和道德习俗角度探讨女性性别意识如何被塑造的问题。还有的研究者从弗洛伊德的精神分析学角度切入，探讨左拉小说《作品》中身为画家的主人公白日梦中的"移情"问题。到了20世纪90年代末，在左拉研究领域里，学界关于女性问题的研究视域已经被打开了，人们探讨的话题和研究视角还是比较开放的。

　　进入21世纪之后，第五代左拉研究者在女性问题研究已有的成就基础上又做了更进一步拓展性研究。自2000年至2015年，《自然主义手册》总共刊载了12篇以女性问题作为议题的文章，其中有代表性的论文有：R.波尔德利的《〈娜娜〉中群体话语——模仿的规则》、L.卡巴斯东的《热尔米妮·拉赛特，左拉笔下第一个女主人公形象？》、S.F.理查兹的《血、月经与女性身体》、H.利弗阿勒的《〈妇女乐园〉中的妇女、商业与资本主义》、M.塞卡哈的《性爱与超越——〈莫雷教士〉中那个在微笑的女人》、凡·霍夫的《埃米尔·左拉，母乳喂养与〈繁殖〉》、凡赛莱特的《黑变症，19世纪医学话语中的卖淫女》等。这些文章探讨的话题更加广泛，从女性特殊群体的话语、女性身体、母乳喂养、性爱到女性命运、女性与商业竞争等问题，均有涉及。从这一时期第五代左拉研究者探讨的女性问题话题类型来看，他们更侧重从社会政治、经济领域和意识形态方面探讨性别和女性认同问题。这说明了第五代左拉研究者进一步拓展了研究视域，将左拉研究中的女性问题探讨引向深入。

　　其次，还需要重点提一下21世纪最初十五年间第五代左拉研究者在互文性研究方面的拓展性研究成果。根据笔者对《自然主义手册》（1980—2015）"互文性"研究文献的梳理，可以发现当代左拉研究者关注互文性问题始于1989年。《自然主义手册》于1989年在第63期上首次刊载了关于"互文性"研究的专题论文，即《论左拉的互文性》，论文作者是法国雷恩大学学者科琳娜·库伯莱。她在该文中运用了克里斯蒂娃在《诗性语言之革命》

中提出的"互文性"概念，从互文性研究角度探讨了左拉自然主义小说文本与文本外的"现实"之间的隐喻关系，尤其是侧重研究左拉小说文本对其他文本的借鉴与吸收问题。科琳娜·库伯莱在文章中从互文性功能、被引用的人物、读者与文本互文之间的关系来探讨左拉小说文本空间中是否存在取自其他文本的各种陈述和相互交叉问题。她以左拉小说《一页之爱》中女主人公阅读 W. 司各特的作品《艾凡赫》为例，分析了引用的文本对人物形象内在性格刻画所起的重要作用。此外她还列举出了《梦》对于《圣徒传》的借鉴、《娜娜》中插入的《金发维纳斯》音乐剧等，这些都构成了《爱情一页》小说文本内某些被引用的文本与其他文本之间相互指涉的关系。作者强调研究左拉小说文本中的互文关系的价值主要体现为可以帮助读者了解自然主义小说文本在传递知识和故事讲述之间构成的互动关系。

　　自 1989 年科琳娜·库伯莱发表这篇文章之后，到 20 世纪 90 年代，《自然主义手册》对"互文性"问题并没有持续关注，直到 2001 年后，"互文性"话题再度被提及，并引起第五代左拉研究者们的关注。《自然主义手册》于 2002 年在第 76 期、2004 年在第 78 期和 2010 年在第 84 期上相继三次开辟"互文性"专栏，重新探讨左拉小说中的互文性问题。据笔者统计，自 2002 年至 2015 年，《自然主义手册》总共刊载了关于"互文性"讨论的论文 17 篇，其中有 6 篇发表在 2002 年第 76 期的专栏上，有 9 篇发表于 2010 年第 84 期上。除了美国哈佛大学左拉研究者苏珊·罗宾-苏雷曼和英国左拉研究者科莱特·威尔逊之外，其余大部分文章为法国左拉研究者撰写，其中以第五代左拉研究者占多数。他们是安娜-克莱尔·吉诺、帕斯卡乐·弗瓦莱、洛朗·朱安诺、阿兰·科贝拉瑞、克洛德·萨巴蒂耶、凯利·巴塞欧、弗朗索瓦-玛丽·莫哈德、马瑞里·卢梭等。在这些研究成果中，值得注意的是以安娜-克莱尔·吉诺和、朗·朱安诺和克洛德·萨巴蒂耶为代表的第五代左拉研究者都是从新视角切入探讨左拉文本中的"互文性"问题。在《资产阶级的本质——从〈家常事〉到米歇尔·布托的〈米兰小巷〉》一文中，安娜-克莱尔·吉诺选择了两部小说的故事发生地——索瓦瑟大街和米兰小巷作为解读和研究的对象。在比较两部小说描绘的两个街区的不同特征之后，论文作者着重阐释了自然主义小说家左拉和新小说作家米歇尔·布托在描写资产阶级私人生活、资产阶级工作场所等方面各自表现出的不同书写风格。在她看来，左拉在描绘《家常事》中的索瓦瑟大街时倾向于表达资产阶级永恒不变的本质，而米歇尔·布托在描绘《米兰小巷》中的米兰小巷街区时倾向于站在边缘化角度去描写资产阶级生活，同时也以批判眼光重新审视资产阶级社会，对他们的道德观和价值观持质疑态度。在《关于〈卢贡-马卡尔家族〉中的几部作品》一文中，洛朗·朱安诺选择了《普拉桑征服》里的奥兰普、《巴黎之腹》里的弗洛朗、《小酒店》里的朗蒂耶、《萌芽》中的苏哈林、《作品》里的克瑞斯蒂娜、《人兽》里的苏瓦莉娜、《金钱》中的卡洛琳等男女人物形象作为解读和分析对象，对比了作品中呈现出的两种不同类型的世界（即上层资产阶级社会和下层市民社会），比较了来自不同社会和不同阶层的人物（即有文明教养的和没有文明教养的）的性格差异。洛朗·朱安诺认为左拉在创作自然主义小说文本时比较考虑和重视读者群的阅读接受水平和思维方式，而不是像福楼拜、龚古尔兄弟那样只站在他们自身文化趣味角度去创作作品。左拉的文学创作风格更具有职业化书写特征，他们将笔下人物视为当代人，善于用人物与大众进行思想情感交流与对话。所以顾及读者感受是左拉区别于其他作家的特征。另一位第五代左拉研究者克洛德·萨巴蒂耶在《左拉政治专栏中的互文性（1865—1872）：神话、文学和历史指涉》一文中以左拉在《钟声》《论坛》《回声报》等报纸上开设的政治专栏为例，探讨这一时期左拉小说文本与报纸专栏文本之间互相指涉的含义。左拉在1865—1872年主持报纸上的政治专栏时，不仅关注社会新闻，也注意阅读米什莱、塞万提斯等历史学家和文学家的作品。左拉还在其专栏文章中多次引用这些历史学家和文学家文本中的一些陈述。基于上述发现，克洛德·萨巴蒂耶认为对米什莱、塞万提斯的引述为左拉拓宽了政治视域，"互文性"的恰当利用其实是有助于左拉在专栏中展示其卓越的讽刺与批判才能的。

从21世纪第五代左拉研究者对左拉文本中"互文性"问题研究取得的这些成绩来看，有两点是值得肯定的：第一是他们关注的不是狭义的互文性，而是广义的互文性问题。他们注重探讨文学文本和社会历史（文本）的互动作用。第二是他们从互文性历史特征中发现了意识形态素。意识形态素是指最小的意识形态单元，意识形态素以词、句子和段落或者杂糅拼接的方式呈现在互文文本中。例如，克洛德·萨巴蒂耶在《左拉政治专栏中的互文性（1865—1872）：神话、文学和历史指涉》一文中就是从左拉政治专栏文章中探索其中蕴含的意识形态素问题，并指出了这些意识形态素包含神话、文学和历史等多种意识形态单元。

　　最后介绍 21 世纪最初十五年里第五代左拉研究者如何关注和研究左拉小说中对于现代社会中的群体与个体关系的研究。第五代左拉研究者关注和拓展的问题均与之前左拉研究者的前期研究有所不同。笔者对《自然主义手册》刊载的文献进行梳理，发现最早关注和研究左拉对现代社会中群体与个体关系始于 1982 年，是由美国布朗大学的左拉研究者诺米·舒尔开启的。《自然主义手册》于 1982 年在第 56 期上刊发了诺米·舒尔在"梅塘瞻仰活动"中所做的例行演讲，题名为"左拉作品中的个体与群体：调节结构"。诺米·舒尔认为左拉身为现代小说家，他对 19 世纪后期法国文学的贡献主要表现为努力将大众引入小说的虚构世界之中。她指出左拉在《卢贡大人》中描绘的还是杰出的政治人物个人魅力，然而在创作《妇女乐园》时，左拉已转向对现代社会中的妇女群体的描绘。后来他又在《萌芽》和《崩溃》中先后描绘了矿工群体和士兵群体。从个体描绘转向群体描绘，这既代表着左拉创作手法的变化，更代表着《卢贡-马卡尔家族》构思框架从家族小说向社会小说转变。诺米·舒尔之后，对左拉作品中个体与群体之间关系加以重新审视和研究的就是第五代左拉研究者。关于第五代左拉研究者为何要继续探讨左拉作品中的个体与群体之间关系的问题，菲利普·哈蒙在 2012 年《自然主义手册》第 86 期的专题讨论前言中这样指出："个体与社会之间的关系是 19 世纪法国风俗小说诗学的核心问题。反自然主义文学批评也是将不断围绕这个话题展开论战，指责自然主义小说主要针对大众说话，而无法塑造出小说个性化的人物性格。"① 从菲利普·哈蒙的观点来看，进入新世纪重提左拉作品中的个体与群体话题，其实针对的还是反对和贬低自然主义小说诗学观的认知偏见。2002 年《自然主义手册》在第 86 期上开设了"资料：

---

① Philippe Hamon, «Introduction», *Les Cahiers Naturalistes*, No.86, 2012, p.5.

左拉与大众"专栏，共发表了 6 篇专题讨论的成果，其中有 5 篇属于学术论文。它们是奥利维·卢姆布罗索的《大众诗学》、尚达乐·皮埃尔的《左拉与个体自控》、劳拉·凯亚-斯蒂伯勒的《个体-人物角色》、阿德勒·乌妮娜的《〈卢贡-马卡尔家族〉中的权威人物》、贝尔特莉丝·拉维勒的《左拉后期小说中的大众与人民》。奥利维·卢姆布罗索在《大众诗学》中结合左拉的《卢尔德》《萌芽》《崩溃》《土地》等作品着重探讨了左拉的大众美学观在作品中的突出表现。在论文作者看来，左拉在很多作品中将群体形象作为小说重点描写的对象与内容，这是具有多方面的价值和意义的。从其作品对巴黎城市公路、林荫大道和轨道交通等十字路口的描绘，可以看出左拉尽可能地将众多景物和人物纳入作品之中，这样一来，小说所描绘的画面和场景就显得非常宏大。其次左拉《萌芽》《妇女乐园》《金钱》的创作手稿中有大量关于矿工、妇女和交易所民众的肖像描写的细节记录。从这些描绘中，卢姆布罗索发现左拉运用的是社会学家和心理学家的观察与分析手法，这代表着 19 世纪后期文学表现手段日趋理论化了。此外左拉在小说《萌芽》中侧重于对大众心理的描绘，这些描绘蕴含的价值还有待其他学者更进一步的研究。贝尔特莉丝·拉维勒在《左拉后期小说中的大众与人民》一文中重新解读左拉后期作品《四福音书》，探讨了小说中关于公共财产、理性主义价值观的论述。他强调左拉在后期作品中关注人民和大众，关注博爱和利益平等问题，他所描绘的人民都是快乐和健康的，这样的文学书写是左拉对未来进步观念抱以坚定信念的一种乐观表达。

从上述几篇文章探讨的话题来看，第五代左拉研究者在探讨左拉作品中的群体与个体关系时都侧重于揭示左拉对于大众或群体形象的描绘中所蕴含的进步意义。不过有的研究者在探讨这个话题时侧重于探讨左拉在《崩溃》中对群体运动失败的描绘的教训和寓意问题。在《崩溃》中，左拉通过群体抗争的失败从革命遗产和信誉丧失角度思考了法兰西第二帝国覆灭的教训。论文作者认为左拉在《崩溃》中通过对权力人物的分析，将他对于当代历史事件的看法传递出去，以引起人们深入反思与思考历史事件问题。

从上述回顾与总结中可以发现，进入新世纪后当代左拉研究主体型批评话语已经确立。第五代左拉研究者所处的社会历史语境与 20 世纪左拉研究者有所不同。20世纪80年代初至90年代末，随着大师级的哲学家、批评家，如罗兰·巴尔特、拉康、福柯和德勒兹等人的谢世，法国文化界和思想界由鼎盛转为相对沉寂。这一转变是具有象征意义的，它标志着一个以理论模式化为表征的时代的结束和一个非中心、非模式化、无定型的理论时代的到来。这个新时代就是以进入21世纪作为开端的，而新时代的开启主要缘于高科技，尤其是计算机和因特网在社会生活中的普及与运用。这些高科技手段和学术研究的信息化导致了社会经济制度、知识传播形式的变化，而这一时期以寻求多样性、多元性、不确定性和差异性为特点的后现代理论话语出现了。进入21世纪之后，当代左拉研究也不例外。置身于强调差异比统一更重要的后现代理论氛围之下，第五代左拉研究者开始重新思考如何拓展当代左拉研究的空间领域，如何建构好后期"左拉学"。从上述介绍中可以发现，第五代左拉研究者更关注新历史语境下如何打破学术研究领域之间的界限，更强调文本间性和跨文本的对话。他们的研究思路显得更加开阔，研究方法也更加多元化，较多受欧美解构主义和历史主义研究方法的影响。很多研究者试图在左拉研究领域将纯诗学研究扩展为新历史主义研究，更关注从社会学视角和政治意识形态角度阐释左拉文本，从而使当代左拉研究模式趋于多样化。

　　第五代左拉研究者在"左拉学"谱系建构过程中尤其表现出这样的特点，即没有将"左拉学"引向一个纯诗学研究的知识体系，而是尝试建构一个多元、开放、与其他学科研究相互交叉的新型知识体系。正如菲利普·哈蒙在《文学杂志》2002年第413期上发表的《阅读左拉》一文中指出：左拉形象是复杂多变的，"有黑色的左拉、灰色的左拉、蓝色的左拉，就如同有不同的福楼拜形象，不过他还是独一无二的"①。亨利·密特朗根据对左拉的系统性研究，认为左拉呈现在公众视野下至少有四个完全不同的形象：第一个形象是故事叙述者、批评家和专栏作家；第二个形象是《卢贡-马卡尔家族》的作者形象，这个形象是个竭力捍卫自然主义文学理念的斗士形象；第三个形象就是1890年写《三名城》时的信仰乌托邦的浪漫抒情诗人形象；

---

① P. Hamon, «Lire Zola», *Magazine littéraire*, No.413, 2002, p.62.

而第四个形象则是需要新时代读者根据他们了解到的文献资料去建构，或许是一个多元而复杂的形象。[1] 总之，第五代左拉研究者在致力于后期"左拉学"谱系建构的过程中，将研究重点放在了重塑左拉"第四个形象"。这个作家形象应该是当代左拉研究者从不同视角以及多元文化背景下建构起来的左拉新形象。所以后期"左拉学"应该是个有待于完成的学术体系，需要研究者不断提出新问题，解决新问题。

---

① Claire White et Nicholas White, «Avant-propos», *Les Cahiers Naturalistes*, No.91, 2017, p.5.

第七章 对《自然主义手册》与"左拉学"六十余年建构史的回顾与反思

第一节 学术期刊四任主编与二战后左拉声誉的复苏

通过勾勒战后当代左拉研究六十余年的演变轨迹，可以看出这份学术期刊的创办对于引领和推动当代左拉研究发挥了巨大影响力。若要对这份学术期刊的影响力做综合概括的话，第一个要提及的就是该期刊始终关注扭转左拉及自然主义的声誉问题。期刊四任主编在这一问题上投入了毕生心血与精力。几十年来，他们通过策划和组织一些大型纪念活动，包括开展一些项目研究课题，来推动欧美学界对左拉及自然主义文学开展价值重估运动。

按任职时间顺序，这四任主编分别是皮埃尔·科涅、勒内·特诺瓦、亨利·密特朗和阿兰·帕热。皮埃尔·科涅是《自然主义手册》创办者之一，也是战后创立的左拉之友新文学协会的秘书长。1954 年，他与左拉之子——雅克·埃米尔-左拉共同创办了专刊《自然主义手册》。与此同时，因其学术威望和组织才能，他被战后左拉之友新文学协会任命为学术期刊《自然主义手册》首任主编，任职年限为 1955 年至 1958 年。在担任《自然主义手册》主编职务期间，皮埃尔·科涅开启的第一项文化工程，就是为左拉及自然主义文学运动恢复声誉的"正名"运动。与此同时，他还以学术期刊《自然主义手册》的名义，给一百多名读者（其中包括法兰西学院院士和龚古尔学院院士）发调查问卷，展开对自然主义文学现状的调查工作，为后来左拉"正名运动"做舆论准备。作为学者，他还在《自然主义手册》（1955—1980）上发表了一系列非常有分量的文章，这些文章大多围绕着二战后左拉之友新文学协会建立的缘由、自然主义的现状、"五人宣言"发生的内幕、《萌芽》的文本阐释、左拉与巴黎公社等多方面问题展开深入研究。他擅长从事文献基础研究。他的学术功底扎实，常常能从大量史料、作家手稿文献中发掘出有价值的材料并以此作为论据。例如，他曾经在新出版的《龚古尔兄弟日记》中找到了关于"五人宣言"幕后推手的一些新证据。他提出的一些新见解对于纠正人们对左拉的误读产生了重要影响。皮埃尔·科涅于20世纪70年代担任巴黎高师芒斯预科学校文学系主任，1977年还在该校为左拉之友新文学协会和《自然主义手册》杂志社承办了"《萌芽》与法国工人运动"国际学术研讨会。皮埃尔·科涅于20世纪70年代初转向对"梅塘集团"之一的作家于斯曼的研究。他后期发表的论著均与对于斯曼的研究相关。皮埃尔·科涅于1988年9月15日去世。杂志社委托当代左拉研究者耶夫·谢弗勒尔在1989年《自然主义手册》第63期上撰写了一篇悼词，题为《向皮埃尔·科涅致敬》。在该悼词中，谢弗勒尔这样评价皮埃尔·科涅对于当代左拉研究的贡献："他是一位真正意义上的一流学者兼研究者，他在资料文献研究方面证实了其卓越的才学：精准定位、标注、分类……他的一生非常充实。"[①]

《自然主义手册》第二任主编是勒内·特诺瓦（1896—1972），任期是1959年至1964年。勒内·特诺瓦青年时代就读于法国第戎大学文学系，一战爆发后，他还应征入伍奔赴前线。一战结束后，他结束兵役，重返第戎大学学习。1922年夏，他通过了法国中学教师学衔资格考试，后在亚眠、凡尔赛中学执教。二战爆发后，他又进入法国军队服兵役，奔赴前线，后被俘关押在德国集中营，一年后被释放。二战结束后，他重返大学执教，选择从事二战后当代左拉研究。1960年他以论文《左拉与其时代——〈卢尔德〉〈罗

[①] Yves Chevrel, «Hommage à Pierre Cogny», *Les Cahiers Naturalistes*, No.63, 1989, pp.245–247.

马〉〈巴黎〉》而获得国家博士学位。此后，他在母校第戎大学比较文学系从事比较文学研究，是法国文学教授。他在担任《自然主义手册》主编期间，不断推动当代左拉研究深入发展。作为最早研究《三名城》的学者，他注重对新史料的挖掘，通过对左拉赴卢尔德和罗马的旅行日记等史料文献，重新探讨了《三名城》素材的来源。他在其博士论文中也是通过发掘新史料来论证左拉的自然主义作家形象：在19世纪八九十年代对法兰西第三共和国时期的社会状况十分关注，有强烈的忧患意识，不断思考社会公平与正义的问题，是个有责任感和社会担当的严肃小说家。1956年，他首次受邀参加《自然主义手册》杂志社举办的"梅塘瞻仰"纪念活动并发表了例行演讲。在演讲中，勒内·特诺瓦指出了二战后重新评价左拉作品的价值是十分必要的。在他看来，左拉在19世纪七八十年代文学论战时代，遭遇了大学批评家群体的诋毁与仇视，这是不公平的。他认为人们对左拉文学成就的了解仅限于《卢贡-马卡尔家族》，这显然是不全面的，《卢贡-马卡尔家族》只占左拉所有作品数量的一半。因此他呼吁当代左拉研究要多关注左拉其他作品，特别是后期作品，要加大力度对此进行深入研究，这样可以帮助人们了解左拉后期思想的演变。

担任《自然主义手册》主编后，勒内·特诺瓦发起建立作家档案文献资料库的建议。他强调当代左拉研究要有所突破，必须从收集、整理和研究左拉创作手稿、信札和那些散失于各地的报章专栏文章开始。所以在20世纪50年代末和60年代初，作为期刊主编的勒内·特诺瓦为了替左拉恢复声誉，他在《自然主义手册》开设"文献研究"和"未出版书信"等栏目，强调要夯实文献学基础研究，这是关系到二战后当代左拉研究整体性发展的关键。作为左拉研究学者，他在《自然主义手册》上还相继发表了18篇学术论文。这些论文主要是关于左拉生平事迹和父系家谱研究、关于左拉作品素材来源问题、关于左拉的斯多葛主义思想等方面的研究。勒内·特诺瓦是二战后当代左拉研究领域里的"社会历史学批评"的开创者。他的研究侧重文献的整理、分类与发掘，这些研究对于重新认识左拉的文学观念和作品提供了有价值的参考。其实在为左拉恢复声誉的"正名"运动中，第二任期刊主编勒内·特诺瓦依据他所掌握的文献资料，从学术理论层面上对19世纪末和20

世纪初法国大学职业批评家贬低左拉的做法进行了回击，强调评判左拉对错要回到作家所处的那个社会历史语境中。从文献学基础研究开始，当代左拉研究才能走得更远。在为左拉恢复声誉过程中，勒内·特诺瓦做出的突出贡献就是要建立一套完整的作家档案资料文献系统，这是二战后开展左拉研究的首要任务与目标。作家档案资料文献系统的建立为 20 世纪七八十年代学者们转向左拉小说文本阐释奠定了扎实的文献学基础。

第三任主编是亨利·密特朗。他于 1965 年受左拉之友新文学协会秘书处推选，正式接替勒内·特诺瓦教授的主编职位。其实早在 1963—1964 年，他已经协助勒内·特诺瓦教授编辑杂志，除完成杂志社编撰、审阅稿件等日常事务性工作之外，他还组织了 1963 年 3 月在英国伦敦举办的首届左拉研究国际研讨会的会务工作。亨利·密特朗主持《自然主义手册》主编工作时，《自然主义手册》刚刚走过第十个年头，当时这份学术期刊无论在版面设计和期刊印刷质量上都非常粗糙，尚处在艰难的初创阶段，名气和影响力还处于低潮时期，与巴尔扎克之友文学协会（后改名为巴尔扎克研究集团）创办的学术期刊《巴尔扎克年》相比，显得十分不起眼。亨利·密特朗上任后做的第一项工作，即筹划改变这份专门研究左拉及自然主义的专刊在二战后学界的定位和知名度。他经过调查与研究，了解了《自然主义手册》在前十年学界影响力低的根本症结：《自然主义手册》杂志的最初定位不精准。在他看来，这份学术期刊作为左拉之友新文学协会的内部专刊，它要表达专业文学协会的鲜明立场。因篇幅和读者定位不同，《自然主义手册》最初将自身定位为学会的内部刊物，而且是非盈利、非商业性的。所以它在栏目内容编排与设定上没有考虑到吸引读者的阅读兴趣，只是为了刊载与左拉及自然主义研究相关的学术研究活动及成果内容。但是自亨利·密特朗上任之后，便开始对该期刊进行大刀阔斧的改革，推动该期刊朝着学术性期刊方向转型，并为该期刊确立了风格。

亨利·密特朗青年时代就读于贝尚松大学文学系，后在这所大学担任法国文学讲师。不过亨利·密特朗于 20 世纪 60 年代初便奔赴巴黎，追随一些大师级的学者，他曾在巴黎索尔邦大学和法兰西学院旁听过著名的结构语言学家开设的课程。他十分关注二战后本土学界学术研究前沿理论。1968 年

"五月风暴"之后，他于该年秋季被调入刚成立不久的樊尚实验大学（即巴黎八大前身）。亨利·密特朗是二战后法国结构主义新批评的推崇者和追随者。他调入巴黎八大工作，也是因为被二战后法国思想界"百家争鸣"给人文社会科学研究带来的自由氛围吸引。因此来到巴黎后，他为学界研究氛围鼓舞，立志要投身于二战后左拉研究事业。他被任命为《自然主义手册》第三任主编后，积极推崇学术创新和开拓进取精神，力求扭转学界对左拉及自然主义的看法。

亨利·密特朗后来将这种创新理念和开放的学术视野带进了他所从事的左拉研究课题中。他早期师从勒内·特诺瓦并深受其研究方法的影响，即较注重对新史料的挖掘。亨利·密特朗早期主要从事对左拉创作手稿及左拉青年时代文学作品的研究。他自 1963—1966 年在《自然主义手册》上发表了多篇重要的研究论文，这些论文都是他对左拉手稿和未出版的信札整理后的新发现。他提出的观点颠覆了以往左拉学者关于左拉早期文学创作成就不高的看法。自担任杂志第三任主编后，他与前两任主编一样，立志要为左拉及自然主义文学恢复名誉，为扭转法国民众对左拉及自然主义小说的负面看法，做出力所能及的贡献。为此，他采取了一系列切实有效的宣传策略，利用杂志刊载有价值的论文和梅塘瞻仰活动中的演讲，以及举办左拉专题学术研讨会等多种形式来重塑左拉形象。他一直关注如何通过学界重新评价左拉及自然主义文学的价值来推动左拉经典化问题的进程。他还将引领学界和民众重新认识左拉及自然主义的历史功绩作为编纂《自然主义手册》栏目的文化理念。本着这样的学术理念，他开始认真经营杂志，以严谨务实的态度履行主编职责，推进法国当代左拉研究的进程。

说到当代左拉研究，尤其是当代"左拉学"的崛起，必须与亨利·密特朗做出的巨大学术贡献联系起来。可以这么说，亨利·密特朗是推动和建立当代"左拉学"的关键人物，如果没有他于 20 世纪 70 年代初"出走"和"游说"北美学界，尤其是加拿大、美国各大高校，如果没有他出面与加拿大多伦多大学法语系签订国际学术合作项目协约和建立自然主义文学中心，那么学术期刊《自然主义手册》和二战后法国学界当代左拉研究的巨大影响力就不会迅速得到传播，更不会引起国际学界的关注。

亨利·密特朗似乎就如同国内学者陈平原所说的那样①，不仅是学养深厚的学问家、勤奋的研究者，而且是高超的舆论家。一方面他通过个人著书立说和学术研究，推动当代左拉研究发展，积极为左拉恢复声誉做出努力。另外一方面，在担任《自然主义手册》主编期间，他意识到杂志处于艰难的创业期，于是为了扩大杂志的学术影响力，开始寻找突围策略，选择"出走、游说"——赴加拿大多伦多访学，借助于本土学界左拉研究团队的人才资源和国外左拉研究团队的力量，不断开创二战后左拉研究新局面。他还善于借助学术期刊《自然主义手册》，不断聚集专业研究者队伍，通过举办一系列有关左拉及自然主义文学的大型纪念活动和小型学术研讨会，推出一些有代表性的研究成果，为重新评价左拉及自然主义的文学功绩，制造舆论话语。在他与专业左拉研究者的共同努力下，杂志社借助左拉之友新文学协会的支持和专业期刊的编纂与出版，终于完成了恢复左拉声誉和重新评价左拉在19世纪后期法国文学史上的地位等工作。此后，他又在20世纪70年代中期和80年代末不断推动《卢贡-马卡尔家族》经典化运动。正是他积极推进左拉经典化进程，使得当代左拉研究在文本研究与现代阐释方面取得了令人瞩目的成就。他曾经组织过以《萌芽》《小酒店》《娜娜》《作品》为研究专题的大型学术研讨会，对这些小说文本展开了较为充分和深入的研究和阐释。研讨会上，当代左拉研究者们通过对上述文本的细读与阐释揭示出了左拉自然主义小说蕴含的独特价值，这样也从学理上解决了长期困扰学界的认为左拉及自然主义文学艺术价值不高的难题。

自1964年至1987年，亨利·密特朗一直担任《自然主义手册》主编两位主编之一。在他担任期刊主编二十多年间，当代左拉研究有了新起色，取得了令人瞩目的成就。他将结构主义文本分析和马克思主义分析方法结合起来，引入当代左拉研究之中，拓宽人们阐释《卢贡-马卡尔家族》系列作品的思路和方法。由于他对创新理念的强调和现代多元阐释方法的提倡，当代左拉研究领域里才出现了可喜的新局面。在他看来，当代左拉研究不能局限

---

① 陈平原：《学问家与舆论家——"回眸〈新青年〉"丛书序》，收录于《"新文化"的崛起与流播》，北京：北京大学出版社，2015年，第159页。

于作家研究和文本阐释，而是应该逐步扩大研究视野，不断关注诸如左拉小说中的意识形态问题、小说话语类型和文本主题新内涵等问题。他还鼓励年轻学者解放思想，借助不同的理论和分析方法，发现更多被遮蔽的问题，让学界各种不同的声音都发出来。20世纪90年代至21世纪，他在多部论著中提出要不断重塑新左拉形象。他认为进入21世纪以来由于当代左拉研究的推进，左拉呈现在公众面前的形象已不止三种，即擅长讲述故事的小说家和专栏作家形象、《卢贡-马卡尔家族》的作者形象和晚期作品中信仰乌托邦的抒情诗人形象。他认为还有第四种左拉形象或者更复杂的左拉形象①。在推动左拉经典化运动过程中，亨利·密特朗利用《自然主义手册》作为学术交流的平台，采用学术对话的方式，将国内国外左拉研究者联合起来，通过不同社会文化语境下左拉研究者的声音，深刻地影响着当代法国左拉研究的走向。

1987年之后，亨利·密特朗辞去了《自然主义手册》主编职务，但是他在法国国家社会科学研究中心创建了自然主义研究中心。该中心能被国家级学术研究机构接纳，充分说明当代左拉研究取得的成绩已得到了主流学界的认可。自1988年起，鉴于亨利·密特朗为当代左拉研究事业做出的非凡贡献，他还被选为左拉之友新文学协会新一届的主席，直至2009年。回顾亨利·密特朗一生的学术历程可以发现，他一生都奉献给了当代左拉研究事业。在他的积极推动下，当代左拉研究不仅焕发了新活力，出现了新局面，而且还与其他学科发展一样，朝着专门之学和新学科方向转变。

亨利·密特朗之后，巴黎三大教授阿兰·帕热被任命为《自然主义手册》第四位主编。他是迄今为止任期刊主编时间最长的一位，从1988年起，已超过了30年。与亨利·密特朗一样，阿兰·帕热也是一位学者型的主编，他也是毕生致力于当代左拉研究。自20世纪70年代初直至当下，他的研究领域主要集中在欧美学界关于左拉及自然主义的批评接受史研究。进入新世纪之后，阿兰·帕热所负责的自然主义研究中心是当代左拉研究四大课题小组之一。作为期刊主编，在他任职期间，为恢复左拉声誉和重塑左拉形象做

① Claire White et Nicholas White, «Avant-propos», *Les Cahiers Naturalistes*, No.91, 2017, p.5.

出了巨大贡献。自 1989 年出版专著《文学战役——论〈萌芽〉创作时期自然主义的接受》到 2016 年论著《埃米尔·左拉的巴黎》，阿兰·帕热已出版左拉研究著作 9 部，论文 50 多篇。此外他还负责筹建"左拉博物馆"和负责安排每年的"梅塘瞻仰"纪念活动。阿兰·帕热及时调整学术期刊《自然主义手册》编纂的改革计划，采用恰当的策略来回应新时代知识界对左拉文本的种种不同看法。从研究的课题来看，他对于二战后法国社会发生的重大变化，尤其是大众文化兴起和现代电子传媒时代的到来给当代左拉研究带来的影响有较深入的了解，所以在经营《自然主义手册》和推动当代左拉研究发展方面，他及时采取灵活多变的策略来应对时代的挑战。在阿兰·帕热担任期刊主编期间，当代左拉研究已经逐渐演变为一门专学，《自然主义手册》已从一般的学术期刊转变为学术名刊，当代左拉研究已呈现出多元开放的新局面，有关左拉研究的综合性论著、论文集和研究性成果大量出现。这样值得庆贺的新局面的形成充分说明了当代左拉研究已逐渐向专业研究、专门学问和独立学科方向发展演进。

与 1955 年《自然主义手册》创刊时期的左拉研究相比，经过 60 余年的发展，当代左拉研究所取得的成就可以用"空前绝后"来形容，它建构起来的知识体系之丰富、格局之多元与开放，以及引导学界各批评流派之间展开的对话与争鸣，发挥的学术影响力都是令人赞不绝口的。二战后当代左拉研究所取得的辉煌成就已彻底颠覆了人们对于左拉及自然主义文学的传统认知和刻板印象。当然，"左拉学"的建立要归功于上述四位主编长期以来对当代左拉研究的付出。他们作为当代左拉研究的领军人物，共同完成了为恢复左拉声誉所开展的"正名运动"和后来左拉《卢贡-马卡尔家族》的经典化运动，为二战后左拉声誉的复苏做出了各自的贡献。

第二节　当代"左拉学"建立与左拉多面形象的重塑

如果要对当代"左拉学"的建立与发展所取得的学术成就做概括与总结，那么最值得回顾与总结的成就是：重塑二战后左拉多面形象获得成功。

众所周知，19 世纪七八十年代自然主义文学在法国文坛上出现，它所引发的巨大反响和轰动是有两个重要原因的：一是左拉的自然主义巨著《卢贡-马卡尔家族》系列作品相继出版，尤其是《小酒店》的成功使左拉声望迅速提升，随后左拉被当时的年轻作家推崇为"梅塘集团"领袖和自然主义大师，成为 19 世纪下半叶法国文坛上最知名的小说家。也就是说，左拉生前所创立的自然主义文学流派已引起了当时读者大众的广泛关注。二是 19 世纪七八十年代法国巴黎文学场的竞争也异常激烈。与左拉同时期的小说家，例如福楼拜、龚古尔兄弟、都德，还有旅居在巴黎的外国作家如屠格涅夫等，对迅速走红的左拉其实心存不服，内心多少产生一些嫉妒的微妙心理。所以当左拉以创建自然主义实验小说的革新者姿态出现在媒体（报纸和专栏）和公众面前时，整个巴黎文学场，包括作家、批评家对此各持不同看法。这本来实属正常现象。然而由于自然主义实验小说理论于 19 世纪 70 年代末提出，左拉的《卢贡-马卡尔家族》的前几部作品又相继获得成功（发行量巨大），当时以巴黎大学为中心的大学职业批评家，如布吕纳介、勒梅特尔等，便对左拉成为畅销书作家这一现象予以高度关注，随即在报纸杂志上撰文抨击左拉的自然主义文学理念和创作手法，进而引发了多场激烈的文学论战。正是这些批评论战将左拉置于舆论的风口浪尖之上。毫无疑问，19 世纪后期，很多小说家并没有甘于站在旁观者角度保持缄默，相反他们也不同程度地介入文学论战之中，像龚古尔兄弟和都德等。这些作家以及他们的追随者，大都有意识地利用左拉某些作品中的主题和人物形象为话题，继而发起攻击，如 1887 年的"五人宣言"事件。这些文学事件的爆发看似偶然，其实背后隐藏着难以道明的秘密。正是上述两大原因致使左拉不断被 19 世纪下半叶法国学院派批评家恶意诋毁。所以左拉在生前既是个多产的畅销书作家，也是个备受争议的自然主义小说家。读者公众对他的认知和了解，一半来自阅读他的作品所获得的感受，一半来自 19 世纪下半叶那些权威的批评家对左拉的负面评价与道德判断。以至于到了 20 世纪上半叶，即使在法国本土，大多数民众，当然主要指那些受过初高等教育的大众读者，其实并不真正了解真实的左拉究竟是什么样的人。

　　可以说，从 19 世纪七八十年代起直至 20 世纪上半叶，左拉形象实际上是被学院派批评家扭曲和蒙蔽的。因为这一时期法国文坛上存在着一股逆流，即专门诋毁左拉文学声誉的"倒左拉派"，代表人物就是执教于巴黎大学文学系的学院派大批评家布吕纳介、勒梅特尔，还有作家龚古尔兄弟和都德等。前者是全盘否定左拉文学成就，给左拉冠以"淫秽粗俗的小说家"标签；后者则是嫉妒左拉的文学声望，也对左拉作品的价值表示出极度不认同的不屑态度。不难发现"倒左拉派"在19世纪下半叶发起了一次又一次文学论战，不仅将左拉作品冠以"阴沟、垃圾文学"的恶名，还将攻击矛头直接对准埃米尔·左拉的私生活（1888年后左拉与让娜·罗瑟洛有一段婚外情，育有两个私生子女）。由于"倒左拉派"掌控着19世纪下半叶法国学界的话语权，他们对左拉的否定与诋毁致使左拉文学声誉严重受损。左拉文学声誉被贬低带来的直接后果就是左拉在19世纪法国文学史上没有一席之地，他的作品无法进入民族文学经典行列。20世纪上半叶，法国学界的左拉研究处于被边缘化境地。这种局面一直持续到二战后的50年代。

　　左拉去世50多年之后，即1954年，左拉之友新文学协会发起创办了学术专刊《自然主义手册》。至此，二战后一批为左拉恢复文学声誉的"挺左拉派"才真正站了出来。这批人大多为学者和过去"梅塘集团"的支持者，他们坚定地维护这位自然主义大师的文学声誉。他们是居伊·罗贝尔、勒内·特诺瓦、皮埃尔·科涅、亨利·密特朗、科莱特·贝克、菲利普·哈蒙等。"挺左拉派"出现在二战后学界之后，立志要为左拉恢复文学声誉，他们主要的舆论阵地就是左拉之友新文学协会创办的这份学术期刊《自然主义手册》。他们以该期刊为舆论宣传和交流的平台，通过聚集一批学者对左拉及自然主义文学展开专业化和系统性的研究，来重塑当代左拉形象。自1955年开始至2015年，"挺左拉派"的学者们通过60多年来专业化研究取得的学术成果和他们发起的左拉经典化运动，终于在学界颠覆和扭转了"黑色"的左拉形象①。60多年过去了，左拉形象在当代学界，已发生了天翻地覆的转变，即从淫秽的畅销书作家、偏爱写兽性的自然主义小说家，转变为敢于

---

　　①　菲利普·哈蒙在为《文学杂志》撰稿中提出的观点，即黑色左拉、灰色左拉、红色左拉和蓝色左拉形象。黑色是一种隐喻的文学表达，指的是批评界给左拉描绘的种种负面形象。

在德莱福斯案件中为社会正义发声和捍卫法兰西共和国名誉的文化名人、知识分子、早期现代主义文学的开拓者和具有"乌托邦"情怀的天才预言家。

正如英国剑桥大学的克莱尔·瓦特和尼古拉·瓦特在《自然主义手册》2017年编者序言中指出的那样："到底存在多少个左拉形象？依据亨利·密特朗关于作者的虚构性身份的看法，大致可以切分为三到四个不同阶段的左拉形象：左拉的第一个形象，应该是初入法兰西第二帝国时期政治、文化场的故事讲述者、专栏作家；左拉第二个形象是《卢贡-马卡尔家族》的作者和建立自然主义文学流派并为维护该流派的声誉而积极投入战斗的作家；第三个形象就是1890年之后写作《三名城》，拥有博大的思想情怀的作家；以及在《四福音书》中要建立一个'乌托邦'社会的预言家的第四个左拉形象。"[1]

准确地说，"挺左拉派"的学者们对于左拉形象的重塑，尽管经历了漫长而又艰难的过程，但是最终还是十分成功和有效的。从《自然主义手册》60多年的办刊历程来看，"挺左拉派"显然就是特指二战后创建了当代"左拉学"的这群专业研究者。他们是致力于当代左拉学术研究的专家、学者和科研人员，主要由五代学者和批评家群体组成。他们选择文学研究或文化研究等专业化方式、跨界和跨国的跨文化合作研究模式，经过六十多年的不懈努力，终于完成了重新塑造左拉形象的文化工程。"挺左拉派"中最具有代表性的人物有五位，即第一代批评家皮埃尔·科涅和勒内·特诺瓦，第二代批评家亨利·密特朗，第三代批评家科莱特·贝克和菲利普·哈蒙。这五位代表人物可以说是当代"左拉学"建构的灵魂人物，当然也是建构"左拉学"的领军人物和重要代表。他们围绕着如何恢复左拉在19世纪法国文学史中应有的地位，持续开展学术研究。他们不仅发起了重新评价左拉及自然主义文学价值的"正名"运动，还推动了后来左拉经典化运动，实现了让左拉作品进入民族文学经典行列的宏伟计划。

由此可见，当代左拉研究能够从一个文学研究课题或领域，逐步演变成一门专学，这其中的主要学术成就，当然要归功于"挺左拉派"对当代左拉

---

[1]   Claire White et Nicholas White, «Avant-propos», *Les Cahiers Naturalistes*, No.91, 2017, p.5.

研究的持续关注和投入。当代"左拉学"的建立与发展最终的硕果是使得战前"倒左拉派"的观点与立场在二战后学界渐渐被人们淡忘，取而代之的是左拉作为自然主义文学创建者的经典作家形象普遍得到当代读者大众的广泛接受与认同。

20世纪下半叶乃至21世纪的最初十五年间，在法国学界和公众心目中，左拉的多面形象已经被树立起来了。2002年"挺左拉派"的代表人物，菲利普·哈蒙为巴黎《文学杂志》撰写了一篇题为《解读左拉》的文章，他在该文中这样描述左拉："曾经有个黑色的左拉，一个灰色的左拉，一个红色的左拉和一个蓝色的左拉，就像多面的福楼拜那样，然而他却是唯一的。"①正如哈蒙所言，左拉形象在当代欧美学界应该是多元和丰富的。不同的人看待左拉应该是不同的，但是应该承认的是左拉永远不再是那个黑色左拉形象了，他是个对法国文学做出独特贡献的经典作家，这才是他唯一的形象。哈蒙所言的唯一，就是指黑色左拉形象已经成为过去，那个被污名化的左拉形象早已失去了市场，不再为人们所接受了，而作为民族文学经典作家的左拉，这样的正面形象已经被广泛接受和认可了。所以哈蒙期望当代读者大众应该将左拉视为具有不同特点的作家，人们可以变换不同角度去看左拉，可以赋予左拉红色、灰色、蓝色等不同色彩。从哈蒙对当代左拉形象的概括中，我们可以发现自二战后到当下，左拉多面形象已经被二战后法国学界五代批评家共同打造和重塑出来了。当然左拉形象在欧美大陆许多接受者心目中的转变都与当代左拉学在不同时期重塑左拉形象所开展的专业化研究密切相关。例如左拉的第一个形象，即初入法兰西第二帝国时期政治、文化场的故事讲述者和专栏作家。该形象的塑造就是由20世纪五六十年代当代左拉学中的两个批评流派——"社会历史学派"和"新传记批评派"建构完成的，其代表人物就是皮埃尔·科涅、勒内·特诺瓦和亨利·密特朗。他们通过对左拉创作手稿、生平事迹等的考证，通过建立作家档案完成了早期左拉形象重塑。左拉第二个形象是《卢贡-马卡尔家族》的作者和为维护自然主义文学的声誉而积极投入战斗的作家。这一文学形象是当代左拉学建构的第二个

---

① P. Hamon, «Lire Zola», *Magazine littéraire*, No.413, 2002, pp.60—64.

阶段，即 20 世纪七八十年代"结构主义符号学派"和"社会学分析派"建构的，其代表人物就是奥古斯特·德扎莱、柯莱特·贝克、菲利普·哈蒙。他们通过对左拉《卢贡-马卡尔家族》系列作品的专业化和系统性研究，揭示了左拉自然主义小说文本的独特审美价值。左拉的第三个形象是 1890 年之后拥有广阔的视野和博大的思想情怀的作家形象，这是 20 世纪八九十年代当代左拉学中的"第四代批评家"建构的。其主要代表人物是阿兰·帕热、大卫·巴格莱等。他们强调要研究左拉后期的文学创作，即关注《三名城》和《四福音书》作品的主题及艺术价值。他们通过对左拉后期文学作品的多维度研究和阐释，指出不能将左拉解读成仅仅是自然主义小说家这一单一身份，要将其视为社会改革家和梦想家。在他们看来，1890 年之后，法兰西第三共和国对外推行殖民扩张活动，在海外建立了庞大的殖民地，随着法兰西第三共和国版图日益扩大，法国政府不断调整和推行其殖民主义政策，因而在国内知识界引发了很多争议。所以置身于民族国家实力逐渐增强的特定历史语境下，左拉所关注的问题已不仅仅局限于狭义上的文学问题，而是要将目光投射到殖民帝国统治下的具有深远意义的宏观社会问题上。左拉写作《三名城》和《四福音书》的动机与法兰西第三共和国一系列政治和社会问题有着密切关联。第四代批评家所要重塑的左拉形象必然是个拥有广阔文化视野和帝国情怀的作家。第四个左拉形象，即"乌托邦"的代言人和预言家，这是当代左拉学的第五代批评家所建构，主要代表人物是玛丽-索菲·阿姆斯特朗、让-耶夫·莫里耶、克利斯朵夫·勒弗尔、S. 盖尔麦丝等。第五代批评家更关注左拉晚年在文学创作主题和艺术风格上的演变问题。他们通过对左拉后期文学作品主题范围和意旨的解读和研究，指出晚年的左拉其实是个对人类未来充满憧憬和希望的乐观主义作家。他的晚年处在欧洲科学主义和悲观虚无主义并存、晚期资本主义出现危机这一时期，他不认同也不接受马尔萨斯等人的历史观点。在探讨如何解决资本主义经济和社会危机时，左拉提出了个人关于社会改革的新方案，这就是他在《四福音书》不同作品主题上提出的乌托邦设想。从这些构想中，可以看出左拉的乐观主义文化立场。

　　其实，纵观埃米尔·左拉多面形象被重塑的过程，可以发现左拉形象的转变都与不同阶段当代"左拉学"研究领域的逐步扩展与深入密切相关。当代左拉学在战后至 21 世纪最初十五年，仍然获得较大发展。也就是说，当代左拉研究者在致力于左拉研究的过程中逐渐意识到"左拉学"建构是有前景的，其中蕴藏着无尽的宝藏，需要不断转换视角和眼光，去发现更多未知的东西。所以对左拉形象的重塑实际上并没有结束，仍然可以继续建构。正如亨利·密特朗在纪念左拉去世一百周年的研讨会上做了一场题为《解放左拉》的演讲，他指出：围绕着生前和死后的左拉，人们可以听到各种不同的传闻和声音，有的是包含很多信息量的，有的听起来很优雅——自然主义者、共和分子、知识分子等。左拉与同时代反对法兰西第二帝国的维克多·雨果是有相似之处的，他们都是捍卫自由、民主和正义等价值观的著名作家。[①] 让-皮埃尔·勒蒂克-亚丁和亨利·密特朗还建议 21 世纪的人们仍然有必要去重构另外一个左拉形象。这个左拉形象不是读者在阅读左拉文本，凭借"第一眼"的直觉感受去构想的左拉，而是需要通过"第二眼"去发现左拉身上的另外一面。[②] 勒蒂克-亚丁和亨利·密特朗都注意到了不断重构左拉多面形象的重要性和必要性。因为一个优秀的经典作家留给读者观众的不可能是单调平庸的形象和单一的色彩，而是复杂深刻的、由多种不同色彩组合的形象。只有从不同角度去解读作家，作家形象才能变得丰满。

　　从当代左拉学的建立与发展来看，随着人们对左拉及不同时期作品所蕴含的内容的了解加深，人们对于作家左拉的认识逐步发生了转变，即青年时代的左拉是个勤于思考的天才作家，中期更是个勤奋多产的自然主义小说家和理论建构者。他的文化视野、政治立场，对于法兰西第二帝国时期许多政治事件的认识和理解都是十分准确的。此外，左拉也是少数头脑清醒、富有远见的知识分子型的作家，他和雨果一样都对法兰西第二帝国路易·波拿巴政府持批判态度。而左拉以文学作为武器和手段去启蒙大众，去实现改造社会的目的，这一点在巨著《卢贡-马卡尔家族》系列作品创作中表现得尤为

---

① Henri Mittérand, «Libérer Zola», *Lire/Dé-lire Zola*, pp.15–20.
② Jean-Pierre Leduc-Adine et Henri Mittérand, «Avant-propos», *Lire/Dé-lire Zola*, p.10.

明显。左拉作品蕴含着丰富的矿藏和精神财富，需要不断去发掘和探究。

进入 21 世纪后，法国本土学界对于左拉多面形象的建构仍在持续。当代"左拉学"作为一门专学，仍在不断建构与发展之中。作为左拉之友新文学协会的专刊，《自然主义手册》还在坚持办刊。学界一代又一代研究者仍然在左拉研究领域辛勤耕耘，学术成果还在源源不断地被生产出来。左拉及其作品中的各种人物形象仍然引起域内和域外学界和专业研究者持续的关注和讨论。各种新与旧的话语不断交织，构成了本书关于当代左拉学谱系的描述的课题内容。当代左拉多面形象建构的过程对我们这些域外的研究者的启发就是，左拉应该不是像法国学院派批评家和后来苏俄批评家所描述的具有极大缺陷的平庸作家，也不是一个只重视写人的生物本能、只主张对人进行遗传学分析的自然主义理论家。如何认识左拉，需要关注历史语境和接受者不同的文化立场。从当代左拉学的建立来看，黑色的左拉形象之所以在战后被"挺左拉派"推翻，原因就在于当代左拉研究者转换了视角，重新审视作家所处的法兰西第二帝国和第三共和国时期的历史语境，重新思考特定历史时期左拉创作的文学作品主题变化的深层次原因，进而了解到左拉作品内涵的丰富性和复杂性。所以笔者探究当代左拉形象变化背后的根源时，发现了历史语境和接受者的研究视角其实对于研究和阐释作家作品起到了不可忽略的重要作用。

第三节　当代"左拉学"谱系建构研究的价值与启示

通过对当代"左拉学"六十余年建构过程的回顾，可以发现法国学术期刊《自然主义手册》所取得的显著成绩是有目共睹的。而最大的成就是将当代左拉研究推向了鼎盛的专门之学——当代"左拉学"。从上述对《自然主义手册》期刊发展的四个不同阶段的介绍与学术成果的回顾中，可以看出当代左拉研究在 60 多年间大致经历了二战后现代转型（20 世纪 40 年代末—60 年代初）、多元化格局初步形成（20 世纪 60—70 年代末）、繁荣鼎盛（20 世纪 80—90 年代末）和新世纪再创辉煌阶段（2001—2015）。在这 60 多年期刊发展过程中，当代左拉研究已逐步形成了以文本研究为中心，以作家研究、版本校勘、域外传播、文献资料建设和各种批评流派研究为支流的较为完整的一种专门之学或曰现代知识体系。而这一专门之学谱系建构的价值以及启示意义是值得回顾与认真总结的。

首先，最值得回顾与总结的是《自然主义手册》创办的学术初心与最终实现的目标都是与法国二战后的新时代精神与社会现实发展的客观要求相呼应的。我们在勾勒二战后左拉研究走过的60多年发展演变历程时，可以发现《自然主义手册》的创刊其实带有很大的偶然性，最初创办者是作家的亲属和支持"梅塘集团"的左拉研究者，创刊初期的目标和宗旨主要涉及为左拉及自然主义文学恢复声誉。在启动左拉研究初期，期刊编委会以及参与期刊建设的学人们尚没有形成研究方法论上的自觉意识。然而随着学术期刊工作的正常运转和它在学界影响力的逐渐增强，杂志社开始根据二战后时代与社会历史环境的变化制订相应的阶段性目标与研究计划。20世纪五六十年代中期，学术期刊处于最初创业阶段，此时左拉研究旧模式和19世纪后期传统大学批评对于左拉及自然主义文学的误读给当代左拉研究带来了极大的负面影响，成为阻碍二战后学术研究和学术交流活动开展的绊脚石。所以学术期刊发起了为左拉恢复声誉的"正名运动"，从而拉开了左拉经典化运动的序幕。到了20世纪七八十年代，当代左拉研究又赶上了一个可遇而不可求的社会历史环境，即二战后法国人文社会科学开始全面重建，思想界和学界此时处于百家争鸣的开放状态，这样的学术环境激发了当代左拉研究者的学术热情，促使他们积极投身于学术探索。受这样生机勃勃的学术氛围的感染，左拉之友新文学协会和《自然主义手册》通过经常组织、举办国际或国内学术研讨会不断推动当代左拉研究朝着专业化方向发展。这一阶段，投身于左拉研究的学者也越来越多，研究队伍逐渐壮大。与此同时，左拉研究必须在方法、规范、考据及学理上加快改革和发展的步伐，这样才能推进当代左拉研究走向深入。在探索替代传统研究规范、建立现代左拉研究模式的过程中，一个个新的学术问题和难题涌现出来，如何阐述和解决这些"问题"成为学者们要攻克的难关。正是这些问题和难关让二战后左拉研究者看出建构"左拉学"的可能性和发展前景。而能够将这些学者和科研人员集结和连接在一起，让他们围绕要解决的课题展开交流和互动，唯有学术期刊才能办到。所以受振兴二战后左拉研究的使命感驱使，《自然主义手册》杂志社积极发挥着引领当代左拉研究走向的作用。它不仅为左拉研究者们提供开展学术探索活动的平台与"公共的空间"，还成为传播学术成果的重要途径。正是因为有了这样一份学术期刊，当代左拉研究者才能及时地将自己的新发现分享给同行，同时也能够了解同行在专业研究领域里的成就。所以二战后当代左拉研究最终能够发展演变为一门显学，也是学术期刊积极推动和促进的必然结果。

其次，需要回顾与总结的是当代"左拉学"的建构不仅改变了整个 20世纪欧美范围内左拉研究的格局与现状，还带动了相关专业学科的发展。在法国，左拉研究发轫于 19 世纪七八十年代，但是直至二战之前，左拉研究基本上是以学院派大学批评话语为主导，研究方法比较单一，所研究的问题范围比较狭窄，主要针对自然主义文学观念和手法的分析，对小说主题和人物形象进行研究时则以社会学、心理分析方法为主。与传统左拉研究相比，当代左拉研究自 20 世纪 50 年代启动后，受文学研究制度和学术建制的影响，很快朝着专业化方向发展，至七八十年代已处于全面拓展时期。到了20 世纪 90 年代末，当代左拉研究已经取得了丰硕的研究成果。在这短短 40多年间，从左拉之友新文学协会的成立、学术期刊的创办、现代学术合作模式的建立，到研究团队的组建、四代批评家群体的形成和域外左拉研究同行的密切交流与国际化合作，当代左拉研究可以说从各方面进入了全面拓展时期。当代左拉研究还在以下三方面取得了明显突破，其一是由于二战后各种新理论和批评方法不断涌现，这为当代左拉研究提供了多元化研究视角和各种不同的研究方法。于是学者们运用多种文学批评方法对左拉的《卢贡-马卡尔家族》《三名城》和《四福音书》等作品进行了多方位、多层次的研究。在这 40 年间，左拉研究方面的学术著作相继出版，研究成果十分丰硕，仅专著不下 90 部，论文约 1000 篇，还有各种文学史教材、考试资料汇编也不少于 50 种。其二，由于注重收集、整理和出版与左拉相关的文献资料，至20 世纪 90 年代末，当代左拉研究已拥有较丰富的文献资料库，这些文献系统的建设为当代"左拉学"体系的建立奠定了重要基础。当代左拉研究中很多独创性观点的提出都是基于新史料和新文献的发现。当代左拉研究之所以可以持续不断地发展下去,与这些新史料、新文献不断拓展人们的视域,拓宽人们的思路与话语密切相关。以亨利·密特朗和科莱特·贝克为代表的传记学批评和实证主义考证派研究在当代左拉研究中之所以异军突起,取得了令人瞩目的成绩,原因也在于他们基于作家手稿与文献的发掘和整理,从中找到了新话题,从而可以对已有的定论进行颠覆与修正。其三就是现代专业化合作研究模式推动了"左拉学"的建立。当代"左拉学"是二战后一代又一代的左拉研究者和职业学者不断建构起来的一门专门之学。这种专门之学要具有体系性,需有理论阐释的基本框架与批评流变的清晰线索,其次要有一些涉及本体研究或者延伸性研究的概念、术语和研究话题等,最后还要有针对某些论题展开的长期学术论争,形成多种批评话语且分支众多、研究方法各异。当代左拉学经过几十年的专业化学术积累,已符合这种专门之学的特点:它不仅拥有一批专业化的学者群体,有一整套学术观念体系,有明确的学术研究对象,有多元化的研究视角和研究方法,还有独特的核心范畴、理论术语、档案文献资料等。所以当代"左拉学"建构完全改变了当今欧美学界左拉研究的格局和面貌。不仅如此,它还带动了二战后法国学界"福楼拜研究""龚古尔兄弟研究""于斯曼研究""都德研究""莫泊桑研究"等相关学科的专业化研究。当代"左拉学"的建立更是确立了法国学界关于左拉研究与批评的权威话语。

最后值得回顾与总结的还有一点,即当代"左拉学"不完全是一门纯粹的封闭的"专门学问",它也具有与社会互动的价值和社会影响力效应。虽然六十余年的当代左拉研究一方面呈现出了越来越趋于专门之学的演进轨迹,但是另一方面我们又发现当代左拉研究在彰显其学术研究的独立自由精神的同时也表现出另外一个特征,即当代左拉研究在其发展演变的每个阶段中都受到了文学研究之外的社会政治历史语境变化、文化科学技术进步,特别是二战后法国思想界及"文学场域"的多元文化价值观的影响。所以"左拉学"并不是二战后知识分子或者专业左拉研究者脱离社会现实,躲在象牙塔内凭着主观臆想来创造的一门"专门之学"。正如国内学者指出的那样,与其他相关的专学的建构一样,当代左拉学建构同样存在着"社会政治层面的诉求"①。这一社会政治层面的诉求主要表现在建构当代"左拉学"的深层目的上，即为何要建立"左拉学"？这是更值得深思的一个问题。

　　在追踪其演变轨迹时，可以发现一个重要的现象，即权威批评话语和学术机构的评价机制问题。在"左拉学"建构过程中，实际上不难发现这样一个事实：在困扰当代左拉研究者的诸多难题中，有一个难题是最难突破的，"左拉为何被19世纪后期法国学院派大学批评诋毁和污名化"。答案或者理由或许只有一个，即左拉及自然主义文学存在"不正确"或者"缺陷"。亨利·密特朗曾经在《阅读/再解读左拉》（2004）一书序言里道出个中缘由："左拉在其所处的那个时代，在政治、宗教、道德和艺术等任何领域里都算不上是个观念'正确'的人。因此无论在域内还是域外，他始终处于被边缘化的地位……"②实际上二战后《自然主义手册》创办和左拉研究的开启始终围绕着如何认识左拉观念和作品中的一系列"不正确"。这种"不正确"是左拉作品和观念中所固有的，还是其他因素造成的。解开其中之谜或许就是建立"左拉学"的深层目的之一。从当代"左拉学"建构的过程来看，扭转这样一种定性评价，质疑以往左拉研究者的偏见与定论，重新发掘左拉作品中的独特价值，就是当代左拉研究者投身于作家研究、左拉文本阐释、破译作家手稿和笔记的主要根由。当然，当代学者必须通过专业化学术探索活动，从学术层面和学理层面上寻求答案。他们要从史料出发，重新回到作家具体生活的时代和社会语境中，通过对文本中一些令人困惑的主题，如暴力、乱伦、通奸、卖淫和男性犯罪等问题的探讨，尝试对此难题做出新的诠释。从某种意义上来看，当代"左拉学"确实是二战后学术机构推动的积极结果，然而实质上更是文学研究者不断发掘左拉小说中的独特价值并且将这些独特性加以全面细致地阐释的结果。因此，可以这样认为：专业化的学术研究成为当代"左拉学"建构的内驱力。当代"左拉学"的建构应该归功于当代左拉研究者敢于质疑以往批评家的偏见，不断将左拉研究问题化。当代

①　蔡熙：《当代英美狄更斯学术史研究》（1940—2015），北京：中国社会科学出版社，2016年，第292页。

　　②　Jean-Pierre Leduc-Adine, Henri Mitterand, *Lire/Dé-Lire Zola*, pp.11–12.

左拉研究者在阅读或阐释左拉的过程中，抛弃了凭借简单的感觉或表面的感受所形成的肤浅印象，他们选择的是不断追问和深入研究，将疑点、难点问题化，最终获得新认识。所以，从当代"左拉学"建构彰显了战后法国左拉研究主体的批评立场。

反观当代"左拉学"建构的社会价值以及它所给予我们的启示意义时，可以从中找到一些值得借鉴和思考的东西。首先，从当代左拉研究演变轨迹上来看，"左拉学"是不断建构出来的。如果没有二战后一代又一代学者对左拉及自然主义文学的持续关注、投入巨大的学术研究热情，如果没有二战后人文社会科学的繁荣发展和宽松的社会环境，如果缺乏现代学术建制对其施加影响和学术期刊对左拉研究的积极推动，可能就不会有当代的"左拉学"。其次从左拉研究到"左拉学"，促成一门专学形成的关键性因素是专业学术期刊的导向作用。这一导向是以不同阶段确立的新的研究目标以及问题化方式来发挥作用的。当代文学研究，特别是学术研究，不可能单凭一己之力和个人著述去推动整个学科的发展，而是要靠专业化和研究团队，甚至需要与跨界跨国的专业科研人员合作，尤其要靠学术专刊去发挥巨大的影响力。

最后，要重申和表明的一点，就是如何看待域外"左拉学"建构研究给予域内学界何种启示的问题。毫无疑问，当代"左拉学"属于域外的专门之学，研究这种专门之学对于课题研究者来说必须追问其意义何在。有的学者将研究域外专门之学视为一种本源性研究，认为这是一种从"起点"进行回溯的"起源性追踪"①。从"左拉学"建构谱系角度，本源性研究就意味着要从"源头"对当代左拉研究学术流派的源流、发展脉络和研究路径进行回溯，进而探究该显学生成、演变的历史踪迹。当代"左拉学"从知识谱系上来说属于二战后法国学界兴起的一门专门学问，它是从法国 19 世纪文学研究领域里一个具体研究专题演绎发展而来的。当代左拉学又是借助法国乃至欧美大学科研院所等现代学术机构和学术期刊《自然主义手册》等产生

---

① 支宇：《西方后结构主义文本理论与中国后现代小说批评——以陈晓明先锋小说批评为中心》，《湘潭大学学报（哲学社会科学版）》2007 年第 5 期，第 95 页。

的广泛传播力才得以形成的。此外，当代"左拉学"通过长达六十多年的学术积累才得以建立。所以考察与研究当代"左拉学"的学术源流，至少有以下这些启示：（1）从战后左拉学的建构及其演进来看，左拉经典化运动和创建左拉研究现代模式要依靠学术机构的支持和战后现代文学理念的推动。文学观念及研究方法不断更新与发展是推动学术研究的内在动力。（2）纠正欧美学界对左拉的长期误读和错误观念，不是靠简单的呼吁和一时的学术热情就能完成的，而是要靠制订切实可行的研究目标、确立研究计划、探索多种阐释策略，不断去质疑那些根深蒂固的偏见。（3）重视专业化研究团队和阐释主体的力量，建立现代多元价值评价体系才是推进学术进步与发展的内在因素。

从当今国际或国内学界来看，当代"左拉学"与中国的"红学"一样早已被公认为显学了。能够演变为一门不同凡响的显学，它们肯定有其独特的价值。当代"左拉学"与中国"红学"的研究价值具有很多相似之处。首先，这种专门之学从内涵上都是博大精深的、体系周全的，"朝文学以外其他领域敞开，容许并期待着其他学科向它延伸"①，具有超学科特征。其次它们都拥有专门的学术发展史，有不同的批评流派，拥有众多研究学者。最后，在全球化时代，在价值多元和改革开放时代，作为专门之学的显学研究需要不断与时代和现实呼应，开辟新方向，这样才能可持续发展。

"左拉学"和"红学"的建构价值和意义也十分相似。首先它们各自代表着不同民族的文化，是民族的文化资本和特定历史记忆的记录。对它们的研究有助于了解各自学术界对于文学和文化关系的认识。其次"左拉学"和"红学"一样，实际上都与各自国家的社会发展史、思想史、学术史研究结合在一起了，成为人们了解和认识各自国家民族文学价值的依据。最后"左拉学"和"红学"一样都是学界学者们集体建构的产物。它体现的是当代知识群体的学术初心和治学态度，比如他们如何看待学术研究与如何将学术成果应用于社会。这可能也是显学存在的价值和意义所在。

---

① 赵建忠：《红学史现状及红学流派批评史的新建构》，《中国矿业大学学报（社会科学版）》2015年第6期，第107页。

附录一　重要文献目录

一、法文专著

1. Allard, Jacques, *Zola, le chiffres du texte. Lecture de «L'Assommoir»,* Grenoble/ Montréal: Presses universitaires de Grenoble, Presses de l'université du Québec, 1978.

2. Barjonet Aurélie, Macke Jean-Sébastien, *Lire Zola au XXIe siècle*, Paris: Classiques Garnier, 2018.

3. Basilio, Kelly, *Le Mécanique et le vivant. La métonymie chez Zola,* Genève: Droz, 1993.

4. Becker Colette, *Les Critiques de notre temps et Zola*, Paris: Editions de Garnier, 1972.

5. Becker Colette, *Lire le réalisme et le naturalisme*, Paris: Dunod, 1992.

6. Becker Colette, Gourdin-Servenière Gina, Lavielle Véronique, *Dictionnaire d'Emile Zola*, Paris: Editions Robert Laffont, 1993.

7. Becker Colette, *Le roman naturalist*, Paris: Editions de Bréal, 1999.

8. Bertrand-Jeannings Chantal, *Espace romanesque: Zola*, Sherbrooke(Québec): Editions de Naaman, 1987.

9. Bloy, Léon, *Les Funérailles du naturalisme*, Grenoble: Université de Grenoble III, 1990.

10. Borie, Jean, *Zola et les mythes, ou de la nausée au salut,* Paris: Editions du seuil, 1971.

11. Borie, Jean, *Mythologies de l'hérédité au XIXe siècle,* Paris: Editions de Galilée, 1981.

12. Bonnefis, Philippe, *L'innommable. Essai sur l'oeuvre d'E. Zola*, Paris: SEDES, 1984.

13. Cabanès Jean-Louis, *Le Corps et la Maladie dans les récits réalismes(1856–1893)*, *Lille: Atelier national de reproduction des thèses*, Paris: Klincksieck, 1991.

14. Chevrel, Yves, *Le naturalisme. Etude d'un mouvement littéraire international*, Paris: PUF, 1982.

15. Cogny, Pierre, *Le Naturalisme. Colloque de Cerisy*, Paris: UGF, 1978.

16. Collot, Sylvie, *Les Lieux du désir. Topologie amoureuse de Zola*, Paris: Hachette, 1992.

17. Dezalay, Auguste, *Lectures de Zola*, Paris: Armand Colin, 1973.

18. Homon, Philippe, *Le Personnel du roman. Le système des personnages dans les Rougon Macquart d'Emile Zola*, Genève: Droz, 1983.

19. Krakowski, Anna, *Paris dans les romans d'Emile Zola,* Paris: PUF, 1968.

20. Krakowski Anna, *La Condition de la femme dans l'oeuvre d'Emile Zola,* Paris: Nizet, 1974.

21. Lanoux, Armand, *Bonjour Monsieur Zola,* Paris: Hachette, 1962.

22. Lapp, John C., *Les Racines du naturalisme. Zola avant «Les Rougon-Macquart»*, Paris: Bordas, coll. «Etudes», 1972.

23. Ménard, Sophie, *Emile Zola et les aveux du corps*, Paris: Classiques Garnier, 2014.

24. Mittérand, Henri, *Le discours du roman*, Paris: PUF, 1980.

25. Mittérand, Henri, *Le regard et le signe. Poétique du roman réaliste et naturaliste*, Paris: PUF, 1987.

26. Mittérand, Henri, *Zola. L'Histoire et la Fiction*, Paris: PUF, 1990.

27. Mittérand, Henri, Leduc-Adine Jean-Pierre, *Lire/Dé-lire Zola*, Paris: Nouveau Monde Editions, 2004.

28. Mourad, François-Marie, *Zola critique littéraire*, Paris: Editions d'Honoré Champion, 2003.

29. Pagès, Alain, *La Bataille littéraire. Essai sur la reception du naturalisme à l'époque de Germinal*, Paris: Editions de la Librairie Séguier, 1989.

30. Pagès, Alain, *Emile Zola, Bilan critique,* Paris: Nathan Université, 1993.

31. Pagès, Alain, Owen Morgan, *Guide Emile Zola*, Paris: Editions de l'Ellipses, 2002.

32. Pagès, Alain, *Le Paris d'Emile Zola*, Paris: Editions Alexandrines, 2016.

33. Proulx, Alfred, *Aspects épiques des «Rougon-Macquart» de Zola*, La Haye/Paris: Editions de Mouton, 1966.

34. Serres, Michel, *Feux et signaux de brume*. Paris: Editions de Grasset, 1975.

35. Ternois, René, *Zola et ses amis italiens. Documents inédits,* Paris: Editions des Belles lettres, 1967.

36. Thorel-Cailleteau, Sylvie, *Zola,* Paris: Presses de l'université de Paris-Sorbonne, 1998.

37. Toubin-Malinas, Catherine, *Heurs et malheurs de la femme aux 19e siècle: «Fécondité» d'Emile Zola*, Paris: Méridiens Klincksieck, 1986.

38. Van Buuren, Maarten, *Les Rougon-Macquart d'Emile Zola. De la métaphore au mythe*, Paris: Editions de José Corti, 1986.

二、《自然主义手册》1955—2015 年刊载的重要学术论文

1. Adam-Maillet, M., *René, poupée dans La Curée,* 1995（69）.

2. Alaoui-Moretti, S., *La traduction espagnole de Germinal*, 2007（81）.

3. Alcorn, C. *La Curée, les deux Renée Saccard,* 1977（51）.

4. Amprimoz, A. L. *Lecture cinétique de Germinal: sémiotique des gestes et anti-initiation*, 1985（59）.

5. Anfray, C., *La Faute (originelle) de l'abbé Mouret*, 2005（79）.

6. Armstrong, M.S., *Variations «quasimodiennes» dans les Rougon-Macquart*, 2004（78）.

7. Armstrong, M.S., *Le roman invisible des Rougon-Macquart*, 2006（80）.

8. Baguley, D., *Image et symbole: la tache rouge dans l'oeuvre de Zola,*1970（39）.

9. Baguley, D., *L'anti-intellectualisme de Zola*, 1971（42）.

10. Baguley, D., *Du récit polémique au discours utopique: l'Evangile républicain de Zola*, 1980（54）.

11. Basilio, K., *Naturalisme zolien et impressionnisme: le rôle de la métonymie,*1992（66）.

12. Becker, C., *Zola et «Le Travail»*, 1977（51）.

13. Becker, C., *La condition ouvrière dans l'Assommoir: un inéluctable enlisement*, 1978

（52）。

14. Best, J. *Espace de la perversion et perversion de l'espace: la génération de récit dans la Curée*, 1989（63）.

15. Borie, J., *Zola et Ibsen,*1981（55）.

16. Bourgeois, J., *Deux occurrences d'une structure obsédante: Germinal,La Faute de l'abbé Mouret*, 2003（77）.

17. Burns C A., *Zola et l'Angleterre〔Discours à Médan, 1959〕*, 1959（12）.

18. Cabanès, J.L., *Rêver la Légende dorée*, 2002（76）.

19. Chevrel, Y. *Un état présent des études sur Zola par un romaniste allemand*, 1973（45）.

20. Chevrel, Y. *Zola et la transformation de la littérature européenne: problème d'une recherche en esthétique de la reception*, 1980（54）.

21. Cogny, P., *Situation actuelle du naturalisme. Enquête*, 1955（3 & 4）.

22. Cogny, P., *Emile Zola et Edmond de Goncourt d'après le Journal inédit: le Manifeste des Cinq*, 1958（10）.

23. Cogny, P., *Bonnetain a regretté le Manifeste des Cinq*, 1960（14）.

24. Cosset, E., *L'espace de l'utopie. Nature et fonction romanesque des utopies dans le Ventre de Paris, Germinal, la Terre et l'Argent*, 1989（63）.

25. Dezalay, A., *Cent ans après.Un journaliste bien parisien: Emile Zola portraitiste〔Discours à Médan, 1967〕*, 1967（34）.

26. Dezalay, A., *Le fil d'Ariane: de l'image à la structure du labyrinthe*, 1970（40）.

27. Dubois, J., *Les refuges de Gervaise. Pour un décor symbolique de l'Assommoir*, 1965（30）.

28. Fernandez-Zoila, A., *Effets de pouvoir et espace de deux folies à Plassans*, 1984（58）.

29. Fernandez-Zoila, A., *Le jeu des imaginaires dans le Rêve*, 1988（62）.

30. Frandon, I.M., *Valeurs durables dans l'oeuvre de Zola*, 1956（5）.

31. Girard, M., *Emile Zola et la critique universitaire*, 1955（1）.

32. Girard, M., *Modèles et contre-modèles de l'inconscient: une lecture freudienne de la Bête Humaine*, 1998（72）.

33. Godenne, J., *Le tableau chez Zola: une forme, un microcosme*, 1970（40）.

34. Got, O., *Zola et le jardin mythique,* 1988（62）.

35. Got, O., *Le système des jardins,* 2002（76）.

36. Gouraige, G., *Le naturalisme et l'amour,* 1972（44）.

37. Grant, E. M., *Quelques précisions sur une source de Germinal,* 1962（22）.

38. Greaves, A. A., *Mysticisme et pessimisme dans la Faute de l'Abbé Mouret,* 1968（36）.

39. Greaves, A. A., *L'interaction des personnages de Germinal,* 1985（59）.

40. Grenier, J., *La structure de la mer dans La Joie de vivre,* 1984（58）.

41. Guermès, S., *La «Philosophie cachée» du Rêve,* 2002（76）.

42. Hamon, Ph., *Le personnage de l'abbé Mauduit dans Pot-Bouille,* 1972（44）.

43. Hemmings, F. W. J., *Intention et réalisation dans Les Rougon-Macquart,* 1971（42）.

44. Hemmings, F. W. J., *Sur quelques sources «inconscientes» de la Terre,* 1987（61）.

45. Jegou, M., *La réception des écrivains naturalistes en Angleterre,* 2006（80）.

46. Jennings, C., *Zola féministe?* 1972（44）.

47. Joly, B., *Le chaud et le froid dans La Curée,* 1977（51）.

48. Jouannaud, L., *Des romans pour les Rougon-Macquart,* 2002（76）.

49. Jullien D., *Cendrillon au grand magazin (Au Bonheur des Dames et Le Rêve),* 1993
（67）.

50. Kaminskas, J., *Thérèse Raquin: les couleurs de l'abîme,* 1984（58）.

51. Kaminskas, J., *Germinal: structures de la pulsion,* 1985（59）.

52. Kaminskas, J., *Le rapport mère-fille dans quelques romans des Rougon-Macquart,* 1995
（69）.

53. Kanes, M., *Autour de Thérèse Raquin: un dialogue entre Zola et Sainte-Beuve,* 1966
（31）.

54. Kettani, A., *L'image de Zola dans la littérature de l'affaire Dreyfus,* 2011（85）.

55. Kheyar-Stibler, L., *Le personnage-individu dans Une Page d'amour: transparence
psychologique et effets d'opacité,* 2002（86）.

56. Kristeva, J., *Aimer la vérité cruelle et disgracieuse,* 1994（68）.

57. Kubler, C., *Intertextualités zoliennes,* 1989（63）.

58. Labadens, F., *Les manuscrits de Zola,* 1982（56）.

59. Labadens, F., *Le Centenaire,* 2003（77）.

60. Lapp, J. C., *Zola et le trait descriptif,* 1971（42）.

61. Laville, B., *Paris, un roman de formation,* 2001（75）.

62. Laville, B., *Foule et le peuple dans les derniers romans zoliens,* 2012（86）.

63. Le Blond, D., *Emile Zola et l'amour des bêtes,* 1956（6）.

64. Le Blond, J.Cl., *Un «Devoir» d'Emile Zola,* 1964（27）.

65. Leduc-Adine, J.-P., Germinal, une moisson d'images, 1986（60）.

66. Lethbridge, R., *Du nouveau sur la genèse de la Curée,* 1973（45）.

67. Lethbridge, R., *Le miroir et ses texts,* 1993（67）.

68. Lethbridge, R., *Zola et la fiction du politique: Son Excellence Eugène Rougon,*1998
     （72）.

69. Lipschutz, L., *Les fausses légendes de l'Affaire Dreyfus*, 1967（33）.

70. Lombardo, P., *Zola et Taine. La passion du document,* 1993（67）.

71. Loreaux-Kubler, C., *Le monde intertextuel: un monde à part?* 2002（76）.

72. Lumbroso, O., *La figure du croisement dans l'oeuvre d'Emile Zola,* 1993（67）.

73. Macke, J.S., *Une interview inedited d'Emile Zola,* 2001（75）.

74. Marachi, C., *La place du Rêve dans la série des Rougon-Macquart,* 1984（58）.

75. Marel, H., *A propos de Germinal et des Rougon-Macquart,* 1973（45）.

76. Marel, H., *Etienne Lantier et les chefs syndicalistes,* 1976（50）.

77. Marel, H., *La géographie de Germinal,* 1983（57）.

78. Martin, L., *L'élaboration de l'espace fictif dans L'Assommoir,* 1993（67）.

79. Matusevich, Y., *Les «Possédés» de Zola et de Dostoïevski,* 1999（73）.

80. Mendes-France, P., ［*Discours à Médan, 1956*］ *Sur le sens général de l'oeuvre de*
     Zola, 1956（6）.

81. Menichelli, G.C., *La genèse et les sources du roman Rome d'Emile Zola,* 1956（5）.

82. Mittérand, Henri, *Un jeune homme de province à Paris: Emile Zola, de 1858 à 1861,*
     1958（11）.

83. Mittérand, H., *Quelques aspects de la création littéraire dans l'oeuvre d'Emile Zola,*
     1963（24–25）.

84. Mittérand, H., *La formation littéraire d'Emile Zola: la naissance du naturalisme*, 1963（24–25）.

85. Mittérand, H., *Germinal et les idéologies*, 1971（42）.

86. Nakai, A., *La dynamique du labyrinthe dans Les Rougon-Macquart*, 1998（72）.

87. Naudin-Patriat, F., *Les classes laborieuses face à l'institution du mariage dans Les Rougon-Macquart*, 1976（50）.

88. Nelson, B., *Désir et consommation dans Au Bonheur aux Dames*, 1996（70）.

89. Niess, R. J., *Le thème de la violence dans Les Rougon-Macquart*, 1971（42）.

90. Niess, R. J., *Zola et le capitalisme: le darwinisme social*, 1980（54）.

91. Noiray, J., *De la catastrophe à l'apaisement: l'image du fleuve de lait dans les Villes et les Evangiles*, 1993（67）.

92. Noiray, J., *Pot-Bouille ou «L'Education sentimentale» d'Emile Zola*, 1995（69）.

93. Pagès, A., *En partant de la théorie du roman expérimental*, 1974（47）.

94. Pagès, A., *La lysogenèse du texte romanesque*, 1985（59）.

95. Pagès, A., *Lire «J'accuse»*, 1998（72）.

96. Parkhurst-Ferguson, P., *Mobilité et modernité: le Paris de la Curée*, 1993（67）.

97. Pellini, P., *Zola et le roman historique*, 2001（75）.

98. Petrey, S., *Le discours du travail dans L'Assommoir*, 1978（52）.

99. Petrey, S., *La République de la Débâcle*, 1980（54）.

100. Petrey, S., *Anne-Nana-Nana. Identité sextuelle, écriture naturaliste, lectures lesbiennes*, 1995（69）.

101. Picon, G., *Le réalisme d'Emile Zola: du «tel quel» à l'oeuvre-objet*, 1962（22）.

102. Rabosseau, S., *Zola, Maupassant et l'adultère*, 2003（77）.

103. Racault, J. M., *A propos de l'espace romanesque: le prologue et l'épilogue de Germinal*, 1984（58）.

104. Reberioux, M., *Zola, Jaurès et France: trois intellectuels devant l'Affaire*, 1980（54）.

105. Reffait, Ch., *L'Argent, un roman politique*, 2004（78）.

106. Richards, S. L. F., *Le sang, la menstruation et le corps féminin*, 2001（75）.

107. Rieger, A., *L'espace de l'imaginaire. Promenade dans la roserie zolienne*, 1989（63）.

108. Ripoll, R., *Le symbolisme végétal dans La Faute de l'abbé Mouret: réminiscences et obsessions*, 1966（31）

109. Ripoll, R., *Fascination et fatalité: Le regard dans l'oeuvre de Zola*, 1966（32）.

110. Ripoll, R., *L'avenir dans Germinal: destruction et renaissance*, 1976（50）.

111. Rivoal, H., *Femmes, commerce(s) et capitalisme dans Au Bonheur des Dames*, 2013（87）.

112. Rochecouste, M., *Images catamorphes zoliennes: deux chapitres de Nana*, 1986（60）.

113. Sabatier, C., *L'intertextualité dans les chroniques politiques de Zola*, 2010（84）.

114. Saminadayar, C., *La Débâcle, roman épique?* 1997（71）.

115. Scharf, F., *Un modèle utopique de Travail*, 2008（82）.

116. Schor, N., *Individu et foule chez Zola: Structures de médiation*, 1982（56）.

117. Segarra, M., *Eros et transgression. La femme qui rit dans La Faute de l'abbé Mouret*, 1995（69）.

118. Serper, R., *Les personnages de Balzazc et de Zola*, 1982（56）.

119. Simon, A., *Fatalités féminines—Anna Coupeau, Jeanne de Lamare*, 2004（78）.

120. Speirs, D., *Etat présent des études sur Les Quatre Evangiles*, 1974（48）.

121. Suwala, H., *Le krach de l'Union Générale dans le roman français avant L'Argent de Zola*, 1964（27）

122. Suwala, H., *Fonction de la littérature et mission de l'écrivain selon Zola*, 1980（54）.

123. Ternois, R., *Sur la genèse des Trois Villes*, 1956（6）.

124. Ternois, R., *Le Stoïcisme d'Emile Zola*, 1961（18）.

125. Thomson, C., *Discours littéraires et discours idéologique: l'étude génétique dans des romans de Zola*, 1976（50）.

126. Thomson, C., *Une typologie du discours idéologique dans Les Trois Villes*, 1980（54）.

127. Thorel, S., *Naturalisme, naturaliste*, 1986（60）.

128. Vachon, S., Note sur la devise de Zola, «Nulla dies sine linea», 2001（75）.

129. Voisin-Fougere, M., *Ironie et dissimulation dans La Conquête de Plassans*, 1994（68）.

130. Wagner, F., *Nana en son miroir*, 2001（75）.

131. Walker, Ph., *Remarques sur l'image du serpent dans Germinal*, 1966（31）.

132. Walker, Ph., *Germinal et la pensée religieuse de Zola,* 1976（50）.

133. Walker, Ph., *L'Assommoir et la pensée religieuse de Zola,* 1976（50）.

134. Weatherill, M., *Transgressions.Topographie et narration dans La Bête Humaine,* 1996
（70）.

135. Weinberg, H., *Ironie et idéologique: Zola à la naissance de la troisième république,*
1971（42）.

136. White, N., *Le Docteur Pascal: entre l'inceste et l'innéité,* 1994（68）.

137. Woollen, G., *Germinal: une vie d'insecte,* 1976（50）.

138. Wrona, A., *Figure du pouvoir dans Les Rougon-Marcquart: le cas de La Débâcle,*
2012（86）.

139. Wurmser, A., *Les marxistes, Balzac et Zola (Discours de Médan,4 octobre 1964),* 1964
（28）.

140. Zimmerman, M., *L'homme et la nature dans Germinal,* 1972（44）.

三、中文文献

1. 埃德加·莫兰:《反思欧洲》,康征、齐小曼译,北京:生活·读书·新知三联
书店,2005 年。

2. 安托万·孔帕尼翁:《理论的幽灵:文学与常识》,吴泓缈、汪捷宇译,南京:
南京大学出版社,2017 年。

3. 巴什拉:《火的精神分析》,顾嘉琛译,北京:商务印书馆,2019 年。

4. 巴什拉:《水与梦——论物质的想象》,顾嘉琛译,北京:商务印书馆,2019 年。

5. 巴什拉:《土地与意志的遐想》,冬一译,北京:商务印书馆,2019 年。

6. 布尔迪厄、华康德:《反思社会学导引》,李猛、李康译,北京:商务印书馆,
2015 年。

7. 蒂博代:《六说文学批评》,赵坚译,郭宏安校,北京:生活·读书·新知三联
书店,2002 年。

8. 弗朗索瓦·多斯:《从结构到解构——法国 20 世纪思想主潮》,季广茂译,北
京:中央编译出版社,2004 年。

9. 福柯、哈贝马斯、布尔迪厄等：《激进的美学锋芒》，周宪译，北京：中国人民大学出版社，2003年。

10. 杰弗里·J.威廉斯编著：《文学制度》，李佳畅、穆雷译，南京：南京大学出版社，2014年。

11. 罗兰·巴尔特：《符号学历险》，李幼蒸译，北京：中国人民大学出版社，2008年。

12. 罗兰·巴尔特：《文艺批评文集》，怀宇译，北京：中国人民大学出版社，2010年。

13. 罗志田主编：《20世纪的中国：学术与社会　史学卷》，济南：山东人民出版社，2001年。

14. 米歇尔·福柯：《词与物——人文科学考古学》，莫伟民译，上海：上海三联书店，2001年。

15. 米歇尔·福柯：《知识考古学》，谢强、马月译，顾嘉琛校，北京：生活·读书·新知三联书店，2003年。

16. 莫瑞·克里格：《批评旅途：六十年代之后》，李自修等译，北京：中国社会科学出版社，1998年。

17. 让-伊夫·塔迪埃：《20世纪的文学批评》，史忠义译，天津：百花文艺出版社，1998年。

18. 热拉尔·热奈特：《热奈特论文集》，史忠义译，天津：百花文艺出版社，2001年。

19. 热拉尔·热奈特：《叙事话语　新叙事话语》，王文融译，北京：中国社会科学出版社，1990年。

20. 谭立德编选：《法国作家·批评家论左拉》，合肥：安徽文艺出版社，1994年。

21. 特里·伊格尔顿：《二十世纪西方文学理论》，伍晓明译，北京：北京大学出版社，2018年。

22. 王逢振主编：《詹姆逊文集·第3卷　文化研究和政治意识》，北京：中国人民大学出版社，2004年。

23. 王建开：《五四以来我国英美文学作品译介史》（1919—1949），上海：上海外语教育出版社，2003年。

24. 王立：《文学主题学与传统文化》，北京：中国社会科学出版社，2016年。

25. 沃尔夫冈·伊瑟尔：《怎样做理论》，朱刚、谷婷婷、潘玉莎译，南京：南京大学出版社，2019年。

26.　吴岳添编选:《左拉研究文集》,南京:译林出版社,2014 年。

27.　许均、宋学智:《20 世纪法国文学在中国的译介与接受》,武汉:湖北教育出版社,2007 年。

28.　易彬:《文献与问题　中国现代文学文献研究论衡》,北京:社会科学文献出版社,2020 年。

29.　朱莉娅·克里斯蒂娃:《语言,这个未知的世界》,马新民译,上海:复旦大学出版社,2019 年。

30.　茱莉亚·克里斯蒂娃:《诗性语言的革命》,张颖、王小姣译,成都:四川大学出版社,2016 年。

附录二　译名对照表

A

阿碧乐　Albine

阿黛莉乐·乌罗娜　Adeline Wrona

阿德勒·乌妮娜　Adeline Wrona

阿尔贝·沙艾福勒　Albert Schaeffle

阿尔芒·拉诺　Armand Lanoux

阿莱西斯　Alexis

阿兰·科贝拉瑞　Alain Corbellari

阿兰·帕热　Alain Pagès

《阿里斯蒂德·萨加尔履职期限内无休止的操作》　L'interminable operation à terme
　　d'Aristide Saccard

《阿里亚那之线：从形象到迷宫结构》　Le fil d'Ariane: de l'image à la structure du
　　labyrinth

阿·乌洛纳　A. Wrona

埃尔奈斯特·维泽特利　Ernest Vizetelly

埃莱娜·格摩尔　Hélène Gomart

埃斯特哈兹　Esterhazy

艾蒂安·朗蒂耶　Etienne Lantier

《艾蒂安·朗蒂耶与工会组织领袖》　Etienne Lantier et les chefs syndicalistes

爱莱奥诺尔·罗瓦-勒维尔兹　Eléonore Roy-Reverzy

爱略特·格兰特　Elliott Grant

埃米尔·奥吉　Emile Augier

埃米尔·亨利　Emile Henry

《埃米尔·左拉的〈土地〉——历史与批评研究》　La Terre d'Emile Zola.Etude historique
　　et critique

《埃米尔·左拉：劳动中的妇女》　Emile Zola: la femme au travail

《埃米尔·左拉，母乳喂养与〈繁殖〉》　Emile Zola, allaitement et fécondité

《埃米尔·左拉小说〈罗马〉的素材与诞生》　La genèse et les sources du roman Rome
　　d'Emile Zola

埃米尔·左拉协会　L'Association d'Emile Zola

埃米尔·左拉之友协会　La Société littéraire des Amis d'Emile Zola

《埃米尔·左拉作品中的男性犯罪主题》　Le thème de la culpabilité masculine dans
　　l'oeuvre d'Emile Zola

《爱情一页》　Une page d'amour

安德烈·波梭　André Possot

安东尼·A. 格瑞维　Anthony A. Greaves

安吉拉·迪奥勒塔·西克拉睿　Angela Dioletta Siclari

安娜-克莱尔·吉诺　Anne-Claire Gignoux

安娜-玛丽·巴隆　Anne-Marie Baron

安托奈特·哈比施-雅玛提　Antoinette Habich-Jagmetti

昂里埃特·希莎瑞　Henriette Psichari

《昂热莉珂的梦》　Le rêve d'Angélique

《昂赞煤矿大罢工与〈萌芽〉》　La grève d'Anzin de 1884 et Germinal

奥古斯特·德扎莱　Auguste Dezalay

奥里维耶·高特　Olivier Got

奥利维·卢姆布罗索　Olivier Lumbroso

奥斯曼化　l'haussmannisation

B

《巴尔扎克年》　L'Année Balzacienne

巴尔扎克研究集团　Le Group d'Etudes balzaciennes

《巴黎夫妇》　Ménage Parisien

巴雅尔　Bijard

巴耶　Baille

《百货商店中的"灰姑娘"——以〈妇女乐园〉和〈梦〉为例》　Cendrillon au grand
　　magasin, Au Bonheur des Dames et Le Rêve

保尔·阿莱西　Paul Alexis

保尔·博纳丹　Paul Bonnetain

保尔-查理·布尔热　Paul Charles Bourget

保尔·玛格里特　Paul Marguerite

悲惨主义　misérabiliseme

贝尔纳·拉扎尔　Bernard Lazarre

贝尔纳·乔拉　Bernard Joly

贝尔特莉丝·拉维勒　Béatrice Laville

贝蕾谷　Bennecourt

《边缘书写及其表征——毛里求斯和留尼旺的殖民小说》　Représentations et écritures
　　aux frontières. Le roman colonial mauricien et Réunionnais

波纳克盖　J. H. Borneccque

《布列塔尼的雷斯蒂夫的〈巴黎夫妇〉——〈娜娜〉素材来源的另一种说法》　Une
　　source possible de Nana? Le Ménage parisien, de Restif de la Bretonne

布吕纳介　Brunetiere

C

《从〈杰克〉到〈萌芽〉：阿尔封斯·都德和埃米尔·左拉眼中的无产阶级》　De Jack à
　　Germinal: le prolétaire vu par Alphonse Daudet et Emile Zola

D

达尔文主义　le darwinisme

达尼埃尔·德拉　Daniel Delas

达尼厄尔-亨利·帕柔　Daniel-Henri Pageaux

大卫·巴格莱　David Baguley

大文本　un grand texte

《大众诗学》　Poétique des foules

带有宗教意味的自然主义　naturalisme religieux

《〈戴蕾斯·拉甘〉中的深渊颜色》　Thérèse Raquin: Les couleurs de l'abîme

戴罗尼克　Déronique

戴丝莱　Désirée

《当代法国社会主义》　La Socialisme actuel en France

德尼丝·E.墨勒–坎贝尔　Denise E. Muller-Campbell

蒂博代　Albert Thibaudet

《对〈萌芽〉的动态阅读：手势与反启蒙的符号学》　Lecture cinétique de Germinal:
　　sémiotique des gestes et anti-initiation

《对〈圣徒传〉的幻想》　Rêver la Légende dorée

《多变性与现代性：〈贪欲的角逐〉中的巴黎》　Mobilité et modernité:le Paris de La Curée

多米妮克·于连　Dominique Jullien

多米尼克·拉波特　Dominique Laporte

E

E.-T.杜布瓦　E. -T. Dubois

F

《法国语言》　Langue française

《〈繁殖〉中的乳房崇拜》　Le culte du sein dans Fécondité

反作用与"熵"　rétroaction et entropie

菲利普·波纳菲　Philippe Bonnefis

菲利普·哈蒙　Philippe Hamon

菲利普·吉尔　Philippe Gille

菲利普·卡尔利耶　Philippe Carlier

菲利普·瓦尔克　Philippe Walker

费里斯·福尔　Felix Faure

凡·霍夫　Van Hoof

凡赛莱特　Vincelette

讽喻小说　un roman allégorique

弗朗东   I. M. Frandon

弗朗索瓦·拉巴顿   François Labadens

弗朗索瓦-玛丽·莫哈德   François-Marie Mourad

弗洛尔   Flore

弗洛伦斯·蒙特诺   Florence Montreynaud

符号学   la sémiotique

《〈妇女乐园〉，女性百货商店中的女性杂志》   Au Bonheur des Dames, le magazine
    feminine d'un magasin féminin

《〈妇女乐园〉中的妇女、商业与资本主义》   Femmes, commerceset capitalisme dans Au
    Bonheur des Dames

F. W. J. 海明斯   F.W.J. Hemmings

G

G. 戈蒂耶   G. Gautier

格朗莫罕   Grandmorin

《个体-人物角色》   Le personage-individu

《给女人起名——〈小酒店〉中的词汇》   Nommer la femme.Le lexique dans l'Assommoir

《共和国总统演说》   Allocution du Président de la République

故事   conte

《关于法国两次战争期间的殖民文学之看法》   Regards surla literature colonial française
    de l'entre-deux-guerres

《关于〈卢贡-马卡尔家族〉中的几部作品》   Des romans pour les Rougon-Macquart

《关于〈萌芽〉与〈卢贡-马卡尔家族〉》   A propos de Germinal et des Rougons-Macquart

《关于殖民事实的小说幻想策略》   Politiques romanesques du fait colonial

《关于左拉风格化手法的几点观察》   Observations sur quelques procédés stylistiques de
    Zola

《关于左拉作品的风格与结构组织技巧的几点看法》   Remarques sur les techniques de la
    composition et du style chez Emile Zola

H

H. 利弗阿勒   H. Rivoal

H. 维恩伯格　H. Weinberg

哈丽娜·苏瓦拉　Halina Suwala

哈梅林　Hamelin

哈赛纳尔　Rasseneur

何为《自然主义手册》?　Que seront les Cahiers Naturalistes?

《黑变症，19 世纪医学话语中的卖淫女》　Mélanie, la femme vénale dans le discours
　　medical du XIXe siècle

亨利·波尔多　Henry Bordeaux

亨利·吉耶曼　H. Guillemin

亨利·拉塞尔　Henri Lasserre

亨利·马莱尔　Henri Marel

亨利·马思　Henri Massis

亨利·密特朗　Henri Mitterand

亨利·赛阿尔　Henry Céard

亨利·舍梅乐　Henri Chemel

《亨利·特罗亚，左拉与托尔斯泰的读者》　Henri Troyat, lecteur de Zola et Tolstoï

亨利·维泽特利　Henry Vizetelly

后文本　l'arrière-texte

《花园系统》　Le système des jardins

《"混沌" 理论与〈作品〉: 绘画、结构、主题学》　La théorie du chaos et l'Oeuvre: peintur,
　　structure, thématique

《"混沌" 与自然主义》　Chaos et Naturalisme

J

J. H. 马特修斯　J. H. Matthews

J. 加亚尔　J. Gaillard

《基督教问题》　Le probleme du christianisme

吉昂·卡尔罗·蒙尼谢里　Gian Carlo Menichelli

吉夫·沃伦　Geoff Woollen

吉姆·桑德斯　Jim Sanders

吉斯兰·古奈惹　Ghislain Gouraige

纪念《卢贡-马卡尔家族》发表一百周年   Pour le Centenaire des Rougon-Macquart

加斯东·巴什拉   Gaston Bachelard

《家常事》   Pot-Bouille

《〈家常事〉中的人物莫杜伊神父：素材来源与主题》   Le Personnage de l'abbé Mauduit
　　dans Pot-Bouille: sources et thèmes

《〈金钱〉：一部政治小说》   L'Argent:un roman politique

《金融交易所小说》   Fictions de la Bourse

《经历后现代电影的考验》   A l'éprouve du cinema postmoderne

居斯塔夫·吉什   Gustave Guiches

居伊·罗贝尔   Guy Robert

居约   M.-J. Guyau

K

卡巴斯东   Gabaston

卡尔帕楠·玛里墨图   Carpanin Marimoutou

卡尔·梓格尔   Karl Zieger

卡特琳·马拉池   Catherine Marachi

卡特琳·马莉娜   Catherine Malinas

凯利·巴塞欧   Kelly Basilio

科莱特·贝克   Colette Becker

科莱特·威尔逊   Colette Wilson

科莉娜·萨米娜达耶-佩兰   Corinne Saminardayar-Perrin

科林·波恩   Colin Burns

科琳娜·库伯莱   Corinne Kubler

科洛蒂尔德   Clotilde

克莱尔·瓦特   Claire White

克莱莉娅·昂弗莱   Clélia Anfray

克里斯托夫·杜布瓦勒   Christophe Duboile

克里斯托夫·雷伐   Christophe Reffait

克利夫·R. 汤姆逊   Clive R. Thomson

克洛德·萨巴蒂耶   Claude Sabatier

L

拉·巴耶　La Baille

拉·莉松号　La Lison

拉马克　Lamarck

莱昂·埃尼克　Léon Hennique

莱昂·德福　Léon Deffoux

劳拉·凯亚-斯蒂伯勒　Lola Kheyar Stibler

《勒蕾》　Renée

勒内·特诺瓦　René Ternois

雷斯蒂夫　Restif

里达·肖博　Rita Schober

《历代传说》　Légende des siècles

《恋爱的仙女》　Fée Amoureuse

《两个世纪以来〈梦〉在意大利的接受》　La reception du Rêve en Italie entre les deux siècles

《〈卢贡家族的命运〉中的密耶特和西尔维的温柔爱情——一个神话结构》　L'idylle de Miette etde Silvère dans la Fortune des Rougons.Structure d'un mythe

《〈卢贡-马卡尔家族〉中的暴力主题》　Le thème de la violence dans les les Rougons-Macquart

《〈卢贡-马卡尔家族〉的意图与实现》　Intention et realization dans les Rougons-Macquart

《〈卢贡-马卡尔家族〉: 循环、科学与想象物》　Le cycle des Rougon-Macquart, La science et l'imaginaire

《〈卢贡-马卡尔家族〉与时间的面孔: 左拉想象力研究》　Les Rougons-Macquart et les visages du temps.Etudes de l'imagination zolien

《〈卢贡-马卡尔家族〉中的结构与整体》　Structure et unité dans les Rougons-Macquart

《〈卢贡-马卡尔家族〉中的金钱》　L'argent dans Les Rougon-Macquart

《〈卢贡-马卡尔家族〉中的权威人物》　Figures du pouvoir dans Les Rougon-Macquart

《〈卢贡-马卡尔家族〉中"梦"的定位》　La place du Rêve dans la série des les Rougons-Macquart

鲁波　Roubaud

吕西安·德卡夫　Lucien Descaves

梅尼契利　Menichelli

梅塘别墅　La Maison de Médan

梅塘瞻仰 1958　Medan 1958

《〈萌芽〉：冲动的结构》　Germinal:structures de la pulsion

《〈萌芽〉的后继者》　La postérité de Germinal

《〈萌芽〉人物之间的相互作用》　L'interaction des personages de Germinal

《〈萌芽〉与德国的"文学革命"》　Germinal et la «révolution littéraire» en Allemagne

《〈萌芽〉与意识形态》　Germinal et les idéologies

《〈萌芽〉与左拉的宗教思想》　Germinal et la pensée religieuse de Zola

《〈萌芽〉酝酿过程的档案材料与小说的产生》　Le dossier préparatoire de Germinal et la
　　genèse du roman

《〈萌芽〉中的开头与结尾》　Ouverture et cloture dans Germinal

《〈萌芽〉中的未来：毁灭与再生》　L'avenir dans Germinal:destruction et renaissance

《〈萌芽〉中的颜色符号学》　La sémiotique des couleurs dans Germinal

《梦》　Le Rêve

《〈梦〉中镜像游戏》　Les jeux spéculaires dans le Rêve

米歇尔·贝尔塔　Michel Berta

米歇尔·杜鲁安　Michel Drouin

米歇尔·里法泰尔　Michel Riffaterre

米歇尔·塞尔　Michel Serres

莫里斯·勒布隆　Maurice Le Blond

莫里亚梅　M. Moriamez

N

《纳塔》　Nantas

《娜娜》　Nana

《娜娜，或不存在》　Nana, ou l'inexistence

《〈娜娜〉中的红、黄、绿、蓝——颜色系统性研究》　Rouge, jaune, vert, bleu.Etudes du
　　système des couleurs dans Nana

《〈娜娜〉中群体话语——模仿的规则》　Paroles de groupe dans Nana.Les lois de l'imitation

内德·德·法里亚　Neide de Faria

尼奥尔城　Niort

尼古拉·瓦特　Nicholas White

尼耶斯　R. J. Niess

女性形象专栏　Figures du Féminin

诺米·舒尔　Noami Schor

P

帕拉杜传说　l'épisode du Paradou

帕拉杜花园　Jardin de Paradou

帕斯卡尔·茹安维勒　Pascale Joinville

帕斯卡乐·弗瓦莱　Pascale Voilley

帕斯卡莉娜·哈蒙　Pascaline Hamon

帕特里克·布拉迪　Patrick Brady

彭雄　Ponchon

皮埃尔·奥贝瑞　Pierre Aubery

皮埃尔·卡鲁　Pierre Carous

皮埃尔·科涅　Pierre Cogny

皮埃尔·莫洛　Pierre Moreau

皮埃尔·希特隆　Pierre Citron

皮卡尔律师　Picquart

皮耶鲁吉·帕尼尼　Pierluigi Pellini

《普拉桑的征服》　La Conquête de Plassans

Q

《前言》　Avant-propos

乔安·格雷尼尔　Joan Grenier

乔治·杜阿梅尔　Georges Duhamel

乔治-弗朗索瓦·雷纳尔　Georges-François Renard

情理　le bon sens

《穷姊妹》　Soeur des Pauvres

R

R. 巴特勒　R. Butler

R. 波尔德利　R. Borderie

《让-巴洛瓦》　Le Jean-Barois,

让贝纳　Jeanbernat

让·波瑞　Jean Borie

让·布尔茹瓦　Jean Bourgeois

让-菲利普·阿柔-维聂诺　Jean-Philippe Arrou-Vignod

让·盖海诺　Jean Guehenno

让·科克多　Jean Cocteau

让·克洛德　Jean-Claude Charvoz

让-路易·卡巴奈斯　Jean-Louis Cabanès

让-路易·维希耶　Jean-Louis Vissière

让-玛丽·塞朗　Jean-Marie Seillan

让-米歇尔·拉柯尔　Jean-Michel Racault

让娜·格兰让　Jeanne Grandjean

让-皮埃尔·勒杜克-亚丁　Jean-Pierre Leduc-Adine

让-塞巴斯蒂安·马克　Jean-Sébastien Macke

让-耶夫·莫里耶　Jean-Yves Mollier

《热爱残酷而不雅的真理》　Aimer la vérité cruelle et disgracieuse

《热尔米妮·拉赛特，左拉笔下第一个女主人公形象？》　Germinie Lacerteux, première heroine zolienne?

热尔维克斯　un Gervex

《热尔维塞夫人》　Madame Gervaisais

《热尔维丝的避难处——论〈小酒店〉中的一个象征性的装饰物》　Les refuges de Gervaise.Pour un décor symbolique de l'Assommoir

《人类圣经》　Bible de l'humanité

《〈人兽〉中的机器主题与幻觉》　Thèmes et fantasmes de la machine dans les Bêtes humaines

T

《〈贪欲的角逐〉中的冷与热》　Le chaud et le froid dans la Curée

图卢兹博士　Docteur Toulouse

《托尔斯泰和左拉作品中的科学与社会问题——关于社会进步的观念危机》　La science
et la question sociale chez Tolstoï et Zola.La crise de l'idée de progress social

W

瓦朗西安纳市　Le Valenciennois

威廉姆·蒂特勒　William Dieterle

《为了那些犹太人》　Pour les juifs

维昂特　Vaillant

维拉布莱格　Valabrègue

维罗尼克·拉维耶尔　Véronique Lavielle

维塞尔　Vissière

未言明之宗教意义　le non-dit religieux

《文学》　Littérature

《文学话语与意识形态话语：左拉小说的前文本研究》　Discours littéraire et discours
idéologique: l'étude génétique des romans de Zola

《文学杂志》　Magazine littéraire

《五人宣言》事件　Le manifestation du Cinq

X

西尔维·蒂瑟妮　Silvie Disegnie

西吉蒙·布什　Sigismond Busch

《相互错过的阅读与不采取行动的论战》　Lectures croisées et querelles du non-agir

《〈小酒店〉中的句子表达艺术》　L'art de la phrase dans l'Assommoir

《〈小酒店〉中的礼拜仪式与悲剧》　Rite et tragédie dans L'Assommoir

《〈小酒店〉中的肖像学：形象的标准》　L'iconographie de L'Assommoir:le statut de
l'image

《〈小酒店〉中的循环结构》　Structure des recurrences dans l'Assommoir

《小说家艾蒂安·朗蒂耶：诞生与套层镶嵌结构》　Etienne Lantier romancier: genèse et

mise en abyme

《行进中的真理》　La Vérité en Marche

《形象与象征：左拉作品中的红色印记》　Image et symbole:la tache rouge dans l'oeuvre de Zola

《性爱与超越——〈莫雷教士〉中那个在微笑的女人》　Eros et transgression. La femme qui rit dans La Faute de l'abbée Mouret

学术成果摘要　Comtes Rendus

《血、月经与女性身体》　Le sang,la menstruation et le corps féminin

Y

雅克·阿拉尔　Jacques Allard

雅克·德·拉科泰勒　Jacques de Lacretelle

雅克·杜布瓦　Jacques Dubois

雅克·凯塞　Jacques Kayser

雅克·诺瓦雷　Jacques Noiray

亚历山德拉·L.安普瑞摩兹　Alxandre L. Amprimoz

亚尼娜·格戴妮　Janine Godenne

耶夫·谢弗勒尔　Yves Chevrel

《一个动物,〈萌芽〉中的偶然角色》　Un animal, héros involontaire de Germinal

《一个要出卖的人》　Un homme à vendre

《诱惑与厄运：左拉作品中的目光》　Fascination et fatalité:le regard dans l'oeuvre de Zola

约安维尔　P. Joinville

Z

《在昂热乐和昂热莉娜之间的昂热莉珂》　Angélique entre Angèle et Angéline

詹姆斯·B.桑德斯　James B. Sanders

朱尔·于雷　Jules Huret

朱拉特·D.卡明思卡斯　Jurate D. Kaminskas

朱赛特·费哈　Josette Féral

"资料：左拉与大众"专栏　Dossier: Zola et la foule

自动–复制：缩影画结构　auto-ressemblance:structure en abîme

《自然主义手册》　Les Cahiers Naturalistes

《自然主义与爱情》　Le Naturalisme et l'amour

自然主义研究中心　le Centre du Naturalisme

左拉博物馆　Musée Emile Zola

《左拉的反智主义》　L'anti-intellectualisme de Zola

《左拉后期小说中的大众与人民》　Foule et le people dans les derniers romans zoliens

《左拉〈金钱〉之前法国小说中关于总联盟银行之金融崩溃》　Le Krach de l'Union
　　Générale dans le roman français avant L'Argent de Zola

《左拉面对反犹太主义思潮》　Zola face à l'antisémitisme

《左拉式灾难梦神形象：〈娜娜〉的两个章节》　Images catamorphes zoliennes: deux
　　chapitres de Nana

《左拉，文学场与金钱》　Zola, le champ littéraire et l'argent

《左拉与个体自控》　Zola et le contrôle de l'individu

《左拉与其时代》　Emile Zola et son temps

《左拉与殖民事实：一次错过的约会的理由》　Zola et le fait colonial: les raisons d'un
　　rendez-vous manqué

《左拉政治专栏中的互文性 1865—1872：神话、文学和历史指涉》　L'intertextualité
　　dans les chroniques politiques de Zola 1865—1872: références mythiques, littéraires,
　　historiques

左拉之友文学协会　La Société littéraire des Amis d'Emile Zola

《左拉作品中的超文本性：以〈贪欲的角逐〉为例》　L'hypertextualité chez Zola: le cas
　　de La Curée

《左拉作品中的个体与群体》　Individu et foule chez Zola

左拉作品中的个体与群体：调节结构　Individu et foule chez Zola:structures de médiation

《左拉作品中的绘画：一种形式、一个微观世界》　Le tableau chez Zola:une forme, un
　　microcosme

《作品》　L'Oeuvre

《〈作品〉或精神恋爱者的欲望》　L'Oeuvre ou le désir du désincarné

《〈作品〉之诞生》　La naissance de l'Oeuvre